L'ARCHIPEL DES LÄRMES

Camilla Grebe est déjà célèbre en Suède pour sa série de polars écrite avec sa sœur. *Un cri sous la glace*, son premier livre en solo, s'est hissé en tête des ventes dès sa sortie. *Le Journal de ma disparition* a reçu le Prix du meilleur roman policier suédois en 2017, le Glass Key Award, qui couronne le meilleur polar de tous les pays nordiques réunis, en 2018 et le Prix des lecteurs du Livre de Poche en 2019. *L'Archipel des larmes* a lui aussi remporté le Prix du meilleur roman policier suédois en 2019, et, plus exceptionnel encore, à nouveau le Glass Key en 2020.

Paru au Livre de Poche :

LE JOURNAL DE MA DISPARITION
L'OMBRE DE LA BALEINE
UN CRI SOUS LA GLACE

CAMILLA GREBE

L'Archipel des lärmes

TRADUIT DU SUÉDOIS PAR ANNA POSTEL

CALMANN-LÉVY

Titre original :

SKUGGJÄGAREN
Publié par Wahlström & Widstrand, 2019.

© Camilla Grebe, 2019.
Publié avec l'accord de Ahlander Agency
© Calmann-Lévy, 2020, pour la traduction française.
ISBN : 978-2-253-26015-8 – 1re publication LGF

À Katarina

« *Nolite te salopardes exterminorum.*
Ne laissez pas les salauds vous tyranniser. »

Margaret Atwood, *La Servante écarlate*[1]

---

1. Robert Laffont, 1987, traduction Sylviane Rué. *(Toutes les notes sont de la traductrice.)*

Les mots peuvent-ils apaiser et guérir ?

Un récit peut-il aider à comprendre l'incompréhensible ? Le transformer en une chose que l'on peut appréhender, contempler de l'extérieur et, peut-être un jour, laisser derrière soi, tel un lieu où l'on a vécu, passé beaucoup de temps, mais qu'après mûre réflexion on décide d'abandonner ?

Si je place un mot après l'autre, si je compose des phrases, des paragraphes, si je parviens à insuffler la vie à l'histoire qui prend forme, peut-elle devenir le radeau qui me permettra de sortir des ténèbres ?

Je vais essayer.

Voici mon récit, mon radeau. Il commence avec Elsie Svenns.

Elle est, si je puis dire, la première héroïne de ce livre. Elle est également sa première victime. Mais elle l'ignore encore, cela va sans dire, en cette soirée tardive de 1944, quand elle s'accroupit près d'un enfant au commissariat de Klara à Stockholm.

ELSIE

Stockholm, février 1944

1

Le garçonnet, qui ne peut pas avoir plus de cinq ans, est affublé de nippes et ses cheveux sales grouillent de poux.

— Où habite ta tante ? essaie encore Elsie.

Le garçon ne répond pas. Il pince les lèvres et baisse les yeux sur ses chaussures élimées.

Sa mère, Sara la folle, est en train de cuver son vin à la maison d'arrêt, au département des femmes. Il n'a pas de père. Ça, ils le savent tous, aussi bien Elsie que les agents qui ont traîné Sara au commissariat de police de la rue Mäster Samuelsgatan il y a moins d'une heure.

Deux hommes en civil longent l'étroite allée qui mène aux appartements des policiers célibataires attenants au commissariat. Elle reconnaît vaguement l'un d'entre eux. On murmure qu'il travaille pour les services de la Sûreté générale, chargés d'identifier les menaces qui pèsent sur la nation. Mais on ne peut en parler tout haut, même ici, au commissariat.

Les hommes disparaissent, laissant derrière eux une légère odeur de cigarette. Le petit racle le sol de ses semelles et Elsie soupire. Elle a tout essayé – la douceur, la prévenance, le lait chaud. Le garçon a même goûté les gâteaux aux amandes que les agents ont rapportés ce matin de la boulangerie rue Drottninggatan. En vain.

La vue de l'enfant lui fait penser à la famille qui aurait pu être la sienne.

Elle avait un fiancé, Axel. Un homme du Norrland, grand comme un ours avec un cœur d'or. Mais, quatre ans plus tôt, le ferry qui traversait le lac Armasjärvi en Tornédalie, avec à son bord deux pelotons du régiment d'ingénieurs de Boden, avait chaviré. L'eau était glacée, les soldats lourdement harnachés – Axel n'avait aucune chance, malgré sa force physique.

Qui plus est, un mois seulement après le décès de son bien-aimé, Elsie découvrit qu'elle était enceinte. Il était trop tard pour y remédier et, de toute manière, elle ne voulait pas se tourner vers une de ces faiseuses d'anges et risquer une hémorragie mortelle sur le sol crasseux d'une cave.

Au printemps suivant, elle donna naissance à sa fille en secret. Par l'intermédiaire d'amis communs, elle avait rencontré un couple, Valdemar et Hilma. Ils lui proposèrent de prendre soin de la petite Britt-Marie, du moins jusqu'à ce qu'Elsie mette un peu d'ordre dans sa vie.

« Mettre de l'ordre dans sa vie » signifiait dans la pratique se marier. Mais, n'ayant plus de promis, elle savait, en confiant sa fille à Valdemar et à Hilma – en même temps que sa bague de fiançailles –, qu'elle ne récupérerait peut-être jamais son enfant.

Pas un jour ne passe sans qu'Elsie pense à Britt-Marie et à Axel, à la famille que le destin lui a refusée. Mais la vie d'Elsie a continué – ainsi vont les choses. Elle s'est forgé une existence plutôt douce, loin du village où elle est née, en Finlande, dans la communauté suédoise de Korsholm, en Ostrobotnie.

Elle travaille comme auxiliaire de police dans la zone d'intervention de Klara et habite chez une veuve dans l'un de ces nouveaux appartements construits spécialement pour les familles nombreuses dans l'allée Körsbärsvägen près de Roslagstull. L'immeuble dispose de tous les équipements modernes dont on peut rêver, y compris une baignoire et une cuisinière électrique qui fonctionne à jetons. Rien à voir avec les logements d'urgence plus bas, dans la rue Valhallavägen, où vivaient auparavant la veuve et ses trois enfants.

Chaque jour, Elsie grimpe dans le tramway à la gare de l'Ouest, descend à la place Norrmalmstorg et marche jusqu'au commissariat de la rue Mäster Samuelsgatan, situé à quelques encablures.

Une vie qui en vaut bien une autre.

Une vie indubitablement meilleure que celle de sa mère et de sa grand-mère. C'est presque inimaginable, mais aujourd'hui les femmes peuvent faire quasiment tout ce que font les hommes – exercer un métier, voter, se divertir, vivre seules. Et, oui, même travailler dans un commissariat, au cœur du monde masculin.

Märta Karlsson se lève de sa place à la table du restaurant Tre Remmare, rue Regeringsgatan. Elle vacille, s'agrippe à une chaise pour ne pas tomber, puis tend le bras, s'empare du pain laissé dans la corbeille et le glisse discrètement dans son sac à main.

L'homme qui l'accompagne, en paletot et coiffé d'un chapeau, tient à la main une serviette en cuir brillant.

Il la prend par le bras et se fraie un chemin entre les tables vers la sortie.

La fortune sourit à Märta, ce soir. L'homme est quelqu'un d'important. Il a du pouvoir et, surtout, de l'argent. Il paie bien, elle le sait d'expérience. Sans compter qu'il ne perd pas de temps et qu'il sent bon – ni de son corps ni de sa bouche n'émanent ces effluves nauséabonds qu'elle a tant de mal à supporter.

— Puis-je vous offrir une cigarette, madame ? lui demande-t-il une fois dehors, dans le noir.

Elle serre son manteau sur sa poitrine et s'appuie contre un réverbère, car le sol tangue sous ses pieds. Mais le fer froid brûle sa peau comme du feu. Elle lâche prise et préfère frotter ses paumes l'une contre l'autre.

L'homme sort un étui en argent frappé d'un écusson, mais Märta, qui n'est pas au fait de la haute société, est incapable de déterminer de quelle lignée il s'agit. Qu'est-ce que ça peut bien lui faire ? Elle accepte une cigarette et s'incline en avant lorsqu'il allume le briquet d'un geste assuré. Elle inhale la fumée.

— Ça alors ! marmonne-t-elle. Du vrai tabac. Ça fait un bail.

Elle lui adresse un grand sourire en tournant la tête pour lui présenter son profil gauche. De ce côté-là de la bouche, elle possède encore toutes ses dents.

L'homme s'allume lui aussi une cigarette.

— On y va ? demande-t-il en indiquant la rue pavée qui s'étire devant eux.

Märta hoche la tête et ils se dirigent vers chez elle rue Norra Smedjegatan. De temps en temps, ils croisent des silhouettes dans le noir. Un homme qui vient vers eux sur le même trottoir esquisse un signe du menton et esquisse un geste vers son chapeau.

L'homme au paletot détourne rapidement la tête.

— Chut, fait Märta.

Ils sont arrivés chez elle et se trouvent dans la cage d'escalier du bâtiment donnant sur la rue.

— Je promets d'être discret comme une souris, chuchote l'homme en lui plaquant une main sur la croupe.

Elle glousse et l'attire dans la cour. Ils la traversent. Des flocons de neige se posent dans ses cheveux, elle les chasse pour ne pas mouiller et aplatir les boucles qu'elle a formées avec soin.

Au deuxième étage, elle sort sa clef et ouvre la petite porte qui mène à sa mansarde.

Une fois à l'intérieur, elle tourne le verrou et dissimule la clef juste au-dessous, dans la fente entre les lattes du plancher – il arrive qu'un client essaie de filer à l'anglaise sans s'acquitter de son dû.

L'homme lui saisit les seins par-derrière, les malaxe, les pétrit. Märta se mord la langue pour ne pas gémir de douleur. Quelques instants plus tard, elle se dégage de son étreinte et allume la bougie d'un chandelier mural accroché à côté de la porte.

Le taudis est si exigu qu'on peut à peine tenir debout, et une couchette et une chaise suffisent à le remplir. Il n'y a pas de fenêtre à proprement parler, seulement une fente dans l'un des murs, juste sous le toit. À ses pieds se trouvent un sac de pommes de terre et quelques caisses de bois disloquées que Karl, son mari, a promis de réparer. En face de l'entrée se situe une seconde porte, si basse que l'on doit se plier en deux pour la franchir, qui ouvre sur la pièce où vit Märta avec son époux et ses enfants.

De l'autre côté, on entend un bébé pleurer.

Holger, son petit dernier.

Il a de la fièvre et tousse du sang depuis deux semaines ; Märta ne sait plus quoi faire. L'emmener chez le médecin, elle n'en a pas les moyens, et elle n'ose pas aller voir les femmes de l'Armée du Salut qui travaillent ici, dans les bas quartiers, car elles semblent avoir décidé qu'elle est incapable de s'occuper de ses enfants.

Faites qu'il ne réveille pas les autres gosses, se dit-elle. Puis les cris s'éteignent. Il a dû se rendormir.

Elle ôte ses chaussures bien trop légères pour la saison et jette son manteau sur la chaise. Puis elle se tourne vers l'homme, lui retire son chapeau et son paletot pour les poser sur son vêtement. Elle saisit sa ceinture, la détache de ses doigts experts et déboutonne sa braguette.

Le pantalon glisse à terre, formant un tas autour des jambes pâles de l'homme.

Märta lui pose une main sur l'aine et constate l'absence d'érection.

Elle émet un gloussement.

— Pas beaucoup de vie là-dedans.

— Pardon ?

— Ce petit bout de peau sera un piètre divertissement.

Le rire de Märta augmente en volume avant de se muer en un râle.

— Tu as les mains trop froides.

Il esquisse un pas en arrière.

— Personne ne s'est jamais plaint. Sachez qu'il faudra mettre la main au portefeuille, même si elle ne se met pas au garde-à-vous.

Bien que la bougie ne jette pas une grande lumière, elle voit que l'expression de l'homme s'altère. Ses yeux se plissent, sa mâchoire se crispe et sa bouche se tord dans une grimace. Il s'avance, lui saisit le poignet.

— Aucune catin n'a le droit de me parler ainsi ! crache-t-il.

Des gouttes de salive lui éclaboussent le visage. Elle se détourne.

— Aïe. Lâchez-moi !

Il lui flanque une gifle si violente qu'elle perd l'équilibre et s'écroule au sol.

— Tu n'es qu'une vulgaire putain. Tu comprends ?

Märta est plus étonnée qu'effrayée. Ils se sont déjà rencontrés. C'est un homme distingué, pas quelqu'un qui frappe ou qui boit. Et il paie toujours rubis sur l'ongle.

Un noble.

Il lui loge un coup de pied dans le flanc, pas très fort, mais suffisamment pour pousser le contenu de son estomac vers son œsophage. Ça monte jusque dans son nez. Elle a un frisson d'horreur.

Elle est tellement habituée à se faire cogner dessus – par ses clients comme par son mari – qu'elle ne réagit presque plus. Mais elle n'est pas imprudente, on ne peut pas l'être quand on fait ce métier. Sinon, on ne fait pas de vieux os.

Elle se précipite vers la porte basse qui mène vers son logement et l'ouvre. Elle entre dans la cuisine à quatre pattes.

Holger, assis par terre devant le fourneau, la fixe de ses grands yeux brillants. Les bras qui dépassent de sa chemise sont maigres et bleutés. Märta distingue quelque chose sur la poitrine de l'enfant. Elle croit d'abord que c'est du sang, puis elle comprend qu'il a vomi.

— Holger, dit-elle. Tu dois…

L'instant suivant, l'homme attrape les chevilles de Märta et la tire violemment vers l'arrière. Sa tête heurte le sol et elle se tait.

Elle cherche à s'accrocher à quelque chose, mais ne parvient qu'à saisir le torchon en lin qui pend de la paillasse à côté du fourneau. Elle s'y agrippe, attirant avec elle la vaisselle qui séchait dessus quand l'homme la traîne vers le taudis. La vaisselle se brise, projetant des éclats dans toute la pièce.

Mais Märta n'a toujours pas peur.

Le pain, songe-t-elle. Le quignon qu'elle a rapporté du restaurant. Elle doit se souvenir de le donner à Holger. Il faut qu'il mange un peu, puisqu'il a rendu son dîner.

— Holger ! crie-t-elle.

L'homme la traîne vers la chambre, centimètre par centimètre.

Le visage de Holger, ses yeux caves, sa chemise maculée disparaissent de son champ de vision. Märta ne parvient pas à se dégager, mais elle ne lâche pas son torchon de lin qui l'accompagne vers la tanière tout comme une cuillère en bois et quelques débris de porcelaine.

L'homme claque la porte, se penche en avant et sort un objet de sa serviette. Elle entend un bruit métallique.

— Allonge-toi sur le dos.

Comme elle n'obéit pas, il lui décoche un coup de pied dans le ventre. Elle en a le souffle coupé.

Il l'attrape, la retourne et empoigne ses cheveux de sa main libre. Puis il frappe sa tête contre le sol.

Boum. Boum. Boum.

Märta hurle d'effroi, incapable de former des mots.

Pour la première fois ce soir-là, la terreur l'envahit, car, à la lueur vacillante de la flamme, elle découvre l'objet qu'il brandit.

— Mademoiselle Svenns ?

Elsie bondit, esquisse une brève révérence et tire sur sa jupe d'uniforme, un peu trop serrée.

— Oui, monsieur le commissaire ?

Cederborg se tient dans l'embrasure de la porte avec un vieux numéro du magazine *Polisunderrättelser* à la main. Il semble hésiter un instant et plisse ses yeux renfoncés. Puis il poursuit :

— Mademoiselle Svenns, vous accompagnerez les agents Boberg et Stark rue Norra Smedjegatan. Nous avons reçu un appel à propos d'une violente dispute dans un appartement, mais toutes les voitures équipées de radios sont occupées et je n'arrive pas à joindre Åberg et Zetterquist.

Ces deux derniers sont les agents qui patrouillent à pied la ligne trois ce soir. Ils n'ont probablement pas vu les lampes clignotantes des avertisseurs d'incendie et n'ont pas téléphoné au commissariat. Quant aux voitures à radios – huit seulement pour tout Stockholm –, elles sont en règle générale déjà prises, surtout à cette heure-ci.

— Dieu sait ce que ces deux-là fabriquent. Sans doute en train de pétuner sous un porche, comme d'habitude. Des vauriens, voilà ce qu'ils sont, crache-t-il.

Elsie attrape à la hâte son manteau et ses gants posés sur une chaise. Son sac à main tombe au sol et se renverse, laissant entrevoir quelques tickets de rationnement.

— Si mademoiselle Svenns a le temps, bien sûr, ajoute sèchement le commissaire.

Elle rougit et s'empresse de ramasser ses affaires.

— Le garçon ? Qu'est-ce qu'on fait de…

— Il attendra avec sa mère dans la cellule. Apparemment, ça grouille de mômes dans l'appartement de la rue Norra Smedjegatan, je veux que vous y alliez.

— Bien, monsieur.

— Et soyez prudente.

Elle le regarde et hoche gravement la tête. Enfilant son manteau, elle jette un dernier coup d'œil vers l'enfant qui tripote à présent un morceau de papier occultant agrafé au cadre de la fenêtre. Ses yeux sont vitreux et une quinte de toux rauque s'échappe de sa gorge. Un filet de morve coule de son petit nez et brille d'un jaune soufre à la lumière de la lampe.

Boberg et Stark attendent dehors, dans le noir. Quelques flocons de neige voltigent au-dessus d'eux et ils se recroquevillent contre le vent violent.

— Mademoiselle Svenns, dit l'agent Boberg, et son visage s'illumine.

Elle aime bien Boberg. Il est toujours bon avec elle et lui offre souvent une cigarette ou une tasse de substitut de café. On pourrait presque croire qu'il est *intéressé*.

Mais Boberg est marié, avec des enfants.

Il sourit à nouveau et essuie son nez cramoisi.

Quand elle plonge le regard dans ses yeux doux, son cœur se serre et elle pense à tout ce qui aurait pu advenir sans cette fichue guerre. Les exercices d'occultation des fenêtres, le rationnement et l'ersatz de café, elle peut supporter tout ça. Elle s'en sort sans eau chaude et sans vêtements neufs. Ces immenses tuyaux d'évacuation hideux qui serpentent dans les parcs, censés servir de protection aux habitants incapables d'atteindre à temps un abri antiaérien lors d'une alerte, ne la dérangent pas. Mais la perte de l'avenir qui était le sien – d'Axel et de leur petite fille –, elle la pleure tous les jours. Le manque la ronge la nuit, essaie de la mordre le jour, comme une bête mesquine qui s'est installée chez elle sans son consentement.

Ils se hâtent jusqu'à la rue Drottninggatan, non loin de là, et bifurquent à droite. Un omnibus les dépasse dans le noir. Contre des murs se dressent de hautes piles de bûches où les rats dodus de la ville ont élu domicile. Ils croisent un groupe de jeunes hommes en pantalons larges et chapeaux, éméchés, sans doute en chemin vers un établissement ou peut-être un club clandestin. En dépit du froid, leur veste est déboutonnée et leur fine cravate flotte au vent tel un fanion. Tous ont une main posée sur la tête pour empêcher leur chapeau à large bord de s'envoler.

Quelques flâneurs endimanchés musardent devant l'hôtel de Suède, près d'un chauffeur de taxi qui bricole le gazogène de sa voiture. En face, les oriels et les portes en laiton poli de l'hôtel Regina scintillent. Axel disait souvent en riant qu'ils y passeraient leur nuit de noces et qu'ils occuperaient la même chambre que celle où Lénine était descendu en 1917.

Une vieille une de journal est balayée par le vent et Elsie frissonne en voyant le titre : « Des bombes russes sur Stockholm ».

Il y a moins d'une semaine, les Russes ont bombardé le sol suédois – par erreur, ou à dessein, les interprétations divergent. Dans le quartier d'Eriksdal, une station de pompage a été endommagée et, sur le boulevard Ringvägen, les vitres ont volé en éclats comme une fine couche de givre, soufflée par l'onde de choc.

— Mademoiselle Svenns, vous vous tiendrez un peu en retrait quand nous rentrerons, dit Boberg. D'après l'homme qui a téléphoné, il y aurait une bagarre en cours dans l'appartement : ça fait tellement de bruit qu'on dirait que l'immeuble va s'écrouler.

— Oui, bien sûr.

Elle n'est pas mécontente d'être en compagnie de deux agents bien bâtis. Il est rare qu'elle ait le droit de participer à ce genre de mission, surtout à cette heure-ci. Et Dieu sait qu'une femme ne devrait pas se promener seule ici, dans les « bas-fonds », comme on appelle le quartier de Klara, une fois la nuit tombée.

Ils poursuivent leur chemin, descendant la rue Hamngatan.

Au loin, on devine les contours du grand magasin Sidenhuset et du théâtre Blanche. On entend le crissement d'un tramway qui freine à la station Norrmalmstorg.

Le froid pique les joues. Elle baisse la tête et se recroqueville lorsqu'ils bifurquent à droite vers la rue Norra Smedjegatan.

— L'incident se déroule chez Karl Karlsson, déclare Stark, s'arrachant à son mutisme.

Stark est le genre d'homme renfrogné et taiseux ; elle n'a jamais compris s'il était timide ou tout simplement désagréable. Peut-être les deux. À moins qu'il ne soit l'un des nombreux policiers qui pensent que les femmes n'ont rien à faire dans un commissariat.

— Karlsson, encore lui ? répond-elle.

Karl Karlsson est un ivrogne et un bagarreur notoire. Depuis une dizaine d'années, il entre et sort de la prison de Långholmen à la vitesse d'une navette de tissage. Sa femme, Märta Karlsson, est elle aussi bien connue des forces de l'ordre, en particulier pour son penchant pour l'alcool et ses mœurs dissolues. Elle a été condamnée plusieurs fois pour prostitution.

Quelques minutes plus tard, ils arrivent à l'adresse donnée.

— C'est ici, dit Boberg en poussant la porte.

Ils pénètrent dans une cage d'escalier obscure et s'arrêtent pour écouter. On n'entend que quelques quintes de toux étouffées et un enfant qui pleure derrière les épais murs de pierre.

— Ça m'a l'air calme, constate Boberg.

Au même moment, une lampe s'allume et un homme sort sur le palier. Petit et voûté, il porte une chemise rayée sans col et un pantalon d'ouvrier. Il se présente comme Stake, le gardien. C'est lui qui a appelé à propos de la bagarre dans l'appartement.

Il ouvre la porte qui donne sur la cour et se tourne vers Boberg.

— Méfiez-vous de Karlsson, messieurs les agents. Il n'est pas commode quand il a bu.

Le sol est couvert d'une pellicule de neige entrecoupée de traces de pas qui mènent à la rangée de latrines. Des piles de bûches sont entreposées contre les murs et une bicyclette à la roue avant tordue est accotée à une gouttière. La façade dont le crépi se détache à plusieurs endroits ressemble à la peau d'un vieux chien galeux.

Ils pénètrent dans l'immeuble au fond de la cour. Ici, le plafond est plus bas, et une puanteur d'ordures, de nourriture et de fumée imprègne le bâtiment.

— Deuxième étage, marmonne Stark en s'engageant dans l'étroit escalier en pierre.

Elsie esquisse un pas de côté pour laisser passer Boberg qui, d'un pas vigoureux, gravit les marches deux par deux, faisant ballotter sa baïonnette suspendue à une bandoulière noire. Des outils sont disposés devant une porte au premier étage – un seau en fer-blanc, une pelle et une pioche, la pointe dangereusement affûtée tournée vers le haut.

Ils poursuivent leur ascension jusqu'au deuxième étage. Stark frappe. Rien. Il lance un regard en coin à Boberg et, d'une main hésitante, abaisse la poignée. La porte s'ouvre en grinçant.

La pièce, exiguë et humide, sent la vomissure et la laine mouillée. Dans la faible lueur de la lampe à pétrole, Elsie distingue des enfants assis par terre. Ils sont nombreux, elle en compte sept, et aucun n'a plus de dix ans. Deux matelas en crin et quelques couvertures sont disposés en pagaille. De la vaisselle cassée jonche le sol devant le fourneau.

— Comment ça va là-dedans ? demande Boberg en ôtant son chapeau en astrakan orné d'un emblème en or.

Aucun des enfants ne répond. Ils se blottissent les uns contre les autres jusqu'à ne sembler former qu'un seul être – une masse informe de chair enfantine et de cheveux hirsutes.

Boberg et Stark font les cent pas dans l'espace exigu tandis qu'Elsie s'agenouille auprès des petits.

— Bonsoir. Je m'appelle Elsie Svenns et je suis auxiliaire de police. Que s'est-il passé ?

Les enfants la fixent de leurs yeux sombres et terrifiés sans lui répondre. Comme le garçonnet au commissariat, ils semblent avoir perdu l'usage de la parole. Elle fait une nouvelle tentative, mais ils refusent de parler. Soit ils ont peur, soit ils n'aiment pas les forces de l'ordre, comme beaucoup de gens ici, dans les bas-fonds.

Elle se lève et s'approche du fourneau à la recherche d'un indice expliquant ce qui a pu se passer. Un bambin d'environ deux ans, en haillons, est assis par terre. Ses cheveux emmêlés tombent sur ses épaules d'une maigreur inquiétante. L'enfant – impossible d'en déterminer le sexe – suce un morceau de tissu enroulé autour de son pouce.

À gauche du fourneau, Elsie aperçoit une petite porte qui ne lui arrive qu'à hauteur de poitrine. Peut-être un vieux garde-manger ?

Elle la pousse doucement, se baisse et entre.

La pièce, dépourvue de fenêtre mais percée d'une mince ouverture, est quasiment plongée dans le noir. Elle cligne des yeux pour s'habituer à l'obscurité, puis commence à distinguer une couchette et une chaise. Ce qu'elle découvre ensuite l'horrifie. Des frissons lui parcourent l'échine. Elle halète et lâche son sac qui s'écrase contre le sol avec fracas.

Une femme est étendue par terre, les bras en croix, la jupe remontée jusqu'à la taille dévoilant son bas-ventre. Elle a un objet dans la bouche, on dirait qu'on lui a enfoncé une cuillère en bois dans la gorge. Un mince filet rouge s'échappe de la commissure de ses lèvres. Ses mains sont couvertes de sang et ce qui ressemble à des clous est enfoncé dans ses paumes, comme si elle avait été fixée au sol, crucifiée sur ce vieux plancher. Ses yeux mats semblent tapissés d'une fine couche de poussière.

Elsie s'apprête à prendre son pouls lorsque Boberg se faufile dans la pièce et la pousse sur le côté.

— Dieu du ciel ! marmonne-t-il en s'accroupissant au niveau de la tête de la femme.

Il ajoute, avec de la retenue dans la voix :

— Märta Karlsson, raide morte.

Puis il s'écrie :

— Attention !

Elle remarque trop tard la silhouette obscure qui se découpe dans la pénombre au fond du cagibi.

— Sors de là ! hurle Boberg.

Elle s'exécute. Elle se penche en avant, franchit la porte basse, passe devant les enfants et l'agent Stark, et se précipite vers la sortie. Mais sa jupe étriquée entrave ses mouvements et les pas approchent derrière elle.

L'homme de l'ombre et des ténèbres est rapide, bien plus qu'elle.

Il la rattrape sur le palier et l'empoigne. Elle sent ses pieds décoller du sol. Il la projette violemment dans l'escalier de pierre qu'elle dévale en roulant comme une poupée de chiffon. Son coude heurte une marche de plein fouet, puis sa mâchoire, et l'instant d'après son nez percute le mur avec un craquement. Quand sa tête s'écrase par terre, une vague de nausée la submerge.

L'homme est déjà à sa hauteur.

Il la toise de ses yeux noirs ; elle hume la puanteur de l'alcool.

Il pourrait la laisser là et s'enfuir dans les rues sous couvert de la nuit – car comment pourrait-elle lui nuire ? Mais non. Il la saisit par les épaules, la soulève, croise son regard, puis la balance vers le sol.

Elle entend un craquement et sent quelque chose de froid pénétrer à l'arrière de son crâne.

Puis vient la douleur. Elle comprend que l'homme a empalé sa tête sur la pioche adossée au mur. La cage d'escalier s'efface progressivement, la douleur disparaît.

Boberg se matérialise à côté d'elle.

Elle voit l'incrédulité et l'horreur dans ses yeux lorsqu'il se penche vers elle, mais d'autres images viennent s'y ajouter – un jeune couple qui partage une cigarette à Mosebacke, des barges chargées de bois amarrées au quai près de l'avenue Strandvägen. Elle voit Britt-Marie qui dort paisiblement dans son berceau tandis que Valdemar avale une gorgée du café préparé par Hilma. Elle voit tout Stockholm, tous ceux qui y vivent aujourd'hui, tous ceux qui y vivaient avant eux.

Et au milieu de tout cela, il y a sa mère, que la grippe espagnole a emportée. Près d'elle, Axel attend, collé à l'une de ces vieilles vaches que sa famille possédait avant la guerre. Il a l'air jeune et fort, il affiche un large sourire.

Il lui tend la main et elle la saisit.

C'est là, dans le quartier de Klara, qu'Elsie rend l'âme. À l'époque du froid, de la peur et du rationnement.

Elle se change en ombre et disparaît dans l'oubli éternel.

Mais au moment où son histoire se termine, une autre commence. D'une certaine manière, sa mort est le prélude à tout le reste, une graine magique capable de pousser pour devenir un arbre puissant.

Parce qu'il n'existe pas de fin, juste de nouveaux récits qui prennent leur source là où s'achèvent les anciens.

Elsie est enterrée au début du mois de mars. La veuve qui l'hébergeait et ses trois enfants sont présents aux obsèques, tout comme Hilma et Valdemar, quelques-uns des agents et une auxiliaire de police.

Le printemps suivant, la paix revient. Le monde panse ses plaies béantes et tente de comprendre l'incompréhensible. Ce qui prendra plus de temps que quiconque aurait pu l'imaginer.

L'agent Boberg a son deuxième enfant. Il pense de moins en moins à Elsie, même s'il lui arrive de se réveiller en hurlant du cauchemar où elle lui demande de retirer la pioche de sa tête. Il lui arrive aussi – encore moins souvent – de la revoir assise dans un coin en train de jouer avec la petite fille dont la maman avait été percutée par un tramway. Cet événement avait suscité en lui des sentiments très particuliers, peut-être parce qu'il avait lui-même perdu sa mère à un jeune âge.

Les saisons se succèdent et les années passent.

Dans le quartier de Klara, les traces de la misère ont été gommées. Les vieilles bâtisses laissent progressivement la place à de hauts immeubles rutilants qui, gonflés de confiance, s'élèvent vers le ciel. On ne meurt plus de faim, les bambins ne succombent plus à la tuberculose ou à la rougeole. Les effluves des poubelles et des latrines débordantes se sont depuis longtemps estompés.

La fin des années cinquante voit l'arrivée des premières femmes policières et, comme par hasard, elles sont toutes affectées dans les bas-fonds, les autres zones d'intervention ne disposant pas de « commodités » pour elles. Si elles ont les mêmes attributions que leurs homologues masculins, elles portent une matraque à la place d'une baïonnette. Les « Jupes », comme on les appelle, suscitent un certain émoi.

À l'instar de nombre de ses collègues, le commissaire Cederborg a horreur des policières. Il ne comprend d'ailleurs pas pourquoi le commissariat de Klara doit en supporter tout le fardeau – un manque criant de solidarité de la part des autres postes de police. Le syndicat des policiers de Stockholm – les « Camarades » – partage son avis. Les femmes n'ont rien à faire dans les forces de l'ordre, un point c'est tout. En tout cas pas comme agents. Du moins pas sur le terrain, à pied, du fait de leur physique plus faible. Elles ne devraient pas non plus monter dans les voitures, puisqu'elles peuvent distraire le conducteur – de quoi aurait-il l'air s'il sortait de la route parce qu'il a été charmé par sa collègue ?

Mais que les policières échappent aux patrouilles piétonnes et accèdent directement à un poste interne n'était pas non plus une solution. Quelle injustice vis-à-vis des hommes, obligés d'user leurs semelles pendant au moins sept ans avant d'espérer une promotion ! Ne valait-il pas mieux interdire purement et simplement aux femmes d'entrer dans la police ?

Dans un moment d'emballement doublé d'une légère ivresse, le commissaire Cederborg affirme devant ses collègues masculins qu'il préfère manger son casque à pointe plutôt que de voir d'autres femmes franchir le seuil du commissariat de la quatrième zone d'intervention. Il ne connaîtra jamais le goût de son couvre-chef : en décembre 1961, le véhicule qu'il occupe – une Ford Customline modèle 1958 – est percuté par une remorque chargée de tubes en fer en route pour un chantier à Vällingby centre.

Lors du violent choc, un tube traverse le pare-brise de la voiture pour transpercer la poitrine du commissaire. Le conducteur survit miraculeusement, mais Cederborg meurt sur le coup.

Britt-Marie – l'enfant qu'Elsie a été contrainte d'abandonner – grandit et prospère chez Valdemar et Hilma. Ils se promettent de lui dire un jour la vérité, c'est la chose à faire.

Mais ils repoussent le moment.

Ils le retardent encore et encore, car la vérité est douloureuse.

Au printemps 1959, Britt-Marie fête ses dix-huit ans ; Hilma et Valdemar ne peuvent plus attendre. Ils lui parlent de sa mère biologique et lui donnent la bague de fiançailles qu'Axel avait offerte à Elsie.

Britt-Marie la porte autour du cou, attachée à une chaînette en or. C'est le seul souvenir de sa mère et elle prend soin de cet anneau comme du plus précieux de ses trésors.

Peut-être est-ce à cause de l'histoire tragique d'Elsie et du poids de la bague au creux de son cou ; peut-être est-ce lié à tous ces reportages dans les journaux sur l'arrivée des femmes dans la police... Toujours est-il que Britt-Marie décide la même année de rejoindre les forces de l'ordre. Hilma et Valdemar, qui ne voient pas ce projet d'un très bon œil, la persuadent d'essayer d'abord un emploi classique. Britt-Marie devient vendeuse dans une boutique de tissu.

Comme elle le pressentait, elle ne s'y plaît pas. En 1967, elle postule à l'école de police, bien que Valdemar sur son lit de mort la supplie de s'abstenir.

Elle remplit pleinement les critères formels : avec son mètre soixante-dix, elle dépasse de cinq centimètres la taille minimale pour les femmes. Par ailleurs, elle possède un certificat médical justifiant de sa bonne condition physique, elle sait conduire une voiture et taper à la machine. Sans compter qu'elle nage bien et a réussi avec brio son examen de fin de secondaire.

L'homme qui fait passer à Britt-Marie son entretien porte des lunettes à monture de corne et affiche un drôle de sourire pendant toute la discussion. Elle ne parvient pas à interpréter son expression, ce qui la rend nerveuse. Elle transpire.

Mais son interlocuteur hoche la tête à chacune de ses réponses et griffonne des notes qu'elle n'a aucune difficulté à déchiffrer depuis sa place en face de lui.

« Beaucoup trop grande pour une femme, convient donc parfaitement à la police. »

Britt-Marie est embauchée comme aspirante et commence la formation d'agent de police à l'automne. Sur deux cents aspirants, il n'y a que cinq femmes, mais elles trouvent vite leur place. On lui enseigne comment saluer quand on porte l'uniforme – les femmes n'ayant pas fait leur service militaire, elles doivent s'exercer longuement avant de maîtriser le salut. Elle apprend à utiliser son arme de service, à diriger le trafic munie de brassards réfléchissants et à manœuvrer la Chrysler Valiant noire de l'école de police entre les plots de la piste d'entraînement.

Après les quarante semaines de cours théoriques obligatoires, Britt-Marie est affectée dans une section de maintien de l'ordre. Mais ses projets vont être réduits en miettes, car, dans la police, les discussions vont bon train : les femmes peuvent-elles vraiment œuvrer sur le terrain, compte tenu des exigences à respecter en matière de force physique et de stabilité mentale ?

En 1969, le tout nouveau Conseil national de la police et le Syndicat national de la police décident de concert que toutes les femmes fraîchement diplômées seraient placées dans les unités d'investigation ou au service de la protection.

En d'autres termes, les femmes ne sont plus autorisées à porter l'uniforme, et Britt-Marie se retrouve dans un bureau. Elle est déçue, mais il se passe tant d'autres choses dans sa vie qu'elle ne se laisse pas abattre : elle est affectée à Sollentuna, en banlieue de Stockholm, et loue une chambre chez une institutrice retraitée. Elle a de nouveaux collègues, se fait de nouveaux amis.

Si Elsie est la graine, Britt-Marie est l'arbre, la charnière autour de laquelle s'articule cette étrange histoire. Le récit commence en une douce soirée printanière entre ville et campagne, entre vie insouciante de célibataire et vie de famille.
Bientôt, Britt-Marie viendra s'ajouter à la liste de tous ceux qui traquent l'Assassin des bas-fonds.
Mais elle n'en sait encore rien.

BRITT-MARIE

Östertuna, 1971-1974

2

Sur son vélo, Britt-Marie s'éloigne du champ de tir de Järvafältet. Un pâle soleil vespéral filtre à travers les branchages des pins, formant d'ondoyants motifs de dentelle sur la route devant elle. L'air est toujours frais dans les bois, les parfums de conifères et de terre humide sont intenses.

Ses jambes brûlent à cause de l'effort lorsqu'elle gravit la côte en direction d'Östertuna.

Plus que quelques kilomètres et elle sera rentrée dans la petite chambre meublée qu'elle loue à Helenelund.

Ses oreilles sifflent après les heures passées au champ de tir, même si, à l'instar de la plupart de ses collègues, elle a pris soin de placer une douille vide dans chaque oreille pour atténuer quelque peu le vacarme. Il y a d'autres manières de se protéger du bruit des détonations – Solveig a l'habitude d'utiliser du coton, mais pour rien au monde les hommes ne se promèneraient avec des fibres laineuses dans les oreilles, et elle ne veut pas leur être inférieure.

Une seule solution : les douilles.

Elle sait que le tintement diminuera ce soir, et demain au réveil il ne restera qu'un léger bourdonnement, comme un discret murmure rappelant l'exercice de la veille.

Elle est douée pour le tir, l'une des meilleures du groupe. Cet été, elle prévoit de rejoindre un club. Elle voudrait même faire de la compétition – elle pourrait sans doute gagner des prix, si seulement elle s'entraînait un peu plus.

Arrivée au sommet de la côte, elle aperçoit Östertuna qui s'étend devant elle, mais une seconde plus tard, éblouie par le soleil déclinant, elle ferme les yeux par réflexe. C'est peut-être pour ça qu'elle ne remarque pas la pierre au bord de la route. Elle n'est pas grosse, mais cela suffit à lui faire perdre l'équilibre.

Elle chancelle et finit sa trajectoire dans le fossé.

Étouffant un juron, elle se lève et époussette ses vêtements couverts d'aiguilles et de terre humide.

Elle ne souffre pas vraiment, mais son jean s'est déchiré au niveau du genou et une tache de sang noir s'étend sur le tissu bleu clair.

Elle regarde son vélo. La chaîne a déraillé, mais pour le reste il a l'air intact. Les roues ne semblent pas voilées et, lorsqu'elle le pousse le long du bas-côté, rien ne coince.

Elle s'accroupit, tente de replacer la chaîne, mais prend vite conscience qu'elle n'y arrivera pas.

— Besoin d'un coup de main ?

Elle se redresse et se retourne.

L'inconnu doit avoir quelques années de plus qu'elle, le corps dégingandé, un large sourire aux lèvres. Ses longs cheveux blond foncé pendent devant ses yeux et ses mains sont enfoncées dans les poches de son jean à pattes d'éléphant.

— Je crois qu'il me faut des outils pour le réparer.
— Toi, ça va ? demande-t-il en indiquant son genou.
— Oui, oui. Ce n'est qu'une égratignure. Je suis plus inquiète pour le vélo.
— Hum.

Il avance de quelques pas, s'accroupit, tripote la chaîne d'un doigt déjà maculé d'huile et hoche la tête.

— Viens avec moi, dit-il en se levant.
— Mais où… ?

Il lui prend le deux-roues des mains et s'achemine en direction d'Östertuna.

— À mon travail, répond-il avec un sourire. Je vais t'arranger ça. J'en ai pour deux minutes.

En temps normal, elle ne suivrait pour rien au monde un étranger rencontré dans les bois. Mais son comportement est si désarmant, son sourire si grand et le vélo si mal en point qu'elle n'hésite pas un instant.

— Je m'appelle Björn.
— Et moi, Britt-Marie.
— Dans quelle direction vas-tu ?
— Helenelund, j'habite là-bas. J'étais au champ de tir.

Il lève un sourcil et ralentit légèrement.

— Au champ de tir. Devrais-je avoir peur ?
— Ça dépend. Je suis policière.

Son sourire s'élargit.

— Ça alors ! Je ne l'aurais jamais deviné.
— Ah bon ? Tu me voyais dans quelle branche ? s'enquiert-elle en chassant quelques moucherons qui s'acharnent à bourdonner autour de son visage.

43

Il la regarde dans les yeux, esquisse une petite moue, mais ne répond pas.

Björn travaille dans un garage automobile à la périphérie d'Östertuna. Comme promis, il ne lui faut que quelques minutes pour réparer la bicyclette.

— Comme neuve, déclare-t-il en tapotant la selle de sa main calleuse où les anciennes taches d'huile ont été rejointes par des nouvelles.

— C'est très gentil de ta part. Je ne sais pas comment te remercier.

Björn hausse à nouveau un sourcil et Britt-Marie prend conscience à son grand étonnement que cette expression commence déjà à lui sembler familière.

— Moi, je sais.

Elle n'a pas le temps de répondre qu'il poursuit :

— Viens avec moi au lac Tuna demain, on va se baigner, il fera chaud.

Elle hésite.

— Je ne sais pas…

— Tu bosses ?

— Non, mais…

Ce qu'elle voudrait dire, c'est qu'ils ne se connaissent pas, mais, quand elle croise ses yeux brillants, elle perd le fil.

— On se voit ici vers dix heures, dit Björn en regardant vers le parking devant le garage où sont stationnés les véhicules en panne.

Puis il fait volte-face et s'éloigne sans attendre sa réponse. Il disparaît entre les bâtiments en sifflotant une mélodie que Britt-Marie a l'impression d'avoir déjà entendue.

Elle pense à lui lorsqu'elle pédale vers chez elle. À ses jambes musclées, ses bras bronzés. À ses cheveux qui se « balançaient dans tous les sens », comme sa mère aurait dit, et à son regard malicieux quand il la considérait sous son sourcil levé.
Bien que l'air se soit rafraîchi, sa peau lui paraît brûlante. Est-ce qu'elle n'aurait pas attrapé un coup de soleil ?
Il lui rappelle quelqu'un, mais qui ?
En passant devant une fenêtre ouverte, elle entend un air connu et la mémoire lui revient.
Björn Skifs[1], le chanteur.
Oui, il ressemble comme deux gouttes d'eau à Björn Skifs.

Ils sont allongés sur une couverture au bord du lac Tuna.
Il lui semble plus facile de discuter aujourd'hui. La conversation va bon train, elle se déroule avec légèreté, comme s'ils se connaissaient déjà. Comme s'ils avaient déjà parlé pendant plusieurs journées et échangé des confidences intimes, bien qu'ils ne soient là que depuis une heure.
Des enfants jouent au bord de l'eau et, sur l'herbe qui s'étend entre la plage et les arbres, les bronzeurs

---
1. Chanteur suédois né en 1947.

ont déplié des couvertures colorées et sortent le pique-nique.

Elle est heureuse d'avoir apporté à manger, car Björn n'a pris que de la bière et, elle a beau aimer la bière, ça ne remplit guère l'estomac.

— Tiens, dit-elle en donnant à Björn un sandwich au saucisson soigneusement emballé dans du papier sulfurisé.

— Merci.

Il lui tend une autre canette et reprend le fil de leur discussion :

— Puis je suis retourné m'installer dans le sous-sol de la maison de ma mère. Pour l'instant, ça me va très bien. Jusqu'à ce que je trouve autre chose en tout cas. Un logement qui ne coûte pas les yeux de la tête. Et tes parents ?

— Hilma et Valdemar sont mes parents adoptifs, explique-t-elle, étonnée de la facilité qu'elle a à prononcer ces mots.

Comme si son adoption était la chose la plus naturelle au monde.

Si Björn est surpris, il ne le montre pas.

— Ah bon, dit-il simplement.

— Mais mon père est décédé il y a quelques années.

Björn répond par un « hum », écrase la canette de bière vide dans son poing et la lance vers la poubelle postée quelques mètres plus loin.

Il rate complètement son tir, pousse un soupir, mais ne fait pas mine de se lever.

— Est-ce que ta mère habite ici ?

— Non, elle a déménagé à Höganäs à la mort de mon père.

Elle offre son visage au soleil, ferme les yeux et pense à sa mère.

Cela fait dix ans qu'elle sait qu'elle a été adoptée et, bien qu'elle aime autant sa mère qu'avant, on ne peut nier que quelque chose a changé quand ses parents lui ont parlé d'Elsie. Comme si elle ne pouvait plus avoir confiance en rien ni en personne.

Comme si rien ne pouvait plus être durable.

Ce malaise s'est immiscé entre elle et sa mère. Elle ne peut plus se confier de la même manière qu'avant, car la vérité – ou peut-être plutôt les mensonges – a créé entre elles une distance.

Et la maladie de sa mère n'y a rien changé.

Il y a quelques années, on lui a diagnostiqué un cancer du sein et, même si les médecins sont parvenus à tenir la pathologie en échec, l'issue reste encore incertaine aujourd'hui. Britt-Marie est inquiète. Plusieurs fois elle a tenté de le lui dire, mais c'est impossible, car, dès qu'elle essaie, elle repense à Elsie, aux faux-semblants auxquels elle a cru pendant toutes ces années.

Björn se tourne vers elle et pose une main sur sa hanche.

Elle a des papillons dans le ventre et sa peau lui brûle à l'endroit où il la touche. Elle se rapproche de lui, place une jambe chauffée par le soleil sur la sienne et plonge dans ses yeux bleu clair.

Il la regarde, lève lentement la main et effleure son sein de l'index.

Ce geste éveille en elle une puissante envie de vivre.

Cela fait deux ans qu'elle a quitté Einar et avec le recul elle se demande bien pourquoi elle ne l'a pas fait plus tôt. Il était d'un ennui ! La seule chose qui l'intéressait, c'était la philatélie. Et après Einar, personne ne lui a fait sentir quoi que ce soit.

Jusqu'à maintenant.

Jusqu'à aujourd'hui.

— Tu m'accompagnes chez moi ? propose-t-il, le doigt s'attardant sur un téton.

Britt-Marie est envahie par une vague de désir.

Elle n'hésite pas un instant avant d'accepter. Comme si la réponse attendait sur le bout de sa langue. Comme si elle attendait sa question depuis toujours.

Oui. Oui.

Quatre mois plus tard, ils sont mariés et elle est enceinte.

3

Britt-Marie est debout dans la cuisine du petit deux-pièces à Östertuna que l'agence municipale pour le logement leur a déniché. Elle range la boîte renfermant son déjeuner dans son sac et jette un coup d'œil à Erik qui joue nonchalamment avec les jouets étalés par terre.

Elle se tourne vers Björn.

— Ça va aller ?

Björn ne répond pas.

À la radio, on distingue la voix monotone du journaliste. Toujours les mêmes horreurs : Baader-Meinhof, l'IRA, le Vietnam.

Britt-Marie a l'impression que la guerre du Vietnam dure depuis une éternité. Cela fait des années qu'elle entend des reportages consacrés aux champs de bataille de l'autre côté de la planète.

Nous vivons dans un monde atroce, songe-t-elle en se rappelant une fois de plus la chance qu'elle a : ici, il n'y a pas de guerre, ils ont un toit au-dessus de la tête et surtout ils sont ensemble.

Elle a enfin une famille, une *vraie*. Toutes les épreuves – son adoption, les multiples mensonges, la mort de son père – sont derrière elle.

À présent, elle va reprendre le travail. Au commissariat d'Östertuna, en plus.

À vrai dire, sa joie est un peu plus grande qu'elle ne veut bien l'admettre – car elle a beau adorer la maternité, elle n'est pas faite pour être femme au foyer. Lorsqu'on lui a proposé le poste au commissariat d'Östertuna, elle a accepté sans l'ombre d'une hésitation, faisant fi des remarques de sa mère qui considère comme inconvenant de reprendre le travail avant les trois ans de son enfant.

Elle éteint la radio, s'avance vers Erik et pose une main sur son front.

N'est-il pas un peu chaud ?

Le cancer de sa mère l'a rendue hypocondriaque. Son inquiétude est allée croissante depuis qu'elle a rencontré Björn, qu'elle s'est mariée et qu'elle a donné naissance à Erik. Il y a tant de choses en jeu à présent, tant de choses à perdre.

— Qu'est-ce que tu disais ? marmonne Björn.

— Je demandais si vous allez vous en sortir.

— Bien sûr, répond Björn sans lever les yeux de son journal. Elle arrive d'un moment à l'autre.

Elle, c'est Maj, la mère de Björn.

Elle va garder Erik pendant que Britt-Marie travaille, et a même proposé de le faire chez elle. Sa maison spacieuse et dotée d'un jardin n'est-elle pas plus agréable que leur appartement ?

Que Maj s'occupe d'Erik est une solution de secours dans l'attente d'une place en crèche – Britt-Marie et Björn sont d'accord sur ce point. Mais l'autre option aurait été que Britt-Marie devienne mère au foyer, une pensée qui la fait frémir d'horreur.

La sueur dégouline sur son front et entre ses seins, pas seulement à cause de la chaleur, mais aussi parce qu'elle a couru pour arriver à l'heure. Sans compter qu'elle est un peu stressée – Erik n'avait-il pas tout de même un peu de fièvre?

Mais en même temps tout son corps picote d'impatience et d'euphorie.

Enfin, elle reprend le travail.

— Bienvenue, lance la femme à l'accueil avec un grand sourire qui dévoile ses dents du haut en or. Je suis Siv. Je crois que nous avons parlé au téléphone la semaine dernière. Brigade criminelle, c'est ça?

— Oui, répond Britt-Marie en se redressant.

De temps à autre, elle doit se souvenir de ne pas se courber. Il fut un temps où elle avait honte de son mètre soixante-dix. Elle se sentait balourde, peu féminine. Mais dans la police, une grande taille est un atout : on a tendance à avoir de la force et, même dans le cas inverse, on impose davantage le respect aux délinquants.

Si tant est qu'une femme puisse imposer le respect.

— Et comment va le petit? pépie Siv.

— Bien, bien. Il mange tellement qu'il finira par nous ruiner.

Siv sourit et ajuste son chemisier moulant en synthétique couleur moutarde sur sa plantureuse poitrine.

— Je vais appeler le commissaire Fagerberg, annonce-t-elle en jetant un regard envieux sur le paquet de cigarettes Prince posé près du téléphone gris.

— Excusez-moi, mais je dois aussi rencontrer le commissaire Sven Fagerberg.

Britt-Marie se retourne et contemple l'homme affable posté derrière elle. Il porte une chemise près du corps à col large, une cravate marron rayée et une veste brune. Ses cheveux châtains bouclés sont coupés court, mais ses favoris tirant sur le roux semblent d'autant plus longs. Ils pendent devant ses oreilles comme deux queues d'écureuil. Son visage est parsemé de taches de rousseur de toutes tailles, comme des îles jetées au hasard dans un océan. L'une d'elles, bien plus grosse, plantée à la racine de son nez, rappelle à Britt-Marie un des continents sur un planisphère, mais elle ne parvient pas à déterminer lequel.

La géographie n'a jamais été son fort.

— Roger Rybäck, dit l'homme. *Agent* Rybäck, de la police judiciaire. C'est mon premier jour.

— Ah bon. Alors, bienvenue ! répond Siv avec un sourire en jetant un regard à Britt-Marie.

Roger se tourne vers Britt-Marie. Ils se serrent la main et achèvent les présentations.

— Je viens de Falun, explique-t-il quand elle mentionne son accent.

Elle hoche la tête lorsqu'il lui raconte le déménagement et la famille qui est restée en Dalécarlie. Il y a un manque criant de policiers à Stockholm et il n'est pas rare que des agents originaires des zones rurales soient temporairement réquisitionnés pour combler les vides.

La porte derrière la réception s'ouvre et un homme en costume gris apparaît. De loin, il a l'air dégingandé et faiblard, mais, à mesure qu'il s'approche, son corps prend de l'ampleur et les traits de son visage pâle se découpent clairement.

Il se présente comme le commissaire Fagerberg et son regard s'attarde un peu trop sur Britt-Marie avant qu'il ne les invite tous les deux à le suivre.

— Je préfère monter à pied, déclare Fagerberg en se dirigeant vers l'escalier plutôt que vers les ascenseurs.

— Pas de problème, répond Rybäck, comme si c'était une question et non un constat.

Britt-Marie hoche la tête vers le dos de Fagerberg.

Trois volées de marches plus haut, ils se trouvent à la brigade criminelle. Britt-Marie s'essuie le front et replace sa frange brune coupée en biais d'un geste du pouce.

Les locaux sont modernes – sol du couloir tapissé de moquette orange, portes lambrissées. À côté des portes, il y a un panneau en verre, permettant de voir à l'intérieur des bureaux. Au fond du corridor se trouvent des toilettes et une petite cuisine dotée d'une cafetière électrique et d'un minuscule réfrigérateur.

Ils saluent deux collègues : Mme Lagerman, la secrétaire, et Krook, un Finlandais costaud à la poignée de main moite et aux yeux humides répondant au prénom de Pekka.

Mme Lagerman a la cinquantaine, porte un polo et une robe blazer sans manches avec une large ceinture. Ses cheveux sont crêpés et attachés en une coiffure vieillotte ; Britt-Marie pense à sa mère. Une grande paire de lunettes à monture en plastique est placée en équilibre au bout de son nez.

Plus loin dans le couloir, il y a encore trois bureaux, mais les enquêteurs – tous des hommes – sont absents.

Fagerberg les conduit enfin à leur bureau où se côtoient deux tables identiques. Contre un des murs trône une haute armoire d'archivage en métal gris. Par la fenêtre, on aperçoit la place d'Östertuna avec le cinéma et le panneau en néon vert du grand magasin Tempo.

— Votre bureau. Assistante Odin, vous pouvez prendre la table de gauche, dit sèchement Fagerberg avec un geste de la main.

S'y trouve, outre la machine à écrire électronique et le téléphone, une épaisse pile de papiers.

Britt-Marie opine et s'achemine vers le fauteuil pivotant à l'assise en velours.

— Assistante Odin, vous pouvez commencer par parcourir les documents sur la table, poursuit Fagerberg. Ils doivent être classés par enquête et rangés dans les dossiers de l'armoire. Demandez à Mme Lagerman si vous avez un doute. Assistant Rybäck, vous venez avec moi.

Rybäck s'exécute. Il adresse à Britt-Marie un sourire navré et hausse légèrement les épaules.

Britt-Marie regarde s'éloigner la maigre silhouette de son collègue et se plonge dans les documents. Ce n'est ni particulièrement difficile ni particulièrement intéressant, mais le travail monotone lui permet au moins de passer le temps et juste avant le déjeuner la pile a rétréci pour atteindre l'épaisseur d'un journal.

Quelque part au fond d'elle, un malaise la ronge. Bien qu'elle répugne à l'admettre, elle se sent indésirable ici, au troisième étage du commissariat. Mais dès que cette pensée affleure, elle la repousse, comme on chasse une poussière sur son chemisier. Elle se convainc qu'elle devrait s'estimer heureuse de ne pas patrouiller les rues, affublée de cette ridicule jupe-culotte dotée d'une poche spéciale pour la matraque ; ne pas être obligée de traquer les alcooliques dans les parcs et de supporter leurs attouchements au moment de les embarquer dans la voiture.

Elle se rappelle qu'elle a la chance de faire partie de la première génération de femmes qui peuvent travailler dans la police tout en ayant une famille – un luxe qu'Elsie ne pouvait s'offrir. Elle se rappelle également qu'au début de sa première affectation dans le maintien de l'ordre, elle était nerveuse et mal à l'aise, avant de se faire à l'idée que les hommes en uniforme ne sont que des hommes sans uniforme, revêtus d'un uniforme.

Elle pense à tout cela tandis que l'heure tourne : il est bientôt midi.

Elle se lève, s'étire et décide d'aller prendre un café dans la petite cuisine avant d'entamer le repas qu'elle a apporté – de la saucisse de Falun, des pommes de terre et des petits pois à la sauce au raifort. Le crépitement de la machine à écrire augmente à mesure qu'elle s'approche du bureau de la secrétaire. Mme Lagerman lui fait signe à travers la vitre en l'apercevant. Britt-Marie la salue en retour avec un sourire.

En passant devant le bureau du commissaire, elle se fige.

À travers la brume de cigarette, elle voit Fagerberg assis en face de l'inspecteur Krook et de l'assistant Rybäck. Ils semblent plongés dans une conversation. Des documents sont éparpillés sur la table et des tasses à café vides sont empilées devant un grand magnétophone. Le cendrier déborde de mégots. Krook, les manches de chemise remontées, gesticule avec une cigarette entre l'index et le majeur de la main droite. Rybäck a desserré sa cravate large à rayures marron qui pend autour de son cou tel un animal mort, une proie abattue quelque part au troisième étage du commissariat d'Östertuna.

De bruyants éclats de rire roulent dans la pièce.

Britt-Marie lorgne les petites lampes fixées au mur près de la porte – rouge pour « occupé », jaune pour « patienter » et vert pour « libre ».

C'est la lampe rouge qui est allumée.

Un instant plus tard, Fagerberg la remarque. Le visage de pierre, dénué d'expression, il se met debout, se dirige vers la vitre et croise son regard. Puis il lève la main et, l'espace d'une seconde, elle croit qu'il va lui faire un signe. Elle hausse la main pour lui répondre, mais il lui ferme les stores au nez.

Il est dix-sept heures trente passées de quelques minutes lorsque Britt-Marie rassemble ses affaires. Elle ne voit aucune raison de rester plus longtemps, bien que Rybäck se trouve toujours dans le bureau enfumé du commissaire Fagerberg avec l'inspecteur Krook à discuter d'on ne sait quel sujet si important qu'il ne peut pas être abordé en sa présence.

Elle ne leur dit pas au revoir.

Au moment où elle ouvre la porte de la cage d'escalier, quelqu'un la saisit par le bras. C'est Mme Lagerman.

— Ne t'occupe pas des garçons, dit-elle avec un sourire tendre et compatissant en remontant ses volumineuses lunettes sur son nez. Ils veulent simplement apprendre à se connaître. Ils ont un travail si difficile, pense à toutes les horreurs dont ils sont témoins.

Elle marque une pause avant de continuer :

— Fagerberg n'est pas aussi désespérant qu'il en a l'air. Et Krook est vraiment charmant quand il est bien luné.

Britt-Marie se force à sourire, mais sa bouche est sèche et la nausée point juste sous le sternum, comme si elle avait avalé tous les documents sur son bureau au lieu de les trier consciencieusement par enquête et de les ranger dans les classeurs correspondants de l'armoire.

— D'ailleurs, poursuit la secrétaire en lui serrant légèrement le bras, je m'appelle Alice, ma chère. Appelle-moi Alice.

En rentrant chez elle ce soir-là, Britt-Marie se demande pour la première fois si elle n'a pas choisi le mauvais métier, après tout. Elle aurait peut-être dû se destiner à l'enseignement, comme Gunnel. Puis elle pense à Anita, son amie qui vient de gagner le concours de nouvelles du magazine *Femina* et va peut-être devenir écrivain pour de vrai.

La nausée l'assaille à nouveau, avec une violence redoublée.

Ce n'est pas qu'elle jalouse Anita, loin de là. Elle a toujours rêvé d'écrire et Britt-Marie lui souhaite vraiment de réussir.

C'est juste que son nouvel emploi semble triste à mourir, et si monotone.

Peut-être devrais-je prendre la plume moi aussi, se dit-elle. Mais elle chasse immédiatement cette pensée. Qu'a-t-elle à dire ?

A-t-elle déjà vécu quelque chose susceptible d'intéresser qui que ce soit ?

4

— Alors, comment ça s'est passé ?

La voix chaude de Björn est pleine de curiosité.

Britt-Marie ôte ses chaussures, suspend sa veste au portemanteau et entre dans la petite salle de séjour.

Björn lui sourit depuis le canapé. Trois canettes de bière vides et écrasées sont alignées sur la table à côté, mais elle n'a pas le courage de lui faire une remarque.

— Où est Erik ? demande-t-elle au lieu de répondre à la question.

Il se penche et saisit une autre canette de bière qu'il ouvre d'une main rompue à l'exercice.

— Ma mère ne l'a pas encore ramené. Ils devaient apparemment faire un crochet par le parc.

Britt-Marie acquiesce.

La mère de Björn, Maj, est aussi tendre et maternelle qu'un reptile, mais s'occuper d'un foyer et d'enfants, c'est dans ses cordes. Avant son mariage et la naissance de Björn, elle travaillait comme infirmière. Quand Britt-Marie l'a connue, elle pensait à tort que sa belle-mère comprendrait qu'elle veuille reprendre une activité professionnelle après l'arrivée d'Erik. Comme elle se trompait ! Maj fait partie des gens qui considèrent que les femmes doivent rester à la maison.

En tout cas les femmes mariées, mères de jeunes enfants.

Britt-Marie trouve Maj déconcertante, et a du mal à avoir une conversation avec elle. Il arrive néanmoins qu'elles parlent d'Elsie. Maj est fascinée par l'histoire de cette auxiliaire de police obligée d'abandonner sa fille – peut-être parce qu'elles étaient jeunes à la même époque.

Britt-Marie entre dans la pièce et s'assied sur le canapé à côté de Björn. Il lui caresse le dos de sa façon bien à lui : hésitante, un peu distraite.

On dirait un vrai hippie avec ses cheveux blond foncé si longs qu'il pourrait les attacher en queue-de-cheval et son jean pattes d'éléphant effilé en bas. Ce style lui plaît. À vrai dire, elle ne serait pas contre porter des jeans évasés, mais à son travail c'est impossible. Et puis, ça ne lui siérait pas. Ces pantalons ne vont qu'aux filles filiformes comme Twiggy alors qu'elle est plutôt... Comment dire ? Fusiforme peut-être ? Son ventre est mou comme de la pâte à pain, son derrière un peu trop large et son menton est doublé d'un second.

Non, elle ne sera jamais comme Twiggy.

Mais Björn l'aime quand même et elle est heureuse de tout ce que la vie lui a donné – un enfant si parfait, un appartement moderne, un travail qu'elle aime, ou du moins qu'elle aimait, ainsi qu'un mari beau et drôle. Quel miracle qu'ils se soient rencontrés et qu'ils aient eu Erik ! Elle avait trente et un ans quand il est né, elle était loin d'être une jeune mère.

Elle caresse les cheveux de Björn, balaie une mèche et examine le bouton gercé, un peu pelé, qui a poussé sur son front il y a déjà un certain temps.

— Tu devrais peut-être aller chez le médecin pour lui montrer ça, quand même. Si c'était grave ?

Il la regarde d'un air amusé.

— Tu plaisantes ? Tu trouves que je dois consulter pour une piqûre de moustique ?

— Mais ça ne ressemble pas à un bouton de moustique.

— Ah, laisse tomber !

Il lui donne un baiser au goût de bière. Elle considère la canette. Il fut un temps où elle lui faisait la morale dès qu'elle trouvait une bière dans le réfrigérateur. Résultat, les canettes ont fait leur apparition sous le lit, dans le panier à linge ou au-dessus des placards de la cuisine.

Il n'est pas alcoolique.

Mais il boit trop, et ça la dérange. Or on ne peut pas se battre sur tous les fronts, et ses bons côtés contrebalancent largement son penchant pour la bière qui *in fine* est plutôt inoffensif.

— Alors, raconte-moi ta journée !

Elle lui parle des documents qu'elle a passé tout son temps à trier pendant que les autres assistaient à leur importante réunion ; de Fagerberg, l'homme au visage de pierre, et du Dalécarlien couvert de taches de rousseur avec qui elle partage son bureau, mais qu'elle a à peine vu de la journée. Et d'« Appelle-moi-Alice », la seule collègue qui ait fait preuve d'un peu d'humanité.

— C'est incroyable, peste-t-elle, la voix tremblante de colère. Je suis la meilleure tireuse du département, je suis loin d'être bête et je n'ai absolument pas peur de sortir les griffes. Je pourrais être utile dans cet endroit, mais au lieu de ça ils m'obligent à classer de la paperasse toute la journée.

— Ça ira sans doute mieux demain, répond Björn.

Il allume une cigarette et regarde par la fenêtre, vers le ciel bleu saturé de la fin de l'été. Puis il souffle lentement la fumée. Des volutes grises s'élèvent vers le plafond. L'air tiède entre par la porte du balcon, caresse la peau de Britt-Marie et lui donne la chair de poule bien qu'elle n'ait pas froid.

— On a eu un nouveau chef, aujourd'hui, reprend-il.

— Ah oui ?

— Une gonzesse.

Björn soupire bruyamment et lève les yeux au ciel.

— Ah !

— Je veux dire, comment pourrait-elle piger quoi que ce soit au fonctionnement de toutes les pièces détachées ? Et comment va-t-elle pouvoir discuter avec les clients ? Sans parler des mecs qui bossent là.

Björn travaille depuis un an comme vendeur dans un magasin de pièces détachées automobiles dont les clients sont principalement des garages. D'après ce qu'elle en sait, il n'y a aucune femme dans son entreprise, en tout cas il n'y en avait pas avant l'arrivée de cette nouvelle patronne.

Elle sait que Björn est doué dans ce qu'il fait, elle l'a entendu plusieurs fois de la bouche de ses collègues, et elle ne peut s'empêcher d'être fière de lui.

Il vide sa bière et écrase la canette d'un seul mouvement.

Britt-Marie est partagée ; d'un côté, elle a de la peine pour lui. Elle sait qu'il aspirait à ce poste, qu'il s'attendait à cette promotion. On la lui avait même promise, à en croire ses dires. D'un autre côté, elle ressent une compassion immédiate pour la pauvre femme qui devra diriger Björn et ses collègues. Britt-Marie est déjà allée là-bas, a discuté avec les autres hommes, a vu les toilettes crasseuses, les montagnes de mégots, les piles de magazines cornés présentant des pin-up dénudées qui traînent dans les coins.

Non, elle n'envie pas la nouvelle supérieure de Björn.

La porte d'entrée s'ouvre et Maj fait irruption, tenant Erik par la main.

Britt-Marie salue sa belle-mère d'un geste et s'accroupit à côté d'Erik.

— Coucou, chéri. Tu fais un bisou à maman ?

L'enfant se penche en avant et plante un baiser mouillé au beau milieu de la bouche de sa mère.

— Encore parc ! dit-il en montrant la porte.

— Non, maintenant on va préparer à manger, répond Britt-Marie en lui caressant les cheveux.

— *Nooon !*

Le visage d'Erik se ratatine comme un raisin sec et sa voix devient suraiguë. Maj le saisit par les épaules et le tire brusquement en arrière.

— Ça suffit, enlève tes chaussures, et que ça saute !

Maj porte une robe-chemisier empesée en coton bleu. Ses boucles grises coiffées à la perfection respirent les années cinquante et elle est enveloppée d'une odeur de pastilles à la violette et de savon.

— Encore un bisou à maman, dit Britt-Marie en tendant les bras vers son fils.

— Mais pour l'amour du ciel ! marmonne Maj. Tu le dorlotes trop.

— Il avait de la fièvre ce matin, rétorque Britt-Marie. Ça a été aujourd'hui ?

— De la fièvre ?

Maj fronce les sourcils.

— Ce jeune homme se porte à merveille !

Son regard s'arrête sur Björn.

— Lève-toi, vaurien. Affalé sur le canapé à boire de la bière un soir de semaine ! Qu'est-ce que c'est que ces manières ?

— Oui, maman, dit Björn en bondissant, parce que, s'il y a bien une personne qu'il respecte, c'est sa mère.

Britt-Marie le soupçonne même d'avoir peur d'elle. Et habituellement, il ne lui laisse pas voir l'ombre d'une bouteille d'alcool.

Björn rassemble les canettes vides et les pose sous la table, puis il se hâte vers la salle de bains. Britt-Marie entend l'eau couler et le bruit de Björn qui se brosse les dents.

La relation de Björn et Maj est compliquée, elle l'a compris très tôt. Et tout est apparemment dû à ce « terrible été ». Quand Björn avait cinq ans, son père est tombé malade et sa mère a dû prendre deux emplois pour subvenir aux besoins de la famille. Pendant un été, elle a envoyé Björn chez une de ses sœurs et son mari à Nyköping. Maj ignorait évidemment que la tante buvait trop et que son époux était un sadique qui battait Björn quotidiennement.

Son père a fini par mourir et Björn est rentré chez lui. Les deux premières semaines, il n'a pas ouvert la bouche, à la suite de quoi il a parlé pendant plusieurs semaines sans s'arrêter des sévices subis de la main de son oncle. Et Maj en a assumé les conséquences. Elle a cessé de travailler, s'est occupée de Björn à plein temps en vivant de sa maigre pension de veuvage.

Mais le mal était fait. On ne pouvait pas revenir sur ce « terrible été ».

Björn sort de la salle de bains.

— J'aurais besoin d'aide pour débiter le pin qui est tombé au printemps, dit Maj.

— Bien sûr, répond Björn.

— Et pour couper du bois.

— Pas de problème.

Björn est à la fois musclé et habile ; il aide souvent Maj à effectuer des tâches qui requièrent de la force.

— Et va chez le coiffeur, rabâche Maj. Tu ressembles à un de ces communistes qui manifestent contre le Vietnam.

— Ils ne manifestent pas contre le Vietnam, mère, mais contre la guerre au Vietnam.

— Ne joue pas sur les mots !

— Merci beaucoup pour ton aide aujourd'hui, Maj, intervient Britt-Marie qui sait quelle tournure peut prendre la discussion. On se voit demain.

5

Plus tard, lorsque la froide lumière du crépuscule s'est changée en une obscurité de velours et qu'Erik dort à poings fermés, ils font l'amour. Ou plutôt, ils essaient, mais les pensées de Björn sont ailleurs. Il pousse un long soupir quand il lâche son étreinte et se retourne sur le dos.

— Désolé, chuchote-t-il. Désolé.

— Ce n'est pas grave, dit-elle en lui effleurant la joue.

— C'est juste que... Tu sais, le travail. Ça me stresse. *Elle* me stresse.

— Qui ?

Il allume une cigarette et inspire profondément. L'extrémité orange éclaire la nuit et le tabac crépite en s'embrasant. Erik gémit dans son lit, à côté de la porte.

— Birgitta. La gonzesse qui croit qu'elle possède toute la baraque.

Britt-Marie ne répond pas, mais elle l'embrasse sur la joue et tire sur sa cigarette.

Une fois que Björn a écrasé son mégot, ils restent allongés dans le noir, en silence. Au bout d'un moment, la respiration de Björn devient plus profonde. Elle ferme les yeux et écoute les bruits de sa petite famille – le ronron d'Erik, les soupirs lourds et irréguliers de Björn.

Tout ce dont elle a toujours rêvé se trouve ici, dans le noir. Tout ce dont elle a besoin.

Elle pense de nouveau à ses parents.

Eux aussi formaient une famille, à l'époque ; sa mère et elle, sans doute encore. Bien que tout ait été construit sur un mensonge. Elle ne les en aime pas moins, mais tous ses souvenirs ont changé de valeur. Comme si on levait les yeux d'un magnifique jardin pour se rendre compte qu'il a été bâti sur une décharge.

Elle pense au jour où le proviseur lui a décerné un diplôme parce qu'elle avait remporté la compétition d'athlétisme de son école. C'était au printemps 1955, n'est-ce pas ? Les yeux baignés de larmes de sa mère, la main sèche de son père qui lui avait maladroitement effleuré la joue en murmurant :

— C'est ma fille, ça.

Tante Agnes était là aussi. Elle lui avait fait un signe de tête et l'avait saluée depuis sa place un peu plus loin dans l'amphithéâtre.

À la fin, le proviseur s'était approché de ses parents et leur avait serré la main.

— Félicitations !

Puis il avait souri à sa mère, avait regardé Britt-Marie avant de poursuivre :

— Britt-Marie est le portrait craché de Mme Odin.

Sa mère avait souri, son père aussi. Et tante Agnes avait hoché la tête d'un air circonspect.

— N'est-ce pas ! avait répondu son père en tapotant le dos de Britt-Marie. Et heureusement ! Quelle catastrophe si elle m'avait ressemblé.

Comme c'est étrange.

Ils étaient tous au courant. Pas le proviseur, bien sûr, mais sa mère, son père et tante Agnes.

Et pourtant ils se comportaient tous comme si elle avait été leur fille biologique.

Au bout d'une heure, elle n'a toujours pas trouvé le sommeil. Elle se lève discrètement, s'assied dans la cuisine et sort le carnet de notes qu'elle garde au fond de la boîte à biscuits. Elle ouvre la première page et lit le titre qu'elle a rédigé l'avant-veille.

ELSIE
Stockholm, février 1944

Elle fixe la photographie sépia d'Elsie – la seule qu'il lui reste de sa mère – et réfléchit un instant avant de commencer. Puis elle pose la mine de son stylo sur le papier.

Mot après mot, le récit de sa mère prend forme ; cette femme qu'elle n'a jamais pu rencontrer. Ses parents lui ont raconté son histoire tant de fois qu'elle la connaît par cœur et, à la bibliothèque, elle a lu de vieux articles de journaux sur l'Assassin des bas-fonds.

Elle est néanmoins obligée de broder un peu. À quoi ressemblait cet immeuble de la rue Norra Smedjegatan ? Et comment s'appelaient les agents qui accompagnaient Elsie ce soir-là ?

Elle écrit jusqu'à ce que ses yeux brûlent et que ses mains s'engourdissent. Alors, elle pose le carnet sur la table, se lève, entre dans la chambre et se glisse dans la chaleur de Björn.

Je l'ai fait, songe-t-elle.

J'ai écrit!

Je ne gagnerai pas de concours de nouvelles dans Femina, *mais peut-être qu'un jour quelqu'un lira le récit d'Elsie. Une personne intéressée. Peut-être Erik. Et à ce moment-là, tout ce qui s'est passé sera couché sur le papier.*

Quand Britt-Marie se réveille le lendemain matin, Björn est déjà levé. Elle entend son sifflotement et le babil joyeux d'Erik. Et autre chose aussi. Une voix rauque, traînante, qu'elle ne connaît que trop bien.

Elle enfile sa robe de chambre, la serre contre son corps et entre dans la cuisine.

— Bonjour, ma belle, dit Björn.

— Bonjour, répond-elle sans le regarder.

Elle se tourne vers l'homme robuste affalé sur la chaise en face de Björn, une tartine de pâté de foie à la main.

Sudden engloutit sa tranche de pain et repousse ses fins cheveux blonds. Puis il indique le carnet de notes ouvert sur la table.

— Tu vas devenir écrivain?

Britt-Marie se dirige vers la table et s'empare du cahier.

— Non.

— Quelle histoire sordide.

Sudden étouffe une éructation et se lève avec lenteur.
Britt-Marie ne répond pas.

— Eh ben, je devrais peut-être rentrer, reprend-il.

Il adresse un signe de tête à Britt-Marie et sort mollement dans le couloir.

Elle croise les bras et foudroie Björn du regard. Il hausse les épaules. Dès que la porte s'est refermée, elle siffle :

— Qu'est-ce qu'il foutait ici ?

— Il est passé, c'est tout.

— À sept heures du matin !

Björn lève les mains au ciel.

— Il rentrait chez lui.

— À cette heure-ci ? Qu'est-ce qu'il a fichu toute la nuit ?

— Je n'en sais rien ! Je ne suis pas sa mère !

Sudden est l'ami de Björn qu'elle porte le moins dans son cœur.

Il est vraiment bizarre, quasi déviant, et il est au chômage ; d'après ce qu'elle a compris, il n'a que deux centres d'intérêt dans la vie – écluser des bières dans la maisonnette du jardin ouvrier[1] de sa mère et s'adonner aux paris hippiques.

— Regarde ! dit Erik en brandissant un couteau sur la pointe duquel est embrochée une tranche de fromage.

— Oh, bravo, mon chéri, marmonne-t-elle.

Elle se dirige vers la cafetière et se sert une tasse.

---

1. Parcelle de terre louée aux habitants par la municipalité, accompagnée, en Suède, d'une maisonnette où l'on peut passer quelques nuits, mais où l'on n'est pas censé vivre.

— Est-ce qu'on peut se mettre d'accord sur une chose ? poursuit-elle aussi calmement que possible. Pas d'invités avant neuf heures du matin.

— On ne peut pas vraiment dire qu'il ait été invité.

Elle lui adresse un regard appuyé, pose sa tasse sur le plan de travail et sort les œufs et le jambon du réfrigérateur.

— J'espère que tu auras quelque chose de plus intéressant à faire aujourd'hui qu'à trier des papiers, dit Björn avant de planter les dents dans sa tartine au fromage.

— Je l'espère aussi.

Mais, quand elle arrive dans son bureau, elle trouve sur sa table une nouvelle pile de documents au moins aussi haute que celle de la veille. Elle s'assied sur la chaise, sentant l'irritation monter.

Roger Rybäck entre dans la pièce. Il porte des vêtements plus décontractés que la veille et a troqué sa veste contre un blouson en cuir.

Le Dalécarlien paraît déjà comme un poisson dans l'eau au troisième étage, se dit-elle. Il sait qu'il est des leurs, qu'il appartient à leur clan. Qu'on ne lui demandera jamais de passer la journée le nez dans la paperasse.

— Salut, dit Roger en caressant de la main ses queues d'écureuil. Ça va ?

— Oui, très bien, merci, rétorque-t-elle, faute de meilleure réponse.

Impossible de lui dire comment elle se sent, à quel point la rage lui comprime le diaphragme et lui fait mal, comme si elle avait mangé du verre pilé au petit déjeuner au lieu des œufs brouillés et du jambon poêlé.

Rybäck ôte sa veste en cuir, se laisse tomber sur sa chaise et la regarde dans les yeux.

— Tu sais. Ça...

Il indique la pile de documents qui encombre son bureau et poursuit :

— Je ne comprends pas pourquoi il fait ça.

— Moi non plus.

— C'est vraiment étrange. Avec la pénurie de flics qu'il y a... Lagerman pourrait s'en occuper.

— Oui.

Britt-Marie promène son regard de la paperasse vers la fenêtre, fuyant la honte d'être une indésirable. Elle finit par poser les yeux sur le toit du cinéma comme un oiseau perdu.

— Tu veux un café ?

Elle se redresse, s'efforce de fixer l'homme sympathique qui lui fait face. Il sourit. La peau de ses joues se plisse et ses taches de rousseur se ratatinent comme des poissons dans un filet.

— Volontiers. Merci.

Une fois qu'il a disparu dans le couloir, elle recoiffe sa longue frange sur le côté et en profite pour s'étaler un peu de baume Nivea sur les lèvres. À l'instant où elle referme le couvercle métallique bleu, elle est frappée par l'ineptie de sa conduite. Serait-elle en train de minauder devant un collègue, juste parce qu'il a fait preuve de décence et ne s'est pas comporté comme un goujat ? Elle, une femme adulte, par ailleurs mariée avec un homme aussi beau qu'aimant.

Elle remercie poliment Rybäck quand il revient avec le café. Il s'assied, allume une cigarette, tourne de droite à gauche et de gauche à droite sur sa chaise de bureau tout en la considérant. Puis il tapote légèrement sa cigarette sur le bord de la petite coupelle frappée du logo Cinzano pour en faire tomber la cendre.

— Ça a l'air assez calme à Östertuna, dit-il. Fagerberg en a parlé comme d'une ville « TLC ». Qu'est-ce que ça veut dire ?

— Travail, logement, centre-ville. Tout doit se trouver au même endroit.

— L comme « loubards » ? suggère Rybäck en écrasant sa cigarette.

Britt-Marie sourit.

— Non. Ici, à Östertuna, on s'est débarrassé des loubards avec la politique du logement.

Elle regarde par la fenêtre où le ciel innocemment bleu repose sur la ville.

Rybäck se lève et s'empare d'une liasse de documents.

— Je vais voir Fagerberg.

— Je t'accompagne.

Il lui lance un coup d'œil sceptique, mais ne dit rien quand elle le suit dans le couloir.

Lorsqu'ils pénètrent dans le bureau, Fagerberg et Krook sont déjà là, chacun avec une cigarette à la main. Un rayon de soleil filtre par la fenêtre et dans le mince rai de lumière elle observe la fumée monter doucement vers le plafond.

— Bonjour, dit Britt-Marie en s'asseyant sur une des chaises libres.

Fagerberg ne répond pas.

— J'ai dit bonjour, répète-t-elle en forçant un sourire.

D'un geste lent, Fagerberg pose sa cigarette sur la soucoupe de sa tasse de café. Il se penche en arrière et croise les mains. La chaise grince lorsqu'il se balance quelques fois d'avant en arrière.

— Les rapports que je vous ai donnés ne vous suffisent pas ?

— Je pense être plus utile ici.

Il la dévisage en silence, humecte ses lèvres minces du bout de la langue.

— À moi de décider où vous êtes le plus utile.

— Mais…

Le visage pâle de Fagerberg se colore, il plisse les yeux et se lève si brusquement qu'il heurte la table, envoyant valser la soucoupe sur le sol. Le mégot roule sur la moquette, laissant un sillon de cendre derrière lui.

— Dehors ! hurle-t-il en indiquant la porte de la main. Si vous voulez travailler dans ma brigade, vous apprenez d'abord à obéir aux ordres !

6

Au bout d'une semaine, Britt-Marie n'est plus en colère. Non qu'on lui ait confié de nouvelles tâches. Aucunement. Elle en a tout simplement fini avec ce sentiment. En effet, tout comme on ne supporte pas de manger la même chose tous les jours, on n'a pas la force d'être indignée au quotidien. La fureur a été remplacée par un vide effrayant, une sorte de résignation qu'elle ne reconnaît pas. Peut-être est-ce parce que tous les espoirs qu'elle avait bâtis pendant son congé maternité ont été anéantis. Brisés, ses rêves d'une existence professionnelle qui ait du sens. Ou peut-être qu'elle s'est simplement fait une raison : sa place est là, dans la pièce aux deux bureaux dont un seul est utilisé – l'assistant Rybäck est le plus souvent en réunion ou en déplacement.

Les trois autres inspecteurs de la police judiciaire, Ohlsson, Svensson et Pettersson, des hommes d'âge mûr, semblent bien disposés à son égard. Mais Fagerberg – qui dirige la brigade d'une main de fer – les a affectés à d'autres enquêtes, et elle ne les voit guère.

Le commissaire n'est plus ouvertement désagréable ; il affiche simplement une froide indifférence. Quand il n'est pas sorti, la lampe rouge « occupé » est presque toujours allumée près de sa porte.

Mais, évidemment, il est débordé. Östertuna a beau sembler idyllique, il se passe des choses peu reluisantes sous la surface – bagarres dans des bars, violences conjugales, suicides… Quelques jours plus tôt, un vendeur automobile implanté en périphérie du centre-ville s'est fait braquer par un homme masqué.

Mais Appelle-moi-Alice fait de son mieux pour que Britt-Marie se plaise au commissariat et Rybäck est presque exagérément sympathique, comme s'il s'efforçait de compenser la grossièreté des collègues plus âgés.

C'est à une de ces occasions, lorsque Rybäck apparaît dans le bureau avec du café et des brioches à la cannelle, qu'elle prend conscience qu'elle a oublié son déjeuner chez elle. Ce n'est pas bien grave, ce ne sont pas les boutiques et les restaurants qui manquent autour de la place d'Östertuna, mais elle est à court d'argent, comme d'habitude. Et puis ça l'agace que sa boîte à repas renfermant des œufs de cabillauds frits et des pommes de terre reste vainement dans le frigo.

— Merci, c'est très gentil, dit-elle au moment où Rybäck dépose une tasse de café et une pâtisserie près de la machine à écrire. Mais le café attendra. Je dois retourner chez moi chercher mon déjeuner.

— Et si on allait au restaurant ? suggère Rybäck. Je t'invite.

Dans ses yeux brille une lueur indéterminée, mais clairement espiègle. L'espace d'un instant, Britt-Marie reste embourbée dans cette lueur, comme si celle-ci atteignait son cœur, faisant fondre le sentiment glaçant d'être indésirable.

— J'habite à cinq minutes d'ici, bafouille-t-elle.

Elle se lève, attrape son sac à main et sort à la hâte.

En effet, son appartement ne se trouve qu'à deux pas.

Après avoir dépassé le magasin d'alcool, elle bifurque rue Bergsgatan et se dirige ensuite vers le parc Berlin, dont le nom ne fait pas référence à la capitale allemande, mais au sculpteur qui a créé la statue en bronze près des balançoires – une femme avec un enfant au sein. Le parc est entouré d'immeubles de trois étages aux toits plats, agrémentés de petits balcons qui donnent sur l'espace vert.

En temps normal, Britt-Marie aurait traversé le parc, mais à présent une plaie béante s'ouvre à une extrémité, un trou gigantesque qui accueillera bientôt un parking.

Britt-Marie se dépêche le long des barrières délimitant le chantier, une main plaquée contre l'oreille pour atténuer le rugissement du marteau-piqueur. Elle s'engage dans la rue Sigtunagatan et parcourt les quelques mètres qui la séparent de l'immeuble à crépi jaune, entre et monte l'escalier en courant.

À peine a-t-elle ouvert la porte qu'elle comprend que quelque chose cloche. Une voix monocorde lui parvient depuis l'intérieur et l'air est saturé de fumée de cigarette.

L'appartement devrait être vide et silencieux. Björn est au travail, et Erik chez Maj, comme toujours.

Elle retire ses sandales, pose son sac à main sur la chaise à barreaux dans l'entrée et pénètre dans le séjour.

Björn, étendu sur le canapé, ronfle la bouche ouverte. Un filet de salive coule le long de sa joue. Des canettes de bière vides sont alignées sur l'ancienne table en tek que Hilma leur a donnée, le cendrier déborde et un mégot a roulé, laissant une affreuse brûlure. Une voix sérieuse s'échappe du transistor, révélant que Gerald Ford remplacera Richard Nixon et que Pinochet a introduit des lois plus dures contre les opposants politiques.

Elle se souvient que Björn est sorti avec Sudden la veille au soir. Il doit avoir la gueule de bois, mais cela ne l'a jamais empêché d'aller travailler. Il était levé quand elle est partie ; il avait pris sa douche et son petit déjeuner. Mais après ? A-t-il continué à boire au lieu d'aller bosser ?

Comme un alcoolique.

Ou s'est-il rendu au boulot pour ensuite faire demi-tour ? S'est-il disputé avec sa nouvelle cheffe, celle qu'il s'obstine à appeler « cette gonzesse » ?

Britt-Marie éteint la radio, s'avance vers son mari. Elle reste immobile un instant, les poings serrés de rage, le bout de la langue brûlant de lui faire des reproches. Une colère dont elle ne comprend pas bien l'origine la remplit. Non qu'elle n'ait pas de raison d'être en colère, c'est simplement qu'elle est habituellement si... calme.

Oui, elle est toujours posée.

Mais, à présent, son calme est épuisé. Sans doute les déceptions de ces derniers temps ont-elles grignoté toute la patience qu'elle avait en stock, comme un rat affamé. À présent, les granges sont vides, et elle n'a qu'une envie, c'est rouer de coups son Apollon de mari. Mais il y a autre chose, aussi – une rage sans nom, parce qu'il est en train de saborder ce qu'ils ont de plus beau. La famille qu'ils ont bâtie ensemble, celle qu'elle pensait ne jamais avoir.

Elle lui donne une bourrade dans les côtes.

— Qu'est-ce que tu fabriques ? marmonne-t-il en se léchant les lèvres.

— Que fais-tu à la maison ? Il n'est même pas midi.

Silence.

— La gonzesse m'a dit de rentrer.

Elle sent un froid glacial se diffuser dans sa poitrine.

— Dis-moi la vérité, Björn. Elle t'a renvoyé chez toi parce que tu avais bu ?

Björn se retourne, plonge la tête dans le coussin brodé à la main, et marmonne une phrase inaudible.

Britt-Marie lui décoche un autre coup, dans le dos cette fois.

— Merde, laisse-moi tranquille ! Tu ne vas pas t'y mettre aussi ?

Sans répondre, elle se dirige vers la porte, attrape ses affaires et quitte l'appartement. Elle oublie son déjeuner à base d'œufs de cabillaud, mais qu'importe, elle a perdu l'appétit.

Elle revient au commissariat à midi passé de treize minutes. Elle s'assied à son bureau dans la pièce vide. La pile de documents a diminué, mais il reste encore plusieurs heures de travail pour en venir à bout.

Le corps noueux de Fagerberg apparaît dans l'embrasure de la porte. Dans la lumière froide du néon, on dirait que sa peau est en papier de verre et les profondes rides qui relient son nez aux commissures de ses lèvres ressemblent à des coups de hache.

— Suivez-moi, dit-il avant de disparaître aussi vite qu'il est arrivé.

Un instant plus tard, sa voix retentit dans le couloir :

— Ne me faites pas attendre, assistante Odin !

Britt-Marie n'ose rien faire d'autre que de lâcher ce qu'elle avait entre les mains pour emboîter le pas à son chef.

Rybäck, qui patiente près de la porte de la cage d'escalier, lui adresse un sourire hésitant.

— Viol présumé, explique Fagerberg en ouvrant la porte. Une femme d'une vingtaine d'années a été retrouvée rouée de coups dans son appartement. Ce serait peut-être bien si vous lui parliez, assistante Odin.

Et pour Britt-Marie tout s'éclaire.

Elle comprend pourquoi elle échappe à son bureau et à la pile de documents qui ne semble jamais cesser de croître : les crimes sexuels sont une affaire de femme. En tout cas lorsqu'il s'agit d'entendre la victime. Qui peut mieux comprendre une femme qu'une autre femme ? À qui la victime osera-t-elle raconter les détails les plus douloureux ? Qui peut tenir une main et essuyer des larmes sans perdre ni son autorité ni sa dignité ?

— Oui, dit-elle. Je peux lui parler.

L'ambulance est déjà là lorsqu'ils arrivent devant l'immeuble de la rue Långgatan. Un groupe de curieux s'est massé devant le porche. Comme dans l'expectative, ils regardent Britt-Marie et ses collègues.

— Police, faites place, grogne Fagerberg.

Les badauds s'éloignent, obéissants, comme un troupeau de moutons.

Ils entrent dans le bâtiment et grimpent l'escalier.

Devant une porte ouverte, au troisième étage, se tient une femme d'un certain âge avec un garçonnet, qui doit avoir l'âge d'Erik, dans les bras. La femme est aussi large que haute, et Britt-Marie pense à une armoire à glace, une armoire à glace habillée d'un tablier, des bigoudis plein les cheveux. L'enfant au visage cramoisi de larmes hurle en indiquant l'appartement. Ses petits doigts sont maculés d'une substance rouge et collante.

Du sang ?

— Maaamaaan !

Un ambulancier se tient à côté d'eux, appuyé contre le chambranle de la porte. Sur son visage, Britt-Marie lit à la fois le désespoir et le trouble, comme s'il tentait de résoudre une équation à deux inconnues.

Quelques mètres plus loin, un policier en uniforme adossé au mur tient à la main la pochette plastique bleue contenant le formulaire de rapport, le regard dans le vague.

Britt-Marie le reconnaît, c'est un collègue du maintien de l'ordre. Elle le salue, mais l'homme ne répond pas. Fagerberg s'avance vers lui et le secoue doucement par l'épaule.

— Qu'est-ce qui s'est passé ? Vous avez perdu votre langue ?

Il ne répond toujours pas, mais au contact de Fagerberg il commence à se balancer sur place d'avant en arrière ; sa matraque blanche en caoutchouc frappe le mur à répétition.

Un gémissement prolongé retentit à l'intérieur de l'appartement.

— On devait l'emmener, mais on ne peut pas, marmonne l'ambulancier.

— Comment ça, vous ne pouvez pas ?

— Elle est….

La voix de l'ambulancier se brise et il plaque une main contre sa bouche comme pris de nausée.

Fagerberg, visiblement exaspéré par la couardise de ces deux hommes, soupire bruyamment. Il enfile des protège-chaussures et pénètre dans l'appartement. Britt-Marie et Rybäck lui emboîtent le pas.

Dans l'entrée exiguë pendent un poncho et un sac à main à franges. Sur le sol se trouvent plusieurs paires de chaussures d'enfant abîmées et des sabots rouges taille adulte. Des jouets sont éparpillés sur le linoléum : ils enjambent des Lego et un petit troll aux cheveux orange hirsutes.

Ils continuent vers le salon. Derrière eux, la porte d'entrée se referme, étouffant les cris obstinés de l'enfant.

Un autre ambulancier est agenouillé par terre à côté d'une femme en sang. Elle gît sur le dos, les bras tendus perpendiculairement à son corps, vêtue seulement d'un débardeur lâche. Le soleil pénètre par la fenêtre, traçant un parfait rectangle de lumière sur la femme et l'homme à son chevet, comme un projecteur géant éclairant un plateau de théâtre. Britt-Marie ne peut s'empêcher de penser que tout est mis en scène – une nature morte grotesque de chair féminine et de sang.

L'ambulancier les regarde avec une expression de sincère impuissance, et ce n'est qu'à ce moment que Britt-Marie se rend compte que la femme pleure, qu'elle gémit comme un animal. Au même instant, elle prend conscience de l'odeur de sueur, de sang et d'urine qui sature la pièce.

— Dans quel état est-elle ? s'enquiert Fagerberg.

En deux enjambées, il est arrivé auprès de la femme.

— Elle est en vie, bredouille l'ambulancier. C'est juste que je ne sais pas comment l'emmener. Nous n'avons pas d'outils.

— D'outils ? crache Fagerberg, réussissant on ne sait comment à faire de ce mot une insulte.

L'homme indique la main de la femme et Britt-Marie comprend.

C'est impossible, se dit-elle en tournant la tête par automatisme. Mais elle se force à observer la femme de nouveau.

De petites têtes métalliques dépassent comme des crocs des paumes de la femme. Elle a été clouée au sol.

7

En voyant la jeune femme ainsi crucifié, Britt-Marie sent ses jambes se dérober. Le *modus operandi* macabre de l'agresseur lui est douloureusement familier – mais l'Assassin des bas-fonds peut-il vraiment être de retour ?

Pour chasser ces pensées, Britt-Marie s'occupe des tâches les plus urgentes : elle couvre la femme et aide Rybäck à barrer l'accès à l'appartement tandis que Fagerberg appelle les techniciens et les pompiers – ces derniers doivent posséder les outils nécessaires pour arracher des clous. Et quand Rybäck sort dans la cage d'escalier à la rencontre de la voisine qui porte toujours le fils hurlant de la victime, Britt-Marie tente d'obtenir des informations de la bouche de l'agressée. Accroupie près de la femme en sang et tremblante, elle braque le regard sur le linoléum réconfortant à quelques dizaines de centimètres à droite du visage tuméfié.

— Pouvez-vous me dire ce qui s'est passé ?

Elle voudrait l'effleurer, peut-être pour lui donner de la force, mais la femme est tellement amochée que Britt-Marie n'ose pas, de peur de lui faire plus de mal.

Autour de ses mains rivées au sol, de petites flaques de sang se sont étendues. La femme tousse, projetant une bruine de gouttelettes rouges qui pleuvent sur le sol gris sale.

— Est-ce que vous le connaissiez ? poursuit Britt-Marie, soudain inquiète que la victime décède avant qu'elle ait posé les questions les plus importantes.

La femme secoue la tête et croise le regard de Britt-Marie.

— Son visage... était couvert.
— Il était masqué ?

La femme hoche la tête et semble vouloir dire quelque chose. Ses lèvres fendues forment un mot silencieux. Britt-Marie se penche en avant pour mieux entendre. L'haleine de la femme heurte sa joue en bouffées humides.

— Daniel...
— Il s'appelle Daniel ?

La femme secoue la tête et Britt-Marie comprend.

— Votre fils ? Il va bien. Il est dehors.
— Tout vu.

Les mots de la femme sont fragiles, ils se changent en poussière lorsqu'ils percutent la voix déterminée de Fagerberg dans l'entrée. Pourtant, ce sont bien ses paroles que Britt-Marie entend. Elles s'accrochent à elle et refusent de lâcher prise.

— Vous voulez dire qu'il a vu quand l'homme vous a frappée. Quand il...

Sa voix s'éteint.

— Tout.

Ils passent près de deux heures dans l'immeuble du 23, rue Långgatan. Les pompiers libèrent Yvonne Billing – ils connaissent à présent son nom – et les ambulanciers la transportent à l'hôpital. Rybäck et Britt-Marie interrogent les voisins et les passants, sans grand succès.

Personne n'a rien vu, personne n'a rien entendu, à l'exception d'un couple d'une soixantaine d'années qui vit au même étage. Ils ont déclaré qu'il y avait du vacarme dans l'appartement d'Yvonne Billing « au milieu de la nuit ». Quand l'homme est sorti sur le palier et a tambouriné à la porte en criant de faire moins de bruit, le silence est revenu. À la question de savoir ce que pouvait bien faire Yvonne, il a répondu qu'il n'en avait pas la moindre idée, mais que ça faisait un « boucan de tous les diables ».

L'homme est immédiatement rentré chez lui et n'a pas vu l'agresseur présumé. Sa femme a confirmé ses dires.

Britt-Marie sait bien qu'elle doit parler à Fagerberg des événements survenus trente ans plus tôt dans le quartier de Klara, mais elle ignore encore comment expliquer cette étrange coïncidence sans être obligée d'entrer dans les détails de son histoire familiale.

— À les entendre, on croirait qu'elle s'est clouée au sol toute seule, constate sèchement Fagerberg lorsqu'ils échangent des informations dans la petite cuisine. Les gens n'ont vraiment pas les yeux en face des trous ?

Effectivement, c'est étonnant. Même la voisine qui a découvert Yvonne Billing n'avait rien d'intéressant à dire. Juste avant midi, elle a entendu les pleurs du garçonnet et a frappé à la porte. Comme personne n'ouvrait, elle a testé la poignée. La porte n'étant pas verrouillée, elle est entrée dans l'appartement et a trouvé Yvonne clouée au sol et son fils en larmes, assis à ses côtés.

D'après la voisine, Mlle Billing est une personne soignée et discrète. Elle ne connaît pas son âge exact, mais sait qu'elle a un poste de secrétaire à l'administration centrale de l'Urbanisme. Avant, elle travaillait à la Commission nationale pour la conduite à droite. Son fils Daniel a deux ans ; la voisine ignore qui est son père.

— Et je m'en fiche, a-t-elle sifflé quand Britt-Marie lui a posé la question. Je ne me mêle pas des affaires des autres et je veux être logée à la même enseigne.

La voisine lui a semblé plutôt colérique, mais, au vu de la situation, difficile de lui jeter la pierre.

Juste avant quinze heures, Britt-Marie, Fagerberg et Rybäck retournent ensemble au commissariat d'Östertuna. Aucune raison de prendre la voiture – la rue Långgatan ne se trouve qu'à quelques minutes de là.

Le soleil août est bas dans le ciel et de petits nuages blancs duveteux se déplacent lentement, en file indienne, le long de la ligne d'horizon, tels des moutons en transhumance. Au loin, on entend le bourdonnement constant de l'autoroute qui relie les quartiers nord à la capitale.

— Alors…, commence Britt-Marie. Il y a eu un crime similaire au quartier de Klara dans les années quarante. Une… parente éloignée travaillait là-bas comme auxiliaire de police et elle était là quand une femme a été découverte dans un appartement. Elle avait été clouée au sol, exactement comme Yvonne Billing.

— Hum, répond Fagerberg. Quand était-ce ?

— À l'hiver 1944. Février ou mars, je crois.

— Il va falloir examiner ça, mais c'était il y a trente ans : peu de chances qu'on ait affaire au même criminel.

— Bien sûr, concède-t-elle, soulagée qu'il ne lui pose pas de questions sur sa parente.

Arrivé sur la place, Fagerberg s'arrête net, frotte son nez busqué entre le pouce et l'index et balaie du regard la rangée de boutiques et de cafés de l'autre côté de la fontaine. Puis il se tourne vers eux.

— J'ai une faim de loup ! Assistant Rybäck, que diriez-vous de manger un bout avant de continuer ?

Britt-Marie, qui, pendant quelques heures, est parvenue à oublier qu'elle a passé ses dernières semaines dans de la paperasse inutile, se remémore brusquement la goujaterie de Fagerberg.

Rybäck se tourne rapidement vers elle.

Le soleil embrase ses épais favoris et ses cheveux ébouriffés forment un halo autour de son visage. Il affiche une expression peinée et coupable, comme s'il portait la responsabilité des mauvaises manières de Fagerberg.

Britt-Marie devine ce qu'il est sur le point de dire, mais lève une main comme pour parer l'attaque.

— Je dois passer à la poste avant la fermeture. On se retrouve au bureau.

Elle fait volte-face et s'éloigne, les joues brûlantes de honte. C'est son insuffisance qui se rappelle à nouveau à elle, cette compagne constante de ces dernières semaines. Et elle ne peut rien contre elle, pour la simple raison qu'il ne s'agit pas de ce qu'elle *fait*, mais de ce qu'elle *est*.

Elle se dirige vers la poste.

Ses jambes tremblent encore, elle ne sait pas si c'est à cause de la vision d'horreur dans l'appartement ou des similitudes avec le meurtre de cet hiver glacial trente ans plus tôt.

Elle essuie une larme et songe qu'elle a quelques commissions à faire ; pourquoi ne pas s'en occuper maintenant puisque Fagerberg veut se débarrasser d'elle à tout prix ?

La poste est étonnamment déserte et il y fait frais. Britt-Marie sort les factures à payer et le grand porte-monnaie qu'elle garde généralement dans la boîte à biscuits, sous le carnet renfermant l'histoire d'Elsie. La caissière prend les factures sans mot dire. Elle se racle la gorge.

— Cela fait deux cent trois couronnes et quinze centimes.

Britt-Marie feuillette la liasse de billets et découvre qu'il manque plusieurs centaines de couronnes.

— Je ne comprends pas…

— Deux cent trois couronnes et quinze centimes, répète mécaniquement la caissière.

— Mais… il manque au moins trois cents couronnes.

— Eh bien, ma petite dame, réplique la caissière d'un ton mordant, je ne pourrai pas vous être d'une grande aide.

Lorsque Britt-Marie retourne au commissariat, la lampe rouge est allumée devant le bureau de Fagerberg, mais, à travers la vitre, Rybäck lui fait signe de venir. Après un instant d'hésitation, elle décide d'entrer ; attendre dehors ne ferait qu'empirer la situation.

Fagerberg peut lui ôter beaucoup de choses, mais pas sa dignité.

« Visage de pierre » la contemple à travers le rideau de fumée. L'inspecteur Krook lui lance un regard indifférent de ses yeux larmoyants, qui lui font penser à une lavette mouillée. Rybäck, lui, sourit. Évidemment. Un peu trop, même, et elle sent ses joues s'embraser.

— Asseyez-vous, assistante Odin, lui ordonne Fagerberg.

Elle s'exécute sans mot dire.

Fagerberg se penche en avant et la dévisage.

Britt-Marie se demande si son visage osseux et son cou noueux résultent d'une vie ascétique ou peut-être seulement d'une vision de l'existence dénuée de joie.

Sans doute la deuxième option.

— Le fait est que…, commence Fagerberg.

Il marque une pause théâtrale et poursuit :

— Nous n'avons pas la moindre piste. Personne n'a rien vu, rien entendu. L'examen technique va tarder. Et Mlle Billing n'est clairement pas en état d'être interrogée. Le médecin a déclaré qu'elle n'avait pas été violée, mais terriblement passée à tabac. Enfin, d'après ce qu'elle vous a dit, on peut conclure qu'elle ne connaissait pas l'agresseur et qu'il était en outre masqué, n'est-ce pas ?

— C'est exact, répond Britt-Marie.

Fagerberg opine du chef.

— Dès que Mlle Billing va mieux, je veux que vous alliez la voir à l'hôpital et que vous l'interrogiez.

— Très bien.

— Ça va être un bordel pas possible à résoudre. Un vrai bordel.

— Et ce meurtre en 1944 ? demande Rybäck.

— Oui, émet Fagerberg d'une voix traînante. Une très étrange coïncidence, bien sûr. J'ai appelé un collègue à la retraite qui a confirmé les dires de l'assistante Odin. Mais ils ont visiblement trouvé le coupable. L'époux de la femme, un certain Karl Karlsson, a été condamné pour le meurtre. Les similitudes sont donc le fruit du hasard.

Britt-Marie se redresse un peu.

— Le coupable a-t-il pu copier le crime ? demande-t-elle.

Fagerberg passe un doigt noueux sur l'arête de son nez.

— Pas impossible. Les articles là-dessus ne devaient pas manquer. Ce qui ne nous facilite pas la tâche. N'importe qui peut avoir lu ça et… s'en être inspiré.

8

Britt-Marie travaille tard ce soir-là. Quand elle quitte le bureau, les innocents petits nuages à l'horizon ont grandi, devenant un mur sombre qui s'approche à toute vitesse. Ils grimpent au-dessus du toit du cinéma, glissent le long du panneau en néon de Tempo, charriant des rafales de poussière et de détritus. À hauteur du parc Berlin, de minuscules gouttes effilées commencent à tomber dans le noir. Elles tournoient au-dessus du parc comme de la limaille, effaçant les contours du cratère éclairé qui bientôt sera transformé en parking.

Mais Britt-Marie ne remarque ni l'averse ni le vent qui s'engouffre sous sa jupe, laissant entrevoir ses cuisses robustes.

Elle pense à la femme clouée au sol.

Si seulement elle pouvait l'aider, si seulement elle pouvait aider une seule femme dans la détresse, alors son choix de carrière n'aura pas été vain, celui d'Elsie non plus. Alors quelque chose de positif aura découlé de la mort d'Elsie, du tri de la paperasse au troisième étage et des sarcasmes de Visage de pierre. Alors, elle acceptera de travailler à plein temps tout en gérant le foyer.

Alors, elle supportera tout, et un peu plus.

Mais comment pourraient-ils trouver le coupable sans témoignages ni indices concrets ? Et comment pourrait-elle, elle qui est préposée à la rédaction de rapports, aider cette femme ?

Lorsqu'elle ouvre sa porte, les mots de Fagerberg lui reviennent en mémoire :

L'époux de la femme, un certain Karl Karlsson, a été condamné pour le meurtre. Les similitudes sont donc le fruit du hasard.

Son regard confirmait sa confiance inébranlable. Et si Fagerberg, qui a travaillé toute sa vie dans la police, est sûr que le coupable a été arrêté, il a sans doute raison.

— Salut ! lance-t-elle.

Pas de réponse. Elle retire ses chaussures et entre dans le salon.

La nouvelle télévision couleur est allumée et elle entend le générique de début de *La Grande Aventure de James Onedin*.

Erik dort sur le tapis, le pouce dans la bouche. Björn est étendu sur le canapé et ronfle bruyamment. Sur la table, deux canettes de bière écrasées et une demi-bouteille vide d'aquavit.

Elle entre et éteint le téléviseur au moment où la poupe puissante du trois-mâts fend les eaux et où le capitaine lève son sextant vers le ciel.

La colère pulse dans ses veines. Elle voudrait frapper Björn en pleine figure, mais se retient. Au lieu de cela, elle prend Erik dans ses bras et le porte délicatement jusqu'à son lit. Elle lui ôte son pantalon. Au moins, sa couche est propre. Elle pose une main sur son front pour vérifier qu'il n'a pas de fièvre et rabat sur lui la couverture en patchwork cousue à la main.

Puis elle ramasse les canettes de bière, les mégots et la bouteille. Elle essuie la table en tek et entrouvre la porte du balcon pour laisser sortir l'odeur écœurante de fumée et d'alcool.

Enfin, elle se dirige vers Björn, le hisse en position assise et passe un de ses bras autour de ses épaules.

— Lève-toi. Il vaut mieux que tu ailles te coucher.

Björn claque des lèvres et secoue la tête.

— Qu'ils n'aillent pas s'imaginer que..., bredouille-t-il. Je sais distinguer une G325 d'une Y-37 les yeux fermés.

— Qu'est-ce que tu racontes ?

Elle aide son mari à se lever, bandant tous les muscles de son grand corps pour le soulever.

— G325, répète-t-il en titubant.

— *Quoi ?*

— Un balai d'essuie-glace. Avec une fixation oblongue. Je... Je... Je sais démonter une voiture et la remonter les yeux fermés. Et. Mais... La seule chose qu'ils savent faire, c'est rester assis sur leur gros cul, à compter des sous.

Björn se tait, mais quelques secondes plus tard il s'exclame d'une voix aiguë et offensée :

— *Mes* sous. Et ils me mettent à la porte !

Elle se fige. Est-ce qu'il a perdu son travail ? Comment vont-ils s'en sortir ? C'est pour ça qu'il est ivre mort pour la deuxième fois dans la même journée ? Elle hésite à le mettre au pied du mur, mais se dit que c'est inutile d'essayer d'avoir une discussion maintenant. Elle choisit de conduire son mari jusqu'au lit où elle le borde. Puis elle retourne dans le salon, se laisse tomber dans le canapé et écoute la pluie qui tambourine contre le rebord de la fenêtre.

Elle a mal à la tête et au ventre, ses yeux lui piquent. Elle n'a rien mangé depuis le petit déjeuner, mais elle ne peut penser qu'à une chose : cet épuisement qui la paralyse. Tous ses muscles, toutes les cellules de son corps semblent désespérément faibles. Mais derrière la fatigue se tapit un autre sentiment – plus fort et bien plus effrayant.

Elle promène son regard dans la pièce, sur les jouets éparpillés par terre, sur le gilet en laine d'Erik posé sur l'accoudoir du canapé.

Les mots de sa mère lui reviennent à l'esprit.

Le bonheur ne tient qu'à un fil.

Elle repense à leurs voisins quand elle était petite, à Enskede – dans la maison en bois blanc, aux fondations bleues et aux cadrans des fenêtres peints en vert. Comment s'appelaient-ils déjà ? Lundin ? Oui, c'est ça.

Le couple avait deux enfants – Frederik, qui avait son âge et qui était en fauteuil roulant à cause de la polio qu'il avait eu petit, et Frans, le benjamin, qui souffrait d'asthme sévère et qui en plus n'était « pas tout à fait comme les autres », comme disait le père de Britt-Marie.

Son père disait aussi que les Lundin n'avaient pas de chance, que c'était malheureux d'avoir deux enfants handicapés.

Mais un matin de mars, au début des années cinquante, Britt-Marie et ses parents ont été réveillés par les pompiers. La scène qu'ils ont découverte leur a fait reconsidérer leur vision du malheur. La maison de la famille Lundin était en feu et, quand l'aube pointa, il ne restait plus que quelques moignons de bois calcinés et les fondations bleues. Toute la famille avait péri dans l'incendie.

Oui, le bonheur ne tient qu'à un fil, songe-t-elle, sentant à nouveau la rage s'éveiller en elle. Parce que les accidents et les maladies, on n'y peut rien, mais détruire sa famille et perdre son emploi à cause de la boisson, on peut l'éviter.

Il va falloir régler ça. Nous devons avoir une vraie conversation. Nous devons être honnêtes et responsables, pour le bien d'Erik. Je lui parlerai demain, j'essaierai de le ramener à la raison. Et je dois lui demander où est passé l'argent du porte-monnaie, au risque de le fâcher.

Mais le matin suivant, elle tombe sur les tickets de paris hippiques ; et le temps des questions est révolu.

Les tickets se trouvent dans la poche d'un des jeans de Björn. Elle les découvre lorsqu'elle ramasse le pantalon qui traîne par terre dans la salle de bains, enroulé comme un gros serpent. Il n'a sans doute pas eu la force de se rhabiller après être allé aux toilettes la veille.

Lorsqu'elle plie le jean, elle distingue un froissement venant de la poche arrière. Elle y plonge la main par réflexe – il arrive que Björn y oublie des billets de banque et que Britt-Marie les lave dans la machine par mégarde – et en sort plusieurs petits papiers.

Il lui faut quelques instants pour comprendre ce qu'elle a sous les yeux. Des tickets de paris hippiques. Bien sûr qu'elle a entendu parler du nouveau jeu de course hippique, le V65, mais Björn ne lui a-t-il pas promis de ne plus jamais parier ? Depuis la fois où il a perdu tout un mois de salaire. Si elle n'avait pas été enceinte d'Erik, elle l'aurait peut-être quitté, ce jour-là.

Elle froisse les tickets et se précipite dans la chambre où Björn et Erik dorment encore. Elle décoche à son mari une gifle monumentale ; sa tête vole d'un bout à l'autre de l'oreiller.

Il bondit hors du lit.

— Qu'est-ce qu'il y a ? Tu es complètement folle !

— Qu'est-ce que c'est que ce truc ?

Elle lui jette les reçus à la figure sans attendre sa réponse.

Il pose sur elle un regard interrogateur, ramasse les petits papiers et les déplie.

— Tu avais promis ! Et je sais que tu as pris l'argent des factures.

Elle marque une pause.

— Et de notre voyage à Madère.

Elle pense à la carte postale accrochée au réfrigérateur, celle qu'on lui a donnée à l'agence de voyages. Ils s'étaient promis de visiter Madère, dès qu'ils en auraient les moyens.

— Ils t'ont mis à la porte, en plus ! Comment va-t-on s'en sortir ?

Quelques secondes plus tard, Erik ouvre les yeux, effarouché par ses cris. Il pousse un gémissement qui monte en puissance pour devenir un hurlement.

— Tu l'as réveillé, constate Björn, comme si elle ne l'avait pas déjà remarqué.

— C'est ta faute ! Tout est ta faute.

Elle va chercher Erik dans son lit, soulève son enfant en larmes, presse son petit corps chaud contre sa poitrine et le berce doucement.

— Je te rembourserai, gémit Björn en reniflant. Ce n'est pas ma faute si j'ai été licencié, il n'y avait plus assez de travail pour moi. Je leur ai même proposé de baisser mon salaire, mais ils m'ont dit que ça ne changeait rien.

Et à cet instant, au milieu des larmes et des cris, on entend un toussotement dans l'entrée.

Britt-Marie se retourne pour découvrir Maj, en robe d'été et gilet. Derrière ses boucles grises et figées par la laque, elle plisse les yeux, affichant une curiosité sans gêne. On sent l'odeur des pastilles à la violette jusqu'auprès du lit.

— Il était temps que j'arrive, dit-elle en hochant la tête, comme si un mauvais pressentiment venait d'être confirmé.

9

Le lendemain matin, Britt-Marie et Rybäck rendent visite à Yvonne Billing à l'hôpital Karolinska.

Britt-Marie a horreur des hôpitaux. Ce n'est pas tant l'idée des gens malades qui la dérange que la conscience que des millions de bactéries différentes prospèrent dans les longs couloirs et les pièces immaculées.

Qui sait ce qu'on peut attraper lorsqu'on vient ici ?

L'infirmière qui les conduit à la chambre pose une main sur le bras de Britt-Marie avant d'ouvrir la porte.

— On lui a administré des antalgiques. Et des calmants. Elle n'est pas dans son état normal.

Lorsqu'ils entrent dans la chambre d'Yvonne, Britt-Marie sent son cœur tambouriner dans sa poitrine. La femme dans le lit semble si petite et tellement maigre.

Elle porte une chemise d'hôpital blanche, sa tête et ses mains sont bandées. Des cheveux blond cendré dépassent du pansement, encadrant son visage tuméfié. Elle hoche la tête quand ils se présentent et s'asseyent sur des chaises près du lit.

— Comment allez-vous ? demande Britt-Marie.

— Ça va, répond Yvonne, la voix traînante, même si objectivement rien ne va.

Elle poursuit en chuchotant presque :

— Les médecins disent que mes mains vont bien cicatriser et que je pourrai à nouveau utiliser mes doigts.

— Excellente nouvelle, fait Britt-Marie. Pensez-vous pouvoir nous raconter ce qui s'est passé ?

Rybäck sort son calepin. Ils se sont mis d'accord pour qu'elle se charge des questions tandis qu'il prend des notes.

Yvonne acquiesce sans rien dire.

— À quelle heure avez-vous quitté votre travail ? s'enquiert Britt-Marie pour l'aider à se lancer.

— Vers seize heures trente, répond-elle, mécaniquement. Puis je suis passée chercher Daniel à la crèche.

— Vous êtes allée directement de votre travail à la crèche.

Yvonne hoche à nouveau la tête.

— Et vous êtes rentrés tout de suite après ?

— Oui, ou plutôt nous avons fait des courses chez Konsum. Ensuite, nous avons dîné et joué. Puis j'ai lu un livre à Daniel. *Bonne nuit, Alfie Atkins*, je crois. Il a dû s'endormir vers vingt heures.

— Est-ce qu'il s'est passé quelque chose de particulier ?

— Comment ça ?

— Est-ce que vous avez vu si quelqu'un vous a suivi ou avait un comportement étrange ?

— Non.

Yvonne ferme les yeux, garde le silence un long moment, et Britt-Marie est frappée par le calme qui semble émaner d'elle.

Ce doit être les médicaments, se dit-elle. Britt-Marie ne s'imagine pas capable de raconter un événement aussi terrible sans s'effondrer totalement.

— Et au supermarché ?

Yvonne secoue lentement la tête.

— Non, c'était une journée on ne peut plus normale.

Pause.

— La dernière de ma vie...

Britt-Marie aperçoit une larme solitaire glisser le long de sa joue sur son visage bouffi d'hématomes.

Le silence s'abat sur la pièce.

Les traits d'Yvonne se détendent, sa respiration se fait plus profonde.

Britt-Marie pense d'abord qu'elle s'est endormie.

— Mais..., reprend Yvonne.

— Quoi ?

— Il y avait quelqu'un, un homme, dans le parc, quand j'ai jeté un coup d'œil par la fenêtre ce soir-là. Juste avant d'aller me coucher.

— Un homme ? Que faisait-il ?

— Rien. Il était debout, immobile à côté de la statue, et il regardait vers ma fenêtre.

— Pouvez-vous le décrire ?

— Je ne le voyais pas bien. Mais je crois qu'il avait un manteau sombre. Je ne peux pas dire grand-chose de plus. Vous ne pensez pas que...

Elle se tait.

— Croyez-vous que vous pourriez l'identifier ?

Yvonne secoue la tête avec une lenteur infinie, et les larmes se mettent à couler. Britt-Marie s'avance, tend le bras vers la table de chevet pour attraper le mouchoir et essuie délicatement les joues enflées.

— Merci, marmonne Yvonne. Non, je n'ai pas vu son visage. Vous pensez que ça peut être *lui* ?

— Impossible à dire. Vous souvenez-vous de l'heure qu'il était ?

— Pas vraiment. Vers minuit, peut-être.

Britt-Marie hoche la tête.

— Bien, très bien. Et ensuite, une fois que vous étiez couchée, que s'est-il passé ?

— Il a fait irruption dans ma chambre. Au milieu de la nuit.

— Vous souvenez-vous pourquoi vous vous êtes réveillée ?

— Je crois que j'ai entendu quelque chose, mais je ne sais pas quoi.

— Quelle heure était-il ?

— Autour de trois heures du matin, je pense, parce que plus tard, quand j'étais par terre, j'ai vu que le réveil affichait trois heures et demie.

Britt-Marie sent des frissons lui parcourir l'échine quand elle imagine l'effroi d'Yvonne, réveillée en pleine nuit par un bruit, et qui découvre cet étranger dans sa chambre.

— D'accord, c'est très bien, Yvonne. Vous avez donc ouvert les yeux vers trois heures du matin. Que s'est-il passé ensuite ?

Yvonne clôt à nouveau les paupières, comme pour s'échapper de la réalité.

— Il est resté près du lit, à me regarder.

— Pouvez-vous le décrire ?

Le visage d'Yvonne se ferme.

— Je ne voyais pas son visage, il avait une sorte de masque, quelque chose qui lui cachait la tête. Une chaussette noire peut-être. Et des vêtements noirs. Je n'ai même pas pu voir la couleur de ses cheveux.

— C'est très bien, vous vous rappelez beaucoup de choses.

Yvonne essuie quelques larmes de sa main bandée.

— Je me souviens de ses chaussures : de gros souliers de travail. Et il avait un couteau à la main.

Britt-Marie et Rybäck échangent un regard ; la colère se mêle à la peine dans les yeux de son collègue.

— Pouvez-vous décrire le couteau ?

— C'était juste un couteau.

— Un couteau à pain, à viande ? Ou un couteau pour sculpter le bois ?

— Ça ressemblait à un couteau à viande. Avec une lame longue et aiguisée.

— Bien. Et l'homme, quelle taille faisait-il, à peu près ?

— Je ne sais pas. Il n'était ni grand ni petit.

— De taille moyenne, donc ?

Yvonne acquiesce presque imperceptiblement.

— Est-ce qu'il a dit quelque chose ?

— Non, il me fixait, c'est tout. Puis il m'a attrapée et balancée par terre. Il s'est jeté sur moi et a commencé à frapper ma tête contre le sol. Je croyais qu'il voulait me tuer, je ne comprenais pas pourquoi, car je ne connais personne qui me déteste à ce point, je n'ai jamais fait de mal à personne. Je…

Britt-Marie pose une main sur le bras d'Yvonne.

— Nous ne le pensons pas non plus. Que s'est-il passé après ?

— Je crois que j'ai hurlé, alors il m'a donné un coup de pied dans le cou. J'ai dû m'évanouir à ce moment-là, parce qu'ensuite je me souviens d'une douleur atroce à la main. Et du bruit, comme des coups frappés. Et de Daniel qui était à côté et qui pleurait. J'avais si peur qu'il fasse du mal à Daniel. Tuez-moi, je pensais, tuez-moi, mais épargnez mon enfant. J'avais mal à la gorge, je ne pouvais même pas crier. J'étais devenue muette. Puis je me suis à nouveau évanouie. Je suis revenue à moi parce qu'on frappait à la porte.

— C'est là que l'homme s'est enfui ?

Yvonne hoche la tête.

— Je crois qu'il a pris peur. Il a disparu dans le couloir. Il avait quelque chose à la main, peut-être un sac à dos ou un autre sac. J'ai attendu un moment. Puis j'ai essayé de me lever. Mais…

Yvonne se tait, son visage devient pensif. Puis son expression se change en une grimace.

— Je comprenais que j'étais attachée, et pourtant je ne saisissais pas. Je veux dire… Qui fait une chose pareille ? Et pourquoi ?

Britt-Marie croise le regard d'Yvonne sans pouvoir répondre.

En effet, qui fait une chose pareille ? songe-t-elle en faisant tourner entre ses doigts la bague de fiançailles d'Elsie qui pend autour de son cou. Et une fois de plus, elle se promet de faire tout ce qui est en son pouvoir pour arrêter le coupable. Pour Yvonne et pour Elsie.

Quand Britt-Marie rentre chez elle ce soir-là, Maj est en train d'éplucher des légumes dans la cuisine. Erik joue avec ses cubes de construction et la pièce sent le produit d'entretien. La carte postale de Madère est accrochée à la porte du réfrigérateur. Britt-Marie regarde les hautes montagnes couvertes de fleurs qui se jettent dans la mer, et le ciel infini.

Ils ne pourront jamais y aller.

— Je prépare une soupe pour t'éviter d'avoir à cuisiner ce soir, dit Maj en lui adressant son sourire figé.

— Merci, c'est gentil, tu n'étais pas obligée.

Mais Britt-Marie est étonnamment reconnaissante, car la conversation avec Yvonne Billing l'a épuisée et elle sent un battement sourd dans sa tempe.

Elle se demande si elle doit gloser sur la dispute à laquelle Maj a assisté ce matin, mais décide qu'elle n'en a pas la force.

— Il faut bien que vous mangiez quelque chose, marmonne Maj en versant des morceaux de rutabaga et de panais dans le bouillon frémissant.

— Tu sais, Maj, dit Britt-Marie, je suis tellement contente que tu nous aides. Surtout aujourd'hui. J'ai passé une journée terrible au boulot.

Maj lui jette un regard appuyé, mais ne dit rien. Elle attrape un poireau, l'entaille dans la longueur, le rince sous le robinet, le pose sur une planche et le découpe en rondelles.

— Nous avons trouvé une femme clouée au sol rue Långgatan hier.

Maj écarquille les yeux et demeure bouche bée.

— Exactement comme…

— Oui, exactement comme la femme trouvée par Elsie.

— Grand Dieu ! Alors, il est revenu, cet Assassin des bas-fonds ?

Britt-Marie hésite : que peut-elle confier à Maj ? On ne peut pas dire qu'elle soit une menace. En outre, Britt-Marie aimerait d'une manière ou d'une autre se rapprocher de sa belle-mère.

— Je me suis fait la même réflexion, mais mon chef, Fagerberg, a vérifié : l'homme qui a tué la femme dans les années quarante a apparemment été arrêté.

— Est-ce vraiment possible ? J'ai un beau-frère qui travaillait dans la police à cette époque, je vais lui poser la question.

— Je n'en ai pas parlé à Björn, reprend Britt-Marie après une courte pause. Ça ne ferait que l'inquiéter.

Maj s'empare d'une carotte et dévisage sa belle-fille.

— Il aurait peut-être raison.

Elle épluche le tubercule avec de grands mouvements vifs.

Britt-Marie se force à sourire.

— Je n'ai pas besoin qu'on me protège.

— Je n'en doute pas un seul instant, répond Maj sèchement en essuyant une main sur son tablier. Mais la brigade criminelle est-elle vraiment le meilleur lieu de travail pour une jeune mère ?

Sa voix est sourde, ses yeux braqués sur la carotte. Les muscles de ses bras noueux bougent en rythme quand elle manie le couteau. Les rondelles orange forment une petite montagne sur la planche à découper.

— J'aime mon travail. Et nous avons besoin de mon salaire.

Britt-Marie avance la main pour lui toucher le bras, mais se ravise et reste figée, les yeux rivés sur le dos maigre de sa belle-mère.

— Maj, poursuit-elle. Je sais que tu as décidé d'arrêter de travailler quand Björn était petit, et je peux le comprendre, mais les temps ont changé.

Le couteau s'immobilise et Maj fixe l'évier. Britt-Marie prend conscience qu'elle a sans doute frôlé de trop près le sujet le plus sensible, le sujet tabou dans la famille de Björn.

Le « terrible été ».

— J'aurais *décidé* d'arrêter de travailler, c'est ce que tu crois ?

— Je pensais que…

— Je n'avais pas le choix, ma petite. Tu crois que je n'aurais pas voulu avoir un emploi ? Et une maison ordonnée en rentrant ? Et à manger sur la table tous les soirs ? Qui ne voudrait pas vivre comme un homme ? Et peut-être que j'aurais pu le faire, s'il n'y avait pas eu Björn, si Ragnar n'était pas mort et que tout n'était pas parti à vau-l'eau en ce terrible été.

Elle se tait.

— Désolée. Je ne voulais pas…

Maj ne répond pas, mais Britt-Marie voit bien qu'elle serre le couteau avec une force redoublée. Ses articulations sont blanches et ses mains tremblent légèrement.

Un instant plus tard, la porte s'ouvre et des pas approchent. Le visage de Björn se matérialise dans l'encadrement de la porte.

— Bonjour !

Son regard se pose d'abord sur Maj, puis sur Britt-Marie.

— Il s'est passé quelque chose ? demande-t-il, et son sourire s'évanouit.

10

Les jours se succèdent ; une semaine passe, puis deux. Chez Björn et Britt-Marie, on respecte une sorte de trêve glaciale qu'aucun des deux n'a la volonté ni l'énergie de rompre. Parfois, ils se parlent, et chaque fois Björn se montre contrit et promet de chercher un nouveau travail. Et l'argent, il le remboursera.

C'est ce qu'il dit.

Britt-Marie ne sait pas quoi croire. Elle n'est plus en colère contre lui ; elle est déçue. Peut-être un peu surprise aussi. Mais surtout, elle est épuisée – épuisée d'être la rabat-joie, celle qui fait régner l'ordre dans la maison, celle qui ramasse les mégots et les canettes de bière. Elle est par ailleurs gênée qu'il lui ait tu ses problèmes au travail. S'il y avait une baisse d'activité, il devait le savoir, non ?

Mais elle possède aussi ses secrets ; peut-elle vraiment exiger de lui une honnêteté absolue alors qu'elle ne lui dit pas tout ?

C'est peut-être la raison qui la pousse à lui parler de la femme clouée au sol près du parc Berlin.

Sa réaction est attendue.

— Tu es complètement folle ! Et s'il t'arrivait quelque chose ? S'il te faisait du mal ?

Elle lui explique avec calme et en détail qu'elle passe le plus clair de son temps devant sa machine à écrire et que la probabilité que quelqu'un ait envie et *a fortiori* soit capable de lui faire du mal est infime.

Mais Björn n'est pas rasséréné.

— Il faut que tu demandes une mutation. Tu dois bosser sur autre chose. Les infractions au code de la route, les vols, n'importe quoi, mais pas ça.

Elle promet d'en parler à Fagerberg, mais n'en fait rien.

L'enquête sur l'agression du 23, rue Långgatan se poursuit. Britt-Marie est autorisée à participer aux réunions dans le bureau enfumé de Fagerberg, mais son rôle dans le groupe est clairement circonscrit : elle prend des notes lors des rencontres et les tape au propre à la machine à écrire électronique de son bureau.

Elle sait bien qu'Appelle-moi-Alice pourrait rédiger les rapports, mais elle n'ose pas protester de peur d'être congédiée et plantée à nouveau devant sa pile de documents et son armoire à archives. D'ailleurs, dès qu'elle hausse le ton ou remet en question une idée de Fagerberg, on l'envoie chercher du café ou acheter des cigarettes.

Il arrive qu'elle termine ses rapports en début d'après-midi, mais, au lieu d'aller parler avec ses collègues, elle reste dans son bureau et met au propre l'histoire d'Elsie, une échappatoire bienvenue dans ses journées monotones.

Le récit s'est développé, elle a passé plusieurs longues soirées à la maison à plancher dessus, et il lui est même difficile de mettre le point final.

Elle sait que Fagerberg la traite mal, plus que mal d'ailleurs : son comportement est incompréhensible. Visage de pierre est un anachronisme vivant. La Suède est un pays moderne qui vient d'adopter des propositions sur l'avortement pour toutes et le congé parental. Les femmes peuvent travailler où elles le souhaitent et l'amour est, sinon libre, du moins un peu plus insouciant qu'avant grâce à la pilule contraceptive.

Fagerberg serait-il passé à côté de tout ça ?

Aurait-il hiberné pendant toute la fin des années soixante – le mouvement étudiant, Woodstock et les féministes qui clament haut et fort que même les affaires privées sont politiques ?

Sans doute.

Mais n'en déplaise à sa vision surannée de l'égalité homme-femme, on ne peut nier ses compétences. Il dirige l'enquête d'une main de fer et a passé les dernières semaines à cartographier dans les moindres détails les agissements d'Yvonne et de son entourage. Ils ont parlé à ses proches et ont fait du porte-à-porte dans le quartier avec l'aide de la police du maintien de l'ordre. Ils ont même interrogé les parents des autres enfants de la crèche de Daniel. Mais personne n'a rien remarqué de suspect, personne ne se souvient d'avoir vu l'homme qu'Yvonne a repéré près de la statue.

Tout cela figure dans les comptes-rendus soignés de Britt-Marie.

Ce que tous ses collègues ignorent, c'est que la rédaction de rapports n'est pas seulement un devoir, c'est également le sanctuaire où elle oublie la froideur arctique qui règne chez elle, dans son deux-pièces, et les humiliations systématiques qu'elle subit dans le bureau de Fagerberg. Car, dans son malheur, elle a trouvé dans cette tâche répétitive une posture vis-à-vis des injustices du monde, une armure de perfection impénétrable.

Ce qui fonctionne plutôt bien. En tout cas, c'est ce qu'en pense Britt-Marie. Si Fagerberg a un avis sur la question, il le garde pour lui. Et Krook se contente généralement d'acquiescer à ce que dit son supérieur. Quand il participe aux réunions, cela va sans dire, car Fagerberg lui a aussi confié d'autres missions.

Les autres collègues de la brigade, Britt-Marie ne les voit pas beaucoup, mais ils lui adressent un signe de tête poli quand elle les croise dans le couloir.

Avec Rybäck, c'est différent, bien sûr.

Il se permet souvent des commentaires sur l'inconvenance de Fagerberg et, ce faisant, il pose volontiers la main sur le bras de Britt-Marie, comme pour souligner le poids de ses mots.

Ce contact, Britt-Marie l'apprécie autant qu'il la gêne, car il fait naître une tristesse en elle. Une mélancolie douloureuse qui prend sa source dans l'écart entre ce qu'elle ressent pour Rybäck et pour son mari, qui passe ses nuits sur le canapé du salon depuis une semaine.

Quant à elle, elle ferme la porte de la chambre où elle dort avec Erik, avant d'avaler le calmant léger que son médecin lui a prescrit. Björn semble accepter la situation, ou adopte simplement une posture, tout comme Britt-Marie. Il dort docilement sur le canapé et passe de plus en plus de temps avec Sudden, dans la maisonnette du jardin ouvrier près du lac Tuna.

Ce qu'ils y fabriquent, elle l'ignore, mais il empeste toujours l'alcool à son retour.

Il arrive que Björn soit absent à son réveil. À ces occasions, elle ne ressent que du soulagement. Les rares fois où il a maladroitement voulu la toucher, elle l'a repoussé – comment cette idée peut-elle lui effleurer l'esprit alors que la situation est comme elle est entre eux ?

Comme si ça ne suffisait pas, Rybäck fait de plus en plus souvent irruption dans ses pensées. Comme ça, à l'improviste. Et à des moments inopportuns.

Que m'arrive-t-il ? songe-t-elle. *Qu'arrive-t-il à ma vie ?*

Le mercredi 4 septembre, Margareta Larsson va chercher sa fille Lena chez sa nourrice qui vit dans un de ces nouveaux immeubles près du château d'eau. Il est dix-neuf heures passées de quelques minutes et Margareta vient de quitter son travail chez Tempo, près de la place d'Östertuna.

C'est une belle soirée, il fait doux, et elle fait un détour par le parc Berlin pour se dégourdir les jambes. Elle a la nuque et le dos en compote après sa longue journée à la caisse, les jambes lourdes et ankylosées. Lena s'assoupit dans sa poussette avant même qu'elles aient atteint le square, et heureusement : la petite aurait sans doute réclamé d'y aller, bien qu'il soit désert et déjà plongé dans la pénombre.

Margareta pousse la porte du 10, rue Berlingatan, parvient à grand-peine à faire passer la poussette, la range sous l'escalier, puis soulève sa fille endormie.

Ses pas résonnent dans l'escalier vide lorsqu'elle monte au troisième étage.

Elle extirpe sa clef de son sac à main sans lâcher Lena, ouvre la porte, entre et ôte ses sabots. Elle pénètre dans la salle de séjour et dépose délicatement son enfant dans le joli lit à barreaux que lui a légué sa cousine.

Lena pousse quelques gémissements, mais ne se réveille pas.

Margareta réfléchit. Elle ne devrait pas la coucher tout de suite, elle s'agitera bien trop tôt demain matin. Mais Margareta est épuisée et son mal au dos persiste, malgré la promenade. Elle décide de laisser dormir sa fille, consciente qu'elle le paiera au petit matin.

Elle lui retire son manteau brodé au point de croix qui était beaucoup trop cher même soldé, et vérifie que sa couche est propre. Puis elle l'enroule dans sa couverture et lui embrasse délicatement la joue.

Comme c'est étrange ! songe-t-elle.

Quand elle est tombée enceinte, elle l'a vécu comme une catastrophe, elle avait l'impression que sa vie était finie. Mais aujourd'hui, elle ne peut s'imaginer une existence sans Lena. Elle ne comprend pas ce qu'elle aurait fait de tout son temps, de tout son amour, si cette petite personne n'avait pas été là.

Un jour, peut-être que nous te trouverons un papa, songe-t-elle. Les hommes beaux et charmants, ce n'est pas ce qui manque à Östertuna. Celui qui passe à sa caisse à Tempo, par exemple, qui achète toujours à manger pour un, qui paraît stressé et porte un costume sombre comme s'il travaillait dans une banque.

Hier, il lui a demandé ce qu'elle faisait ce week-end.

Ou ce monsieur d'un certain âge qui vient souvent à sa rencontre quand elle se promène près du lac. Ils ont l'habitude de discuter, de marcher ensemble le long de la rive. Et lorsqu'il s'en va, il sourit et approche la main de son chapeau.

Puis elle se souvient du jeune homme qui l'a aidée à porter ses sacs de courses depuis le centre-ville jusqu'au parc Berlin la semaine dernière. Celui qui avait un drôle d'accent.

N'était-il pas plutôt mignon ?

Quand elle éteint le plafonnier, elle aperçoit une silhouette dans le parc en bas de chez elle. On dirait une personne appuyée contre un arbre, juste à côté du réverbère. Mais, lorsqu'elle s'approche de la fenêtre pour mieux voir, la forme se déplace pour être avalée par les ombres.

Je dois me faire des idées. Elle entre dans la cuisine, allume le feu sous la théière et se prépare une tartine.

Elle mange puis prend une douche, car l'appartement est étouffant et le thé l'a fait transpirer. Elle réfléchit. Osera-t-elle allumer la télévision dans le salon ? Elle décide de ne pas courir le risque – si Lena se réveille maintenant, il lui faudra des heures pour se rendormir. Et quel que soit son état demain, Margareta devra être au travail à sept heures quarante-cinq.

Elle ouvre la porte du balcon pour laisser entrer l'air frais et se couche dans son lit pour lire. Mais elle est tellement éreintée qu'elle renonce, pose le livre par terre et éteint la lumière.

Le sommeil arrive vite.

Ses épaules se détendent, la douleur au dos disparaît, remplacée par une agréable sensation de légèreté.

Elle rêve que Lena, assise sur sa chaise haute, joue avec le bracelet-montre onéreux que Margareta a reçu à Noël de la part de sa mère. Les petites mains collantes de sa fille serrent la montre et elle la frappe violemment contre la table.

Margareta veut l'en empêcher, mais, chaque fois qu'elle tente de saisir l'objet, celui-ci se dérobe, comme si les quelques centimètres qui la séparaient de ses doigts étaient infranchissables.

Lena racle la montre contre le bois.

Scritch.

Margareta ouvre les yeux. Le rêve disparaît progressivement.

Scritch.

En un clin d'œil, elle est tout à fait réveillée.

Ce raclement ne vient pas de Lena. Margareta fixe l'obscurité, mais ne voit rien. Un instant plus tard, elle entend le grincement familier de la porte du balcon.

Le vent s'est-il levé pendant la nuit ? C'était le calme plat quand elle s'est couchée, mais c'est vrai que le temps est imprévisible à cette époque de l'année.

De nouveaux bruits dans la nuit : on dirait des pas. Comme si quelqu'un traversait l'appartement. Puis un bruit sourd depuis l'entrée.

Est-elle encore endormie ? Est-elle prisonnière d'un cauchemar dont elle ne parvient pas à sortir ?

Une silhouette se matérialise dans l'obscurité, un noir plus profond que celui de la nuit.

Margareta crie.

Elle hurle aussi fort qu'elle le peut, même si Lena peut l'entendre. Parce que si c'est un mauvais rêve, elle veut se réveiller tout de suite.

11

Depuis l'entrée, Britt-Marie aperçoit la femme allongée nue sur le sol, les bras en croix. Son cœur fait un bond dans sa poitrine. Elle sait ce qui les attend.

Ils esquissent quelques pas dans la pièce, attentifs à l'endroit où ils posent les pieds, parce qu'autour du corps, sur le sang étalé, on distingue des traces de chaussures.

Fagerberg s'accroupit ; Britt-Marie fait de même. Elle essaie de fixer la femme, incite ses yeux à considérer le visage couvert d'hématomes et l'objet long et fin qui sort de sa bouche. Mais son regard s'y refuse, s'échappe vers le lit à barreaux orné de roses peintes à la main et le tas de vêtements jeté à ses pieds. Vers le tourne-disque et le paquet de cigarettes sur la petite table près du mur.

Vers tout ce qui respire la normalité et la vie.

Elle observe le petit lit – sans doute celui de la fillette, celle qui vient de perdre sa maman.

— Et merde ! marmonne Fagerberg en caressant son grand nez comme pour s'assurer qu'il est encore là. C'est encore lui, ça ne fait aucun doute.

Il enfile des gants, soulève légèrement la jambe de la femme.

— Hum, on verra ce que dit le médecin légiste, mais je crois qu'elle est morte depuis plusieurs heures.

— Qu'est-ce qu'elle a dans la bouche ? s'enquiert Britt-Marie.

Elle entend que sa voix est frêle.

La réponse de Fagerberg se fait attendre.

— Je crois que c'est un balai de toilettes. Et les mains, assistante Odin, observez ses mains.

Elle contraint son regard à se poser sur une des mains de la femme. De la paume sanglante émerge une tête de clou.

Une heure plus tard, les techniciens sont sur place. Britt-Marie et Rybäck ont établi un périmètre de sécurité autour de la scène du crime et interrogé les voisins.

— Margareta Larsson, annonce Rybäck en écrasant sa cigarette sur le trottoir où ils sont descendus pour une courte pause. Vingt-cinq ans. Travaillait comme caissière à Tempo. A une fille de quinze mois, Lena. Elle est actuellement chez une voisine, mais les services sociaux sont en route pour venir la chercher.

Britt-Marie acquiesce.

Elle a trouvé à peu près les mêmes informations.

— Personne n'a l'air d'avoir rien vu, déclare-t-elle.

Rybäck allume une autre cigarette.

— Comment diable a-t-il pu entrer sans que personne le remarque ?

— Aucune idée...

Elle regarde le ciel d'un gris de plomb. De lourds nuages chargés de pluie planent au-dessus d'eux, mais l'air est chaud, presque étouffant, et les passants sont en jean et manches courtes.

Fagerberg sort de l'immeuble.

— Que disent les voisins ?
— Pas grand-chose, répond Rybäck.
Fagerberg soupire, lève les yeux vers le ciel et se coiffe de son chapeau.
— Comment résoudre une affaire de meurtres quand on est entouré d'aveugles, de sourds et d'idiots ? murmure-t-il.
— Qu'est-ce qu'on fait ?
— Ce qu'on fait chaque fois, rétorque Fagerberg.
Il pivote sur ses talons et s'achemine en direction du centre-ville.
Britt-Marie croise le regard de Rybäck.
Ce qu'on fait chaque fois.
Cela signifie cartographier minutieusement la vie et les dernières semaines des victimes. Mener des entretiens de plusieurs heures avec les parents et les amis, éplucher des actes d'état civil et des extraits de casier judiciaire.
Tirer sur le moindre fil à la recherche de la pièce manquante de puzzle qui révélera l'identité du coupable.

Dès le jour suivant, il est clair que les indices sont maigres.
C'est vendredi matin et il n'est que sept heures trente, mais tout le monde est sur le pied de guerre au troisième étage du commissariat d'Östertuna pour rédiger le rapport que Fagerberg va présenter au commissaire principal. On a même convoqué Appelle-moi-Alice aux aurores pour mettre le texte au propre, un soulagement pour Britt-Marie, qui n'aura pas à le faire elle-même.

Björn et Maj ont prévu d'emmener Erik dans un salon de thé aujourd'hui. *Bonne nouvelle !* songe Britt-Marie, au moins Björn se goinfrera de brioches et de tarte à la crème au lieu de boire jusqu'à plus soif.

Elle est moins inquiète pour Erik, en tout cas quand il est avec Maj. Cette dernière est peut-être incapable de répondre à tous ses besoins émotionnels, mais Britt-Marie est sûre d'une chose : sa belle-mère lui restituera toujours son fils entier, propre et en vie.

La seule ombre au tableau est cette toux qu'Erik traîne depuis quelques jours. Quand Britt-Marie a posé l'oreille contre sa petite poitrine, elle a cru entendre une respiration sifflante et, après avoir consulté l'épais manuel de médecine qu'elle garde dans sa bibliothèque, son inquiétude a crû, se changeant en angoisse difficile à contrôler.

Pneumonie. Asthme. Diphtérie.

Et s'il avait attrapé une grave maladie ?

Mais quand elle en a parlé à Maj, cette dernière a pincé les lèvres et lui a répondu que tous les enfants toussaient, c'était normal, et qu'elle devait cesser de se faire du mauvais sang.

Britt-Marie baisse les yeux sur ses nouvelles chaussures vernies aux semelles compensées discrètes – un cadeau bien trop cher qu'elle s'est fait à elle-même pour se remonter le moral. Elle continue à s'émerveiller du fait de pouvoir aller travailler habillée comme n'importe qui, sans avoir à porter cet uniforme peu seyant coupé pour les hommes.

Elle embrasse du regard la place où les habitants d'Östertuna légèrement vêtus se promènent en cette chaleur d'été indien. Elle contemple l'endroit qui a toujours été pour elle synonyme de bien-être et de sécurité, mais qui s'est transformé en coupe-gorge où les lois sont bafouées. N'importe lequel de ces hommes pourrait être le meurtrier – le père avec le landau qui marche à côté d'une femme mince qui ne porte pas de soutien-gorge sous son tee-shirt, l'homme endimanché ou le gros ivrogne barbu qu'elle voit chaque jour près de la fontaine, celui qui ressemble à s'y méprendre à Beppe Wolgers[1].

Saurait-elle identifier le tueur au milieu d'un groupe d'hommes ? Y aurait-il quelque chose – dans le regard, la posture, le comportement – qui dévoilerait la cruauté qu'il renferme ?

Elle voudrait le croire. Elle est douée pour juger les gens, elle le sait. Mais, dans ce cas précis, elle suspecte que les motivations troubles de cet homme sont dissimulées sous un masque de normalité. Quelqu'un se racle la gorge derrière elle et elle fait volte-face. Rybäck affiche un large sourire.

— Bonjour !

Il ôte sa veste en cuir et se laisse tomber dans le fauteuil de Britt-Marie. Ses favoris brun-roux ont rétréci et il est rasé de près, ce qui le rajeunit.

Elle s'approche de lui à petits pas, sourire aux lèvres. Un sourire qui refuse de disparaître, malgré ses efforts. À vrai dire, il est le seul adulte qu'elle ait envie de fréquenter en ce moment.

— Tu veux me remplacer devant la machine à écrire ? demande-t-elle. Je suis sûre que tu meurs d'envie de t'occuper des rapports...

---

1. Auteur suédois (1928-1986).

Rybäck éclate de rire ; leurs yeux se rencontrent.

— Non, je pensais que…

L'instant d'après, elle trébuche, non habituée à marcher en chaussures compensées. Elle perd l'équilibre et Rybäck la rattrape. Il la saisit par le poignet, pas très fort, il ne l'attire pas vers lui, mais comme par hasard elle atterrit sur ses genoux. Elle le regarde : il est aussi étonné qu'elle.

— Oups, je, je…, balbutie-t-elle, et elle sent ses joues brûler.

Au même moment, la porte s'entrebâille et Visage de pierre apparaît, vêtu d'un de ses costumes gris qui semblent tous identiques. Quand il les aperçoit, il se fige et ses lèvres s'écartent légèrement, reflétant son incrédulité. Puis il pince la bouche et recule pour sortir par où il est entré.

— Flûte, marmonne-t-elle en se levant d'un bond.

Elle tire sur sa jupe et repousse la mèche tombée sur son front.

Rybäck s'installe rapidement à sa place, sans rien dire.

— Il a dû croire que… Qu'est-ce qu'on va faire ?

— C'était un accident, répond Rybäck d'un ton léger en lorgnant les chaussures de sa collègue.

Mais il paraît gêné, lui aussi. Sous ses grains de beauté, son visage a pris la même couleur que le porridge aux airelles que Britt-Marie mange au petit déjeuner, et son regard navigue entre elle et la fenêtre.

— Mais ça, il ne le sait pas.

— On ne peut pas vraiment lui expliquer. La situation serait encore plus…

La porte s'ouvre et Fagerberg entre à nouveau. S'il est indigné, il n'en laisse rien paraître, car son visage est aussi pâle et revêche que d'habitude. Son regard se pose sur une liasse de papier près de la machine à écrire.

Elle lit le texte et comprend immédiatement son erreur.

ELSIE
Stockholm, février 1944

— Qu'est-ce que c'est que ça ?
— Rien.
Elle attrape les papiers et les range dans son sac.
— Mon bureau dans cinq minutes.

12

Lorsque Britt-Marie ouvre la porte, Fagerberg et Krook sont déjà installés dans la pièce enfumée, cigarette à la main.

Krook dévisage sa collègue avec une telle insistance qu'elle en déduit que Fagerberg lui a relaté l'incident.

Une fois tout le monde assis, Fagerberg sort un tabloïd, le jette sur la table et croise les bras sur sa poitrine. Il se racle la gorge et pointe la feuille de chou de son long doigt osseux.

Krook et Rybäck se lèvent pour mieux voir. Britt-Marie tire discrètement sur son pull en laine pour dissimuler son petit ventre et se penche en avant afin de déchiffrer le titre. « Femme crucifiée à Östertuna ».

Ce n'est pas le premier article sur l'agression et les violences subies par Yvonne Billing, mais jusqu'ici ne figurait aucun détail quant au *modus operandi*.

— *Perkele!* marmonne Krook en finnois.

Il écrase sa cigarette dans le cendrier débordant de mégots.

— Je présume qu'aucun d'entre vous n'a parlé à un journaleux, siffle Fagerberg.

Ils secouent la tête à l'unisson.

— Si la presse vous contacte, c'est motus et bouche cousue, me suis-je bien fait comprendre ?

Se tournant vers Britt-Marie, Fagerberg se racle à nouveau la gorge.

— Même si on peut avoir envie de se confier à quelqu'un quand on voit la mort et le malheur de si près – *surtout* quand on débute –, on la boucle !

Son regard est si sombre que Britt-Marie en frissonne. Un regard glacial, aussi froid que l'eau de la rivière d'Östertuna en janvier, qui exprime à la fois le mépris, le dégoût et la consternation, comme si Fagerberg ne parvenait pas à saisir qu'on ait pu amener quelqu'un comme elle dans son commissariat.

Elle serre dans son poing son carnet de notes et son stylo.

Pourquoi fait-il ça ?

Parce qu'elle est néophyte ?

Mais Rybäck est arrivé en même temps qu'elle. Elle songe à le lui dire, mais le bon moment est vite passé, perdu, comme l'argent dans le porte-monnaie, comme l'amour bouillonnant qu'elle ressentait pour Björn.

Elle opine calmement.

— Oui, monsieur le commissaire.

Tous les yeux sont braqués sur elle à présent. Elle se sent comme un singe en cage.

— Bien, revenons à nos moutons. Krook, du nouveau ?

À contrecœur, Krook lâche sa collègue du regard, soulève une liasse de papier et se met à la feuilleter.

— Comme vous le savez, la victime s'appelle Margareta Larsson. Sa fille Lena a quinze mois. Nous ignorons encore qui est son père. Nous n'avons pas non plus pu localiser les parents de la victime qui, selon nos informations, vivent dans la province du Småland. Le corps a été découvert par un plombier qui venait réparer un conduit chez elle. Il disposait des clefs, car il avait réalisé juste avant de gros travaux dans la salle de bains. Et oui, il a un alibi, j'ai vérifié tout de suite.

Fagerberg frappe un grand coup de son stylo sur la table.

— Je vous ai demandé s'il y avait du nouveau, inspecteur. Si je veux m'informer de ce que nous savons déjà, je peux lire les rapports.

Les yeux clairs de Krook balaient la pièce et s'arrêtent finalement sur Britt-Marie. Elle baisse la tête vers le carnet de notes ouvert sur ses genoux.

— Ah oui, marmonne-t-il. J'ai parlé avec le propriétaire de son appartement. Toutes les clefs de la porte d'entrée sont chez la victime.

— S'agit-il du même propriétaire que dans l'affaire Billing ?

— Oui. Et le gardien a aussi un alibi pour cette nuit-là. J'ai discuté avec les techniciens. Ils ont relevé les empreintes digitales dans le logement, mais pas sur l'objet découvert dans la bouche de la femme. Le balai de toilettes. Personnellement, je pense que le coupable portait des gants, comme l'agresseur d'Yvonne Billing, selon son témoignage.

— C'est effectivement ce qu'elle a dit, reconnaît Fagerberg. Autre chose ?

— Ils ont prélevé du sperme à l'intérieur et sur le corps. Ainsi que du sang et de la peau sous les ongles de la victime.

— Du *sang* ?

Les yeux écarquillés, Fagerberg se penche vers son collègue. Krook affiche un vague sourire.

— Oui, et ils ont pu déterminer le groupe sanguin. B+, si tu veux savoir.

— Parfait. Parfait. Seulement un pour cent de la population est du groupe sanguin B+. Ça peut nous être utile. Pas de couteau ?

Britt-Marie frissonne en pensant au grand couteau à viande décrit par Yvonne Billing.

— Non, répond Krook. Nous n'en avons toujours pas trouvé. Et la victime n'a pas de lésion qui aurait pu être causée par le tranchant ou la pointe d'une lame. D'après le médecin légiste, elle a été violée, battue et probablement frappée à coups de pied. Elle est décédée à la suite de violents coups au niveau du crâne. Il a peut-être cogné sa tête plusieurs fois contre le sol. Mais il a pu utiliser un couteau pour la menacer. Comme avec Yvonne Billing.

Il toussote et poursuit :

— Le médecin légiste pense qu'elle est morte entre trois et six heures du matin le 5 septembre. Les voisins n'ont rien vu ni entendu. Sauf un retraité qui vit au rez-de-chaussée qui affirme avoir vu une Volvo Amazon de couleur claire quitter les lieux à toute berzingue très tôt ce matin-là. Hélas, il n'a aperçu ni la plaque d'immatriculation ni le conducteur. Et personne n'a remarqué d'homme dans le parc.

Fagerberg renâcle.

— Ce type qu'Yvonne Billing dit avoir vu, je crois qu'on peut l'exclure. Même si elle ne s'est pas trompée, il était là plusieurs heures avant l'agression, il n'a sans doute rien à voir avec cette affaire.

Il marque une pause, puis reprend :

— Mais la voiture peut nous intéresser. Essayez de la retrouver. Lancez un appel à témoins dans les médias.

— Attendez, intervient Britt-Marie. Tu dis qu'elle est décédée entre trois et six heures du matin. Et le plombier l'a découverte un peu avant seize heures l'après-midi. Elle est restée pendant douze heures, morte, avec sa fille dans la pièce ?

— On dirait bien, reconnaît Krook en tournant quelques feuilles volantes qui semblent venir du « pic vert », comme ils ont baptisé le téléscripteur dans le bureau d'Appelle-moi-Alice.

— Et les dénominateurs communs entre les crimes ? s'enquiert Fagerberg.

Krook allume une autre cigarette.

— Le *modus operandi*, bien sûr, répond-il en laissant échapper une toux rauque. Au vu de la méthode, on peut partir du principe que le coupable est le même que celui de l'agression d'il y a deux semaines. Il y a également de nombreuses similitudes entre les victimes.

— Développe, ordonne Fagerberg.

Britt-Marie prend des notes aussi vite que possible pour ne manquer aucune des informations importantes. Son stylo danse sur le carnet posé sur ses cuisses solides qu'elle serre l'une contre l'autre avec une grande pudeur – même si Fagerberg et Krook se sont sans doute déjà forgé une image bien différente de leur collègue.

— Il ne semblerait pas que les victimes se connaissaient, mais elles étaient toutes deux de jeunes mères célibataires. Elles n'avaient pas fait d'études, avaient des problèmes d'argent et avaient été en contact avec les services sociaux. C'est d'ailleurs par leur entremise que Margareta Larsson, la femme assassinée, a obtenu son appartement près du parc Berlin.

— Elles vivaient toutes les deux près du parc Berlin, lance Britt-Marie. C'est déjà en soi un lien.

Elle se tait quand Fagerberg lui jette un autre de ses regards de glace.

— Et…, ajoute Krook avec une pause théâtrale. Elles fréquentaient toutes les deux ce dancing, le Grand Palais. Il arrivait visiblement qu'elles quittent les lieux en compagnie d'hommes.

Fagerberg émet un sifflement.

— Ah, voyez-vous cela !

De brefs coups à la porte les interrompent. Elle s'entrouvre et le visage souriant d'Appelle-moi-Alice apparaît dans l'embrasure.

— Navrée de vous déranger. Britt-Marie, une dame du nom de Maj Odin cherche à te joindre par téléphone.

— Merci, dis-lui que je la rappelle, répond Britt-Marie.

Alice opine du chef et le battant se referme.

— Je me demande bien comment il a pénétré chez elles, fait Rybäck d'une voix traînante. La porte de Margareta Larsson est munie d'une serrure à verrouillage automatique. Si le plombier n'avait pas eu de clef, il n'aurait pas pu entrer.

— Des traces d'effraction ? s'enquiert Fagerberg.

— Non. Aucune. Ni sur la porte ni sur la serrure. Et elle habitait au troisième étage, comme Yvonne Billing : le coupable n'a pas pu grimper et passer par la fenêtre.

— Elle lui a peut-être ouvert, suggère Krook.

Il se racle la gorge.

— Pas impossible.

Fagerberg se penche en avant et laisse reposer ses coudes sur le bureau. Puis il croise les mains avec une lenteur factice.

— Ou bien elle l'a ramené après une soirée ? Tout prouve qu'elle était ce *genre de femme*, n'est-ce pas ?

Le sang de Britt-Marie lui monte au visage, sa vue se brouille, des points blancs dansent sur le costume gris de son chef, comme les flocons de neige d'une tempête hivernale.

— Mais, proteste-t-elle, la première victime, Yvonne Billing, a indiqué qu'un homme masqué avait fait irruption chez elle au milieu de la nuit.

Fagerberg lui adresse un sourire de marbre.

— Vous ai-je demandé votre avis, assistante Odin ?

Elle secoue la tête par réflexe et le regrette aussitôt. Mais c'est déjà trop tard, elle s'est déjà rangée dans la file soigneuse des sous-fifres et des béni-oui-oui.

— Une femme qui fréquente ce genre d'endroit et qui rentre avec un homme a sans doute de bonnes raisons de le nier par la suite, affirme Fagerberg en insistant sur chaque mot, comme si cela ne concernait pas seulement Yvonne Billing, mais aussi les femmes qui s'asseyent sur les genoux de leurs collègues masculins au travail.

Il s'appuie sur le dossier de sa chaise et croise les bras.

— Oui, ça a pu se passer ainsi. Elles ont pu rencontrer le coupable au Grand Palais et l'inviter chez elles.

— Elles ne peuvent pas être allées au Grand Palais, rétorque Britt-Marie. Elles avaient leur enfant à la maison. Elles…

— Fadaises ! la coupe Fagerberg. Les femmes de cette espèce peuvent fort bien laisser leurs enfants seuls un moment. Je le sais d'expérience. Vous n'imaginez pas le nombre de fois que j'ai vu ça.

Britt-Marie observent Rybäck et Krook, cherchant leur soutien. Elle veut vérifier qu'elle n'a pas perdu la tête, que cette conversation se déroule bel et bien à une époque où les femmes aussi ont le droit de sortir s'amuser sans être considérées comme des débauchées. Mais le regard humide de Krook est accroché à l'horizon par la fenêtre, et Rybäck fixe le sol, le front barré d'une ride profonde.

— Entretenez-vous avec les membres du personnel du Grand Palais, dit Fagerberg à Krook. Peut-être se souviennent-ils si les femmes étaient là les soirs en question.

Krook acquiesce.

On frappe de nouveau à la porte.

— Oui ! crie Fagerberg, visiblement irrité.

Appelle-moi-Alice passe la tête dans l'embrasure. Son sourire s'est dissipé et elle affiche un air légèrement gêné.

— Désolée. Mme Odin est ici, la belle-mère de Britt-Marie. Elle veut vous parler à tous.

13

Des effluves de linge fraîchement repassé emplissent la pièce lorsque Maj y pénètre. Ses jupes amidonnées froufroutent autour de ses pas décidés. C'est une démarche qui ne demande pas pardon, contrairement à celle de Britt-Marie. Dans le couloir, de l'autre côté de la vitre, celle-ci voit la poussette dans laquelle Erik semble dormir paisiblement sous sa couverture en patchwork faite main.

Les lèvres de Maj ne se retroussent pas d'un seul millimètre lorsqu'elle s'incline pour saluer les collègues de Britt-Marie.

— Madame Odin, nous sommes en pleine réunion de travail, déclare Fagerberg.

— Oui, je me doute que ce n'est pas une cocktail-party, coupe-t-elle d'une voix abrasive comme la laine d'acier. Jamais je n'aurais eu l'idée de vous déranger si ce n'était pas de la plus haute importance.

Fagerberg s'affaisse un brin. C'est à peine visible, mais cela n'échappe pas à Britt-Marie qui ne peut s'empêcher de se réjouir de cette petite victoire. Qu'une femme – certes l'une des plus effrayantes de la capitale – remette Visage de pierre à sa place est une consolation.

— Allez-y, soupire-t-il.

— J'ai lu un article sur le meurtre près du parc Berlin. Êtes-vous au courant qu'un crime presque identique a été commis dans le quartier de Klara en 1944 ? Qu'une personne surnommée l'Assassin des bas-fonds sévissait dans ce quartier ?

Ils le sont, bien sûr, ce qui n'empêche pas Fagerberg d'inviter Maj à prendre place. Rybäck se lève aussitôt et lui offre sa chaise.

Elle pose délicatement son séant sur le bord sans le remercier et commence à raconter les événements de février 1944 dans la rue Norra Smedjegatan. Elle parle de la femme aux mains clouées et de l'auxiliaire de police qui trouva la mort dans la cage d'escalier crasseuse.

— Et comme vous le savez sans doute, il s'agissait d'Elsie Svenns, ajoute-t-elle avec un signe de tête vers Britt-Marie.

Fagerberg fronce les sourcils, mais ne formule aucune question, au grand soulagement de Britt-Marie. Peut-être qu'il n'est pas intéressé ; peut-être que Maj lui fait un peu peur.

— Madame Odin, répond le commissaire en caressant son nez de faucon. Nous connaissons fort bien cette affaire. Le coupable, un certain Karl Karlsson, a été arrêté peu après le meurtre, et a été condamné. Il est décédé quelque temps plus tard en prison.

Maj esquisse un sourire amer.

— Alors, vous devez aussi savoir qu'il était innocent.

— Comment ça ?

Elle ouvre le sac posé sur ses genoux, en sort un photostat d'un article et le lui tend.

— Le journal *Aftonbladet*, en 1950.

Britt-Marie lit le titre.

L'homme condamné pour le meurtre des bas-fonds pourrait être innocent, selon un commandant de police.

— Karl Karlsson a raconté qu'il était chez sa sœur à Umeå au moment du meurtre, explique Maj. Mais personne ne l'a cru. Et la police d'Umeå qui devait vérifier l'allégation n'a trouvé aucun autre témoin que la sœur de Karlsson selon laquelle il était bel et bien là. La cour a décidé de ne pas lui accorder de crédit et Karlsson a été condamné pour meurtre. Mais plusieurs années plus tard, on a mis la main sur une photographie prise dans un café à Umeå qui le montre avec sa sœur. Comme vous le voyez sur l'image, il lit le journal. Et si l'on observe attentivement la photographie, on peut déchiffrer les gros titres et en déduire la date. Il s'avère que Karlsson se trouvait effectivement à Umeå ce jour-là.

Un sillon vertical barre le front de Fagerberg.

— Mais ça, vous le savez sans doute déjà, conclut Maj.

Son récit est ponctué d'un bref silence qui recèle à la fois de l'étonnement, de la méfiance et peut-être aussi un certain embarras.

Pour mettre un terme à cette pause gênante, Fagerberg renvoie les collègues de Britt-Marie : il ordonne à Krook de dénicher des informations sur l'Assassin des bas-fonds dans les archives de la police nationale, et à Rybäck de déterrer d'autres coupures de presse et de localiser les enquêteurs chargés du meurtre dans les années quarante.

Maj se lève et lisse ses jupes. Ses cheveux argentés brillent dans la lumière du plafonnier.

— Elsie et Britt-Marie... C'est tout de même une étrange coïncidence, fait-elle remarquer en penchant la tête sur le côté.

— Comment ça ?

— Oui, le fait que la mère biologique de Britt-Marie ait découvert la femme assassinée en 1944 et qu'elle soit morte sur le lieu du crime.

Non ! songe Britt-Marie. *Ce n'est pas possible ! Pourquoi raconte-t-elle cela ?*

— Sa *mère biologique* ? répète Fagerberg, les yeux braqués sur elle.

— Oui. Vous ne le saviez pas ? La maman de Britt-Marie, Elsie, était mère célibataire et auxiliaire de police. Elle ne pouvait pas s'occuper de sa fille et l'a confiée à une famille d'accueil.

Le sang monte au visage de Britt-Marie. Elle se lève d'un bond.

— Merci, Maj, dit-elle en jetant un coup d'œil à Erik qui dort toujours tranquillement dans la poussette garée devant le bureau de Fagerberg.

Maj esquisse un bref signe de tête et quitte la pièce, aussi calmement qu'elle y est entrée, la tête haute, dans un froufrou de jupes.

En rentrant chez elle ce soir-là, Britt-Marie repense, mortifiée, aux événements de la journée. Il y a bien sûr le premier incident où Fagerberg l'a trouvée sur les genoux de Rybäck, et la révélation sur sa mère, mais aussi la discussion qu'ils ont eue avant l'arrivée de

Maj. Britt-Marie refuse de croire que les deux victimes aient laissé leur enfant seul pour sortir s'amuser, encore moins qu'elles aient invité un étranger chez elles.

Elle se rappelle le visage tuméfié et les mains bandées d'Yvonne Billing. Sa voix fluette quand elle lui racontait les événements de la nuit, et l'expression de désarroi sur son visage.

Non, elle est sûre qu'elle lui a dit la vérité.

Une obscurité lourde et humide pèse sur le parc Berlin quand elle s'approche à pas rapides. Le sol suinte de rosée du soir ; les senteurs de la terre et des feuilles en décomposition se mêlent aux effluves de cuisine qui émanent d'une fenêtre ouverte. On entend de la musique, des notes se faufilent dans la verdure du parc. Elle a mal aux pieds et des ampoules aux talons après sa longue journée dans ses nouvelles chaussures – à cause desquelles Fagerberg semble à présent penser qu'elle est une traînée, qui ne vaut pas mieux que les femmes qui rencontrent des hommes dans des bars et les font monter chez elles à la fin de la soirée.

Elle fouille du regard les recoins obscurs entre les gros buissons et se demande si le coupable aurait pu s'y trouver à observer ses victimes. Peut-être qu'il est tapi là à cet instant précis, invisible à ses yeux, appuyé contre un tronc d'arbre, à l'affût d'une nouvelle proie.

Arrivée aux barrières délimitant les travaux, elle regarde le chantier du futur parking destiné à ingurgiter les voitures de ce faubourg en pleine expansion. La cavité est profonde, obscure, insondable – tels une tombe ou peut-être un tunnel qui s'étire jusqu'au cœur noir et palpitant de la terre.

Un précipice, se dit-elle, se sentant tout à coup observée par cet abîme ténébreux, comme s'il voulait l'engloutir. Comme si ce gouffre était l'âme de l'Assassin des bas-fonds et non un trou tout à fait ordinaire creusé dans le sol d'une banlieue tout à fait ordinaire de Stockholm.

Elle frissonne malgré elle et se retourne vers les immeubles soignés agrémentés de petits balcons.

À une cinquantaine de mètres de là, elle distingue l'appartement de la femme assassinée et ses fenêtres, des rectangles noirs, lisses, sur la façade.

Britt-Marie regarde ensuite en direction du logement de la première victime, situé à une centaine de mètres de là. Plongé dans l'obscurité, lui aussi. Yvonne a pu sortir de l'hôpital, mais s'est installée chez sa vieille mère à Sollentuna avec son fils. Elle n'ose plus vivre seule.

Et qui pourrait le lui reprocher ?

Britt-Marie se dit que la peur sera la compagne d'Yvonne pour le restant de ses jours. Elle ne lâchera pas son emprise, même après la cicatrisation de ses mains et la disparition de ses hématomes.

Britt-Marie laisse courir son regard le long des immeubles, observe les balcons rectangulaires et la silhouette plane des toits qui se détachent sur le ciel noir.

Une pensée prend racine en elle, une pensée qui refuse de lâcher prise bien qu'elle serre son manteau contre son corps et presse le pas.

Ça ne peut pas être un hasard.

Quand Britt-Marie arrive chez elle, la télévision est allumée. Une odeur de savon noir lui chatouille les narines et Björn l'accueille dans l'entrée, une éponge à la main. Elle embrasse le salon du regard, constate qu'il est propre, qu'il n'y a pas de canettes de bière sur la table. À leur place, elle voit le journal de l'agence pour l'emploi flanqué de deux stylos.

— Ça brille, dit-elle.
— J'ai fait le ménage.
— C'est bien ! Où est Erik ?
— Il dort. Je l'ai nourri et je l'ai couché.

Les bras de Björn se glissent autour du dos de Britt-Marie pour lui donner une prudente accolade. Ses longs cheveux lui chatouillent le nez, elle hume un parfum de savon et de lotion après-rasage.

— Comment va sa toux ?

Björn la regarde, étonné.

— Quelle toux ?
— Mais enfin, il toussait ce matin.
— Arrête de t'inquiéter. Il se porte comme un charme. Et même s'il avait toussé – ce que je n'ai pas entendu –, ça ne l'a pas empêché d'engloutir deux gâteaux tout à l'heure au salon de thé.

Elle hoche la tête en se disant qu'elle va quand même écouter la poitrine d'Erik avant de se coucher – elle ne fait pas confiance au jugement de Björn en matière de maladies. Elle balaie du regard la pièce impeccablement rangée.

— C'est Maj qui t'a obligé à faire le ménage ?
— Pas du tout ! Je voulais faire quelque chose pour toi. J'ai vraiment été un imbécile. Je vais m'améliorer.

Je vais retrouver du travail et je vais rembourser l'argent.

Il marque une pause et continue.

— On partira en vacances à Madère. Promis.

— D'accord, dit-elle, car elle a réellement envie de le croire.

Existe-t-il quelque chose de plus beau qu'une petite famille ? Quelque chose de plus accompli, de plus désirable ?

Mais ses pensées commencent déjà à divaguer. Elles se faufilent vers les immeubles en bordure du parc Berlin, vers les appartements sombres des victimes à l'étage supérieur et vers le soupçon qui l'a frappée quand elle contemplait les silhouettes des toits. Soudain, elle devient très consciente de l'anneau d'Elsie suspendu à la fine chaîne autour de son cou.

— D'accord, répète-t-elle, et elle songe qu'elle repassera devant les résidences ce week-end pour voir si elle a raison.

Ce soir-là, c'est Björn qui cuisine. Ils mangent de la saucisse de Falun, des pommes de terre pas assez cuites et des petits pois en boîte farineux.

— C'est bon, ment-elle, reconnaissante que Björn se soit attelé aux tâches ménagères. Et je suis contente que tu cherches du boulot.

Elle ne dit pas que c'est le moins qu'on puisse attendre de lui puisque Maj s'occupe d'Erik pendant la journée. Elle pose ses couverts et se demande si elle doit soulever la question qui la taraude au risque de plomber l'ambiance.

Elle décide que ça va aller.

— Que s'est-il passé, exactement ? Au travail, je veux dire.

Étonné, Björn la regarde dans les yeux et pose sa fourchette sur la table.

— Je te l'ai dit. Pénurie de travail. Il n'y avait…

Il n'achève pas la phrase, s'affale un peu sur la chaise, l'air contrit.

— Peut-être que tu pourrais appeler le garage près de la pompe à essence ? Ils sont toujours débordés. En tout cas quand on amène nos voitures de police pour l'entretien.

Björn hoche la tête, les yeux rivés sur son assiette. Il touche du bout de la fourchette les petits pois écrasés.

— Oui, tu as raison, c'est une bonne idée.

Au moment où ils débarrassent, on sonne à la porte et Björn va ouvrir.

Britt-Marie l'entend s'exclamer :

— Ma parole ! Qu'est-ce qui t'est arrivé ?

Une voix rauque et familière répond :

— C'est ce foutu buisson dans le jardin ouvrier de ma vieille.

Britt-Marie se dirige vers l'entrée.

— Celui qui est devant la remise, tu sais. J'allais pisser et…

Sudden s'arrête net en la voyant. Il est appuyé contre le chambranle de la porte. Deux longues égratignures lui barrent la joue. À la main, il tient un sac de courses qui, d'après la forme, semble plein de canettes de bière.

Il la salue d'un mouvement de tête.

— 'Soir.

— Bonsoir, répond-elle en baissant les yeux sur le sac.

— Eh bien, poursuit Sudden à l'adresse de Björn. Bah. C'était juste pour savoir si tu voulais faire un petit tour.

Björn jette un coup d'œil à Britt-Marie. Puis il se tourne vers son ami.

— Pas ce soir, désolé.

Britt-Marie retourne dans la cuisine, s'empare de l'éponge et commence lentement à essuyer la table.

Dans l'entrée, Sudden parle d'un cheval qui s'appelle Golden Child et qui donne dix fois la mise. Quelques minutes plus tard, la porte se referme et Björn revient dans la cuisine.

— Merci, dit-elle. Merci de rester à la maison ce soir.

Ce soir-là, elle rêve de l'Assassin des bas-fonds – une forme ténébreuse sans visage qui arrache Erik de son lit et l'emporte dans la nuit.

Elle le traque, le cœur battant, la poitrine pleine de larmes – elle descend les rues vides, traverse les bois et longe les eaux noires du lac Tuna.

La panique est si présente, la douleur si grande. La perte si criante. *Erik*, se dit-elle, *je dois sauver Erik*.

Au loin, elle voit l'assassin entrer dans une maison. Elle aperçoit le petit pied d'Erik avant que la porte ne se referme. Puis elle hurle.

Erik!

Un vent violent se lève, elle est obligée de se pencher en avant, comme si elle luttait contre un ouragan ou un puissant courant marin.

Elle finit par triompher.

Elle s'arrête et contemple les morceaux de bois carbonisés qui jaillissent des fondations bleues de la maison des Lundin, ses voisins d'enfance.

Une seconde plus tard, elle sent les bras de Björn l'entourer. Il lui susurre à l'oreille :

— Ce n'était qu'un cauchemar, mon amour. Dors. Je suis là.

14

Quand samedi arrive, le cauchemar s'est estompé et Björn est revenu dans le lit conjugal.

La matinée est parfaite, comme dans un film anglais en costumes : le soleil darde ses rayons par la fenêtre, peignant le lit en larges bandes dorées, le café fume, les volutes s'élèvent à contre-jour devant la fenêtre, et Erik dort dans son lit juste à côté. Ses boucles blond foncé collent à ses tempes et sa petite bouche est entrouverte.

Britt-Marie avale une gorgée du café que Björn lui a servi au lit.

Il s'est levé tôt. Il n'a pas seulement préparé le petit déjeuner, il a aussi eu le temps de déplacer leur vieille et lourde baignoire pour nettoyer l'avaloir.

Car il a de la force et, quand il veut, il peut.

Peut-elle lui dire quelque chose de l'enquête ? Elle décide de s'abstenir. Elle ne doute pas qu'il sache tenir sa langue, même en état d'ivresse, mais elle ne veut pas qu'il recommence à lui parler de mutation. Ou qu'il s'inquiète pour elle. C'est ce qu'il fait : il s'inquiète sans raison, comme si elle était une vieille dame, faible et fragile, et non une femme de haute taille, plutôt athlétique, policière de formation.

À son grand étonnement, c'est Björn qui aborde le sujet.

— Ma mère m'a dit que l'homme condamné pour le meurtre des bas-fonds était en réalité innocent, dit-il en lui caressant délicatement le ventre.

Britt-Marie ferme les yeux et jouit du soleil d'automne qui réchauffe sa peau.

— On ne sait pas si c'est vrai.
— Pourquoi mentirait-elle ?
— Ce n'est pas parce que c'était écrit dans le journal que c'est nécessairement vrai.
— D'après elle, l'Assassin des bas-fonds est de retour…

Le silence se fait. Britt-Marie entend le cliquetis du briquet, puis le grésillement de la cigarette quand Björn tire dessus.

— Et elle ne dit pas ça juste pour nous alarmer, poursuit-il. Ce n'est pas son genre.

Britt-Marie pense à ses boucles grises, à ses bras maigres, mais puissants, à son regard aussi dur que de la pierre.

Oh que si ! C'est son genre, songe Britt-Marie. Mais elle s'abstient de tout commentaire, car le moment est parfait : Björn est si attentionné, les chauds rayons du soleil si suaves, le café brûlant et fort comme elle l'aime. Et puis, il est tellement beau avec ses cheveux comme un voile devant un œil. Sa peau bronzée est si douce. Comme cette exquise sensation au creux du ventre lui a manqué ! Les picotements qu'elle ressent quand il la touche.

Peut-être que nous pourrions bientôt donner un frère ou une sœur à Erik.

Britt-Marie ne trouve pas le temps d'aller voir les immeubles du parc Berlin. Elle passe le week-end avec Björn et Erik : ils soufflent des bulles de savon dans le parc, cuisinent et font de grosses courses. Et Björn part pour de longues balades avec Erik dans sa poussette.

Le dimanche soir, alors qu'elle prépare le dîner, le téléphone sonne.

C'est Anita.

Quand a-t-elle bavardé avec son amie pour la dernière fois ? Britt-Marie ne se souvient plus, et elle a honte quand elle entend sa voix familière. Il s'est passé tellement de choses au travail qu'elle a oublié de la contacter. Mais Anita ne semble pas fâchée, au contraire. Elle parle du concours de nouvelles qu'elle a gagné, raconte qu'un éditeur l'a invitée à déjeuner pour discuter d'un potentiel contrat.

— Chez KB. Nous avons bu du vin. Et il avait l'air très intéressé par mes textes.

— Félicitations ! s'exclame Britt-Marie, sincère.

— Publier un roman, tu imagines ! Un vrai livre. Avec mon nom dessus.

— Oui, répond Britt-Marie en pensant à l'histoire d'Elsie, mise au propre et enfermée dans la boîte à biscuits en compagnie de son carnet de notes et de son portefeuille vide.

Elle ne rêve pas d'être écrivain, elle n'a quasiment pas de rêves, mais elle veut conserver l'histoire d'Elsie.

— Et toi, dit Anita. Comment ça va ? Tu sembles... Je ne sais pas. Il y a quelque chose qui ne va pas ?

Britt-Marie se laisse tomber sur une chaise. Elle avise la carte de Madère et, quand bien même elle n'avait pas prévu de se confier, elle ouvre son cœur, parle de l'Assassin des bas-fonds, de Fagerberg. Oui, même de Björn qui est au chômage, qui passait ses journées à boire de la bière et à parier sur des chevaux. La seule chose qu'elle tait, c'est qu'elle s'est malencontreusement retrouvée sur les genoux de son charmant collègue de Dalécarlie.

Et que l'expérience n'était pas entièrement déplaisante.

— Oh, ma pauvre! Ça doit être... très difficile.

Britt-Marie ne répond pas, mais l'empathie de son amie lui réchauffe le cœur comme une gorgée de thé brûlant.

— Heureusement, Björn a fini par se ressaisir, poursuit Anita. C'est le plus important.

— Oui.

Elle balaie du regard la cuisine bien propre et le gratin de poisson qui cuit au four.

— Mais si jamais ça se reproduit, prends-toi une semaine de vacances. Pars un peu, réfléchis. On a parfois besoin de s'éloigner physiquement pour analyser sa situation avec du recul. Va à Höganäs. Ou viens me rendre visite, tu es toujours la bienvenue. Bruno serait fou de joie.

Britt-Marie pense à l'énorme berger allemand qui lui fait la fête quand elle est là. On se demande vraiment comment Anita trouve de la place pour lui dans son petit studio à Vaxholm.

— Oui, peut-être.

— Mais ton boulot, tu devrais le quitter. Ton chef a l'air complètement à côté de la plaque. Quel sale type! Pour qui il se prend? Tu devrais peut-être le dénoncer.

— À qui?

Anita ne répond pas.

— De toute façon, poursuit Britt-Marie, je ne peux pas partir. Pas maintenant. Je dois attendre que Björn ait trouvé un nouveau travail. On a besoin de mon salaire.

— Mais ça peut être dangereux ! Cet Assassin des bas-fonds… N'est-ce pas étrange qu'il fasse irruption à Östertuna, justement là où tu habites ? Je veux dire… Est-ce vraiment une coïncidence ? D'abord il tue ta mère et maintenant…

Silence à l'autre bout du fil.

— *Si* on a affaire au même homme. Elsie est morte il y a trente ans. Il est plus probable que ce soit un pur hasard.

Anita répond au bout de quelques instants d'une voix angoissée :

— Promets-moi de démissionner.

Britt-Marie éclate de rire.

— C'est très gentil que tu t'inquiètes pour moi à ce point.

— Bien sûr que je m'inquiète !

La porte d'entrée s'ouvre, elle entend les voix de Björn et d'Erik.

— Il faut que j'y aille. Je peux t'appeler la semaine prochaine ?

Le lundi matin, Britt-Marie est réveillée au point du jour par la pluie qui tambourine contre le rebord de la fenêtre. Le tonnerre gronde sourdement, au loin, et le ciel au-dehors est d'un gris-violet de mauvais augure, comme un hématome préoccupant.

Quand elle se retourne pour se blottir contre Björn, le lit est vide.

Il lui faut quelques instants pour comprendre. Elle se lève lentement, s'empare de sa robe de chambre jetée sur la chaise à barreaux et titube jusqu'au salon, les jambes lourdes de sommeil.

Le tonnerre mugit à nouveau, plus proche cette fois-ci.

Björn est étendu à plat ventre sur le canapé. Un de ses bras pend et l'arrière de sa main repose contre le sol. Sur la table basse sont alignées des canettes ouvertes – elle ne voit pas immédiatement combien : cinq ? six ?

Qu'importe ! Une bière aurait déjà été une de trop.

Son estomac se révulse – il s'était engagé ! Mais il en va des promesses de Björn comme des bulles de savon qu'ils ont soufflées avec Erik la veille dans le parc : elles sont grandes et belles, mais ne sont faites que d'air.

Elle se penche en avant pour ramasser les canettes, en saisit une, mais son regard s'arrête sur autre chose : un crayon, et un papier noirci de mots et de chiffres.

Elle se rapproche.

C'est un tableau. Les traits sont bien droits, comme tracés à la règle, et les mots soigneusement écrits dans la marge de gauche :

Bold Eagle, Lindo, Hill of Fame...

Et au-dessus du tableau :

Nombre de victoires, distance, piste...

Alors comme ça, les statistiques hippiques, ça ne te pose pas de problèmes. Tu notes le moindre chiffre, tu ne manques pas une virgule. Mais trouver un boulot, c'est trop dur pour toi.

Elle lâche la canette vide qui s'échoue au sol avec un bruit métallique. Björn s'ébroue dans son sommeil.

Elle pourrait le réveiller, lui remonter les bretelles et lui demander des explications, mais elle n'en a pas le courage, car la colère et le désespoir l'ont épuisée.

Elle se prépare et les laisse tous les deux endormis – ce n'est que justice que Björn nourrisse et habille Erik avant l'arrivée de Maj. Et s'il ne le fait pas, il devra assumer face à sa mère. Elle n'en a plus la force.

En chemin vers le commissariat, elle s'arrête près du parc Berlin. La pluie battante s'est changée en bruine et Britt-Marie devine des percées bleu clair entre les nuages sombres.

Elle lève les yeux vers l'appartement d'Yvonne Billing au troisième étage, réfléchit quelques instants, et se dirige vers l'entrée de l'immeuble.

Il fait noir dans le hall.

Elle allume et gravit l'escalier : un, deux, trois étages. Les murs sont rose pâle, criblés de petits points noirs et blancs. Le ruban de signalisation barre toujours la porte d'entrée d'Yvonne Billing. Il volette dans le courant d'air, comme un ruban autour d'un cadeau de Noël.

Britt-Marie se détourne de la porte d'Yvonne et grimpe les quelques marches qui mènent à une solide porte en métal. Elle s'accroupit, examine la serrure et sort le couteau suisse qu'elle porte toujours dans son sac à main.

C'est simple comme bonjour. Même Erik aurait pu le faire.

Le verrou tourne avec un cliquetis, elle pousse la porte et la franchit.

Elle se trouve dans un espace étroit à ciel ouvert. À gauche, il y a une deuxième porte sur laquelle est indiqué : « Local technique ascenseur. Personnes autorisées seulement. Ne pas bloquer l'accès. » À droite, un petit escalier aux marches grillagées conduit au toit plat.

Britt-Marie s'y engage. Les marches étant assez espacées, elle s'agrippe à la rampe de peur de trébucher. Heureusement, elle ne porte pas ses nouvelles chaussures aujourd'hui, mais de bons souliers plats à lacets.

Au moment où elle atteint le toit, les premiers rayons de soleil commencent à filtrer à travers les nuages. Il se reflète dans les petites flaques d'eau, les changeant en or liquide qui l'aveugle et l'oblige à plisser les yeux. Elle s'approche du bord à pas prudents.

Devant elle s'étend Östertuna : le parc Berlin avec ses arbres touffus et la plaie béante à l'extrémité nord ; le commissariat près de la place et, derrière le centre-ville, le château d'eau, semblable à une gigantesque chanterelle qui pousse sur une colline à côté de l'autoroute. Quand elle se retourne, elle aperçoit le quartier pavillonnaire d'Östertuna où des familles aisées se sont fait construire de grandes villas en bois, entourées de jardins regorgeant d'arbres fruitiers et de buissons à baies.

Elle esquisse quelques pas hésitants, jusqu'à se trouver à environ un mètre du vide. Elle est prise de vertige quand elle baisse les yeux sur la rue et les voitures garées en contrebas. Mais elle n'a pas peur, elle est trop survoltée pour ressentir autre chose qu'une excitation enivrante.

Son cœur palpite, sa bouche est étrangement sèche.

J'en étais sûre, songe-t-elle en fixant le balcon d'Yvonne Billing. Il n'y a pas plus de deux mètres et demi pour y descendre. Une chaise et une petite table en plastique blanc sont placées près d'une plante aux feuilles fanées. Des mégots s'agglutinent contre la façade, fichés entre le mur et le balcon, formant une file indienne de soldats de nicotine morts au combat.

N'importe qui pourrait accéder au balcon depuis le toit. Pas besoin d'être particulièrement athlétique.

Il suffit d'être motivé.

15

— Possible, mais peu probable, dit Fagerberg sèchement en écrasant la première cigarette du matin dans le cendrier.

Britt-Marie prend sa respiration.

— Si je puis me permettre ?

— Bien sûr, assistante Odin. Je ne veux pas vous empêcher de vous étendre.

Fagerberg effectue un grand geste du bras, comme s'il s'attendait à ce que les mots de Britt-Marie affluent pour conquérir tout l'espace libre de la pièce.

— Pour moi, ce n'est pas du tout improbable. Cela explique comment le coupable a pénétré chez les femmes.

Fagerberg pousse un profond soupir.

— Il est plus crédible qu'il ait eu accès à une clef, malgré tout. Ou que les femmes l'aient laissé entrer. Par ailleurs, que voulez-vous qu'on y fasse ? On ne va pas poster préventivement des policiers sur les toits du quartier.

Elle hoche la tête comme si elle était d'accord, du moins en partie, avec Fagerberg.

— Non, mais on pourrait au moins demander aux habitants s'ils ont vu quelqu'un sur les toits ces derniers temps.

Le silence se fait. Le regard de Fagerberg est sombre et indéchiffrable derrière les volutes de fumée qui s'élèvent vers le plafond.

— Entendu. J'informe les collègues que cela doit figurer dans la batterie de questions.

Pause.

— Mais, reprend Fagerberg en la dévisageant, à partir d'aujourd'hui, je vous prie de suivre mes instructions à la lettre au lieu de jouer au détective privé.

— Bien sûr.

— Et de m'aviser de tout ce qui a trait à votre… histoire personnelle, si cela peut affecter notre enquête.

Ses joues brûlent et elle baisse les yeux. Elle a honte d'avoir présenté Elsie comme une parente éloignée, simplement parce qu'elle rechignait à dire qu'elle était née hors mariage.

Pourquoi ce réflexe ? D'après ses informations, les enfants illégitimes, ça n'existe plus.

— Oui.

Fagerberg acquiesce, la scrute, et sa bouche se tord dans un petit rictus.

Britt-Marie repense à Rybäck et devine ce qui passe par la tête de Fagerberg : les chats ne font pas des chiens.

— En réalité, je devrais peut-être vous écarter de l'enquête, reprend-il, l'air songeur. Il n'est pas très indiqué que vous preniez part à l'investigation puisque votre mère était impliquée dans cette affaire.

— Elle m'a abandonnée à la naissance, je n'ai aucun souvenir d'elle. Et vous avez dit vous-même que l'assassin ne pouvait pas être le même.

Elle se tait.

— S'il vous plaît, ne m'excluez pas, ajoute-t-elle.

La porte s'ouvre, laissant passer Krook et Rybäck. Krook halète comme s'il avait monté l'escalier en courant et la sueur coule sur son front. Rybäck sourit et la salue de la main.

Elle ne lui répond pas.

— Vous avez vu ça ? demande Krook en lançant deux journaux sur le bureau de Fagerberg.

— Mais qu'est-ce que…

Fagerberg se lève, appuyé contre sa table. Britt-Marie se penche en avant pour lire les titres.

L'assassin du quartier de Klara pourrait être de retour, selon la police.

Elle n'en voit pas plus. Fagerberg s'est déjà emparé des journaux pour les chiffonner. Il jette la boule de papier dans la corbeille et se laisse tomber sur sa chaise.

— Comment diable ont-ils eu accès à cette information ? tempête-t-il en faisant glisser son regard de l'un à l'autre des collègues.

Tout le monde secoue la tête.

— Ils ont pu dénicher ça tout seuls, suggère prudemment Rybäck. Ce qui s'est passé dans le quartier de Klara n'est pas vraiment un secret d'État.

Fagerberg soupire.

— Comme si on n'avait pas assez de problèmes comme ça ! Les journalistes ont téléphoné toute la matinée et hier soir j'ai reçu l'appel d'une vieille folle de l'association École et foyer qui se demandait s'il ne fallait pas fermer l'école d'Östertuna. Chez moi ! Elle a téléphoné chez moi ! Un dimanche !

Rybäck hoche la tête, compatissant.

— Apparemment, les habitants vont organiser une patrouille nocturne autour du parc Berlin. Des volontaires vont escorter les femmes qui terminent tard depuis leur lieu de travail jusque chez elles.

Fagerberg secoue la tête.

— La folie humaine n'a pas de limites.

Il marque une pause et poursuit :

— C'est justement pour ça qu'il faut garder la tête froide. Nous devons faire notre travail. Krook, y avait-il quelque chose sur l'Assassin des bas-fonds dans les archives ?

Krook se racle la gorge et feuillette les notes posées sur ses genoux, à demi dissimulées par sa proéminente bedaine.

— Cette femme, Maj Odin, avait raison. Karl Karlsson a été condamné pour le meurtre de sa femme, Märta Karlsson, au printemps 1944, mais la cour a jugé qu'il était impossible de déterminer si la mort d'Elsie Svenns était accidentelle ou non. Apparemment, elle est tombée sur une sorte de pioche et ses collègues n'ont pas vu exactement ce qui s'était passé. Six ans plus tard, on a découvert que Karlsson se trouvait selon toute probabilité à Umeå au moment du meurtre. À ce moment-là, il était déjà mort et enterré. Personne d'autre n'a été arrêté.

— Et il n'y avait pas d'autres suspects ?

Rybäck lève une main.

— J'ai parlé avec un policier retraité qui a participé à l'enquête. Un certain Boberg. Apparemment, la victime se prostituait. C'était un fait bien connu et elle avait été condamnée pour cela.

Rybäck marque une pause.

— Et ? fait Fagerberg en tapotant impatiemment la table de son briquet.

— On disait que l'un de ses clients était un homme haut placé dans les services de la Sûreté générale, qui s'occupait de…

— Je sais ce qu'étaient les services de la Sûreté générale ! Viens-en au fait !

— Boberg voulait creuser cette piste. Apparemment, l'homme a été vu dans la rue Norra Smedjegatan en compagnie de Märta Karlsson le soir où elle a été tuée. Mais les supérieurs de Boberg ont étouffé l'affaire.

— Hum, commente Fagerberg en tendant le bras pour attraper un papier et un crayon. Comment s'appelait l'homme des services de la Sûreté générale ?

— Birger von Berghof-Linder.

La main de Fagerberg se fige en plein mouvement.

— Je m'en occupe. Avaient-ils une idée de l'âge du meurtrier ? Des témoignages ?

Rybäck hausse les épaules.

— D'âge moyen, selon Boberg. Mais il faisait nuit, ils ne l'ont pas bien vu.

— D'âge moyen, ça ne veut rien dire.

Il fixe le plafond, pose les coudes sur son bureau et joint ses mains osseuses.

— Admettons qu'il ait eu quarante ans, alors.

— Oui, acquiesce Krook. Il aurait soixante-dix ans aujourd'hui. Dans ce cas, je doute que ce soit le même homme.

— Il était peut-être plus jeune, suggère Britt-Marie. S'il avait vingt ans à l'époque, il aurait seulement cinquante ans maintenant.

— Depuis quand est-on d'« âge moyen » à vingt ans ? rétorque Fagerberg en hochant la tête d'un air décidé.

Le silence se fait.

— Les journaux ont fait leurs choux gras de cette affaire, dit Rybäck. La Bibliothèque royale m'a fourni des copies des articles.

Krook inspire une longue bouffée de cigarette et il est secoué par cette toux rauque, désagréable, qui le caractérise, comme s'il allait véritablement cracher ses poumons. Il devrait consulter un médecin, songe Britt-Marie, mais elle ne dit rien – à plus de cinquante ans, il pouvait le comprendre par lui-même.

— C'est vrai qu'on se pose des questions, continue Krook, une fois la quinte de toux calmée. Et si c'était notre homme ? Il faisait noir dans l'appartement. Les policiers ont pu se tromper sur l'âge du coupable.

— Hum, fait Fagerberg.

Il fait pivoter sa chaise et regarde par la fenêtre.

— Qui était chargé de l'enquête ?

— Un certain commissaire Cederborg d'après le rapport. Mais il est mort dans un accident de la route en 1961. Boberg est le seul que j'ai réussi à joindre.

— Je m'occupe de cette affaire. Vous autres, continuez à bosser sur les autres tâches. Et rappelez les techniciens. Nous n'avons toujours pas reçu le rapport final. Ce n'est pas possible d'être à ce point tire-au-flanc !

— C'est tout de même une drôle d'histoire, dit Krook. On ne devrait pas demander l'assistance de la Commission nationale des homicides ?

— Et puis quoi encore ? On s'en sort très bien !

Krook opine du chef et rassemble ses papiers.

— D'ailleurs, tu es allé au Grand Palais interroger les employés ?

— Oui. Personne n'a vu les victimes aux dates données.

Fagerberg balaie l'air de la main.

— Ça ne prouve rien. Ils ont des centaines de clients chaque soir.

— Pas faux, marmonne Krook.

Il se racle la gorge.

— Merci, ce sera tout, dit Fagerberg pour clore la réunion.

Rybäck et Krook disparaissent dans le couloir, mais Britt-Marie reste dans l'encadrement de la porte.

— Une dernière chose, dit-elle en croisant le regard de Fagerberg.

— Oui ?

Sa voix est glaciale et elle commence à regretter de ne pas avoir tenu sa langue.

— Je pense que nous devrions passer en revue les personnes qui habitent autour du parc Berlin. Peut-être qu'il y a d'autres mères seules qui vivent au dernier étage. Dans ce cas, on pourrait les prévenir et…

— *Assistante Odin !*

— Oui, monsieur le commissaire.

— Ne vous ai-je pas dit d'arrêter de jouer au détective privé ?

Britt-Marie baisse les yeux.

— Si, monsieur le commissaire.
— Alors, faites ce que je vous ai demandé. Vous pouvez disposer.

Britt-Marie hésite devant la porte. Elle regarde ses bonnes grosses chaussures. En elle, une conviction grandit, une protestation silencieuse qui bouillonne dans sa poitrine et qui n'attend qu'à exploser. Elle pense à ces femmes aux mains rivées au sol, aux clous métalliques acérés qui ressortaient de la chair rouge comme des vers affamés. Elle pense aux enfants qui ont passé des heures avec leur mère avant d'être découverts. Et elle pense à Elsie qui est morte dans la cage d'escalier de cet immeuble crasseux du quartier de Klara.

Elle porte la main à son cou et serre entre ses doigts l'anneau en or.

— Commissaire Fagerberg, dit-elle à voix basse. Je ne me pardonnerai jamais si une autre femme était blessée. Je veux chercher parmi les habitants pour identifier… de potentielles nouvelles victimes, conclut-elle avec une certaine insistance dans la voix.

L'espace d'un instant, elle a l'impression qu'elle parvient à affirmer un peu de l'étonnante autorité dont Maj semble jouir.

Mais Fagerberg bondit de sa chaise en lançant son stylo qui dessine un arc de cercle dans l'air, heurte le mur, y laisse une grosse tache noire et s'écrase sur le sol.

— Mais enfin, bordel ! hurle-t-il. Quand allez-vous apprendre à obéir aux ordres ? Hors de ma vue ! Et que ça saute !

Elle ne répond pas, garde les yeux rivés sur la moquette orange, celle qu'elle trouvait si belle quand elle l'a vue pour la première fois. Elle était très impressionnée par les bureaux en cette journée d'août où elle a pénétré dans l'antre de la brigade criminelle au troisième étage. Et tellement optimiste.

Quelle idiote elle était ! Quelle naïveté !

À présent tout se désagrège, se transforme en gravier, au travail comme à la maison.

Il ne reste que les débris de ses rêves.

Pour la première fois, elle est inquiète que la situation ne se résolve pas, tant sur le plan professionnel que familial.

Que fait-on quand sa vie se brise ? se demande-t-elle. *Comment faire pour recoller les morceaux ?*

16

Quelques heures plus tard, elle a terminé les rapports et les a disposés en une pile soignée. Consciente que ça ne sera pas au goût de Fagerberg, elle y mentionne à la fois Berghof-Linder et sa théorie selon laquelle le meurtrier est descendu par le toit.

Elle a également établi une liste des habitants des immeubles de trois étages près du parc Berlin.

Une liste qui ne doit pour rien au monde se retrouver entre les mains de Fagerberg.

D'après ses recherches, il n'y a que trois mères seules. Une femme de soixante-cinq ans, qu'elle connaît vaguement. Elle vit au rez-de-chaussée au numéro 3 de la rue Berlingatan avec son fils de trente ans handicapé. Une pharmacienne de trente-cinq ans, veuve, avec une fille de sept ans, au premier étage du 25 de la rue Långgatan et enfin une aide-soignante de vingt-deux ans avec une fille de deux ans au dernier étage du 27 de la rue Långgatan.

Elle réfléchit.

Si sa théorie de l'Assassin des bas-fonds est juste, il cherche des femmes seules avec enfants qui vivent au dernier étage de leur immeuble. Ce qui veut dire qu'il devrait surtout être intéressé par celle qui habite au 27 de la rue Långgatan.

Britt-Marie fixe le nom et la date de naissance : Gunilla Nyman, 25/03/1952.

Elle sait qu'elle devrait la prévenir, mais elle ne peut pas risquer que Fagerberg s'en aperçoive.

Au bout de quelques instants de réflexion, elle décide de s'octroyer une pause. Elle insère une feuille blanche dans la machine à écrire.

Elle veut ajouter à l'histoire d'Elsie le meurtre de Märta Karlsson. Si le coupable le plus probable reste Berghof-Linder, elle ne sait pas exactement ce qui s'est passé ce soir-là.

Je vais devoir inventer, se dit-elle. *Comme le ferait un écrivain.*

Lentement mais sûrement, le récit de la rencontre entre Märta et son meurtrier prend forme. Elle sourit en songeant à la réaction d'Anita si elle la voyait à cet instant.

Un raclement de gorge derrière elle. Elle se retourne. Rybäck se tient dans l'encadrement de la porte, une tasse de café dans chaque main.

— Tout se passe bien ? demande-t-il en jetant un coup d'œil sur la liste des noms posée près d'elle sur le bureau.

Elle acquiesce.

— J'examine de plus près ceux qui vivent autour du parc.

Il fronce les sourcils.

— Pourquoi ?

— Parce que...

Il se penche et observe la liste.

— Tu crois qu'il va s'attaquer à d'autres femmes, n'est-ce pas ?

Elle hoche la tête, muette.

Il se tourne et lance un regard appuyé vers le bout du couloir.

— Il va devenir fou s'il l'apprend, dit-il en lui tendant une des tasses.

Elle se lève, avance le bras, mais au moment où elle s'apprête à saisir la tasse le café déborde et coule sur sa main.

— Oh, pardon, balbutie Rybäck.

Il esquisse un pas vers elle, sort un mouchoir de sa poche et lui essuie délicatement les doigts.

Il ne fait que l'effleurer, pourtant de délicieux frissons parcourent le corps de Britt-Marie. Elle ferme les yeux pour chasser son image, pour chasser toute cette scène. En vain. Les paupières closes, sa présence devient plus manifeste encore. Il se tient si près qu'elle sent son haleine lui caresser la joue comme le souffle doux d'un vent d'été, et elle ne peut s'empêcher de se demander ce qu'elle ressentirait s'il se rapprochait davantage.

Elle se retourne, pose délicatement la tasse sur la table, observe ses annotations et tente de mettre de l'ordre dans ses réflexions. Mais elle ne pense qu'à une chose : à ces sentiments impossibles et interdits.

— Écoute, dit-il en saisissant sa main toujours humide. Je vois bien qu'il y a quelque chose qui ne va pas. Tu veux en discuter ?

Elle secoue la tête, dos à lui, incapable de parler, et fixe les lourds nuages suspendus au-dessus d'Östertuna.

— Je fais généralement un tour dans le parc le soir, poursuit-il. Vers vingt et une heures. Pour me changer les idées.

Il esquisse un mouvement circulaire du bras et la regarde.

— Viens si tu veux.

— Vous ne pensez tout de même pas que cet... homme des bas-fonds... tentera d'entrer par mon balcon ? demande Gunilla Nyman en écarquillant ses yeux maquillés à outrance.

— Non, répond Britt-Marie. Ou peut-être. Je ne sais pas vraiment.

Gunilla fronce les sourcils et baisse le regard sur son pantalon de tailleur à pattes d'éléphant et ses sabots à hauts talons. Ses longs cheveux blonds en bataille tombent sur ses épaules. Elle ressemble aux belles de nuit qui cuvent leur vin en cellule jusqu'au point du jour, ou aux filles qui s'attardent devant les clubs après minuit.

Britt-Marie pense aux affirmations de Krook : les deux femmes attaquées n'avaient pas fait d'études et avaient des problèmes d'argent. Gunilla Nyman pourrait correspondre à cette description, en tout cas de prime abord.

— Je ne comprends pas, marmonne Gunilla en ôtant une mèche de cheveux humides de sa bouche. Que voulez-vous que je fasse ?

Britt-Marie a conscience de l'heure tardive, bien trop tardive pour frapper chez les gens et leur poser des questions sur l'Assassin des bas-fonds, mais elle n'a pas osé attendre.

— D'abord, j'aimerais que vous essayiez de vous rappeler si vous avez vu quelqu'un de suspect dans les environs. Devant l'immeuble, dans l'entrée ou peut-être sur le toit.

— Sur le toit ?

Gunilla Nyman semble amusée. Elle allume une cigarette et laisse tomber le briquet sur le plan de travail luisant en acier inoxydable.

— Vous avez vu quelqu'un ? s'enquiert Britt-Marie, faisant fi du ton ironique de son interlocutrice.

— Non. Bien sûr que non. En tout cas pas sur le toit.

— Alors, je voudrais juste vous demander de fermer la porte du balcon, surtout la nuit.

— Mais il fait tellement chaud…

Britt-Marie ignore sa remarque. Si elle avait vu les femmes clouées au parquet, elle ne se permettrait pas de telles jérémiades.

— Si vous apercevez quelque chose de suspect, appelez-moi immédiatement, poursuit-elle en lui donnant un papier sur lequel est inscrit son numéro personnel et professionnel.

Gunilla Nyman le lui arrache des mains et l'examine furtivement. Puis elle le plie en quatre avant de le déposer dans un bol près de l'évier.

— D'accord. Bien sûr.

Tout à coup, on entend un gémissement dans la chambre d'à côté.

— Désolée. Carina s'est réveillée. Je dois aller la voir. Sinon elle ne se rendormira jamais. Fichue gamine.

17

Britt-Marie rentre tard ce soir-là ; non seulement parce qu'elle a rendu visite à la femme près du parc Berlin, mais aussi parce qu'elle n'a pas quitté le commissariat avant vingt heures. N'ayant pas la force d'affronter ses collègues, elle est restée enfermée dans son bureau jusqu'à ce que tout l'étage se vide. Puis elle a mis au propre quelques pages du texte sur Elsie et n'a pas vu le temps passer.

C'est irresponsable de sa part : elle a laissé Erik seul avec Björn pendant plusieurs heures, ce qui ne lui plaît guère.

Elle repense à Fagerberg, à Krook et aux autres.

Elle se fait sans doute des idées, mais elle a l'impression qu'ils la dévisagent, et que les conversations à mi-voix devant la cafetière ou dans la réserve s'interrompent dès qu'elle s'approche. Même Appelle-moi-Alice lui jette de drôles de regards. Le seul qui se comporte plus ou moins normalement est Rybäck – si tant est que l'on puisse qualifier de normaux ses sourires figés et son empressement excessif.

La place est calme et déserte lorsqu'elle sort du commissariat.

Même les journalistes qui se sont pressés toute la journée devant la porte, dans l'espoir d'obtenir une déclaration, ont quitté leur poste. Pas qu'ils la dérangent personnellement – aucun d'entre eux n'imagine sans doute qu'elle, une femme, fasse partie de la brigade criminelle et travaille sur cette affaire.

En passant devant le parc, elle pense à Rybäck qui l'a invitée à l'y rejoindre. Elle consulte sa montre.

Vingt heures cinquante-cinq.

Il n'est pas trop tard pour le retrouver. Peut-être serait-il bon de décharger son cœur et de prendre du recul sur sa situation. Mais elle sait que c'est impossible. Elle doit rentrer.

Par ailleurs, Roger Rybäck et elle dans le parc…

Seuls. Dans le noir.

Cela ne peut finir que d'une façon. Et elle a suffisamment de problèmes comme ça.

Pourtant, elle hésite avant de poursuivre son chemin. Comme si ses jambes rechignaient à lui obéir. Elles veulent s'engouffrer entre les arbres, rejoindre l'obscurité, les effluves de la végétation humide en cette fin d'été.

Elles aspirent à l'interdit, à l'impossible.

Ouvrant la porte de son appartement, elle tombe nez à nez avec Erik en couche-culotte. Toutes les chaussures sont sorties des étagères et éparpillées au sol comme du bois flottant après un naufrage. Une odeur nauséabonde sature l'air et elle voit que la couche fuit : des selles liquides et collantes dégoulinent le long de la cuisse de son fils.

— Mon pauvre chéri, s'exclame-t-elle en s'accroupissant près de lui. Où est passé papa ?

Erik montre du doigt le salon.

— Papa dodo, répond-il, visiblement indifférent à la situation, et il s'étire pour attraper une botte en caoutchouc.

Britt-Marie se déchausse et se précipite dans le séjour, pleine d'appréhension. Elle n'aurait pas dû travailler si tard. Elle aurait dû rentrer vers dix-huit heures comme d'habitude.

Arrivée dans le salon, elle découvre Björn allongé par terre en train de ronfler. Des canettes de bière vides et des bouteilles d'alcool jonchent la table basse et une moitié de tartine de pâté de foie est posée à côté de son visage, comme s'il s'était endormi au beau milieu d'une bouchée.

Elle s'affaisse auprès de lui, non pas pour voir comment il se porte, mais parce que toutes ses forces s'épuisent et que le sol fond sur elle. C'est à cet instant précis – allongée en position fœtale sur le tapis, les joues baignées de larmes brûlantes – qu'elle ose pour la première fois formuler cette idée incompréhensible.

Je ne peux pas continuer ainsi.

Je vais sombrer.

Le lendemain, elle se lève de bonne heure. Elle donne son petit déjeuner à Erik, vérifie qu'il n'a pas de fièvre et jette les canettes de Björn au vide-ordures. Elle aère même, pour que Maj ne sente pas l'odeur de la cigarette en arrivant.

Puis elle assied Erik dans le lit près de Björn et le réveille. Il grogne, plisse ses paupières gonflées, marmonne le mot café, ce qu'elle ignore. Il ne lui demande pas pardon pour son comportement la veille – pour lui, il n'y a peut-être aucune raison de présenter ses excuses, ou peut-être ne se souvient-il de rien, tout simplement.

Mais Britt-Marie ne peut pas oublier.

À vrai dire, elle est restée éveillée presque toute la nuit à faire le point sur sa vie. Elle a pensé à Elsie et aux femmes crucifiées. À Fagerberg, à Rybäck et à Björn. Et à Erik, bien sûr – quelle chance qu'il ne lui soit rien arrivé la veille ! Car d'innombrables dangers le guettent dans cet appartement : prises électriques, fenêtres, couteaux aiguisés et plaques de cuisson qui peuvent devenir rouges comme de la braise et brûler ses petits doigts d'enfant.

Il aurait pu se passer n'importe quoi.

Britt-Marie a fini par s'endormir en serrant dans son poing la bague d'Elsie.

Lorsque Britt-Marie parcourt les quelques rues jusqu'au commissariat, elle sent que la température a baissé – une fraîcheur qui chuchote que l'automne n'est pas loin. Les feuilles des bouleaux ont commencé à jaunir et les plantes vivaces qui entourent la statue du parc Berlin lui arrivent à la taille et ont fleuri depuis longtemps. Les ouvriers au bord du grand cratère ont troqué leurs tee-shirts contre des pulls à manches longues et l'ivrogne assis près de la fontaine, celui qui ressemble comme deux gouttes d'eau à Beppe Wolgers, s'est enroulé dans une couverture crasseuse pour tenter de rester au chaud.

Elle regarde sa montre : sept heures et quart.

Elle n'a aucune raison d'arriver si tôt. Ni Fagerberg ni Rybäck ne seront là et il est loin le temps où il lui importait de se montrer appliquée.

Elle décide de se promener. Elle traverse l'esplanade en biais et se dirige vers le lac Tuna. Au bout de quelques centaines de mètres, le bâti laisse la place à une forêt clairsemée et la route asphaltée à un chemin de gravier. Les feuilles dansent dans le vent autour de ses jambes.

Elle continue jusqu'au lac où la brise plisse la surface de l'eau, poussant des vaguelettes vers le rivage pierreux. À droite s'étendent les jardins ouvriers avec leurs maisonnettes idylliques. Elle pense à Sudden, dont la mère possède une des cabanes. Aux dernières nouvelles, il serait soupçonné de cambriolage, mais Björn affirme qu'il est innocent et victime d'un complot.

Elle balaie du regard les bâtisses, à peine plus grandes que des cabanons de jeu pour les enfants. Sur les petits lopins, les buissons et les arbres prennent des nuances incandescentes du jaune à l'orange.

L'automne viendra cette année aussi, bien que tout soit différent, se dit-elle.

On dirait une provocation – que la nature parade, revêtue de ses plus beaux atours, se pavane en robe de feu, rouge et orange, quand tout ce que voudrait Britt-Marie, c'est se laisser tomber au milieu d'un tas de feuilles et mourir. Enfin, peut-être pas mourir, mais en tout cas changer de métier.

Et de mari.

À peine cette pensée lui a-t-elle effleuré l'esprit que la honte l'assaille.

Comment peut-elle formuler ce vœu alors qu'elle a maintenant la famille dont elle a toujours rêvé ? Elle n'en a pas le droit.

Ou peut-être que si ?

Certes, elle a une amie qui a divorcé. Mais son époux la rouait de coups, ce n'est pas la même chose.

Ou peut-être que si ?

Qu'est-on en droit d'exiger d'une relation conjugale ? Et de la vie en général ?

Elle pense à Rybäck, à son haleine moite contre sa joue, à la chaleur de sa main, aux mots qu'il a prononcés.

Je fais généralement un tour dans le parc le soir. Vers vingt et une heures. Viens si tu veux.

Elle pourrait le rejoindre, ce soir. Mais le problème, c'est qu'elle ne sait plus ce qu'elle veut. Peut-être qu'Anita avait raison quand elle lui a dit de partir quelques jours pour réfléchir à sa vie. C'est peut-être exactement ce dont elle a besoin.

18

Malgré sa promenade, Britt-Marie est la première arrivée au troisième étage du commissariat. Elle en profite : elle ferme la porte de son bureau, décroche le téléphone en bakélite d'un noir patiné à force d'être utilisé, et appelle sa mère.

Elle ne lui parle pas très souvent, même si dans le fond elle l'adore. Et quand Britt-Marie lui téléphone, elle a la sensation que la conversation se tarit dès qu'elles ont épuisé leurs deux sujets de prédilection : Erik, et les trois chiens de sa mère.

Chaque été, Britt-Marie, Björn et Erik passent deux semaines à Höganäs chez Hilma ; la douce sollicitude de sa mère compense largement l'absence de mots.

Mais aujourd'hui, elle a besoin de ces mots, les mots si fuyants, si farouches.

Sa mère décroche au bout de trois sonneries. Elle explique qu'elle est essoufflée après avoir sorti Bamse, le plus âgé des chiens qui souffre apparemment de l'engorgement d'un sac anal, ce qui ralentit sa marche. Britt-Marie croit d'abord l'entendre articuler les mots « sexe anal » et s'alarme. Sa mère doit avoir eu une attaque. Jamais elle ne s'exprimerait ainsi !

Après avoir fini de parler des chiens et avoir demandé des nouvelles d'Erik, sa mère sombre dans le mutisme. Comme toujours. Le silence s'apparente à un immense projecteur, mettant en valeur les paroles que Britt-Marie s'apprête à prononcer. Elle en a la nausée. Elle se serait sentie tellement plus à l'aise s'il y avait eu d'autres mots pour la protéger de l'éblouissante lumière. Des phrases qui jetteraient une ombre miséricordieuse sur ce qu'elle veut lui raconter.

— Maman, Björn et moi avons des problèmes.

Le silence se fait plus oppressant, mais à présent les mots se déversent de la bouche de Britt-Marie. Elle parle de l'alcool, de l'argent disparu, des tickets de pari hippique. Du chômage de Björn, d'Erik, qu'elle a découvert en mission exploratoire dans l'entrée, avec une couche-culotte souillée comme tout vêtement quand elle est rentrée un soir. Elle s'abstient simplement de mentionner sa situation désastreuse au travail. Pour une obscure raison, elle en a honte. Comme si elle était responsable de la colère de Visage de pierre et des regards éloquents de ses collègues.

— Ma pauvre chérie, dit sa mère, et elle se tait.

Le projecteur s'allume de nouveau et elle reste seule avec sa honte dans la lumière aveuglante.

Britt-Marie ne sait pas quoi ajouter. Elle a déjà tout dit.

— Ma pauvre chérie, répète sa mère.

— Que dois-je faire ? demande Britt-Marie.

Au même moment, elle entend la porte de la cage d'escalier.

Sa mère reste aussi muette que la statue du parc Berlin.

Quelques instants plus tard, la porte de son bureau s'ouvre sur le visage souriant de Rybäck. Il est sur le point de déclarer quelque chose, mais il remarque qu'elle parle au téléphone et lève une main comme pour s'excuser.

— Ce serait peut-être plus facile si tu travaillais moins, dit enfin sa mère. Il a peut-être l'impression que tu lui dames le pion. Les hommes sont comme les chiens, ma chérie, ils ont besoin de se sentir utiles. Autrement, ils se mettent à mal se comporter.

Quand Britt-Marie rentre chez elle ce soir-là, elle est décidée. Elle a déjà parlé à Maj et l'a priée de garder Erik quelques heures de plus le soir même, prétextant un dîner chez des amis. Elle en a profité pour lui demander de donner un coup de main à Björn pour s'occuper d'Erik pendant quelques jours dans l'hypothèse où elle doit rendre visite à sa mère dont la santé s'est tout à coup dégradée.

Maj lui a répondu que c'était possible, mais qu'elle avait un rendez-vous chez le dentiste le lendemain matin, donc, si Britt-Marie comptait partir à ce moment-là, Björn devrait s'occuper de son fils.

Puis Britt-Marie a écrit à Fagerberg une courte lettre qu'elle a placée près du cendrier sur son bureau, expliquant que pour des raisons personnelles elle allait devoir s'absenter quelques jours.

Le parc Berlin est plongé dans le noir et une bruine légère tombe quand elle s'achemine à la hâte vers chez elle. Ça sent les feuilles mortes et la terre humide. Les fenêtres des immeubles à trois étages sont éclairées, accueillantes, et Britt-Marie songe à toutes ces familles qui y habitent, qui réussissent à avoir une vie fonctionnelle malgré les enfants, le boulot et toutes les difficultés du quotidien.

Ceux qui parviennent à recoller les morceaux de leur vie ébréchée et à aller de l'avant.

Elle poursuit son chemin avec l'impression désagréable de se rapprocher d'un tournant décisif. Quand elle franchit la porte, elle se dit qu'il est toujours temps de changer d'avis, qu'ils pourraient sortir manger, comme elle l'a dit à Maj. Peut-être peuvent-ils parler de ces morceaux, de la manière dont ils peuvent réparer ce qui s'est brisé. Mais en ouvrant la porte, elle découvre le désordre, et à nouveau ses rêves entrent en collision avec la réalité.

— Salut !

Björn ne répond pas, mais elle entend sa voix depuis le salon.

— Ouais, passe à la maison ! On va y faire un tour.

Britt-Marie suspend son manteau à la patère, ramasse les souliers de son mari qui traînent dans l'entrée et les range sur l'étagère. Elle délace ses chaussures, les place à côté et pénètre dans le salon au moment où il raccroche.

— C'était qui ?

— Sudden. On va boire une bibine.

Penser à Sudden, qui a perdu tout ce qu'il possède au jeu et qui n'a d'autre intérêt dans la vie que les courses et la bière, anéantit ses derniers espoirs. Ils ne pourront rien réparer.

— Il faut qu'on parle.
— Ah bon ?
— J'ai demandé à Maj de garder Erik quelques heures ce soir pour que nous puissions discuter un peu.

Björn s'assied sur le canapé et la regarde, le visage dénué d'expression.

— Ah bon, répète-t-il.
— Björn. Ça ne marche pas. Si tu ne… Il faut que tu mettes de l'ordre dans ta vie. Arrête de boire. Trouve un boulot. Sinon, on va devoir divorcer.
— Mais enfin, bordel ! gémit-il.

L'espace d'un instant, elle croit qu'il va éclater en sanglots. Mais il se lève, arpente la pièce, les bras croisés sur la poitrine, les poings serrés.

— Divorcer ?

Sa voix semble différente ; faible, métallique, écrasée par la colère retenue et le désespoir.

— Je suis à bout, dit-elle en s'appuyant contre le mur, car elle a l'impression que ses jambes vont se dérober. C'est impossible. Je suis désolée.

Elle marque une pause et continue :

— Je sais que tu es capable d'autre chose. Tu es fort, tu es habile. Tu es intelligent. Pour tes statistiques hippiques, il faut à la fois de la concentration et… de la détermination. Alors pourquoi tu ne trouves pas d'emploi ? Et si tu peux t'abstenir de boire quand Maj est dans les parages, tu devrais pouvoir le faire à la maison et au travail ?

Björn fait les cent pas sur le tapis à poils longs, le regard rivé au sol.

— Divorcer ? insiste-t-il. Et Erik, alors ? Tu as pensé à lui ?

Elle déglutit.

— Justement, c'est ce que je fais.

Il s'approche d'elle, bras droit levé, le poing toujours serré. L'espace d'un instant, elle croit qu'il va la frapper, mais il la bouscule et pousse un hurlement.

À l'instant où il se tait, on sonne.

Les pas de Björn disparaissent dans l'entrée, et elle l'entend ouvrir la porte et dire quelque chose à voix basse à Sudden. Quelques secondes plus tard, la porte se referme avec fracas.

Britt-Marie prend son temps, peut-être parce qu'au fond d'elle, elle espère qu'il reviendra. Elle allume une bougie, boit une tasse de thé et range les affaires les plus importantes dans son petit sac de voyage noir – quelques vêtements de rechange, sa trousse de toilette, son calmant léger et des livres. Puis elle sort son carnet de notes et un stylo et se laisse tomber dans le canapé où flotte encore l'odeur de Björn.

Elle arrache une page blanche, s'empare du stylo et se met lentement à écrire.

> *Je ne peux pas vivre ainsi. J'aimerais entrevoir une autre solution, mais ce n'est pas le cas. Je pars pour réfléchir. Je te propose de faire de même pendant mon absence. Je ne désire qu'une chose : que tout s'arrange, mais pour cela il faut que tu fasses des efforts ! J'ai dit à Maj que j'allais rendre visite à ma mère. Elle t'aidera avec Erik. J'ai également informé mon chef que j'allais prendre des congés.*

Elle marque une pause et réfléchit. Observe les mots qui expriment tant de choses, mais en expliquent si peu.

Devrait-elle indiquer quand elle sera de retour ? Elle ignore elle-même le temps qu'il lui faudra pour retrouver le chemin de celle qu'elle était autrefois.

Elle termine la brève lettre de la seule manière qui lui vient à l'esprit.

Je t'aime,
Britt-Marie.

Elle place la missive sur la table basse collante de bière séchée.

Le téléphone retentit.

Elle pense d'abord que c'est Björn qui veut s'excuser. Qu'il regrette et qu'il souhaite parler de la situation. Chaque problème a au moins une solution, Björn et elle sont deux personnes pleines de bon sens qui devraient trouver une issue par la réflexion. Elle se dit que tout l'amour qu'ils ressentaient par le passé ne peut pas être parti en fumée, mais doit être enfoui quelque part, sous les mots durs et les débris.

Mais, lorsqu'elle décroche le combiné, elle entend une voix féminine qu'elle ne reconnaît pas.

— Bonsoir, c'est Gunilla. Gunilla Nyman, de la rue Långgatan. J'espère que je ne vous dérange pas, mais vous m'avez dit d'appeler si je voyais quelque chose de suspect. Et là… Je ne sais pas vraiment, peut-être que je me fais des idées, mais il y a un homme qui est debout dans le parc depuis longtemps et qui fixe ma fenêtre.

Britt-Marie lorgne son sac noir et la note qu'elle a laissée sur la table. Puis elle écrit dans son carnet :

Gunilla Nyman, 27 rue Långgatan.
Elle souligne la phrase d'un trait épais et ferme son bloc-notes.
— Je passe si j'ai le temps. Merci d'avoir téléphoné.

Ici s'achève l'histoire de Britt-Marie.

Elle s'achève sur un mystère, mais, puisque vous savez déjà qu'il n'y a pas de fin, je n'ai peut-être pas besoin de dire qu'une autre histoire lui succède.

Je pourrais bien sûr vous raconter ce qui arrive à Britt-Marie, mais ce serait anticiper. Je puis néanmoins vous donner quelques indices : elle sort dans la nuit noire, le sac à la main. La pluie a redoublé, ses cheveux trempés collent à ses joues et des filets d'eau froide dégoulinent le long de sa nuque et sous son pull en laine.

Arrivée au parc Berlin, elle ne voit quasiment rien, elle parvient à peine à distinguer la statue de la mère qui allaite son enfant près des balançoires. Pourtant, il lui semble apercevoir quelqu'un en face du 27 de la rue Långgatan – une silhouette appuyée contre un tronc d'arbre. Et plus elle s'approche, plus elle en est sûre.

Il y a bien quelqu'un.

Mais qui ? Est-ce Rybäck qui a décidé de faire son petit tour vespéral pour se changer les idées, malgré le temps ? Ou est-ce l'Assassin des bas-fonds ? Comment reconnaît-on un assassin ? Cela s'entend-il à la voix ?

Y a-t-il une nuance d'hypocrisie qui dévoile les mauvaises intentions ? Cela se voit-il à son regard ?
Le mal a-t-il un visage ?

Le matin suivant, le soleil brille dans un ciel sans nuages.

Björn est assis sur le canapé, tenant d'une main tremblante la lettre de Britt-Marie, et les larmes coulent le long de ses joues tandis qu'Erik sort méthodiquement les casseroles et les couvercles des placards de la cuisine pour les jeter par terre.

Au troisième étage du commissariat d'Östertuna, Fagerberg allume une nouvelle cigarette, se tourne vers Krook et Rybäck et leur explique qu'il n'est pas du tout étonné : il savait dès le premier instant que Britt-Marie ne supporterait pas la pression. Et pardi ! quel soulagement ce sera quand le commissaire principal arrêtera de lui envoyer des bonnes femmes incompétentes et hystériques. Krook acquiesce d'un « hum », mais Rybäck garde le silence, le regard rivé au sol.

L'avenir donnera d'ailleurs tort à Fagerberg, car au cours des années suivantes de plus en plus de femmes seront formées aux métiers de la police et en 1981 sera nommée la première femme commissaire général. Mais de nombreux domaines restent encore fermés aux femmes – il faudra par exemple attendre 1990 pour que soit formée la première technicienne de la police judiciaire.

Trêve de digressions, revenons à Britt-Marie : les semaines passent sans que personne ait de nouvelles.

Les jours raccourcissent, les feuilles tombent des arbres du parc Berlin, s'amoncellent autour des barrières qui délimitent la zone de travaux. Le trou n'est plus un trou. De gigantesques fondations en béton jaillissent à présent de la terre, poussent un peu plus chaque jour, et les habitants d'Östertuna n'ont qu'un sujet à la bouche : la laideur de cette construction.

A-t-on le droit d'édifier un bâtiment aussi hideux dans un si beau parc ?

En octobre, la Maison de la culture est inaugurée à Stockholm et l'Académie suédoise décerne le prix Nobel de littérature à Eyvind Johnson et Harry Martinson. La semaine suivante, Björn et Erik s'installent chez Maj pour qu'elle puisse aider son fils au quotidien. Et elle l'aide, pour sûr – elle vide les bouteilles d'alcool et les canettes de bière et gifle son fils s'il bronche. Elle récure, elle polit, elle cuisine. Et quand Björn omet de se laver, elle le pousse dans la douche, lui arrache ses vêtements et lui frotte le corps de haut en bas avec sa brosse à ongles. Puis elle lui coupe les cheveux avec les ciseaux de cuisine.

Björn, qui a depuis longtemps cessé de protester, reste assis sur les toilettes, mutique, à regarder les longues mèches humides s'échouer sur le sol de la salle de bains.

Au commissariat, Alice Lagerman range les affaires de Britt-Marie dans un carton qu'elle enferme dans la remise, au cas où Britt-Marie reviendrait. Un nouvel assistant la remplace. Il s'appelle Hamberg. Il a beau être avenant et doué, Rybäck n'a pas vraiment envie d'apprendre à le connaître.

À la fin du mois de novembre, Hilma et Björn signalent la disparition de Britt-Marie. Le policier qui enregistre leur déposition sait fort bien qui elle est, mais hésite à le dire. Et après avoir lu la lettre d'adieu que Björn a apportée, il décide de garder le silence.

La question semble trop intime pour faire l'objet de commentaires. Il est évident qu'il s'agit d'une affaire de famille.

Les recherches tardent à se mettre en route pour de bon – après tout, elle a laissé une lettre d'adieu à son mari et a informé son chef qu'elle allait partir en voyage. Quand l'enquête commence enfin, on ne trouve aucune trace d'elle.

Comme si elle avait été avalée par la terre.

Les mois passent. Puis les années. L'enquête sur l'agression et le meurtre à Östertuna est classée sans suite faute de preuves.

En une journée de printemps froide et grise de 1979, Pekka Krook décède de la tumeur qui grandit dans son poumon droit depuis l'automne 1974 déjà et qui était responsable de son affreuse toux rauque. Alice Lagerman expédie des fleurs à sa veuve et tente une fois de plus de convaincre le commissaire Fagerberg d'arrêter de fumer.

Au début des années quatre-vingt-dix, Hilma rend son dernier soupir. Elle ne saura jamais ce qui est arrivé à son unique enfant.

Une obscurité entoure Erik, le fils de Britt-Marie. Épaisse comme de la poix, profonde comme la nuit de janvier au-dessus d'Östertuna. Elle se nourrit de la douleur de l'abandon et, malgré ses efforts, il ne parvient pas à la confiner à l'intérieur de lui. Elle suinte et contamine toutes les parties de sa vie.

Björn ne le voit pas. Il a une nouvelle compagne. Une jeune femme aux courts cheveux blonds. Elle a un rire strident et elle fume sous la hotte dans la cuisine de leur nouvel appartement. Ils ont jeté les rideaux à fleurs et à volants et parlent de changer le canapé aussi – il est criblé d'affreuses marques noires à cause d'une cigarette que la femme a laissée rouler au cours d'une soirée arrosée.

La compagne tombe enceinte. En elle pousse une vie qui deviendra la petite sœur d'Erik.

Björn trouve du travail, un travail exigeant, qu'il ne peut pas se permettre de négliger. Pourtant, c'est ce qu'il fait. Il boit tous les soirs, et parfois même le matin, avant de parcourir à pied la courte distance qui sépare l'appartement de son lieu de travail dans le centre. Mais la femme ne remarque rien. Elle fume, elle rit, elle s'arrondit.

La petite sœur d'Erik naît et Björn est à nouveau heureux. Il se sent accompli, comme s'il avait réellement recréé son ancienne famille au lieu de l'avoir remplacée par une autre. Mais la nuit, dans son lit, Erik souhaite la mort de sa cadette.

Ce n'est pas aussi étrange que ça peut paraître. Personne ne disparaît sans laisser de traces comme une pierre coule au fond de la mer en ne formant que quelques rides légères à la surface. Tout événement a des conséquences et toute fin est le début d'une nouvelle histoire. La disparition de Britt-Marie marquera la vie et la conduite d'Erik pendant de nombreuses années à venir. Le destin de la mère devient l'héritage du fils, comme le destin d'Elsie fut l'héritage de Britt-Marie

– et l'on échappe à son héritage aussi peu que l'on échappe à soi-même.

Onze ans après la disparition de Britt-Marie, l'Assassin des bas-fonds sort à nouveau de son sommeil, donnant libre cours à cette haine irrépressible. Le destin d'une nouvelle jeune femme bascule, de la main de cet inconnu.

Alors la traque reprend : la chasse au mal, à l'assassin. Et on se remet à chercher Britt-Marie, cette femme qui demeure un mystère.

La grande ombre du passé s'allonge comme toujours beaucoup plus loin que l'événement qui la projette. Bien que les années s'écoulent, les plaies ne se ferment jamais tout à fait et le mal se propage inexorablement dans l'espace et dans le temps.

Le monde n'a pas beaucoup changé, lui non plus, même si les gens ont l'impression qu'il est en constante mutation. Ils pensent que la vie s'étale devant eux comme un chemin vierge que nul n'a encore foulé.

Mais l'histoire se répète, forme des cercles comme si elle tentait de se mordre la queue.

Le président américain Ronald Reagan vient de se rendre avec sa femme Nancy à Genève pour rencontrer le dirigeant de l'Union soviétique, Mikhaïl Gorbatchev. C'est un premier pas prudent vers la fin de la guerre froide et vers un nouvel ordre mondial – nouveau, mais non moins violent.

Les médias alertent presque quotidiennement sur le trou dans la couche d'ozone au-dessus de l'Antarctique.

Et quand ce n'est pas l'ozone, c'est la nouvelle épidémie, le sida, qui d'après certains serait une punition divine frappant les débauchés.

Et, à Östertuna, les ténèbres s'épaississent.

Un jour de décembre 1985 brumeux et froid, Hanne Lagerlind-Schön met pour la première fois les pieds au commissariat central de Stockholm. Elle ne remarque pas que les trois policiers qui discutent près des portes va-et-vient se taisent ni que la jeune femme à l'accueil la dévisage.

Elle est tellement habituée à ces réactions qu'elle ne réagit même plus.

Hanne est tout ce que Britt-Marie n'était pas : elle a suivi des études universitaires – avec un diplôme en anthropologie sociale et un doctorat en sciences du comportement en poche, peu de gens oseraient la mépriser ou remettre en question ses compétences. Par ailleurs, ses origines bourgeoises lui ont donné cette confiance naturelle qui ne peut jamais vraiment s'acquérir. C'est une sorte d'armure dans laquelle elle peut se mouvoir avec un calme apparent dans toutes les couches de la société.

Sans oublier qu'elle est belle, c'est une réalité que nul ne peut ignorer. Car, même si elle n'y pense pas elle-même, cela influence tout son entourage. Ce n'est pas nécessairement un avantage, elle ne peut par exemple jamais traverser discrètement une pièce ou assister à un événement sans laisser une impression durable chez tous les participants. Par ailleurs, elle suscite inévitablement la jalousie. Plusieurs de ses collègues estiment que son succès universitaire est dû, du moins en partie, à sa jeunesse et à sa beauté.

Mais ça, Hanne l'ignore et, même si elle le savait, il n'est pas sûr qu'elle s'en alarmerait parce qu'elle est passionnée par son travail et a foi en ses compétences.

Si on lui demandait ce qu'elle pense de la beauté, elle se perdrait sans doute dans un raisonnement interminable sur l'esthétique. Elle affirmerait que la beauté est culturelle et qu'il n'est pas rare que l'aspiration à la beauté opprime les femmes en les obligeant à transformer leur corps d'après un idéal social désirable. Puis elle parlerait des cultures historiques qui avaient pour coutume de bander les pieds des femmes, de les engraisser sciemment, voire de les mutiler. Mais elle raconterait encore plus volontiers que pendant des millénaires les femmes inuites embellissaient leur visage en y tatouant des lignes évocatrices des événements importants de leur vie, par exemple la naissance de leurs enfants.

Hanne est ainsi faite : le savoir, les récits la font vibrer.

Elle est optimiste et a confiance en elle, mais elle est jeune.

Il y a tant de choses qu'elle méconnaît encore – de l'Assassin des bas-fonds, bien sûr, mais aussi de la vie en général. Elle ignore que cette force peut être brisée, réduite à néant, en un clin d'œil. Que l'amour – auquel elle tient tant – peut la menotter. Que le travail peut se changer en devoir et que son propre corps – auquel elle a toujours fait confiance – peut la laisser tomber quand elle en a le plus besoin.

De ce point de vue là, elle ressemble beaucoup à Elsie et à Britt-Marie.

Et comme elles, Hanne commence tout juste à entrevoir l'étendue des ténèbres qui planent sur la ville.

HANNE

Stockholm, 1985-1986

19

— Que puis-je faire pour vous ? s'enquiert la femme en uniforme à l'accueil.

Hanne ôte son bonnet en laine et recoiffe sa longue chevelure rousse.

— J'ai rendez-vous avec le commissaire Robert Holm, de la police judiciaire, répond-elle en essuyant son nez transi.

— Je l'appelle tout de suite.

Tandis que Hanne attend, le froid lâche peu à peu son emprise et le sang irrigue à nouveau ses doigts, son nez et ses oreilles. Ses mains picotent et des gouttes dégoulinent du rabat de son manteau.

Elle pense au coup de téléphone de Robert Holm avant-hier. Après quelques formules de politesse hésitantes, il est allé droit au but et lui a demandé si elle voulait les aider à enquêter sur un meurtre. Son ancien directeur de thèse, le professeur Sjöwall, que le commissaire a contacté en premier, l'avait recommandée, en dépit de son jeune âge.

Un toussotement la fait se retourner.

— Hanne ?

L'homme derrière elle a une quarantaine d'années et d'épais cheveux poivre et sel. Sa peau est tannée

– comme s'il revenait d'un voyage au soleil ou appartenait au groupe croissant de Stockholmois adeptes du solarium. Une profonde cicatrice lui barre une joue, du coin de l'œil jusqu'à la commissure des lèvres, rendant son visage un brin asymétrique. Il porte un costume et sa cravate, qui repose sur son ventre rebondi, est ornée d'une pince dorée rehaussée de l'emblème de la police.

Elle hoche la tête et il lui tend la main.

— Robert Holm, dit-il avec un sourire. Mais tout le monde m'appelle Robban. Bienvenue à la Commission nationale des homicides !

Sa poignée de main est ferme et si longue que Hanne est presque mal à l'aise. Il sourit à nouveau.

— Suis-moi, je vais te briefer sur l'affaire.

— Hannelore Björnsson, dit Robban en poussant vers Hanne quelques photographies sur la table élimée.

L'unique fenêtre de la pièce est si étroite qu'elle laisse à peine passer la lumière grise du jour. Derrière Robban trône un meuble bas empli de classeurs et de livres, surmontés de hautes piles de pochettes cartonnées de différents coloris. Sur le bureau, des stylos se tiennent au garde-à-vous dans un porte-crayon en plastique noir. À côté, il y a un Filofax et un fichier rotatif pour cartes de visite.

Hanne observe les photographies qui représentent une jeune femme aux longs cheveux blonds visiblement permanentés. Sa frange ébouriffée est rabattue en arrière, comme si elle avait le vent de face ou avait utilisé une sacrée quantité de laque afin de la maintenir en place. Elle affiche un large sourire et ses dents sont blanches et régulières, hormis une incisive ébréchée.

— Elle a été retrouvée assassinée dans son appartement, au 10 de la rue Berlingatan à Östertuna, le 15 novembre de cette année.

Hanne déglutit avec difficulté, son cœur bat la chamade.

Cette fois, c'est pour de vrai.

Certes, pour sa thèse, elle s'est aussi appuyée sur des cas réels. Elle a passé en revue, avec le professeur Sjöwall, d'innombrables meurtres, commis en Suède et à l'étranger, mais cette affaire-ci la touche d'une autre manière. Peut-être est-ce la prise de conscience qu'elle peut véritablement influer sur le cours de l'enquête, qu'on attend d'elle une réelle participation.

— Vingt-quatre ans. Travaillait comme serveuse. Mère célibataire avec un fils de deux ans. Le père vit à Malmö depuis longtemps et a été écarté de la liste des suspects.

Holm glisse d'autres clichés sous les yeux de Hanne. Elle se penche en avant pour les observer. Une femme gît sur le sol, nue, les bras en croix. Autour de sa tête, une mare de sang ; dans sa bouche, un objet oblong.

— On dirait une mise en scène. Les bras ont l'air…

Elle se tait, ne sachant comment continuer.

— Ses bras ont été cloués au sol. Et l'objet enfoncé dans sa gorge est une brosse à vaisselle. On voit mieux sur cette photo.

— Mon Dieu ! Exactement comme le meurtre d'Östertuna dans les années soixante-dix.

— Tout à fait.

Hanne scrute l'autre cliché, prêtant une attention particulière au visage de la femme. Ses cheveux sont imbibés de sang, son visage gonflé, et l'on aperçoit les dents de sa mâchoire supérieure à travers sa lèvre fendue. Le manche de la brosse à vaisselle sort au coin de la bouche.

Voilà à quoi ressemble la mort, se dit-elle, frappée par l'idée que la jeune femme menait sans doute une vie normale, tout comme elle, jusque très récemment.

— La police d'Östertuna, initialement chargée de l'enquête, nous a demandé de l'aide au début du mois de décembre, poursuit Robban. Elle manque de personnel. Sans compter que cette affaire est…

Il marque une pause et sort quelques dossiers d'un tiroir avant de reprendre :

— Spéciale. Enfin, tu es visiblement au fait de ce qui s'est passé dans les années soixante-dix. Le *modus operandi* de notre assassin est le même. Par ailleurs, un meurtre similaire a été commis en 1944 dans le quartier de Klara, ici, à Stockholm.

Il pousse les dossiers vers elle.

— Comment appelait-on l'assassin, déjà ? L'Homme des bas-fonds ?

— *L'Assassin des bas-fonds*.

— Vous pensez qu'on a affaire à la même personne ?

— Attendons que tu aies pris connaissance de toute l'affaire pour en parler. Rentre chez toi, lis tout cela au calme. Je comptais demander à une de mes collègues, Linda Boman, de te conduire sur tous les lieux du crime demain matin. Nous pourrions nous retrouver après le déjeuner. Qu'en penses-tu ?

Hanne acquiesce, mais elle hésite. Les questions se bousculent dans sa tête et elle ne veut pas conclure la conversation tout de suite.

— Le lieu où cette femme, Hannelore, a été tuée est-il proche de là où ont été assassinées les autres femmes à Östertuna ?

Robban se recule sur sa chaise et noue les mains sur son ventre. Son regard glisse lentement sur elle.

— Quelqu'un t'en a parlé ?
— Parlé de quoi ?
— Hannelore Björnsson vivait dans le même appartement que Margareta Larsson, la femme assassinée en 1974.

20

Cette après-midi-là, Hanne allume un feu dans la cheminée de l'appartement de la rue Skeppargatan, emplit une théière, s'assied dans le grand canapé et se plonge dans les dossiers, munie d'un stylo et d'un calepin. Elle examine les comptes-rendus d'interrogatoire, scrute les photographies, les cartes et les rapports d'autopsie, et prend des notes soigneuses dans son carnet.

Freud, le labrador de cinq ans qu'elle a fini par adopter pour compenser l'absence d'enfants – Owe, son mari, n'en veut absolument pas –, est allongé à ses pieds.

La maternité ne lui manque pas. Elle est satisfaite de sa vie et soupçonne également que les jeunes enfants – si finalement ils en avaient – seraient un obstacle à son travail.

Elle se sent, à bien des égards, privilégiée par rapport à ses amies – elles qui triment avec boulot et bambins, traînent leurs gamins morveux de la maison à la crèche et de la crèche à la maison en ayant l'impression de ne jamais en faire assez. N'est-ce pas la libération ultime que de pouvoir vivre en couple sans être limité par les enfants ? De posséder l'indépendance dont jouissent les hommes depuis la nuit des temps ? De pouvoir exclure la vie de famille et se concentrer sur son travail ?

Il n'empêche, quand elle aperçoit les familles au marché d'Östermalm le vendredi, elle ressent parfois un pincement au cœur. Est-ce de la peine, parce qu'elle a l'impression de passer à côté de quelque chose ? Ou le simple fait qu'elle aurait été flattée qu'Owe veuille avoir avec elle une descendance, comme une sorte de preuve d'amour ?

En même temps, elle doit lui donner raison sur un point : les gens font souvent des enfants par égoïsme, comme une sorte de réalisation de soi plutôt qu'un projet altruiste. N'est-il pas absurde que, dans notre société moderne, certaines personnes ne soient pas libérées de la croyance millénaire que la valeur d'une femme dépend de sa capacité à mettre au monde des nourrissons replets à intervalles réguliers ?

Quand on y pense, l'idéal de la famille nucléaire est extrêmement réactionnaire.

Le thé refroidit, les flammes s'éteignent et devant la fenêtre la nuit est tombée, noire, dense comme du velours, sans que Hanne l'ait remarqué. De temps en temps, on entend un crépitement dans l'âtre et une étincelle est propulsée vers l'écran de cheminée où elle se fane.

Hanne se redresse, se masse la nuque et balaie du regard le grand salon où les livres se pressent dans les hautes bibliothèques qui couvrent trois des murs. Au quatrième sont accrochés quelques-uns des tableaux abstraits de sa mère, des masques des peuples autochtones des quatre coins du monde qu'Owe lui a offerts et de vieilles photographies d'Inuits qu'elle a achetées aux enchères. Les sols sont tendus de tapis orientaux qui se chevauchent, apparemment disposés au hasard, bien qu'il ait en réalité fallu à Hanne et à son mari une matinée entière pour créer l'atmosphère bohème recherchée.

Elle jette un coup d'œil à sa montre : dix-sept heures cinquante-cinq. Trois heures se sont écoulées sans qu'elle s'en rende compte. L'Assassin des bas-fonds et ses victimes – les femmes clouées au sol – l'ont tenue captive, là, dans le canapé. Freud lève la tête, la regarde et renifle, impatient.

— Pas tout de suite, marmonne-t-elle.

Freud ne mange jamais avant dix-neuf heures. Ils ne transigent pas sur ce principe. Owe refuse que son chien réclame de la nourriture toute la journée. Ce serait presque aussi agaçant que d'avoir un gosse.

Plus généralement, Owe n'hésite pas à exprimer ses besoins. Il sait exactement comment il veut vivre et n'a aucun problème à le clamer. Elle lui en est reconnaissante : cela lui facilite l'existence.

Elle baisse les yeux sur la pile de papiers posée sur la table basse et pour la première fois de sa vie elle est touchée par quelque chose qui ressemble à la peur de ne pas être à la hauteur. Ces femmes ont besoin d'elle, tout comme les femmes qui pourraient, à l'avenir, devenir des victimes de l'Assassin des bas-fonds. Et le commissaire Robert Holm doit avoir de grandes attentes, peut-être même des attentes irréalistes sur les conclusions qu'elle est capable de tirer. Mais le profilage n'est pas une science exacte ; il s'agit d'hypothèses étayées par un certain nombre de statistiques, ce qui ne remplacera jamais le bon vieux travail de la police. Elle peut faire de son mieux – évidemment, c'est ce qu'elle va faire –, mais il y a des limites à ce qu'elle peut obtenir.

Après tout, elle n'est pas magicienne.

Elle pose les documents, s'avance vers la bibliothèque et s'empare des mémoires de Halvorsen qui racontent son installation au Groenland au début du siècle, et le recueil d'essais sur les Inuits que son père lui a offert quand elle est entrée à l'université – livre qui appartenait jadis à son grand-père, le mythique aventurier Carl Ivar Lagerlind-Schön. Puis elle se perd dans les histoires d'Inuits, dans les obscurs hivers arctiques et les légendes que les hommes et les femmes du froid se transmettent de génération en génération.

Owe rentre une heure plus tard. Elle l'accueille à la porte, l'embrasse furtivement et essuie les flocons de neige sur son manteau.

Ses cheveux bruns qui commencent à se strier de gris sont humides et frisottent aux tempes, sa barbe de trois jours lui chatouille le menton.

— Tu as passé une bonne journée ? lui demande-t-elle en s'appuyant contre le radiateur en quête de chaleur – chaleur qui vient toujours à manquer dans leur appartement élégant, mais traversé de courants d'air.

— Je ne méritais pas mieux, j'imagine.

La voix d'Owe est joyeuse, mais son visage reflète une dureté qu'elle ne connaît que trop bien.

— Tu as parlé avec ton père.

C'est une constatation, pas une question.

Nul besoin de l'interroger : Owe affiche toujours cette expression de marbre quand il a discuté avec son père. D'après ses dires, c'est à cause de son géniteur s'il passe trois soirs par semaine étendu sur un divan dans le cabinet de sa nouvelle thérapeute, situé près de la place Odenplan.

— Ça se voit tant que ça ?

Owe s'assied sur le tabouret jouxtant l'armoire à chaussures et entreprend de délacer ses bottines, laissant sur le parquet des flaques d'eau sale, d'une teinte oscillant entre le gris et le marron.

— Tu sais bien que je suis dotée de seconde vue !
— Toutes les femmes le sont, je l'ai vite compris.

Il se lève, s'avance vers elle et la serre fort dans ses bras, comme à son habitude.

— Je n'ai pas envie d'en discuter maintenant, lui murmure-t-il à l'oreille. Je veux savoir comment ça s'est passé pour toi.
— Bien.

Elle lui parle de Robban et de l'Assassin des bas-fonds avec qui elle a fait connaissance devant la cheminée. L'homme qui cloue les femmes au sol et les viole.

Quand elle a terminé, Owe garde le silence pendant quelques instants, puis il l'écarte de lui et la regarde d'un air dégoûté.

— Bon Dieu ! Tu es sûre que tu souhaites travailler sur cette affaire ?
— Oui, évidemment. Je veux les aider. Je le *dois*.
— Mais est-ce que tu as le temps ?

Elle sourit, l'attire dans la cuisine et le fait asseoir sur une chaise.

— Bien sûr que oui. Les cours et l'encadrement des étudiants à l'université me prennent trois jours par semaine tout au plus. Il me reste beaucoup de temps.
— Hum hum.
— Un peu de vin ?

— Qu'est-ce que tu en penses ? demande-t-il avec un sourire.

— Je crois qu'il te faudra plus d'un verre.

Elle débouche une bouteille de bordeaux et leur sert un verre chacun. Puis Hanne s'assied en face de son époux et le regarde droit dans les yeux.

— Je voudrais entendre ton avis professionnel sur ce meurtrier, dit-elle en faisant tourner son verre.

— Je suis psychiatre. Le profilage, les assassins, ce n'est pas mon domaine.

— Allez ! Tu croises des tas de fous dans ton travail. Si un meurtrier-violeur cloue sa victime au sol et lui enfonce une brosse à vaisselle dans la gorge, qu'est-ce que ça te dit ?

— Mais je ne connais pas les différents cas.

Hanne soupire, faussement déçue, et trempe les lèvres dans son verre.

— Je sais. Je demande simplement ce qui te vient spontanément à l'esprit.

Owe avale une lampée de vin en flattant le chien ; ce dernier a l'air d'espérer que ses maîtres sortent du fromage pour accompagner leur bouteille.

— Voyons voir, dit-il en se caressant le menton. À part les associations évidentes ?

— Qui sont ?

— La référence religieuse. C'est une sorte de crucifixion. Au sol. Mais tout de même. Si l'on crucifie une personne, c'est parce qu'elle a péché, n'est-ce pas ? Le fait d'immobiliser quelqu'un de cette manière... On peut le voir d'autre façon. C'est une manière d'empêcher la victime de partir. Étaient-elles encore en vie quand il leur a cloué les mains ?

— Oui. Hélas !

— Alors, ça pourrait être une façon de les maintenir à leur place. Au sens propre, mais éventuellement aussi au sens figuré. Et la brosse à vaisselle : il voulait peut-être humilier les victimes. Ou simplement les faire taire.

Hanne se penche en avant et s'empare de la main froide d'Owe pour la réchauffer entre les siennes. Elle sourit.

— Tu vois, tu as un tas de bonnes idées !

Elle s'avance encore et pose la main de son mari entre ses seins.

Owe, qui semble soudain indifférent à l'Assassin des bas-fonds, retire sa main et attrape le bras de sa femme.

— Déjà fatigué ? demande-t-elle quand il l'attire vers la chambre à coucher.

À cet instant, elle est heureuse. Vraiment. C'est un moment parfait : le désir dans son regard, ses réflexions perspicaces sur le *modus operandi* de l'assassin et ces boucles terriblement séduisantes qui se forment quand ses cheveux sont humides.

Elle est heureuse parce qu'elle possède tout ce dont elle a toujours rêvé. Elle ne peut s'imaginer qu'elle pourrait tout perdre.

Que l'obscurité pourrait l'atteindre.

Arrivé sur le seuil de la chambre, il l'embrasse et glisse une main sous sa jupe. Elle le laisse la caresser, appuyée contre l'encadrement de la porte. Elle s'accroupit et, quand sa bouche est à la hauteur de la main d'Owe, elle y pose les lèvres, mordille son pouce et croise son regard. Puis elle s'allonge sur le dos sur un de ces tapis orientaux si accueillants pour faire l'amour à même le sol.

— Viens, dit-elle en ôtant sa culotte. Aide-moi à oublier cet Assassin des bas-fonds.

21

L'inspectrice Linda Boman passe chercher Hanne chez elle le lendemain. Hanne n'ose pas lui poser la question, mais Linda doit avoir à peu près son âge. Elle a le visage en forme de cœur et des cheveux blonds bouclés attachés en queue-de-cheval. Ses yeux noirs brillent comme du charbon poli sous les sourcils clairs et contrastent nettement avec sa peau blanche, presque diaphane.

Au volant de la Volvo, Linda dépasse les places Nybroplan et Norrmalmstorg et s'engage dans la rue Hamngatan. Le trafic est dense, les conducteurs pressés, et les violentes chutes de neige rendent la chaussée glissante, mais cela ne perturbe pas l'inspectrice qui bavarde, tout sourires.

Elle éclate souvent d'un rire tonitruant, au point que Hanne, une femme plutôt réservée, en est presque embarrassée.

— Je passe d'abord rue Norra Smedjegatan, indique Linda en posant sur elle ses yeux sombres.

Hanne l'apprécie immédiatement. Il y a quelque chose dans sa spontanéité, son attitude presque juvénile, qu'elle trouve irrésistible. Elle lui rappelle certaines des amies extraverties qu'elle avait, adolescente, celles qui l'avaient en quelque sorte adoptée et qui devaient toujours faire le premier pas en société, tandis que Hanne regardait, attentiste – elle observait, analysait, tirait des conclusions.

— Alors, c'est vrai, dit Linda en la dévisageant. Tu es une profileuse ?

— Oui, mais...

— Tu as fait un stage au FBI pour apprendre les techniques ?

— Non, mais...

— Imbécile !

Linda klaxonne et lève le poing vers un automobiliste qui sans raison apparente ralentit devant elle.

— T'as acheté ton permis par correspondance, connard ?

Elle pêche quelques chips dans le sachet calé à côté d'elle sur son siège.

Au moment où Hanne s'apprête à lancer une réponse soigneusement formulée à la question sur le FBI, Linda s'arrête le long du trottoir. Elle indique le bâtiment en face.

— La rue Norra Smedjegatan se trouvait exactement là.

Hanne se penche en avant, fouille en vain du regard les nouveaux immeubles en verre et granit poli de l'autre côté de la rue à la recherche de la ruelle bordée d'édifices du XVIIe siècle qu'elle a vus sur les photographies.

— Se trouvait ? demande-t-elle en observant l'entrée du grand centre commercial où les gens se pressent pour effectuer leurs achats de Noël ou simplement pour se réchauffer.

— Oui. Toute la rue a été rasée pour faire place au centre commercial Gallerian. Du coup, impossible de voir le lieu où a été commis le meurtre de 1944. Mais je voulais tout de même t'indiquer son emplacement. Après tout, ça fait partie de l'histoire de Stockholm.

Linda démarre en trombe en direction de la place Sergels torg.

— Quand on pense qu'ils ont démoli tout ce foutoir. Quel dommage ! Ma grand-mère travaillait dans une boutique dans ce quartier, dans les années soixante. La Crémerie de Maja Eriksson. Charmant, non ?

Nouvel éclat de rire.

— Bon, qu'en dis-tu ? poursuit-elle. On va faire un tour à Östertuna ?

Vingt minutes plus tard, elles sortent de l'autoroute vers Östertuna. Quelques immeubles bordent la courte rue qui mène au centre-ville datant, semble-t-il, des années soixante. Elles dépassent la place principale où quelques vendeurs proposent des sapins et des couronnes de Noël. Hanne aperçoit un cinéma, une galerie marchande Åhléns et un magasin d'alcool.

Cela ressemble au centre de n'importe quelle ville de banlieue.

— « Affreux-tuna », marmonne Linda.

— Ça s'appelle vraiment comme ça ?

Linda éclate de son rire tonitruant en posant sur Hanne un regard incrédule, comme si elle ne comprenait pas comment sa collègue avait pu passer à côté de l'expression « Affreux-tuna ».

— Euh, non. Mais c'est le nom qu'on donne à cette partie d'Östertuna. Les quartiers qui ne sont pas pavillonnaires, en somme. Il y a pas mal de problèmes par ici. Délinquance. Drogue. Et ne me demande pas pourquoi, mais tous les Chiliens et les Iraniens qui sont arrivés ces dernières années veulent s'entasser ici. Presque plus personne ne parle suédois. Mais ils font des kebabs d'enfer.

Hanne observe quelques femmes qui traversent la place, chargées de sacs de courses. L'une d'entre elles pousse un landau.

— Là, fait Linda, en pointant du doigt une pizzeria située à deux pas du commissariat. Les jeunes vendent du haschich. Et des drogues plus dures.

— Juste devant le commissariat ?

— Oui.

— Incroyable.

Hanne contemple le restaurant d'apparence tout à fait ordinaire et réfléchit.

— Quelle est l'ambiance, ici ? Depuis le meurtre.

— Les habitants étaient assez effrayés dans les semaines qui ont suivi. Et les journaux ont répandu des conneries, ce qui n'a rien arrangé. Mais ils ont la mémoire courte. Ils n'écrivent déjà plus une ligne sur l'affaire.

Linda s'engage dans une rue et s'arrête au bout d'une centaine de mètres, près d'un parc. Une épaisse couche de neige tapisse les buissons et les arbres ; des empreintes de pas forment de petits sentiers entre les congères. Le parc est bordé d'immeubles de trois étages aux toits plats.

— Le parc Berlin, dit Hanne dans sa barbe.

— On voit que tu as potassé.

Elles descendent de la voiture. Hanne balaie le parc du regard et distingue un petit square avec des jeux d'enfants derrière les arbres. La neige a été déblayée autour des toboggans et des balançoires. Près du portique trône une statue en bronze à moitié couverte de neige, qui semble représenter une femme avec un enfant dans les bras. À l'extrémité du parc se dresse un bâtiment moderne, quasiment dépourvu de fenêtres, bien plus haut que les immeubles environnants. Ses épais murs en béton et son absence manifeste d'ornements jurent avec le reste du paysage urbain.

— Ce parking a été construit dans les années soixante-dix, explique Linda avec un geste de la tête vers la grande construction. N'est-ce pas hideux ?

Hanne se contente d'acquiescer.

— Les résidents ont créé une association qui milite pour sa destruction, poursuit Linda en s'emmitouflant dans son manteau.

Elle pointe du doigt l'immeuble devant elles.

— C'est là, au troisième étage, qu'habitait Yvonne Billing. Celle qui s'en est tirée en 1974 parce qu'un voisin a tambouriné à la porte. On ne peut pas entrer, une famille y vit. Mais je ne pense pas que cela soit nécessaire, car le logement ressemble beaucoup à celui où notre crime a été commis. Par ailleurs, je me disais que nous pourrions aller voir Yvonne Billing une fois que nous en avons terminé ici.

Elle fait volte-face et se met en route.

— Je suis frigorifiée. Viens !

Un panneau a été fixé à la porte de l'appartement du troisième étage : *Accès interdit conformément au code de procédure chapitre 27 paragraphe 15.*

Linda sort de sa poche un trousseau de clefs, fouille dedans et ouvre la porte.

— L'examen de la scène du crime est terminé, mais retirons quand même nos chaussures pour ne pas salir, dit-elle en allumant le plafonnier.

L'étroite entrée renferme un meuble à chaussures, un portemanteau et un miroir. Par l'embrasure de la porte de droite, Hanne aperçoit la cuisine et, à gauche, une autre porte.

— La chambre à coucher, indique Linda en ouvrant.

Hanne la balaie du regard. Un lit d'adulte est placé contre l'un des murs et un lit de bébé débordant de coussins contre l'autre. À côté, elle voit des caisses colorées pleines de jouets empilées les unes sur les autres. Une paire de chaussettes miniatures et un imagier gisent sur le tapis en lirette bleu, comme si l'on venait de les y jeter.

Puis elles pénètrent dans le salon.

Le parquet est maculé de taches sombres, les traces du sang qui a imprégné le bois usé.

Linda s'accroupit et montre du doigt plusieurs petits trous dans le sol.

— Ici, dit-elle, et là-bas. Et là. Margareta Larsson a été clouée par terre presque exactement au même endroit en 1974. Mais on n'en voit plus les traces, le parquet avait été rénové entre-temps.

Hanne se penche, fixe les marques de clous et tente d'appréhender le fait que Hannelore Björnsson a été assassinée à l'emplacement précis où elle se trouve.

Que la femme blonde à l'incisive ébréchée a poussé son dernier soupir ici, sur le sol, moins d'un mois plus tôt.

— Je peux ? demande-t-elle en étirant le bras vers les marques par terre.

— Bien sûr.

Hanne passe les doigts sur les minuscules cratères noirs. Autour, le parquet est fendu et de longues échardes en jaillissent, comme si le sol lui-même s'était élevé contre l'extirpation des clous. Elle distingue des fissures sombres dans le bois.

— Qu'est-ce que c'est ?

— Nous pensons qu'il a frappé sa tête contre le plancher à cet endroit-là.

— Ah !

Hanne retire subitement sa main.

— C'est probablement ça, la cause du décès, avec les coups de pied à la tête.

— J'ai lu que vous ne saviez pas comment il était entré. Qu'en penses-tu ?

Linda croise les bras sur sa poitrine et jette un coup d'œil circulaire dans le petit appartement. Ses yeux sombres glissent sur les meubles, les affiches et s'arrêtent dans l'entrée.

— Je crois qu'il est passé par la porte. Soit elle lui a ouvert, soit il a réussi à la déverrouiller d'une manière ou d'une autre, parce qu'il n'y avait aucun signe d'effraction.

— Et le balcon ?

Hanne esquisse un signe de tête vers la porte-fenêtre.

Linda secoue la tête.

— Non, il devait être fermé à cette époque de l'année. Par ailleurs, les techniciens n'ont rien trouvé, ni sur le balcon ni sur le toit.

Hanne balaie la pièce du regard, tente de mémoriser ce qu'elle voit : le petit appartement soigné, le parc qui s'étend en contrebas, tapissé de neige, joli comme une carte postale. Les traces de l'incompréhensible à ses pieds.

Elle se promet de faire tout son possible pour arrêter le monstre qui a brisé la famille qui vivait là.

Linda lui effleure l'épaule.

— On va chez Yvonne Billing ? Elle habite à Stockholm.

22

Yvonne Billing doit avoir quarante-cinq ans environ. Elle est svelte, porte un jean délavé et un pull en laine à manches larges. Ses cheveux bruns sont relevés et fixés par un peigne en plastique écaille de tortue, et son fin visage blême est dépourvu de maquillage.

Étrangement, l'appartement situé près de la place Nytorget dans le quartier de Södermalm semble à la fois chic et bohème. De hautes piles de livres bien droites se dressent par terre, les murs sont couverts d'estampes et de photographies en noir et blanc, les meubles sont usés, mais beaux.

— Bienvenue, dit-elle en indiquant à Hanne et Linda la petite cuisine qui donne sur la cour.

Elles s'installent et Yvonne va chercher une théière.

— Je n'ai pas de café, mais j'ai du thé vert si vous voulez.

— Du thé *vert*? s'étonne Linda. Je ne connais pas.

— Dans ce cas, vous devriez goûter, répond Yvonne en souriant.

Elle verse le liquide brûlant dans de larges tasses en céramique et s'assied en face d'elles. Devant la fenêtre, on aperçoit une cour intérieure recouverte d'un tapis blanc, où un arbre solitaire étire ses branches nues vers la lumière. Un petit sentier d'empreintes de pas sombres court entre le bâtiment sur rue et l'immeuble sur cour. Quelques oiseaux planent dans le ciel gris de décembre, très haut au-dessus de la ville.

— Alors, il est revenu ?

Le visage d'Yvonne s'obscurcit et Hanne devine la peur dans sa voix.

— C'est une de nos hypothèses, répond Linda.

— J'ai lu des articles sur le meurtre, mais je me suis persuadée que ça ne pouvait pas être le même homme. Ça fait tellement longtemps.

— Nous n'en sommes pas encore sûrs.

Yvonne hoche la tête sans rien dire et saisit sa tasse à deux mains pour la porter à sa bouche.

— Nous avons lu les vieux comptes-rendus d'interrogatoire. Mais il serait tout de même bon que vous nous exposiez à nouveau ce qui s'est passé.

Yvonne soupire, se redresse et pose les mains dans son giron.

— Vous avez une idée du nombre de fois que j'ai raconté tout ça ? Je ne veux qu'une chose : oublier. J'ai quitté Östertuna et je n'y remettrai pas les pieds. Jamais de la vie. Pendant plusieurs années, je ne supportais pas d'être seule, Daniel et moi habitions chez ma mère. Mais j'ai fini par me ressaisir, je me suis installée ici et j'ai suivi des études pour pouvoir travailler dans les services sociaux. Peut-être parce que j'espérais pouvoir aider d'autres femmes vulnérables. Mais les événements de cette nuit-là me hantent encore. Je veux juste laisser ce cauchemar derrière moi.

— Je comprends très bien, répond Linda en se penchant en avant. Mais si vous pouviez tout de même essayer ?

Yvonne garde le silence un long moment, puis pose les paumes contre ses joues et ferme les yeux. Tout son corps se met à trembler et, l'espace d'un instant, Hanne pense qu'elle va éclater en sanglots. Mais elle acquiesce et commence à parler de l'homme masqué qui a fait irruption au milieu de la nuit, armé d'un grand couteau, alors qu'elle dormait. Elle raconte qu'il lui a donné des coups de pied dans le cou quand elle a voulu crier, et qu'il lui a cogné la tête contre le sol jusqu'à ce qu'elle perde connaissance.

Et puis : comment la douleur et le bruit du lourd marteau qui enfonçait les clous l'ont sortie de sa torpeur ; le voisin qui a fait fuir l'homme en frappant à la porte.

Enfin, elle relate avec un filet de voix les heures passées étendue sur le sol, de plus en plus convaincue durant chaque minute qui s'écoulait que l'homme allait revenir les tuer, elle et son fils.

— Je voulais que Daniel arrête de pleurer, mais je ne pouvais pas le rassurer, j'étais incapable de parler. J'étais persuadée que je devais le faire taire. Qu'autrement, lui, le fou, allait réapparaître.

Arrivée à ce stade du récit, elle éclate en sanglots. Hanne se précipite vers le plan de travail et arrache une feuille de papier essuie-tout.

— Merci, dit Yvonne.

Elle se mouche.

— C'est nous qui devons vous remercier, rétorque Linda avec douceur. Sachez que nous allons tout faire pour arrêter et faire condamner ce monstre.

Yvonne hoche la tête et fixe sa tasse de thé.

— Daniel ne m'a pas quittée des yeux pendant plusieurs mois après… cet événement. Il ne dormait que blotti contre moi, la lumière allumée. Heureusement qu'il existe des somnifères.

Elle émet un rire sec.

— Vous vous souvenez d'autre chose? s'enquiert Linda. Quelque chose qui vous serait venu à l'esprit *a posteriori*. Concernant son physique, son odeur, sa voix…?

Yvonne secoue la tête.

— Il n'a pas dit un mot.

Le silence s'abat sur la pièce.

Le récit d'Yvonne ne contient en réalité rien de nouveau. Hanne a déjà lu les comptes-rendus. Il n'empêche qu'entendre Yvonne raconter les événements lui donne la chair de poule. C'est comme si l'histoire ne prenait corps qu'à cet instant précis, dans sa cuisine accueillante.

— Je me pose une question, dit Hanne qui jusqu'à présent n'a fait qu'écouter et prendre des notes. La porte-fenêtre du balcon était-elle ouverte pendant la nuit?

— Je crois qu'une de vos collègues m'a demandé la même chose dans les années soixante-dix. Oui, elle était ouverte. Il faisait une de ces chaleurs cet été-là. L'automne aussi. Une chaleur moite.

— Et cet homme que vous avez aperçu dans le parc le même soir, vous souvenez-vous à quoi il ressemblait? reprend Linda.

— Non, je ne le voyais pas bien.

Yvonne jette un coup d'œil par la fenêtre et son visage se tord dans une grimace de douleur.

— Vous savez ce qui est le plus dur ?

Sans attendre leur réponse, elle continue :

— Le pire, c'est de ne pas savoir qui il est. Ça pourrait être n'importe qui. Le vieux monsieur qui promène son basset boiteux sur la place Nytorget, un voisin, un collègue. L'homme assis en face de moi dans le métro avec un livre ou le type qui appelle pour vendre des abonnements à des journaux. Vous voyez ce que je veux dire ? *Tous* les hommes sont l'Assassin des bas-fonds, bien que je sache que ce n'est pas le cas.

— Je comprends, répond Linda.

Yvonne esquisse un sourire indulgent et pose sa tasse.

— Non, ma chère, vous ne pouvez pas comprendre. Et ça, dit-elle en tendant les mains, c'est le cadet de mes soucis.

Pour la première fois, Hanne aperçoit les cicatrices. De larges collines de peau pâle et boursouflée entourées de petites taches blanches, vestiges des points de suture.

Le même après-midi, ils se réunissent dans une petite salle de conférences au commissariat central dans le quartier de Kungsholmen, à Stockholm. Outre Robban et Linda, un autre enquêteur les a rejoints.

Leo Karp, la quarantaine, est maigre, le visage émacié, mais son regard est vif sous ses sourcils broussailleux. Ses cheveux clairsemés sont attachés en queue-de-cheval et il tripote continuellement un sachet de *snus*.

Dehors, la nuit est déjà tombée, la fenêtre est un rectangle noir derrière lequel virevolte de temps à autre un flocon de neige.

Les murs sont couverts de documents – la photo du corps tuméfié de Hannelore, une carte d'Östertuna où sont indiqués les lieux des crimes et une frise chronologique relatant les faits et gestes de la victime pendant les vingt-quatre heures précédant le meurtre.

Linda tend le bras vers la boîte de biscuits aux épices posée au milieu de la table et en prend quelques-uns.

— Tiens, fait-elle, la bouche pleine, en poussant la boîte vers Hanne.

— Merci, pas tout de suite, répond-elle, se souvenant qu'Owe lui a dit que ses fesses s'étaient arrondies.

Ses propres poignées d'amour ne semblent pas le déranger plus que cela. Mais parfois, quand il se risque à commenter le poids de sa femme, elle lui pince le ventre d'un air taquin pour lui rappeler qu'il devrait faire attention à ce qu'il avale.

Après quelques mots d'introduction de Robban, Linda relate la conversation avec Yvonne Billing.

— Pas très étonnant, dit Robban. Ça aurait été un miracle qu'elle se souvienne de quelque chose de nouveau.

Puis il explique le rôle assigné à Hanne – elle participera aux réunions des enquêteurs, sera présente lors de certaines auditions et assistera le groupe en élaborant le profil psychologique du meurtrier. Et d'ailleurs, ne serait-il pas passionnant qu'elle leur parle un peu de ce qu'est le profilage ?

Hanne croit déceler une certaine incrédulité dans les yeux gris de Leo – ce qui la rend encore plus désireuse de le convaincre, lui aussi, qu'elle peut véritablement les aider. Elle a déjà rallié des sceptiques à sa cause. Défendre son travail l'amuse et, jusqu'à présent, elle a toujours remporté haut la main tous ses débats universitaires.

Elle ajuste sa veste couleur bleuet et se racle la gorge.

— Le profilage des criminels est une technique développée par le FBI après la mort de son ancien directeur J. Edgar Hoover au début des années soixante-dix. Hoover était très sceptique vis-à-vis de ce qui avait trait à la psychologie. Ce n'est qu'après sa disparition que le Bureau a ouvert une unité des sciences du comportement. En interrogeant des criminels violents, on a pu se forger une idée des caractéristiques des différents types de malfaiteurs, de leur parcours et de ce qui les poussait à agir. Le modèle d'explication relevait de la psychologie, mais était fondé sur une observation empirique. L'objectif étant de pouvoir, par le biais de l'analyse d'un crime, proposer des hypothèses étayées sur son auteur. Des hypothèses qui pouvaient aider la police dans son travail.

— Très intéressant, dit Robban en se penchant vers Hanne. C'était donc le sujet de ta thèse de doctorat ?

— Tout à fait. Et comme vous le savez peut-être, mon directeur, le professeur Sjöwal, était l'un des pionniers en la matière en Scandinavie.

— Alors, que penses-tu de notre affaire ?

— Il est trop tôt pour le dire. Bien sûr, je peux vous exposer mes premières réflexions, mais je ne crois pas vous apprendre grand-chose. Vous connaissez le dossier mieux que moi.

— Je t'en prie. Je suis tout ouïe.

Le silence se fait. On n'entend que les ongles de Linda qui tambourinent sur la boîte de biscuits et le chuchotement de la ventilation.

— Un meurtre en 1944. Un meurtre et une agression en 1974. Et enfin, un meurtre il y a à peine un mois. On note des différences et des ressemblances intéressantes entre les crimes. Si l'on commence par le *modus operandi* de l'auteur, on voit des similitudes : les victimes ont été rouées de coups et clouées au sol, après quoi, à l'exception d'Yvonne Billing, l'homme les a tuées et a profané leurs corps. Dans tous les cas, la victime est morte de coups violents à la tête. On note la quasi-absence de preuves techniques sur le lieu du crime. C'est intéressant.

— Ils ont trouvé du sperme et du sang en 1974.

— Oui, mais malheureusement on ne peut pas identifier quelqu'un à partir d'un échantillon de sang ou de sperme. Le coupable devait en être conscient.

— Les techniciens ont repéré des fibres dans l'appartement de Hannelore Björnsson.

— Des fibres de laine noire. Il y en a partout. Surtout à cette période de l'année.

— Reviens un peu en arrière, exige Robban. Tu dis que le coupable a profané les corps des victimes. Tu penses à l'objet dans leur bouche ? Il a peut-être fait ça pour les faire taire.

Hanne hoche la tête et attache ses longs cheveux roux en chignon négligé.

— Possible. Mais s'il avait voulu simplement les faire taire, il aurait pu les bâillonner avec des vêtements ou d'autres tissus trouvés dans l'appartement. Au lieu de cela, il a pris le temps de chercher une cuillère en bois, un balai de toilettes ou une brosse à vaisselle. Je crois que le but était de les humilier.

Robban acquiesce, enthousiaste.

— Très intéressant. Autre chose ?

Leo pose sur lui un long regard las.

— Il y a aussi des différences. Par exemple, le choix des victimes et le moment du crime. Mais j'y reviendrai plus tard. Je pourrai en parler lorsque je présenterai le profil préliminaire du coupable.

— Quand penses-tu pouvoir le faire ? demande Robban.

Hanne réfléchit.

— Donnez-moi une ou deux semaines. Je participe volontiers à vos réunions et aux interrogatoires, pour rester au courant. Je travaille à mi-temps à l'université, mais, hormis mes heures de cours, je suis assez souple.

Silence.

Robban se racle la gorge et se trémousse sur sa chaise.

— Bon. Il y a autre chose que tu devrais savoir. Cela ne figure pas dans les documents auxquels tu as eu accès, mais, en septembre 1974, une des enquêtrices a disparu. Cela n'a pas été relié aux crimes à l'époque. Visiblement, elle avait écrit une lettre d'adieu à son mari et demandé un congé sans solde. On en a tiré la conclusion qu'elle était partie volontairement.

— *Disparu ?*

Hanne se penche en avant et pose délicatement son crayon à côté de ses notes. Ses joues pâles se sont colorées et elle fixe le visage hâlé de Robban.

— Oui. Britt-Marie Odin, assistante de la police judiciaire.

23

Le lendemain matin, Hanne, Robban et Linda rendent visite au commissaire honoraire Sven Fagerberg chez lui, dans la zone pavillonnaire d'Östertuna. C'est une belle journée d'hiver. Le soleil brille dans un ciel bleu clair. La neige fondue coule des arbres et de temps à autre de grands blocs blancs se détachent des toits et atterrissent sur le sol avec un bruit étouffé. Un petit filet d'eau dégouline de la gouttière, sur la façade de la maison de Fagerberg. Au milieu d'une tache de terre noire dénudée, Hanne aperçoit un perce-neige qui se fraie un chemin vers la lumière. C'est voué à l'échec, bien sûr. Nous ne sommes qu'en décembre, le printemps est encore sous la neige et le sol gelé.

Il attend son heure, tout comme le meurtrier, se dit Hanne.

Fagerberg est maigre et porte un costume gris. Son visage hâve est barré de rides profondes et sa peau fine est tendue sur ses pommettes saillantes. Sa main osseuse tremblote lorsqu'il les salue, mais sa poignée est ferme et décidée. Les canapés du salon sont ornés de coussins, les fenêtres agrémentées de rideaux fleuris et les murs couverts de photographies d'enfants et de petits-enfants.

Fagerberg explique que ce n'est pas lui le responsable de l'aménagement intérieur, mais sa femme, Britta, qui est décédée deux semaines plus tôt des suites d'une opération du cœur. Il parle d'elle quelques instants ; Hanne et ses collègues écoutent poliment tandis que les yeux de Fagerberg deviennent brillants. Son regard s'arrête sur un cliché de son épouse, posé sur la petite table adossée au mur, et sur la bougie allumée à côté.

— Alors, l'Assassin des bas-fonds s'est réveillé ?

Le regard de Fagerberg se détache de la flamme vacillante, se promène dans la pièce et tombe sur Robban.

— Nous le pensons.

Robban relate les circonstances de la mort de Hannelore Björnsson. Fagerberg fixe la fenêtre en écoutant la réponse, et hoche la tête de temps en temps. Ses mains reposent sur ses genoux, comme pour une prière paisible.

— Et elle vivait dans le même immeuble que Margareta Larsson ?

— Oui, dans le même appartement, renchérit Linda.

— Comment est-ce possible ? s'étonne Fagerberg

Personne ne répond, car personne ne peut l'expliquer.

— Nous avons évidemment lu tout le dossier, dit Robban. Il semble que vous ayez mené une enquête approfondie.

Hanne devine que Robban exagère un peu, car, d'après ce qu'elle a pu en voir, l'investigation n'a pas été très exhaustive à l'époque.

— Nous avons fait ce que nous avons pu, dit Fagerberg en attrapant le paquet de cigarettes posé sur la table basse. Vous permettez que je fume ?

— Bien sûr, répond Robban. Vous rappelez-vous autre chose ? Un détail qui ne serait pas noté dans les documents et qui pourrait nous être utile ? Y a-t-il une piste que vous avez abandonnée ou quelque chose qui vous a frappé après coup ?

Fagerberg allume sa cigarette et garde le silence pendant quelques instants.

— J'aimerais pouvoir vous aider. Nous avons fait tout ce qui était en notre pouvoir à ce moment-là, à l'automne soixante-quatorze. Nous avons reçu de l'aide de la police municipale pour faire du porte-à-porte, nous avons parlé avec les amis, la famille et les collègues des victimes et nous avons examiné leurs faits et gestes les jours et les semaines avant les agressions. Mais cette ordure... C'était comme s'il était invisible ! Personne n'avait rien vu. Le seul indice que nous avions, c'est un témoin qui avait aperçu une Volvo Amazon près de la scène du crime, mais elles étaient si courantes dans les années soixante que c'était comme chercher une aiguille dans une botte de foin. Nous avons bien sûr examiné des cas similaires, l'Homme de Haga, à Göteborg, par exemple, rebaptisé l'Homme de Söder. Mais nous n'avons pas pu établir de liens entre un coupable d'agressions sexuelles ou de viol connu et notre affaire. À part avec le fameux Assassin des bas-fonds. Mais cela semblait un peu tiré par les cheveux qu'un tueur des années quarante frappe à nouveau. Et puis, il a encore disparu des radars, aussi vite qu'il était apparu. Personnellement, j'étais convaincu que notre

237

homme était mort. Ce genre de criminels ne s'arrêtent pas d'eux-mêmes. Soit on les prend au collet, soit ils crèvent.

— Comment pensez-vous qu'il choisissait ses victimes ? demande Linda.

Fagerberg toussote et écrase sa cigarette dans sa tasse à café vide.

— Ces deux femmes étaient... des « femmes de petite vertu », comme on disait à l'époque. Oui, je sais bien qu'aujourd'hui une femme sur deux est mère célibataire. Et c'est considéré comme normal de sortir dans un bar et d'inviter des hommes chez soi. Mais à l'époque ce n'était pas le cas. Les deux victimes étaient des habituées de ce dancing, le Grand Palais. Elles y fréquentaient souvent des hommes. Nous soupçonnions que le meurtrier les avait rencontrées là. Et étant donné qu'il n'y avait aucune trace d'effraction, nous avons pensé que les victimes les avaient invités, ou du moins lui avaient ouvert leur porte.

— Mais, objecte Hanne qui jusque-là s'était contentée de prendre des notes, celle qui a survécu affirme que l'homme a fait irruption dans sa chambre au milieu de la nuit.

Fagerberg esquisse une grimace, comme s'il avait mordu dans quelque chose d'amer.

— C'est ce qu'elle prétendait, oui. Personnellement, je pense qu'elle est sortie dans cette boîte de nuit, une fois son enfant endormi, et a ramené le coupable chez elle. Mais elle ne pouvait bien sûr pas l'admettre. Elle aurait perdu la garde de son enfant. Les services sociaux étaient beaucoup plus sévères dans les années soixante-dix.

Le silence s'abat sur la pièce ; Hanne et Linda échangent un bref regard.

— J'ai lu que vous aviez une théorie selon laquelle le tueur était passé par le toit, renchérit Hanne.

Fagerberg se fige et son visage se crispe.

— Fadaises ! Ce sont de pures conneries.

— Mais c'était écrit que…

— C'était la théorie de l'assistant Odin, l'interrompt Fagerberg. Nous autres n'y croyions pas un seul instant. Serait-il entré comme Spider-Man ou comme ces gens qui escaladent les immeubles ? Non, non et non. Je mangerai mon chapeau si cette hypothèse se vérifie. Foi de Fagerberg !

Hanne sent le malaise grandir en elle. Elle pense au récit d'Yvonne Billing et aux collines de cicatrices épaisses dans ses mains graciles.

Non, selon elle, Yvonne ne mentait pas.

— Mais avez-vous examiné cette thèse ? insiste Robban.

— Bien sûr que oui.

— De quelle manière ?

Fagerberg secoue sa main osseuse en un geste de mépris.

— Vous lirez cela dans les documents, je ne m'en souviens plus. Mais rien ne montrait qu'il était entré par le toit.

— Il est aussi écrit qu'il y avait un autre suspect pour le meurtre de 1944, dit Linda. Un certain Birger von Berghof-Linder. Pourquoi n'avez-vous pas suivi cette piste ?

Fagerberg plisse les yeux.

— Il était dans le quartier pour des raisons professionnelles, ce que son supérieur a confirmé.

— Comment le savez-vous ?

— Parce que je les ai interrogés, lui et son chef.

— Ce n'est pas inscrit dans le rapport.

— Sa... position empêchait de mentionner cela par écrit. Mais apparemment, c'était un type violent, ils ont fini par le mettre à pied. Il pourrait donc être impliqué. Mais enquêter sur lui... Impossible.

Silence.

— Britt-Marie Odin, dit Robban. Que lui est-il arrivé à votre avis ?

Fagerberg se caresse l'arête du nez entre le pouce et l'index. Sa peau sèche pèle sous ses doigts.

— À ce moment-là, nous n'avons pas trouvé cela suspect. Elle avait demandé un congé et elle avait des problèmes de couple. Elle a même écrit une sorte de lettre d'adieu à son époux.

— Exact, affirme Linda. Mais elle n'est jamais rentrée et son mari a signalé sa disparition.

Fagerberg agite à nouveau la main.

— Je le sais bien. Mais, au moment où elle a disparu, j'étais convaincu qu'elle avait fui son mariage désastreux et son comportement inapproprié au travail.

— Inapproprié ?

Hanne est troublée : il n'est indiqué nulle part dans les rapports d'enquête que Britt-Marie aurait posé un problème. Au contraire, c'est elle qui a rédigé et signé tous les comptes-rendus. Des documents d'ailleurs très soignés, qui ne comportent aucune des coquilles qui criblaient souvent les rapports du temps où la police utilisait des machines à écrire récalcitrantes.

Fagerberg pousse un profond soupir, se penche en avant et pose les coudes sur ses genoux.

— Cette femme était un désastre. Elle était inadaptée au métier de policier. Elle n'obéissait pas aux ordres, était hypersensible et refusait de travailler en équipe, si vous voyez ce que je veux dire.

Il se tait, semble hésiter, mais ajoute :

— Et puis il y avait les hommes…

— Les hommes ? répète Robban.

— Oui, elle entretenait une liaison avec au moins un des enquêteurs. L'agent Roger Rybäck. Je les ai moi-même surpris une fois alors qu'ils se lutinaient au travail.

24

Hanne quitte le joli petit pavillon de Fagerberg mal à l'aise, déstabilisée par la manière dont le commissaire à la retraite a parlé de Britt-Marie Odin. Il cherchait clairement à dénigrer son travail et à salir son nom, mais pourquoi ? C'est incompréhensible. La femme est portée disparue depuis onze ans, elle est peut-être même morte. Pourquoi dire du mal d'elle de cette manière ? Hanne trouve cela si étrange qu'elle décide de creuser cette histoire.

Elle décline l'invitation à déjeuner avec Robban et Leo et se réfugie dans son bureau pour réfléchir tranquillement, un sandwich à la main.

Linda, installée à quelques mètres de là, agite vers elle sa salade emballée dans du plastique.

— Viens t'asseoir ici !

Hanne fait rouler sa chaise de bureau vers elle.

Linda chiffonne quelques formulaires sur la table et les jette à la corbeille pour faire de la place.

Hanne pose son sandwich à côté de la machine à écrire Facit de sa collègue.

— Tu n'es pas étonnée de ce que Fagerberg a dit de Britt-Marie ?

— Bonhomme aigri. De la vieille école, répond Linda, la bouche pleine.

— Et n'est-ce pas étrange qu'ils n'aient pas vérifié si le coupable pouvait être passé par le toit ? Et qu'ils n'aient pas enquêté davantage sur von Berghof-Linder ?

— Si.

— Est-ce qu'il est possible de prendre contact avec les autres enquêteurs qui travaillaient sur l'affaire en 1974, Krook et Rybäck ?

— Krook est apparemment mort en 1979. Et on n'a pas cherché Rybäck.

— Peut-on vérifier s'il travaille toujours dans la police et auquel cas où ?

— Je vais voir si je le trouve, répond Linda.

Elle avale un morceau de fromage, se tourne vers l'étagère, en sort le répertoire de tous les employés de la police de Stockholm et le feuillette. Ses doigts sont bleus à cause du papier carbone des formulaires. Hanne contemple la bague en or qui brille sur sa main gauche si pâle.

— Tu es mariée ?

Linda la regarde furtivement et ses yeux noirs se posent sur l'anneau à son doigt.

— Fiancée. On va se marier cet été. Chouette, non ?

— Félicitations ! Qui est l'heureux élu ?

— Conny. Deux ans de plus que moi. Menuisier. On s'est rencontrés dans un bar il y a quatre ans. Ça a été le coup de foudre, de son côté du moins.

Linda éclate de rire, Hanne voit des morceaux de concombre sur sa langue.

— Je n'étais pas du tout intéressée à vrai dire. Je ne le trouvais pas assez beau. Il a dû travailler dur pour me convaincre.

— J'imagine que tu as changé d'avis.

Linda sourit et regarde sa bague.

— Ah! Ce que j'ai hâte d'avoir des enfants!

Elle avale une gorgée de son Coca-Cola posé dangereusement au bord de la table.

— J'en veux toute une flopée. Tu en as, toi?

— Non.

— Mais tu en veux, non?

— Euh, répond Hanne, prise au dépourvu par cette question indiscrète. Je ne sais pas. J'aime travailler.

Linda rit et pose une main sur l'avant-bras de Hanne.

— Mais enfin, moi aussi, j'aime travailler. Mais la vie, ce n'est pas que le boulot, si?

Non, la vie, ce n'est pas que le boulot, songe Hanne qui sent un besoin urgent de changer de sujet. Linda ne semble pas remarquer sa gêne, car elle poursuit son interrogatoire.

— Et toi, tu es mariée?

— Oui.

— Raconte! C'est comment?

Hanne sourit et détourne les yeux.

— C'est... Je me sens en sécurité. On est heureux. Owe est génial.

Les yeux sombres de Linda pétillent.

— De quelle manière?

— Eh bien..., répond Hanne, embarrassée. Il est drôle et intelligent. On peut parler de tout. Il me soutient. Et vice versa.

Linda éclate de son rire tonitruant.

— Et ça se passe bien au lit ?

Hanne demeure bouche bée un instant.

— Euh, oui.

— Je le savais ! Je crois que toutes les relations sont fondées sur le désir sexuel. Bien sûr, personne n'ose l'admettre.

Silence.

— Enfin, continue Linda. Super s'il est intelligent aussi. Et tout le reste. Mais on ne peut pas baiser avec un dictionnaire !

Le rire jaillit des lèvres de Hanne. Elle ne peut nier qu'il y ait du vrai dans l'affirmation grossière de Linda, mais elle n'y a jamais songé. Bien sûr qu'elle trouve Owe attirant, bien sûr qu'elle le désire, mais elle a toujours pensé qu'elle l'aimait parce que... parce qu'il lui rappelait son père.

Oui, c'est ça. Il lui rappelle son papa. En tout cas, lorsqu'ils venaient de se rencontrer. Quand la passion d'Owe pour ses recherches était vive, quand il rêvait de changer le monde.

— Et ce Rybäck alors ? demande-t-elle pour échapper à d'autres questions personnelles. Tu l'as trouvé ?

Linda jette le listing sur son bureau avec un soupir.

— Je vais plutôt appeler le standard. Ils sont plus au courant. De toute façon, les autorités de police sont très autonomes : s'il ne travaille pas à Stockholm, son nom ne figure pas sur ce document.

Elle décroche le téléphone et compose un numéro.

— Bonjour, ici Linda de la Commission nationale des homicides. Je cherche un certain Roger Rybäck. Je ne sais pas où il est affecté actuellement, mais au milieu des années soixante-dix il bossait à la brigade criminelle d'Östertuna.

Le silence se fait. Linda acquiesce plusieurs fois, note quelque chose dans son carnet. Puis elle remercie son interlocuteur et raccroche.

Son visage s'illumine.

— Bingo! Il travaille ici même! Au Conseil national de la police, plus précisément. Il semblerait qu'il ait des responsabilités au sein de l'École supérieure de police.

Dix minutes plus tard, Hanne a parlé avec Roger Rybäck au téléphone et pris rendez-vous au restaurant du personnel le lendemain pour un entretien informel.

Lorsqu'elle rentre ce soir-là, Owe fait ses bagages en vue d'un congrès médical à Miami. Il range ses vêtements les uns après les autres dans la vieille valise sous le regard attentif de Freud, assis sur le tapis.

— Salut, dit-il en apercevant Hanne.

Il la serre longuement contre lui.

— Tu vas me manquer, murmure-t-elle.

— Tu t'en sortiras très bien sans moi pendant trois jours.

Il lui mordille le lobe de l'oreille et elle rit doucement.

— Je ne comprends vraiment pas pourquoi tu y vas. Deux jours de voyage pour une conférence d'une journée? N'est-ce pas une perte de temps?

— C'est un séminaire important.

Il ajoute un survêtement et des baskets dans le sac.

— Tu vas *faire du sport* à Miami?

247

Hanne ne peut s'empêcher de rire, car Owe est la personne la moins sportive qu'elle connaisse. Bien sûr, ils promènent souvent le chien, mais Owe ne fait jamais de jogging, et ne fréquente pas non plus la salle de sport du quartier où les bourgeoises font de l'aérobic, affublées de collants noirs et brillants.

— Évidemment. Pour être dans une forme olympique quand je te retrouve.

— Ouf. Parce que c'est très important pour moi. Le physique. Les muscles saillants. La peau bronzée.

Owe éclate de rire et la prend par la main.

— Allez, viens. On laisse tomber ça, j'ai préparé le dîner.

Elle hausse un sourcil et croise son regard. Car il y a d'autres choses que Owe ne fait pas – notamment la cuisine.

Il l'attire dans la cuisine, lui indique une chaise, ouvre le réfrigérateur pour en sortir deux moitiés de homard, chacune sur une assiette.

— Oh, dit Hanne. Qu'est-ce qu'on fête ?
— Comme d'habitude.
— C'est-à-dire ?
— Toi.

Il va chercher des verres, puis ouvre le congélateur, en sort une bouteille de champagne et la débouche.

— Je me suis dit que tu aurais besoin d'un peu d'amour après ta dure journée de labeur, dit-il en revenant avec deux verres en cristal.

— Alors, il y a de l'amour au menu aussi ?

Il sourit.

— Je l'espère.
— Pourra-t-on avoir un petit massage du dos aussi ?

— Si tu es sage.

— Je suis toujours sage, dit-elle en servant le champagne.

La soirée est aussi réussie qu'Owe l'avait promis.

Ils mangent du homard, boivent du champagne, écoutent des disques. Ils parlent des vacances, de Mia et Maria qui ont acheté une maison au Pays basque et qui organiseront peut-être une grande fête en mai. Owe ne mentionne pas une seule fois son père et, quand la bouteille est vide, ils ouvrent du vin rouge, éclatent de rire bêtement et finissent par faire l'amour sur la table de la cuisine.

Et l'espace d'un instant, Hanne oublie les trous dans le parquet à Östertuna et les taches noires gravées dans le bois comme à l'acide. Au cours de quelques précieux moments, les terribles images de Hannelore Björnsson s'effacent de sa conscience et elle est envahie par un bonheur pétillant.

Quand elle se réveille le lendemain matin, Owe est parti. Freud couine, posté devant la porte d'entrée. Elle s'habille à la hâte et l'emmène faire une petite promenade.

Il fait à nouveau plus froid.

Les routes couvertes de neige fondue se sont changées en patinoires et de fins flocons dansent dans le ciel gris acier, estompant les contours des bâtisses de l'autre côté de la baie Nybroviken. Le givre crépite sous les roues des voitures. À quelques mètres devant elle, une passante aide une vieille dame, qui a glissé sur une plaque de verglas, à se relever. On entend depuis l'avenue Strandvägen le brouhaha d'un chasse-neige qui se dirige vers le quartier des affaires.

Mais la météo ne l'intéresse pas, ni le fait qu'Owe soit parti, car elle ne pense qu'à l'Assassin des bas-fonds, l'homme qui joue au chat et à la souris avec la police depuis des années. Elle songe aux victimes, à ces femmes, et à tout ce qui n'est pas advenu. Aux enfants devenus orphelins, aux mères qui n'ont pas vu leurs enfants grandir. Et elle songe à Britt-Marie.

Sa disparition doit être liée à l'Assassin des bas-fonds, non ? Les autres hypothèses sont improbables, même si théoriquement possibles.

Soupçonnait-elle quelque chose ? Peut-être était-elle même sur la piste du meurtrier ?

Elle va poser la question à Roger Rybäck. Cette question, et toutes les autres qui pourraient avoir de l'importance.

25

— Britt-Marie était une femme fantastique, doublée d'une excellente policière.

Roger Rybäck ponctue sa remarque d'un hochement de tête et pose son café sur la table.

Il a la cinquantaine, les cheveux grisonnants, le visage sillonné de ridules et criblé de taches de rousseur. Celles regroupées à la racine de son nez forment un petit disque qui ressemble, se dit Hanne, à un bindi, l'ornement que les femmes indiennes portent au front.

— En tout cas, elle l'était à l'époque. Dans les années soixante-dix. Bon Dieu, ça fait un bail! On ne sait même pas si elle est encore en vie.

Autour d'eux, la salle se vide, la pause déjeuner touche à sa fin. On débarrasse son plateau dans des cliquetis de vaisselle et le brouhaha se change en murmures.

— Non, on l'ignore encore, n'est-ce pas? Elle n'est jamais revenue. Vous ne trouvez pas ça étrange que l'enquête n'ait pas été plus poussée?

Rybäck fronce ses sourcils aussi gris que ses cheveux, formant quasiment une ligne continue au-dessus de ses yeux.

— Ça a dû être considéré comme une disparition suspecte. Il y a dû y avoir une enquête. Mais je suis retourné en Dalécarlie au printemps 1975 et j'ai perdu contact avec les collègues de Stockholm. J'ai vécu à Falun jusqu'en 1984, année où j'ai divorcé. C'est à ce moment-là que je suis revenu ici.

— Que faites-vous aujourd'hui ?

— Je suis responsable des programmes de l'ESP. L'École supérieure de police. Et je travaille sur un projet de rationalisation.

Hanne sourit. Rybäck aussi.

— Ça vous semble rasoir ?

— Non, je… Si, peut-être.

Le sourire de Rybäck s'élargit face à la franchise de Hanne, ses yeux pétillent et l'espace d'un instant elle va jusqu'à le trouver séduisant.

— Est-ce que vous étiez proche de Britt-Marie ?

Un léger voile rouge se dépose sur les joues de Rybäck.

— Nous étions collègues, rien de plus ; même si je l'aimais beaucoup.

— D'après Fagerberg, vous étiez plus proches que ça.

— C'est faux. Ce ne sont que des ragots. Je peux comprendre que ça lui ait effleuré l'esprit, mais tout repose sur un malentendu.

— D'accord.

Hanne se tait, espérant obtenir une confidence, mais Rybäck préfère changer de sujet.

— Alors, il est revenu ? L'Assassin des bas-fonds ?

Elle acquiesce et raconte ce qu'ils savent du meurtre de Hannelore Björnsson.

Rybäck l'écoute en pliant lentement une serviette en triangles de plus en plus petits. Quand Hanne a terminé, il reste muet pendant quelques instants à contempler le morceau de ouate dans sa grande main.

— Vous savez, on dit souvent que tous les flics ont une affaire qu'ils ne parviennent pas à lâcher. Et même si j'ai arrêté de travailler sur cette enquête en 1975, ce dossier m'a fait faire des cauchemars pendant des années. Et Britt-Marie…

Rybäck se tait et fiche la serviette dans sa tasse vide.

— Je pensais que l'Assassin des bas-fonds était mort et enterré, reprend-il après un silence.

— C'est aussi ce que Fagerberg nous a dit.

— *Fagerberg!*

Rybäck crache le nom comme on crache un noyau de cerise.

— Apparemment, il y avait un autre suspect dans les années quarante. Un certain Birger von Berghof-Linder.

— Oui… Effectivement. Je crois que Fagerberg a enquêté sur lui.

Il marque une pause avant de poursuivre :

— En tout cas, je n'étais pas du tout impliqué. Britt-Marie non plus, j'aurais été au courant.

Hanne hoche la tête et saisit son calepin.

— Et cette théorie selon laquelle le coupable était passé par le toit ?

Rybäck la regarde dans les yeux.

— Quelle théorie ?

— C'était visiblement l'hypothèse de Britt-Marie.

— Ah bon ?

Rybäck semble sincèrement étonné.

— C'est noté dans les rapports qu'elle a rédigés. Que l'on pouvait monter sur le toit en passant par la cage d'escalier et de là descendre facilement sur les balcons du dernier étage. Si l'Assassin des bas-fonds est entré ainsi, il a pu quitter l'appartement par l'escalier. Et cet automne-là… il faisait très chaud. Les victimes avaient pu laisser la porte du balcon entrouverte pour aérer.

— Je n'ai jamais entendu parler de ça.

— Apparemment, Britt-Marie a exposé sa théorie à Fagerberg. Je croyais que vous aviez examiné la chose.

— Pas que je me souvienne.

— Alors, pourquoi nous a-t-il dit ça ?

Rybäck hausse les épaules.

— Aucune idée. Mais Fagerberg balayait d'un revers de main tout ce que suggérait Britt-Marie.

— Pourquoi ?

— Il traitait les autres comme des moins que rien. En particulier Britt-Marie. Il la reléguait à un rôle inutile : elle triait des papiers toute la journée, jusqu'à ce qu'il se rende compte qu'elle pouvait assister aux réunions pour prendre des notes et les rédiger au propre. Dès qu'elle formulait une hypothèse ou une théorie, il la remettait à sa place. Pas parce que ses idées étaient mauvaises, mais parce qu'elles venaient d'elle.

— Mais *pourquoi* ?

Rybäck secoue lentement la tête.

— Parce qu'elle était nouvelle dans le service ?

— J'étais nouveau, moi aussi.

— Parce qu'elle était jeune ? Qu'elle était une femme ?

Leurs regards se croisent.

— Fagerberg était de la vieille école. Pour lui, les femmes n'avaient rien à faire dans la police. Pas dans son département en tout cas. Et nous autres… Eh bien, nous l'avons laissée tomber. Nous ne l'avons pas soutenue alors que nous aurions dû.

— Ce n'est pas facile de s'élever contre son chef.

Rybäck soupire et secoue la tête.

— Vous savez, j'y ai beaucoup réfléchi. Et s'il y a une chose que je regrette dans ma vie, c'est de ne pas avoir agi différemment. J'aurais dû prendre la défense de Britt-Marie. Elle ne se serait peut-être pas sentie obligée de mener sa propre enquête en secret.

— C'est ce qu'elle faisait ?

Rybäck garde le silence un long moment avant de répondre, comme s'il était perdu dans de vieux souvenirs.

— Nous n'en avons jamais beaucoup parlé, mais je sais qu'elle réalisait une sorte de cartographie des habitants autour du parc Berlin. Je pense qu'elle voulait identifier les victimes potentielles. Le coupable avait des cibles bien précises, les deux femmes étaient de jeunes mères célibataires. À mon avis, elle cherchait les personnes correspondant à ce profil.

— Croyez-vous vraiment qu'elle était sur une piste ? Que sa disparition ait eu à voir avec l'Assassin des bas-fonds ?

— Peut-être. On ne peut pas faire abstraction du fait qu'elle a disparu au milieu de l'enquête. Même si Fagerberg lui empoisonnait l'existence et qu'elle avait des problèmes de couple. Vous pourriez peut-être interroger son mari. Björn, je crois. Björn Odin.

Hanne prend note.

— À votre avis, qu'est-il arrivé à Britt-Marie ?

Rybäck secoue lentement la tête.

— Ah, si je le savais ! *J'espère* qu'elle est partie à Madère. C'était son rêve. Et mon rêve serait de la savoir là-bas, installée dans une maisonnette, à contempler la mer.

Le silence se fait.

— N'hésitez pas à me recontacter si vous avez d'autres questions.

— Entendu.

Elle ferme son carnet de notes, prend congé et laisse Rybäck attablé dans le restaurant du personnel.

26

Le lendemain matin, Hanne relate sa conversation avec Roger Rybäck. Linda l'écoute avec intérêt, Leo fait tourner sa poche de *snus* entre ses doigts en silence, mais sur le visage de Robban se forme une ride de plus en plus profonde, et la cicatrice qui lui barre la joue prend une teinte écarlate.

Ce n'est pas à elle de mener des auditions, ni même de rencontrer des collègues autour d'un café et de discuter de l'affaire. Elle aurait dû le consulter en amont et surtout ne pas y aller seule. Le travail de policier est un travail d'équipe et, d'ailleurs, elle n'est pas flic. Et en effet, c'est peut-être une bonne idée de parler avec l'époux de Britt-Marie, mais il y a des choses plus pressantes – examiner les fréquentations de Hannelore Björnsson et ce qu'elle a fait ces derniers jours, continuer le porte-à-porte en collaboration avec la police municipale, entre autres.

D'ailleurs, n'a-t-elle pas déjà beaucoup à faire avec l'établissement du profil psychologique du criminel ?

Mais Hanne ne se laisse pas abattre, car elle sent qu'elle flaire quelque chose d'important. Elle finit au demeurant par obtenir la bénédiction de Robban : elle et Linda tenteront de trouver Björn Odin.

— Nous devrions peut-être aussi essayer d'identifier d'autres victimes potentielles, comme le faisait Britt-Marie, suggère Hanne.

— Nous l'avons déjà fait, figure-toi, explique Robban. Mais ça grouille de mères célibataires dans les immeubles autour de la place Berlin. À se demander s'il y a des gosses qui ont un père.

— Entendu, répond Hanne. On aura au moins examiné ça.

À la fin de la réunion, Robban est à nouveau d'excellente humeur, comme si son mécontentement n'était qu'un nuage évanescent à l'horizon, chassé par le vent.

— À l'occasion, tu pourras m'en dire un peu plus sur le profilage ? lance-t-il prenant Hanne par les épaules. On pourrait en parler après le travail un soir de la semaine ?

— Bien sûr.

Leo s'attarde dans la pièce. Sa fine queue-de-cheval brune pend de travers dans son cou. Juste avant de disparaître dans le couloir, il jette à Hanne un long regard noir.

Un soleil d'hiver pâle brille sur un Stockholm enneigé lorsque Hanne quitte le commissariat cet après-midi-là. Le ciel est clair et dégagé et elle rentre à pied depuis Kungsholmen.

Elle s'arrête dans la rue Hamngatan, hésite un instant, puis s'engouffre dans Gallerian où s'étirait jadis la rue Norra Smedjegatan. Les boutiques aux vitrines parées pour Noël s'alignent dans le centre commercial flambant neuf. Pierre polie, acier inoxydable, grandes plaques de verre – rien ne rappelle ni les vieilles bâtisses qui se dressaient là ni leurs habitants.

Elle reprend le chemin de la maison, mélancolique : la transformation de la ville, le caractère éphémère de la vie, les victimes de l'Assassin des bas-fonds, tout cela lui fend le cœur. Mais à peine est-elle arrivée à la place Nybroplan que le soleil et les décorations de Noël qui ornent les arbres et les réverbères ont fait taire ses ruminations.

Elle rentre chez elle, ressort promener Freud, allume un feu de cheminée et prépare un thé. Elle s'installe ensuite pour corriger une pile de copies tandis que la nuit tombe sur Stockholm.

Vers dix-neuf heures, Mia téléphone pour parler de sa nouvelle maison dans le Pays basque, construite sur les hauteurs, avec une vue splendide sur le golfe de Gascogne. Il faut qu'elle lui rende visite, lui dit-elle. Elle-même part dans une semaine et compte y rester deux mois.

Hanne est plus que bienvenue.

Elles discutent de tout et de rien, sauf de ce qui hante Hanne. Car l'enquête sur l'Assassin des bas-fonds est évidemment confidentielle.

— Je ne peux pas te dire exactement sur quelle affaire je travaille. Mais il s'agit d'un meurtre. Ou de plusieurs, selon le point de vue.

— Ah, passionnant ! Si seulement j'avais un boulot pareil !

— Je ne te le souhaite pas, répond Hanne en riant. Toi qui as peur de descendre au magasin du coin une fois la nuit tombée.

— Ce n'est pas l'obscurité qui m'inquiète. Ce sont tous ces... Je ne sais pas. Toutes ces bestioles qui s'y cachent.

— Des bestioles ? Mais enfin, on est en plein hiver.

— Oui, mais tu vois ce que je veux dire.

Hanne se dit que Mia n'a pas la moindre idée du type de bête qu'elle pourchasse.

Elle aimerait mieux se retrouver face à toutes les araignées du monde plutôt que de tomber nez à nez avec l'Assassin des bas-fonds dans une forêt obscure.

Le lendemain soir, Owe rentre de sa conférence médicale à Miami. Il est fatigué, souffre du décalage horaire et est nimbé d'effluves de transpiration, ce qui n'empêche pas Hanne de l'embrasser fougueusement dans l'entrée.

— Tu m'as manqué, marmonne-t-elle en blottissant son visage dans son épaule où l'odeur est évidemment encore plus forte.

Owe hoche la tête et ébouriffe ses longs cheveux. Puis il la repousse et laisse courir son regard sur le corps de sa femme.

— Ma belle Hanne, déclame-t-il d'un air étrangement triste.

— Tu n'es pas trop mal non plus.

Elle l'aide à transporter sa valise dans la chambre à coucher.

— Je m'en occupe, dit-il en voyant Hanne ouvrir la fermeture Éclair de son sac de voyage.

Obéissante, Hanne s'assied sur le lit.

— C'était intéressant ?

Owe jette ses vêtements sales dans le panier à linge placé près du bureau.

— Très.

Puis il sort de sa valise un objet de la taille d'un carton à chaussures emballé dans du papier de soie.

— Tiens.

Hanne sourit en acceptant le cadeau qu'elle déballe délicatement. Elle ouvre la boîte et fixe le masque orné de perles.

— Oh, Owe ! Il est magnifique ! C'est un masque huichol ?

— Oui.

— Ça alors ! Ce qu'il a l'air ancien !

Elle soulève l'objet et le retourne doucement.

— Il a dû coûter une petite fortune.

Il ne répond pas, mais rit de son excitation.

— J'avoue que j'étais un peu inquiet qu'ils m'arrêtent à la douane. Comment ça s'est passé pour toi ? Vous avez attrapé le meurtrier ?

Hanne observe le masque. L'impression effrayante est atténuée par les perles colorées qui le recouvrent entièrement.

— Non, dit-elle en contemplant la bouche grande ouverte. Pas encore.

Ce soir-là, ils mangent de la soupe aux lentilles et partagent une bouteille de vin blanc. Ils écoutent de la musique à plein tube et font l'amour, mais pas par terre ni sur la table de la cuisine cette fois, car Owe, qui a le dos raide à cause du voyage, préfère être allongé confortablement.

Il s'endort immédiatement après et Hanne reste éveillée à ses côtés, dans le lit.

Le vent s'est levé. Un air glacial s'insinue par les fissures de la vieille fenêtre. Elle s'enroule dans la couette en duvet, mais continue de grelotter. Le vent siffle au-dehors et, dans la lumière d'un réverbère, elle aperçoit les flocons de neige danser.

Dans la chambre, seuls les légers ronflements d'Owe brisent le silence.

Hanne pose une main délicate sur sa poitrine, sent son cœur battre et réfléchit à la chance qu'elle a eue de croiser son chemin.

Ils se sont rencontrés quand il enseignait la psychologie à la faculté. À vingt-neuf ans, il était une étoile montante de l'université, et elle, une étudiante beaucoup plus jeune. Owe était ce genre d'homme qui semblait avoir tout pour lui – un physique engageant, un intellect supérieur, une motivation et une érudition inouïes.

Bien sûr, elle avait été aveuglée par ses succès académiques. Sa thèse de doctorat avait été encensée ; elle l'avait elle-même lue plusieurs fois et avait souligné les phrases les plus remarquables.

Oui, elle était aveuglée.

Éblouie et séduite par cet homme inaccessible debout derrière son pupitre, en jean et veste de velours, qui, détendu, déroulait son exposé sur les troubles de la personnalité avec un charme fou.

Après un cours, elle était allée le trouver pour le consulter à propos de sa thèse. Visiblement flatté, il était resté dans la salle un long moment, avait accroché sa veste sur le dossier d'une chaise, s'était assis à côté d'elle sur une marche pour lui parler de ses recherches.

La conversation était vite devenue plus personnelle, et elle n'avait pu s'empêcher de lui demander :

— Ça vous dirait d'aller boire une bière ?

Il avait esquissé un sourire contrit, passé la main dans ses boucles qui à l'époque ne grisonnaient pas et expliqué qu'il était marié.

La situation était extrêmement gênante.

Mais, trois mois plus tard, il lui avait téléphoné. Il écrivait un article. Voulait-elle échanger quelques réflexions avec lui ?

Bien sûr, elle ne demandait que cela. Et dès qu'ils se retrouvèrent, il lui annonça qu'il avait divorcé et qu'il ne pensait qu'à elle.

Ce rendez-vous fut le point de départ d'une relation passionnée. Mais Hanne n'était pas seulement amoureuse, elle était aussi profondément impressionnée par la droiture avec laquelle Owe avait traité sa femme et elle. Il lui rappelait son père, qu'elle avait quasiment canonisé après sa mort prématurée. Rien à voir avec les partenaires immatures qu'elle fréquentait habituellement.

Owe était un homme.

Son égal. Fiable et intelligent.

Les pensées de Hanne s'éloignent de Owe pour se diriger vers l'Assassin des bas-fonds et ses victimes.

Où traquait-il ses proies ? Et pourquoi choisir des mères célibataires ?

Et comme souvent lorsqu'elle réfléchit au lit, elle finit par avoir une idée, une théorie qu'elle doit absolument coucher sur le papier, par peur de l'oublier. Elle se lève, enfile sa robe de chambre jetée au sol et va dans le salon où est posé son calepin. Elle rédige quelques notes brèves et regagne le lit en espérant réussir à trouver le sommeil.

Lorsqu'elle passe à côté du panier à linge sale, elle aperçoit la chemise roulée en boule d'Owe au-dessus de son survêtement, d'un pull épais et d'un sous-pantalon en laine.

Bizarre, songe-t-elle.

Pourquoi a-t-il apporté des vêtements si chauds à Miami ?

27

Anna Höög lutte contre le vent dans l'obscurité de la rue Berlingatan. Il est tard, beaucoup plus tard qu'elle ne pensait rentrer de chez son amie. La neige lui arrive aux chevilles et la poussette se grippe plusieurs fois dans les congères que le vent a érigées. Elle ne roule plus, elle glisse comme un chasse-neige sur le trottoir.

Les flocons virevoltent autour d'elle et le froid pénètre sous son manteau trop léger.

Je déteste Östertuna, se dit-elle, bien que le temps soit sans doute sensiblement le même dans tout Stockholm. *J'ai horreur de ce trou.*

Dans la poussette, sa fille Tove repose tranquillement, n'en déplaise à la météo et aux dérapages. Elle a toujours été une enfant si sage, un bébé qui dort la nuit et est en grande forme le jour ; qui ne pleure presque pas, tant qu'elle est repue et porte une couche sèche.

Une enfant qui rit dès qu'elle aperçoit sa mère.

L'identité du père de Tove, Anna n'en est pas sûre, et elle ne veut pas savoir. Elles sont bien toutes les deux, Tove et elle. Elle n'a pas besoin d'homme dans sa vie ni de père pour sa fille.

Les hommes ne servent à rien, elle l'a appris très tôt. Si sa mère l'avait compris, bien des malheurs auraient pu être évités.

Elle entre dans le hall de l'immeuble du 14 rue Berlingatan, ôte sa capuche et ses gants, essuie son front humide. Puis elle stationne la poussette sous l'escalier, soulève Tove et ses sacs de courses et gravit les marches jusqu'à son appartement au deuxième étage. Ça empeste la marijuana dans toute la cage d'escalier et elle se rappelle qu'elle doit écrire cette lettre anonyme au propriétaire pour se plaindre des types du premier étage qui fument jour et nuit.

Regardant Tove, elle songe que sa fille ne devrait pas être obligée de grandir comme ça, dans un quartier si gangrené par la drogue et la délinquance que plus de la moitié des gosses se retrouvent toxicomanes ou criminels.

Ou les deux.

Bientôt, elle partira d'ici. Elle a économisé près de cinquante pour cent de la somme nécessaire à l'achat d'un appartement. Dans quelques mois – ou quelques milliers de couronnes –, elle y sera, et sa sœur lui a promis de lui prêter l'autre moitié.

Elle en a des papillons dans le ventre. Un appartement rien qu'à elle !

Un appartement n'importe où, hormis à Östertuna.

En dépit de son maigre salaire d'aide-cuisinière dans une maison de retraite, elle a réussi à épargner. Cela n'a pas été facile ; depuis deux ans, elle travaille en plus comme vendeuse par téléphone pour un club de livres ; et elle ne s'autorise aucun écart. Ni vêtements, ni maquillage, ni dîners onéreux au restaurant comme le font la plupart de ses amies.

Tout ce qu'elle fait, c'est pour sa fille.

Si elle parvient à lui donner une enfance plus heureuse que la sienne, elle sera satisfaite.

Anna ne se sent pas entravée par sa situation, au contraire – c'est pour elle un privilège d'avoir un objectif aussi évident dans la vie, une étoile brillante qui la guide si clairement, qui lui permet de faire les choix qui autrement seraient difficiles.

Arrivée chez elle, elle retire délicatement la combinaison rouge de Tove, pose l'enfant dans son lit à barreaux et place la tétine dans sa petite bouche. Tove s'en saisit immédiatement et la tétine oscille d'avant en arrière entre ses lèvres. Anna range ensuite ses courses dans le réfrigérateur. Elle va cuisiner du poulet en cocotte pour sa sœur qui vient déjeuner le lendemain midi. Elle a acheté tous les ingrédients. Elle sait qu'elles vont passer des heures à discuter, et elle sait déjà de quoi.

De leur mère, de leur père, de tout ce qu'elles ont enduré.

Heureusement qu'elles sont encore là l'une pour l'autre.

Une fois qu'elle a tout rangé, elle se brosse les dents puis feuillette le catalogue de l'université de Stockholm. Elle ne peut pas s'inscrire maintenant, elle doit d'abord déménager. Mais, dès qu'elles vivront dans un endroit sûr, elle contractera un prêt étudiant et s'inscrira à la fac.

Pas pour elle, mais pour Tove.

Parce que si elle n'a pas un meilleur boulot, un véritable emploi bien rémunéré, elle ne pourra pas offrir à sa fille l'enfance qu'elle mérite.

Celle qu'elle n'a pas eu la chance d'avoir.

Elle balaie les pages du regard – droit, économie, philosophie. Elle essaie de s'imaginer dans un cabinet d'avocats ou dans un département d'économie. Elle pense à toutes les possibilités qui s'ouvriraient à Tove si sa mère gagnait bien sa vie. Elle pourrait faire de l'équitation, partir en voyage linguistique ou adopter un animal de compagnie. Aujourd'hui, Anna n'aurait même pas les moyens de se procurer un hamster. Pas qu'elle ait envie d'en avoir un – elle a horreur des rongeurs.

Tout ce qui est poilu et plus petit qu'un lapin lui donne la chair de poule.

Avant de se coucher, elle fait un tour dans l'appartement. Entrouvre les placards, vérifie que la porte est bien fermée et qu'il n'y a personne sous le lit, car, depuis le meurtre de Hannelore Björnsson, elle a eu l'impression d'entendre des bruits la nuit et de voir des ombres dans le parc. Des ombres qui, à y regarder de plus près, n'étaient que de vieilles dames promenant leur chien, de vieux messieurs à chapeau, ou simplement un arbre couvert de neige penché au-dessus du chemin.

D'ailleurs, elle n'est pas la seule à avoir peur – à son travail, on ne parle que du meurtre.

Le vent qui siffle au coin de la maison la maintient éveillée quelques instants, mais elle finit par sombrer dans un sommeil profond et vide de rêves.

Elle est réveillée par un bruit.

On dirait un bruit de chaîne, un froid cliquetis métallique. Mais, quand elle regarde autour d'elle, elle ne voit que du noir.

Le chuintement du vent a augmenté de volume, et les chiffres du réveil posé sur la table de chevet indiquent trois heures une. Un courant d'air glacial s'insinue sous sa couverture. Anna s'y enroule pour se réchauffer et écoute attentivement. Depuis le lit de Tove, elle distingue des respirations légères et régulières et – de temps à autre – un bruit de succion. Dans la cuisine, elle devine le ronflement monotone du réfrigérateur et de petits claquements lorsque les rafales de vent se pressent contre la fenêtre.

Elle ferme les paupières.

Je fabule, se dit-elle. *Je suis paranoïaque, trop nerveuse.*

Elle inspire longuement, se détend, tente de retrouver le sommeil lorsqu'elle entend un nouveau bruit.

Un froissement, cette fois.

Des rats ? Elle se redresse d'un bond. Elle n'a jamais aperçu la moindre souris dans l'immeuble, mais il lui suffit de penser à des rongeurs pour que son pouls s'accélère.

Elle pose les pieds par terre et sent l'air froid se faufiler autour de ses chevilles, esquisse quelques pas hésitants vers la porte et tend le bras pour allumer la lampe – car si un animal se cache dans le noir, elle veut le voir pour pouvoir l'éviter. Elle ne peut imaginer pire expérience qu'un rat qui lui passerait sur les pieds. Que ces petites pattes répugnantes effleurent sa peau nue.

Elle tourne l'interrupteur.

Devant elle, dans l'obscurité, se tient un homme en manteau et pantalon noir. Son visage est dissimulé par une sorte de masque – on dirait une cagoule de malfaiteur ou de skieur, pour les jours de grand froid. Ses yeux la contemplent calmement à travers la fente de la cagoule. À la main, il brandit un couteau à la lame longue et épaisse.

Anna crie. Elle hurle de toutes ses forces, parce qu'elle sait ce qui l'attend. Elle crie parce que c'est injuste, arbitraire et complètement insensé, mais surtout parce qu'elle ne veut pas mourir.

Tove se réveille.

Elle gémit et se met à pleurer. Du coin de l'œil, Anna aperçoit son visage terrifié et la tétine qui tombe de sa bouche.

— Ouinnnnnn !

En dépit de cet effroi qui la paralyse, Anna parvient à se formuler cette question – elle est claire comme de l'eau de roche et aussi douloureuse que la prise de conscience de l'identité de cet homme.

Maintenant, qui sortira Tove de cet endroit maudit ?

28

Le lendemain matin, Hanne et Linda vont rendre visite à Björn Odin. Elles ne savent pas grand-chose de lui, excepté le fait qu'après la disparition de Britt-Marie, il a rencontré une autre femme et a eu une fille, mais qu'il est aujourd'hui célibataire et au chômage.

C'est une journée entièrement grise – la route devant elle est couverte de neige sale, les immeubles sont des cubes de béton et le ciel est lourd et sombre comme un mauvais présage.

Mais Linda est gaie et enjouée comme à son habitude. Ses cheveux blonds sont cachés sous un bonnet qui paraît beaucoup trop grand. Elle conduit penchée en avant et s'agrippe au volant comme à une bouée de sauvetage. De temps à autre, elle s'empare d'une poignée de chips au fromage dans le sachet à côté d'elle.

Linda parle de son mariage, du nombre d'invités et du voyage de noces. Elle parle de la robe, du lieu de la fête et de la musique ; des membres de sa famille qui sont brouillés et ne peuvent absolument pas être assis à la même table et de son frère qui vient de divorcer et qui sera sans doute au fond du gouffre pendant toute la soirée.

Comment fait-on exactement dans ces cas-là ? Doit-on s'interdire une trop grosse fête par respect pour lui ou doit-on faire comme si de rien n'était ?

C'est tout de même son mariage.

— Désolée, dit finalement Linda. Je suis tellement bavarde ! Parle-moi de ta famille.

— D'Owe ?

— Non, soupire Linda en levant les yeux au ciel. De ton enfance. Par exemple où tu as grandi…

Hanne regarde par la fenêtre, observe le paysage qui défile.

— J'habitais rue Narvavägen, dans le centre de Stockholm.

Linda se fend d'un sifflement admiratif.

— Oh, Östermalm ! Une fille de bonne famille alors ?

— Si tu le dis…

— Tu as des frères et sœurs ?

— Non.

— Que font tes parents ?

— Mon père était professeur de langues nordiques. Il est décédé juste après mon entrée à l'université.

Linda fronce légèrement les sourcils et garde le silence quelques instants.

Hanne pense à cet homme sympathique mais tête en l'air qui avait élu domicile dans la grande bibliothèque de l'appartement. À ses larges mains et à ses épais cheveux poivre et sel. À son œil sagace derrière ses lourdes paupières.

Bien qu'il travaillât sans cesse, il lui consacrait du temps.

À vrai dire, il effectuait aussi la plupart des tâches ménagères – cuisine, lessive, nettoyage.

Il n'avait pas le choix.

— Que fait-on quand on est professeur de langues nordiques ?

— On donne des cours, on encadre des étudiants. On fait de la recherche. Mon père a publié plusieurs articles sur l'avènement de la langue écrite suédoise. Sur les voyelles courtes *i* et *y*.

Elle ne précise pas que Holger Lagerlind-Schön siégeait à l'Académie suédoise, siège numéro cinq.

Linda l'interroge du regard.

— Pardon, mais peut-on vraiment faire des recherches sur les voyelles ? Ça semble un peu...

Elle ne termine pas la phrase.

— Et ta mère ? Que fait-elle ?
— Elle est artiste.
— Peintre ?
— Oui.
— Quel genre de tableaux ?
— Comment ça ?

Linda change de vitesse et appuie à fond sur l'accélérateur pour doubler un vieux bus Volkswagen.

— Eh bien, est-ce qu'elle réalise des portraits ? des paysages ?

— Elle peint des toiles abstraites. Elles ne représentent rien de spécial.

— Hum, commente Linda avant d'avaler une chips. Vous êtes proches, ta mère et toi ?

Hanne réfléchit. Doit-elle se fendre de la réponse convenue – celle qui coupe court à toutes les questions dérangeantes – selon laquelle, évidemment, elles sont proches. Hanne se confie rarement. Il y a des exceptions, bien sûr : Owe, quelques amis proches, la professeure qui dirigeait son mémoire la première année d'université, celle qui s'est occupée de Hanne le soir où sa mère lui a dit qu'elle voulait la voir morte. Qu'elle n'avait jamais désiré avoir d'enfants, en tout cas pas un monstre comme elle.

Elle lance à Linda un regard en biais.

— Mon père et moi étions proches, dit-elle. Très proches. J'ai toujours été une fille à papa.

Elle marque une pause, mais décide de continuer.

— Ma mère n'allait pas très bien pendant mon enfance. Elle avait des problèmes psychiatriques. Elle en a encore, d'ailleurs. Il lui arrive d'avoir des crises de psychose et d'être internée. Pendant certaines périodes, elle a rompu complètement le contact avec moi. Quand j'étais petite, elle s'est figuré que mon père et moi nous étions ligués contre elle. Que nous conspirions contre elle. Elle a refusé de me voir pendant plusieurs années.

Elle se tait.

— C'est compliqué, conclut-elle.

La main de Linda saisit la sienne et l'étreint.

— Merde alors. Ça ne doit pas être facile.

L'angoisse de Hanne se dissipe doucement, disparaît en fumée, et le froid qui tenaille sa poitrine est remplacé par de la chaleur.

Elles roulent quelques instants en silence.

De temps en temps, Linda laisse échapper un juron et klaxonne, excédée par un automobiliste trop lent ou trop rapide, ou juste parce qu'une voiture se trouve sur son passage.

— Espèce de connard ! crache-t-elle quand un camion la double sur la file de droite.

Hanne apprécie la compagnie de Linda. Elle n'a jamais rencontré une personne aussi naturelle, aussi enthousiaste. Aussi spontanée et pourtant si charmante. La franchise de Linda lui va droit au cœur.

Nous pourrions devenir amies, se dit-elle.

Nous pourrions devenir amies et je pourrais l'inviter chez nous...

Mais sa réflexion s'arrête là, car Owe n'aimerait pas Linda, elle le sait. Owe ne fréquente que des intellectuels – une caractéristique snob et qu'elle n'apprécie guère – et Linda a beaucoup de qualités, mais elle est loin d'être une intellectuelle.

Björn Odin les reçoit en jogging et tee-shirt délavé trop étriqué.

Il a les yeux rougis, les cheveux poivre et sel et une calvitie. Mais il a dû être beau, autrefois. Ses pommettes et sa mâchoire sont marquées et ses lèvres pulpeuses.

Linda et Hanne se présentent.

— De la police ? Vous avez trouvé Britt-Marie ? demande-t-il avant même que Hanne et Linda aient pénétré dans l'appartement.

— Hélas non, répond Linda. Mais nous aimerions vous poser quelques questions.

Björn les invite à entrer et ils s'installent dans le petit appartement qui ne compte pour tous meubles qu'un canapé en cuir noir et un téléviseur massif. Des cartons de pizza, des paquets de chips et des canettes de bière vides jonchent le sol. Une odeur rance flotte dans la pièce.

— Désolé, balbutie Björn comme s'il lisait dans les pensées de Hanne. Je n'ai pas eu le temps de faire le ménage.

— Ne vous en faites pas, répond Linda en jetant un coup d'œil vers l'écran où est diffusée une course de chevaux.

— Je vais baisser le son, dit Björn en attrapant la télécommande.

Hanne l'observe en silence et songe à l'homme à côté de Britt-Marie sur l'une des photographies dans le dossier de l'enquête. Qui avait de longs cheveux châtain clair et rappelait vaguement un chanteur de rock. Qui arborait un pantalon à pattes d'éléphant et un sourire confiant.

Les années n'ont pas été tendres avec lui.

— Qu'est-ce que vous voulez savoir ?

Il va chercher une chaise pliante dans le salon et revient s'asseoir dessus. Linda sort son carnet de notes.

— Vous vivez seul ?

— Oui.

— Mais vous avez bien rencontré une femme après la disparition de Britt-Marie ?

Björn acquiesce.

— Oui, nous nous sommes connus quelques années après le départ de Britt-Marie. Nous avons une fille, Jenny. Mais nous venons de nous séparer. Quel bordel ! Elle, Anette, a tout fait pour me pourrir la vie. Elle a dit aux services sociaux que j'étais un mauvais père pour avoir la garde exclusive. Et les autorités prennent toujours le parti de la femme. C'est comme ça : en cas de litige sur la garde des enfants, les hommes ne gagnent jamais.

— Où habitent vos enfants aujourd'hui ?
— Jenny vit chez sa mère et Erik chez la mienne. Ma mère. Maj.
— Chez votre mère ? demande Linda en levant un de ses sourcils pâles. Pourquoi ?

Björn garde le silence quelques instants avant de répondre, remue les doigts sur ses genoux et laisse courir son regard sur le plafond.

— Ma mère a toujours voulu s'imposer. Elle régnait déjà sur notre foyer quand Erik était petit. Britt-Marie tenait tellement à travailler ! Ma mère a dû se dire que mon fils serait mieux chez elle.
— Je vois, déclare Linda sans avoir l'air de comprendre. Et que faites-vous pendant la journée ? Vous travaillez ?

Björn secoue la tête.

— Non. Ça ne marchait pas. J'ai des problèmes de dos alors...

Sans terminer sa phrase, il reporte son attention sur l'écran du téléviseur comme s'il avait peur de manquer quelque chose.

— Que savez-vous de l'enquête sur laquelle travaillait Britt-Marie quand elle a disparu ?
— Pas grand-chose. Je sais qu'elle bossait sur ce meurtre... près du parc Berlin.
— Savez-vous si elle avait une piste ?

Björn hausse les épaules.

— Aucune idée. Elle ne parlait pas beaucoup de son boulot. Je crois qu'elle ne s'y sentait pas bien. Elle disait que son chef était un salopard.
— Comment était-elle ? demande Hanne.
— Britt-Marie ?

Son regard devient rêveur et il se tourne vers la fenêtre.

— Gentille… Attentionnée. Têtue comme une mule. Et un peu hypocondriaque. Le moindre rhume la rendait folle d'inquiétude.

Björn sourit tristement et poursuit :

— Un jour, j'avais un bouton au front. Une piqûre de moustique, sans doute. Britt-Marie voulait me traîner chez le toubib. Je crois que sa phobie des maladies a commencé au moment du cancer de sa mère.

— Qu'est-il arrivé à Britt-Marie à votre avis ?

Björn secoue la tête. Une mèche de cheveux lui tombe sur le visage ; il la repousse délicatement avant de répondre.

— Je ne sais pas. J'ai d'abord cru qu'elle était partie en voyage, c'est ce qu'elle avait écrit dans sa lettre, qu'elle avait besoin de temps pour réfléchir. J'étais évidemment en colère contre elle. Furieux. Puis je me suis dit qu'il lui était arrivé quelque chose. On ne peut pas se volatiliser comme ça. Partir en fumée. Et puis, abandonner son fils, ce n'était pas son genre. C'était une vraie mère poule. Mais après, il y a eu cette carte postale…

— Une carte postale ?

Björn hoche la tête et se lève.

— Elle doit être quelque part. Je reviens tout de suite.

Il s'engouffre dans la chambre. On entend des tiroirs s'ouvrir et se refermer. L'air abattu, Linda fixe Hanne de ses yeux noirs. Quelques minutes plus tard, Björn revient, une carte à la main.

— La voilà, annonce-t-il en la tendant à Linda.

On y voit des montagnes vertigineuses qui se jettent dans la mer et des prés fleuris qui s'étirent jusqu'à l'horizon où ils se fondent avec le ciel bleu.

— « *Greetings from Madeira* », lit Hanne.

Mais, quand Linda retourne la carte, il n'y a pas de texte, mis à part l'adresse de Björn rédigée en majuscules soigneuses sur les quatre lignes de droite.

Le tampon de la poste indique Funchal, le 20 mai 1977.

— Mais il n'y a rien d'écrit.

— Non, soupire Björn. Mais elle a toujours voulu y aller. C'était son rêve. Quand j'ai reçu la carte, ça m'a à nouveau mis en colère. Je me suis dit que si c'était vraiment elle qui l'avait envoyée, elle avait trahi Erik d'une manière…

Il se tait, s'essuie le nez avec l'index, inspire longuement et se met à sangloter. La morve et les larmes coulent, ses épaules tressautent.

— Merde ! dit-il en passant la paume de la main sur son visage. Vous comprenez ?

— Comme c'est tragique ! s'exclame Linda, une fois qu'elles sont de retour dans la voiture.

Hanne regarde l'immeuble gris qu'elles viennent de quitter et le ciel aussi gris qui le chapeaute.

— Il est là, planté devant les courses de chevaux à picoler pendant que deux femmes différentes élèvent ses enfants, poursuit Linda. Il est là à détruire sa vie et se sent victime d'une injustice.

Hanne hoche la tête.

— C'est un mécanisme de protection. En refusant d'admettre sa propre responsabilité dans ce qui s'est passé, il échappe à la culpabilité. Tout est beaucoup plus facile si c'est la faute de quelqu'un d'autre.

— Quel minable ! marmonne Linda, qui démarre en trombe.

Hanne ne peut s'empêcher de sourire de la remarque de Linda.

— N'oublie pas qu'il est lui aussi une victime. Qui sait à quoi aurait ressemblé sa vie si Britt-Marie n'avait pas disparu... Peut-être qu'ils se seraient réconciliés, qu'ils auraient eu d'autres enfants. Vécu une existence de Suédois de base. Il doit y avoir une raison qui explique qu'il passe ses journées à boire et à regarder les courses.

— Il n'empêche que c'est un minable.

— On devrait rendre visite à sa mère, Maj, suggère Hanne. Si elle aidait Björn et Britt-Marie, elle sait peut-être quelque chose. Peut-être que Britt-Marie lui parlait de son boulot.

Elles s'accordent pour contacter Maj Odin dès leur retour au bureau. Mais, à peine à mi-chemin, la radio de leur véhicule grésille et Linda répond.

Une autre femme a été retrouvée assassinée à Östertuna.

29

Il fait nuit lorsqu'ils arrivent devant le numéro 14 de la rue Berlingatan et la neige a commencé à tomber sur Östertuna. De gros flocons duveteux pleuvent du ciel noir et se posent dans les arbres et les buissons du parc.

Comme dans les autres cas, l'appartement est situé dans l'un des immeubles qui entourent le parc. Deux voitures de police, couvertes de bouillie de neige au point d'occulter les bandes bleues et jaunes, sont stationnées devant l'entrée. Les collègues ont déjà délimité le périmètre de sécurité. Ils saluent Robban, Linda et Hanne à l'entrée.

— Deuxième étage, indique le jeune policier d'une voix enrouée.

Il semble stressé ; il est hagard et, malgré le froid, Hanne voit des gouttes de sueur luire sur son front comme de minuscules perles de verre.

Linda croise le regard de Hanne – les autres victimes d'Östertuna ont été retrouvées au troisième étage. L'appartement de celle-ci n'est pas tout en haut, ce qui ne signifie pas que la théorie de Britt-Marie selon laquelle le tueur est passé par le toit dans les années soixante-dix est fausse, mais cela tranche tout de même avec le schéma habituel.

Devant la porte de l'appartement se trouvent deux autres policiers en uniforme. L'un d'entre eux se présente comme Bror Andersson, commissaire de garde.

— La sœur de la victime a donné l'alerte. Elle devait déjeuner ici, mais personne n'a ouvert la porte et elle entendait des pleurs d'enfant à l'intérieur. Elle a donc appelé les secours.

Il reprend son souffle et poursuit :

— Nous avons dû casser la porte, et nous l'avons trouvée.

Un technicien de la police scientifique en combinaison blanche, masque de protection sur la bouche, sort de l'appartement.

— On peut entrer ? s'enquiert Robban.

L'homme hoche la tête.

— Nous avons quasiment fini. Restez sur les plaques. Et ne touchez à rien.

Ils enfilent des surchaussures et pénètrent dans l'étroit couloir d'entrée. Des plaques de cheminement transparentes sont placées à intervalles réguliers dans l'entrée, créant un sentier vers le salon.

Hanne emboîte le pas à Linda et à Robban.

De petits panneaux numérotés sont disposés près de différents objets – un tas de vêtements, une culotte blanche qui semble déchirée ou découpée, et une large flaque de sang près du lit.

Des jouets jonchent le sol : cubes, hochets de dentition, peluches.

Dans le séjour, toutes les lampes sont allumées et les rideaux tirés. Robban s'accroupit près du corps que Hanne devine devant Linda.

— C'est lui, dit Robban.

Le cœur de Hanne bat la chamade ; Linda se laisse tomber à côté de la victime, mais Hanne reste debout, le regard braqué sur la femme.

C'est la première fois qu'elle voit un cadavre en vrai et son corps se révolte. Il veut faire demi-tour dans l'entrée étroite, sortir en courant dans la neige et ne plus jamais revenir. Mais elle s'oblige à se tenir immobile. Elle inspire profondément, compte lentement jusqu'à trois et expire.

Un, deux, trois. Respire.
Un, deux, trois. Respire.

La femme a de longs cheveux bruns. Elle est nue et son visage couvert de sang est si abîmé qu'on ne peut en distinguer les traits. Une tige métallique sort de sa bouche – un ustensile de cuisine ou de ménage, impossible à dire. On lui a enfoncé un balai-brosse dans le vagin. Le long manche en bois, maculé d'empreintes de main sanglantes, repose au sol entre ses jambes et la tête du balai à franges se trouve entre ses pieds.

Un, deux, trois. Respire.

Linda et Robban parlent, mais Hanne n'entend pas ce qu'ils disent. Elle est si choquée qu'elle ne saisit pas les phrases, comme s'ils s'exprimaient dans une langue étrangère. Les mots se délitent en petits sons gutturaux dépourvus de cohérence.

Robban montre du doigt les mains de la femme et Hanne les regarde : d'épais clous les fixent au parquet.

Linda se lève, se tourne et prend Hanne par l'avant-bras.

— Comment ça va ?

Hanne la dévisage, incapable de répondre.

— Tu ne peux pas t'évanouir ni vomir ici. Juste pour ton information.

Hanne acquiesce et détourne les yeux.

— Je sors un peu.

Elle reste longtemps sous la neige à observer le parc Berlin. Elle suit des yeux les contours du grand parking et contemple les agents en uniforme postés devant les rubalises. Ils boivent du café – ils ont un thermos dans une voiture. Puis elle tourne le visage vers le ciel, ferme les paupières et inspire à pleins poumons le froid hivernal.

Au bout d'un moment, l'un des policiers s'approche et lui propose un café, ou une cigarette.

Elle décline poliment.

Elle ne fume pas et n'ose rien avaler pour l'instant, de peur d'être malade.

Les techniciens sortent avec leurs sacs de matériel qu'ils rangent dans un van blanc garé un peu plus loin. Ils la saluent d'un signe de tête avant de disparaître et elle les salue en retour. Elle s'efforce de sourire. En vain.

Un instant plus tard, Robban et Linda apparaissent. Robban se hâte de rejoindre Hanne et l'entoure de son bras comme pour la protéger.

— Comment tu te sens ?
— Ne vous inquiétez pas pour moi.

Il lui caresse doucement le dos.

— Je n'ai pas réfléchi. Tu aurais peut-être dû patienter dehors. Désolé.
— Non. Je... C'est bien d'avoir vu la scène du crime.

— Je peux rentrer avec vous ? demande Robban, et il se glisse dans la voiture sans attendre la réponse.

— Bien sûr, dit Linda, mais Robban a déjà fermé la porte.

— Anna Höög, dit-il, une fois installé. Vingt et un ans et mère célibataire d'une fillette de quinze mois. Sa sœur a informé nos collègues qu'Anna ne connaissait pas l'autre femme assassinée.

— Elle n'habitait pas au dernier étage comme les autres, constate Hanne.

— Je crois que nous pouvons laisser tomber l'hypothèse selon laquelle le coupable entre par le toit, dit Linda en faisant démarrer la voiture.

La radio s'allume et la musique envahit l'habitacle humide qui sent les chips au fromage.

Hanne voit le parc Berlin disparaître dans le noir, devine la silhouette des balançoires et la statue couverte de neige entre les arbres quand Linda tourne vers le centre-ville. Et à cet instant, Hanne se rappelle l'idée qu'elle a notée la veille au soir dans son carnet.

— Le square, dit-elle.

Au bout de quelques secondes, Robban répond :

— Oui ?

— Et s'il les avait rencontrées au square ? Elles vivaient toutes autour du parc Berlin et avaient de jeunes enfants. Elles devaient aller au parc. Et il n'avait pas besoin de se lever pour voir où elles habitaient, il lui suffisait de rester sur un banc et de regarder dans quel immeuble elles entraient.

30

Hanne rentre chez elle, promène Freud, puis elle allume un feu de cheminée, se sert un verre de vin et se replonge dans l'enquête. Elle compare les meurtres de l'Assassin des bas-fonds avec des cas étrangers et consulte la littérature scientifique – les épais tomes cornés sur le profilage des criminels et les ouvrages de psychologie qu'elle a étudiés pour sa thèse.

Elle sort une grande feuille, la sépare en trois colonnes et écrit : *victimes*, *modus* et *motif* ; puis *1985*, *1974* et *1944* dans la marge de gauche, et trace de soigneuses lignes horizontales.

Trois époques, trois questionnements.

Sur le papier devant elle, neuf cases vides. Elle commence par les caractéristiques des victimes, parce que cela révèle quelque chose d'important à propos du coupable. Elles représentent des indices de ce qu'il désire, ou peut-être de ce qu'il hait et souhaite détruire. Elles reflètent ses rêves, ses fantasmes et sa vision du monde, indiquent qui mérite de mourir et pourquoi.

Victimes 1985
Âge : 21 et 24 ans

Mères célibataires, un enfant d'un ou deux ans
Taille moyenne, apparence scandinave, cheveux longs
Corpulence mince à moyenne
Ont le bac, mais pas d'études supérieures
Actives, revenus assez faibles
Pas de problèmes de drogue connus, pas de problèmes psychologiques connus
Ne se connaissaient pas
Vivent près du parc Berlin

Le temps passe et le feu commence à s'éteindre. Les braises crépitent. Elle ajoute des bûches et remplit son verre. Dehors, il fait nuit noire. Derrière les fenêtres de l'immeuble d'en face, elle voit les étoiles de l'avent et les bougies allumées, mais l'appartement de Hanne et Owe est dépourvu de décorations de Noël. Owe trouve ces pratiques désuètes ; la vue d'un sapin de Noël en ville suffit à le hérisser.

Les yeux suppliants de Freud se posent sur Hanne. Quelle heure est-il ? Dix-huit heures cinquante-cinq.

— Bon, d'accord. Viens !

Une fois qu'elle a nourri le chien, elle reprend son labeur chronophage. Elle doit remplir toutes les cases. N'en déplaise au feu de cheminée, elle grelotte dans l'appartement glacial.

Elle examine son travail, biffe quelques lignes, en ajoute d'autres. Une fois prête, elle sort un transparent de rétroprojecteur et recopie son tableau.

Il lui reste quelques jours pour affiner sa présentation. Elle pense utiliser ce temps pour potasser deux affaires similaires et, comme elle est perfectionniste, elle reviendra sans doute plusieurs fois sur son transparent avant d'être tout à fait satisfaite.

Owe arrive vers vingt heures.

Hanne n'a pas remarqué à quel point il rentre tard. Elle n'a même pas eu le temps de manger tant elle a été absorbée par le profilage de l'Assassin des bas-fonds.

— Salut !

Il l'embrasse sur la bouche.

— Désolé d'arriver si tard, mais mon rendez-vous chez la psy a été décalé, un autre patient a dû venir en urgence.

Hanne sourit.

Comme c'est drôle d'imaginer Owe allongé sur ce divan ridicule à déblatérer sur sa vie, comme si parler allait le sortir de sa relation conflictuelle avec son père. Sans compter que la psy est anglophone, ce qui rend la chose plus étrange encore, vu le piètre niveau d'anglais d'Owe.

Personnellement, elle n'a jamais fait de psychothérapie et ça ne l'attire pas, bien qu'elle ait suivi des études poussées en psychologie et qu'elle dispose d'une histoire familiale qui ferait saliver plus d'un thérapeute.

Elle a tout simplement l'impression de ne pas en avoir besoin. Et si Owe veut améliorer sa relation avec son père, c'est avec lui qu'il devrait parler, non ? Pas avec sa psy.

Il jette un coup d'œil aux papiers étalés sur la table de chevet.

— Ça avance ?

— Je l'espère.

Après un instant d'hésitation, elle lui parle du nouveau meurtre. Elle décrit ce qu'elle a vu dans l'appartement près du parc Berlin et explique ce qu'elle tente de faire. Owe se laisse tomber à côté d'elle et vide son verre d'une traite.

— Mais enfin, Hanne, c'est terrible. Tu es *obligée* de bosser là-dessus ?

Elle est étonnée. Owe est psychiatre, il reçoit à longueur de journée des patients atteints de troubles graves. S'il y a bien une personne qui peut comprendre l'importance de ce qu'elle fait, c'est lui !

— Nous n'avons pas besoin de l'argent, ajoute-t-il.

— Ce n'est pas une question d'argent. Je veux les aider à résoudre l'affaire. Au nom des victimes, et parce qu'il risque d'y en avoir d'autres à l'avenir.

Owe repose le verre avec fracas.

— Tu ne peux pas plutôt faire quelque chose de normal ? Enseigner ? Ou écrire des livres ? Tu es jeune, belle, intelligente. Tu pourrais faire tout ce que tu veux et tu choisis de travailler pour une bande de policiers poussiéreux. D'ailleurs, tu crois vraiment qu'ils vont t'écouter ? Toi, une femme universitaire ? Tu crois qu'ils vont prendre en compte tes jolies théories ?

— Qu'est-ce que tu veux dire par là ?

— Je veux dire que tu as une brillante carrière de professeur devant toi. Pourquoi travailler pour les flics ? Tu n'exploites pas ton immense potentiel !

Alors, c'est là que le bât blesse ? Son travail n'est pas assez prestigieux pour lui, il ne peut pas s'en vanter auprès des convives triés sur le volet de ses élégants dîners. Hanne en reste bouche bée. Owe a toujours été snob, mais, cette fois-ci, cela dépasse l'entendement.

Ils ne s'adressent plus la parole ce soir-là. Ils font tout pour s'éviter, ce qui n'est pas difficile dans leur appartement spacieux. Mais plus tard, quand elle est étendue à côté de lui dans le lit, les pensées la submergent. Elles se glissent vers elle dans le noir et la rage redouble dans sa poitrine. Pourquoi avoir mis l'accent sur sa beauté ? Quel est le rapport ? Pourquoi croit-il qu'ils ne vont pas écouter ses théories ? Peut-être parce que lui ne le ferait pas ? Auquel cas, qu'est-ce que cela dit de lui ?

Linda retrouve Hanne à l'accueil du commissariat le lendemain matin. Elle est plus pâle que d'habitude et des traces de mascara s'étalent sous ses yeux. Elle porte les mêmes vêtements que la veille.

— Je n'ai dormi que quelques heures, dit-elle avant même que Hanne ne pose la question. Sur un foutu canapé.

— Vous avez bossé toute la nuit ?

Linda acquiesce et remonte la fermeture Éclair de son manteau.

— Et les journalistes ont commencé à téléphoner juste après sept heures ce matin. Surtout à Robban, bien sûr. Mais quand même.

— On peut reporter la rencontre avec Maj Odin, dit Hanne. C'est important, mais peut-être pas urgent.

Linda secoue la tête et se dirige vers les portes en verre.

— Non, j'ai besoin de m'éloigner de ce trou pendant quelques heures. Sinon, je vais devenir folle.

Maj habite dans un petit pavillon à une cinquantaine de mètres du lac Tuna.

Des promeneurs avec ou sans chien se baladent, éclairés à contre-jour par un soleil bas, sur la surface gelée, couverte d'une pellicule de neige. Une épaisse couche duveteuse enveloppe les roseaux au bord de l'eau. De temps en temps, le vent emporte quelques flocons.

— Quelle belle journée ! s'exclame Linda qui paraît avoir retrouvé son énergie pendant le trajet en voiture vers Östertuna.

Elle tape des pieds sur les marches du perron avant d'appuyer sur la sonnette en laiton.

Hanne hoche la tête et lève les yeux vers les stalactites dangereusement longues et acérées qui descendent de la fixation de la gouttière.

La femme qui ouvre semble avoir près de soixante-dix ans. Ses cheveux gris tombent en boucles figées, elle porte une robe bleue à col montant protégée par un tablier gris et usé à volants. Elle lui fait penser à une bonne d'un autre âge dans l'un de ces films en noir et blanc qu'elle regardait enfant.

Sa poignée de main est ferme, ses yeux sévères.

— Maj, se présente-t-elle.

Hanne hume une odeur discrète, mais évidente, de pastilles à la violette.

— J'espère que vous n'en avez pas pour longtemps, je dois envoyer Erik à l'école.

Dans la cuisine, il fait chaud, ça sent le savon noir et le pain frais. L'ameublement est vieillot, avec une lourde table en bois sombre aux pieds sculptés et des chaises assorties à l'assise rembourrée. Des rideaux à fleurs en cretonne pendent à la fenêtre et un chandelier de l'avent à quatre bougies est allumé près d'une amaryllis qui pousse dans la mousse d'un vieux pot en terre cuite.

— J'ai préparé du café, dit Maj en posant sur la table une cafetière métallique, de petites tasses en porcelaine et une assiette de biscuits.

— Merci, c'est très aimable, répond Linda.

Elle s'assied sur une chaise et sort son carnet de notes.

Maj dénoue son tablier et le suspend à un crochet à côté du frigo. Puis elle lisse sa robe du plat de la main et s'installe en face de Hanne et Linda.

Celle-ci explique la raison de leur présence, parle des meurtres près du parc Berlin, si semblables à ceux des années soixante-dix. Bien qu'elle ne mentionne aucun détail – les mains clouées, les objets enfoncés dans la bouche et le vagin des victimes, ou les enfants laissés seuls avec leur mère morte –, le regard de Maj s'assombrit.

— Je savais qu'il était de retour quand j'ai lu un article sur le meurtre en novembre. Mais je ne savais pas qu'il avait tué une femme hier.

Hanne hoche la tête.

— Ces hommes-là, ils n'arrêtent jamais, poursuit Maj. C'est déjà ce que je leur ai dit dans les années soixante-dix.

— À qui avez-vous dit cela ? s'enquiert Linda en inclinant son visage en forme de cœur.

— À ce fanfaron qui dirigeait l'enquête. Fagerberg, je crois. C'est moi qui leur ai dit que l'homme qui avait été arrêté pour le meurtre dans le quartier de Klara dans les années quarante était innocent.

— Alors, vous connaissiez Fagerberg?

Linda griffonne dans son carnet.

— Je connais les hommes de son espèce.

— Hum, fait Linda en étouffant un bâillement. Et avec Britt-Marie, vous arrivait-il de parler de l'enquête?

Maj secoue violemment la tête sans que ses boucles bougent d'un millimètre.

— J'étais trop occupée à prendre soin d'Erik. Personne n'assumait ses responsabilités dans cette famille. Britt-Marie ne faisait que trimer et Björn a toujours été un bon à rien. Il a dû hériter cela de son père. Ça ne m'étonne pas que Britt-Marie l'ait quitté.

Linda lance un regard bref mais éloquent à Hanne.

— À votre avis, qu'est-il arrivé à Britt-Marie? demande Hanne.

Maj pousse l'assiette de biscuits vers elles.

— Servez-vous, ils sont faits maison.

Linda s'empare de deux gâteaux secs et en avale immédiatement un. Hanne pense à nouveau aux kilos en trop pour lesquels Owe la taquine, mais décide malgré cela, ou peut-être à cause de cela, de prendre un biscuit.

— Merci, volontiers.

Le regard de Maj se tourne vers la fenêtre, vers la boule de suif à moitié picorée sur le rebord et vers le lac qui s'étend, indolent, dans les rayons du soleil.

— Je comprends qu'elle l'ait quitté. J'aurais fait de même. Mais qu'elle abandonne son enfant, ça, c'est impardonnable. Erik ne lui avait jamais fait de mal, n'est-ce pas ?

Linda avale les dernières miettes de gâteau avec un peu de café et se racle la gorge.

— Nous pensons que Britt-Marie était peut-être sur la piste de l'Assassin des bas-fonds. Elle ne vous en a jamais parlé ?

— Non, madame. Je m'en serais souvenue.

— Elle ne tenait pas de journal par hasard ? tente Hanne.

— Un journal ? Je ne le crois pas. Mais vous pouvez regarder dans ses affaires si vous voulez. Elle a laissé des papiers et d'autres choses en partant. Je vais voir avec Erik s'il sait où ça se trouve.

Maj se lève avec une agilité surprenante et s'avance vers le couloir.

— Erik ! crie-t-elle. Viens, s'il te plaît !

Des pas s'approchent et un adolescent boudeur et boutonneux, les mains enfoncées dans les poches, fait son apparition. Il a les cheveux bruns, courts sur le haut de la tête et longs sur la nuque.

— Bonjour, dit Linda.

— Bonjour, répond Erik, le regard rivé au sol.

— Cette boîte qui contient les effets personnels de ta mère, dit Maj. Elle se trouve dans ta chambre ?

— Nan. Elle doit être quelque part au sous-sol.

— Pourrais-tu aller la chercher, s'il te plaît ?

Erik hausse les épaules et quitte la pièce en traînant des pieds.

Maj s'assied de nouveau à table.

— Il est toujours furieux contre elle, explique-t-elle une fois que le garçon s'est éloigné. Et comment lui en vouloir ? Faire cela à son enfant, elle devrait avoir honte. À mon humble avis, c'est pour cela qu'elle ne revient pas, parce que la honte est trop grande.

Quelques minutes plus tard, Erik est de retour avec une boîte en carton noir, un peu plus grande qu'une boîte à chaussures. Il la pose au milieu de la table de la cuisine et la lâche rapidement comme si elle lui brûlait les doigts.

— On peut jeter un coup d'œil ? l'interroge Linda.

Erik hausse les épaules, replonge les mains dans ses poches et regarde par la fenêtre, l'air blasé.

Linda se met debout et soulève le couvercle.

L'épaisse pile de documents est surmontée d'une carte de police avec la photo d'une Britt-Marie souriante. Ses cheveux bruns ondulés encadrent son visage rond. À côté de la carte brille un insigne de chapeau en or représentant l'emblème de la police.

Hanne fixe le visage souriant. Elle se remémore le regard triste de Roger Rybäck au restaurant du commissariat et les yeux humides de Björn Odin, cherchant un dérivatif vers les chevaux à l'écran quand on l'interrogeait sur sa femme.

Où es-tu passée ? se demande Hanne, soudain assaillie par une mélancolie incompréhensible.

Linda soulève doucement les documents et les pose sur la table.

Des livrets bancaires, des contrats d'assurance, un permis de conduire. Des certificats médicaux, des lettres, une carte de membre d'un club de tir et un guide de Madère.

Sous le livre se trouvent des feuilles dactylographiées, retenues par un trombone.

— Je me taille, prenez tout, dit Erik. Je n'en veux pas.

— Tu devrais garder ça, suggère Maj en donnant au garçon la liasse de papiers. Ça parle de ta grand-mère.

Erik reçoit les documents avec un haussement d'épaules.

— On vous rapporte tout quand on a terminé, indique Linda en lui tendant sa carte de visite.

Hanne plonge la main dans sa poche et sort une de ses cartes de visite personnelles, en tend une à Maj et une à Erik.

Maj pose la carte sur la table près de sa tasse ; Erik saisit la sienne avec une grimace et s'échappe de la pièce.

— Dix-sept heures au plus tard ! crie Maj derrière lui.

Il ne répond pas, mais on entend le froufrou d'une doudoune, la porte d'entrée qui claque et des pas qui s'éloignent.

L'attention se porte à nouveau sur la boîte noire.

Hanne indique le guide de voyage à la couverture en papier glacé exhibant de hautes montagnes qui se jettent dans une mer d'un bleu profond.

— Savez-vous si Britt-Marie est allée à Madère ?

— Elle n'en avait sans doute pas les moyens. Pas le temps non plus, avec ce travail. Mais apparemment Björn a reçu une carte postée de là-bas quelques années après sa disparition. Il se disait qu'elle devait venir d'elle.

Linda déplace le livre, découvrant un agenda.

Elle s'en empare et le feuillette. Çà et là, il y a de brèves annotations – surtout des rendez-vous privés, notamment chez le médecin ou le coiffeur.

Hanne lit une entrée par-dessus l'épaule de Linda.

20 avril : Björn avait promis d'emmener Erik au parc, mais s'est endormi sur le canapé. Hélas, je ne suis pas étonnée.

21 avril : Suis allée à la bibliothèque. J'ai trouvé des infos sur Elsie.

— Qui est Elsie ? demande Linda en posant l'agenda.

— Vous ne le savez pas ?

Comme ni Hanne ni Linda ne répondent, elle continue :

— Elsie était la mère biologique de Britt-Marie. Comme elle était fille-mère, elle a confié Britt-Marie à une autre famille à sa naissance.

Elle marque une pause et les considère.

— Elle était auxiliaire de police dans le quartier de Klara. Elle était là quand la première victime de l'Assassin des bas-fonds a été retrouvée. Elsie est morte là-bas. Le tueur, qui était toujours dans l'appartement, l'a poussée dans un escalier.

Linda regarde Maj.

— Et j'imagine que la police était au courant dans les années soixante-dix ?

— Tout à fait. J'en ai moi-même informé Fagerberg. C'était une très étrange coïncidence.

— En effet, acquiesce Linda.

Puis elle se concentre à nouveau sur les affaires de Britt-Marie, sort un carnet noir écorné et le feuillette.

Il est bourré d'annotations qui semblent liées à l'agression et à l'assassinat d'Östertuna en 1974. Linda s'arrête sur la dernière entrée et Hanne lit :
Gunilla Nyman, 27, rue Långgatan
Les mots sont soulignés d'un épais trait noir.

31

Hanne, Robban, Linda et Leo se retrouvent dans l'une des salles de conférences du commissariat pour une réunion avant Noël.

L'équipe est en réalité plus nombreuse, et comprend des enquêteurs, des agents chargés de la filature et des techniciens. Hanne ne les a pas rencontrés : Robban n'y voit pas d'intérêt. Mieux vaut qu'ils se voient en petit comité : elle, lui, Linda et Leo.

Hanne sait qu'ils ne vont pas arrêter de travailler à Noël.

Quand elle et Owe seront en congé, rendront visite à leur famille ou dîneront chez leurs amis, Linda, Robban et Leo poursuivront leur besogne, emmurés dans les pièces exiguës, faisant leur possible pour mettre la main sur l'Assassin des bas-fonds.

Robban observe longuement le tableau projeté sur la toile blanche. Dans la lueur froide du néon, son visage hâlé paraît sale et la cicatrice pâle qui barre sa joue ressort clairement.

— Il existe beaucoup de similitudes entre le meurtre perpétré dans les années quarante et ceux commis plus tard, déclare Hanne. Mais on note aussi des différences importantes. Si l'on s'intéresse à la manière dont le tueur a sélectionné ses victimes, par exemple. La femme tuée en 1944 était mariée, avait huit enfants et était bien plus âgée que les victimes des années soixante-dix et les nôtres. Par ailleurs, c'était une prostituée. Les victimes en 1974 et aujourd'hui sont des mères célibataires avec *un* enfant. Elles vivaient seules et travaillaient à temps complet. Elles ont également été attaquées la nuit tandis qu'en 1944 la femme a probablement été tuée le soir. Nous n'avons pas non plus affaire au même lieu : le quartier de Klara se trouve en plein Stockholm alors qu'Östertuna est situé à plus de quinze kilomètres au nord du centre-ville.

Elle marque une pause avant de continuer :

— Sait-on si Anna Höög a été violée ? A-t-on reçu le rapport du médecin légiste ?

— Non, il n'est pas encore prêt, mais j'ai parlé avec lui ce matin, répond Robban en caressant du doigt sa cicatrice. Il y a des plaies au niveau du vagin, évidemment, mais ça peut venir de ce foutu balai. Pas de sperme.

— Bien, reprend Hanne. Là, nous avons une différence importante entre le meurtre de 1974 et notre affaire. On a retrouvé du sperme dans le vagin de la femme tuée en 1974. Mais le légiste n'a pas trouvé de traces de viol sur les dernières victimes.

— Comment interprètes-tu cela ?

Hanne réfléchit.

— Il est possible qu'il ne puisse plus violer, au sens premier du terme. Ça peut expliquer qu'il ait enfoncé un balai dans le vagin d'Anna Höög. Parce que son impuissance le rendait fou.

— Peut-être qu'il est vraiment âgé.

— Exact, répond Hanne.

— Alors, ça pourrait être lui qui a tué cette femme, Märta, dans les années quarante. En outre, il semblerait que l'homme condamné pour le meurtre l'ait été à tort.

— Bah, cette photographie ne veut pas dire grand-chose, peste Leo. Il serait innocent simplement parce qu'il tenait à la main un journal du jour du meurtre ? La photo aurait pu être prise plus tard.

— Tu as raison, dit Hanne avec un petit sourire en se tournant vers Leo. Mais c'est impossible à déterminer. L'enquête est lacunaire, on manque d'éléments techniques. Ce qui n'est pas étonnant pour une investigation menée dans les années quarante.

— Le fait que Britt-Marie soit la fille de l'auxiliaire de police qui a découvert la victime dans les années quarante…, déclare Robban. Est-ce que c'est pertinent pour l'analyse ?

— En réalité, non, répond Hanne. C'est un phénomène étrange, mais je ne vois pas ce que cela nous apporte. À part peut-être que cela a accru la motivation de Britt-Marie pour trouver le coupable.

— Mais s'il s'agissait du même coupable, dit Linda. S'il avait cherché Britt-Marie parce qu'elle était de la famille d'Elsie. Pour la faire taire ou…

— Mais pourquoi voudrait-il la faire taire ? rétorque Hanne. Britt-Marie a été placée chez un autre couple dès la naissance. Elle ne pouvait pas avoir des informations propres à nuire au tueur. Non, le plus crédible, c'est que quelqu'un ait imité le meurtre des années quarante. C'était une affaire bien connue.

303

— Alors, a-t-on affaire à un ou à plusieurs coupables ? s'enquiert Robban d'une voix lasse.

— Impossible à dire, répond Hanne calmement. Mais imaginons qu'il s'agisse du même coupable. Très peu de criminels commencent par commettre un acte aussi grave que celui de la rue Norra Smedjegatan. Ce genre de personnes réalisent des fantasmes qu'ils portent en eux pendant des décennies. La plupart ont une sorte de carrière criminelle derrière eux, ce qui signifie qu'ils sont rarement très jeunes. Imaginons tout de même qu'il ait été jeune en 1944, vingt ans peut-être. Il avait donc cinquante ans au moment de l'agression et du meurtre de 1974. Et il aurait autour de soixante ans aujourd'hui. C'est vrai que ça pourrait coller. Mais s'il avait trente ans en 1944, il aurait autour de soixante-dix ans maintenant, et je ne sais pas si j'y crois. Peu de tueurs sont si âgés, en tout cas quand le meurtre exige une force physique importante. Et s'il avait quarante ans en 1944, il serait octogénaire, ce qui semble impossible. De plus, qu'aurait fait le coupable pendant toutes ces années, entre les crimes ?

— Toi, qu'est-ce que tu penses ? lui demande Leo en croisant les bras sur sa poitrine dans un geste clairement défensif.

— Le plus plausible serait qu'il ait été incarcéré, qu'il ait vécu dans une autre ville ou peut-être à l'étranger. Dans certains cas, des événements spécifiques peuvent susciter une série d'actes violents. Les crimes de cette nature, avec une composante sexuelle, sont souvent déclenchés par un phénomène que le coupable interprète comme une offense ou un rejet. Il peut se passer de longues périodes avant qu'il frappe de nouveau, après s'être senti humilié d'une manière similaire.

— Une offense, je ne sais pas, fait Leo en se tortillant sur sa chaise. Désolé, mais c'est un peu vaseux pour moi. De toute façon, il doit être fou.

— « Fou » est un terme dangereux, dit Hanne en insistant sur chaque mot. Fou tel que défini dans la loi, je ne le pense pas, parce que les crimes exigeaient trop de planification. Une personne psychotique, par exemple, est incapable de se préparer de cette manière. Il ou elle laisse des quantités de traces et est souvent vite arrêté.

— Eh bien, les techniciens ont trouvé des fibres, proteste Leo.

— Je ne parle pas de ce genre de traces. Tout le monde laisse des indices microscopiques. Mais là, c'est différent. Personne ne l'a vu ni entendu. Personne ne sait comment il est entré et il n'y a ni empreintes digitales ni traces de pieds.

— Ils ont trouvé du sang et du sperme en 1974, rappelle Robban.

— Oui, mais cela ne nous aide pas beaucoup, n'est-ce pas ? Nous connaissons son groupe sanguin, mais nous ne sommes toujours pas en mesure de l'identifier.

Leo semble sceptique, mais Robban le coupe avant même qu'il n'ait ouvert la bouche.

— Quelle est ta conclusion ?

Hanne repousse une mèche rousse derrière l'oreille et inspire profondément.

— Je crois que quelqu'un a copié le meurtre des années quarante.

— Et notre affaire alors ? ironise Leo. C'est quelqu'un qui a imité ce qui s'est passé en 1974.

— On ne peut pas l'exclure, mais je ne le pense pas. Le *modus operandi* est trop proche. Hannelore Björnsson a été retrouvée morte au même endroit que la femme de 1974. Non seulement dans le même appartement, mais exactement au même endroit dans le logement. On peut partir du principe que seuls le coupable et ceux qui participaient à l'enquête connaissaient l'emplacement précis.

— Alors, qui est-ce ? demande Robban.

Hanne retire le transparent du rétroprojecteur et place une nouvelle image.

— Un homme, bien sûr, puisque les collègues ont retrouvé du sperme en 1974. Un homme d'origine suédoise.

Leo lève une main.

— Comment peux-tu en être si sûre ? Östertuna est une banlieue à forte concentration d'immigrés.

— Je ne peux pas en être certaine. Mais c'est ce que disent les statistiques. La plupart des tueurs en série choisissent des victimes dont ils partagent l'origine ethnique. Je pense qu'il avait entre trente et cinquante ans en 1974, ce qui signifie qu'il est d'âge mûr aujourd'hui. Ce qui veut dire qu'il était enfant ou adolescent dans les années quarante. Il a pu entendre parler de l'affaire ou lire des articles, et être influencé. Il a probablement un passé criminel, et j'examinerais tout particulièrement les hommes condamnés pour violences sexuelles. Il ne s'agit pas nécessairement de meurtres ; cela peut aller du harcèlement au viol en passant par les cambriolages. Concentrez-vous sur des hommes qui ont effectué un ou des séjours en prison, ou qui ont vécu dans une autre ville ou à l'étranger pendant plusieurs années. Je ne pense pas qu'il souffre de troubles psychiques graves. Peut-être qu'il occupe un emploi à temps partiel, ou qu'il est au chômage, étant donné qu'il doit avoir consacré beaucoup de temps à trouver et à étudier ses victimes avant les crimes. Il est sans doute intelligent et a peut-être des connaissances spécifiques du travail de la police ou des techniques d'enquête, puisqu'il a réussi à échapper à la police pendant plusieurs années et n'a pas laissé de traces.

— Il a peut-être simplement eu de la chance, maugrée Leo en rangeant sa boîte de *snus* dans la poche de sa veste courte.

— Tout à fait. Notez que je parle du coupable probable. Celui qui est le plus crédible d'un point de vue statistique. Je devine qu'il est socialement isolé, reclus, et qu'il souffre d'un complexe d'infériorité. Mais ce n'est que quand il attaque ses victimes qu'il laisse libre cours à sa haine. Il est lié d'une manière ou d'une autre à Östertuna. Il y habite ou y a habité. Ou bien il y travaille. Le parc Berlin, qu'elles fréquentaient avec leurs enfants, était peut-être son terrain de chasse. Si toutes les victimes étaient mères, c'est éventuellement justement parce qu'il les rencontrait au parc.

Elle s'arrête puis reprend :

— Mais qu'elles soient toutes célibataires n'est pas un hasard. Une femme seule est plus facile à maîtriser physiquement qu'une femme qui vit avec un autre adulte. Il prépare minutieusement ses homicides et jouit probablement de ce processus, parce que cela participe de son fantasme. Il est possible qu'il quitte les lieux avec un trophée, ce n'est pas rare chez ce type de coupable. Il est aussi possible qu'il retourne sur la scène du crime pour revivre les événements. Ça peut donc valoir le coup de surveiller les appartements des victimes.

Linda se penche en avant et fixe Hanne de ses yeux étrangement sombres.

— Et pourquoi les tue-t-il ?

Hanne marque une pause théâtrale.

— Peut-être parce qu'il se sent offensé par ces femmes. Elles sont toutes célibataires. Il a peut-être cherché à entrer en contact avec elles, a tenté une approche et a été rejeté.

— Il a pu les rencontrer dans un bar ? suggère Linda. Au Grand Palais, comme l'a indiqué Fagerberg.

Hanne secoue la tête.

— Je ne le crois pas. D'après les entretiens avec la famille et les amis de nos victimes, elles ne fréquentaient pas ce lieu. Par ailleurs, quelle est la probabilité qu'elles habitent toutes autour du parc Berlin s'il les croisait dans un bar ? Non, je pense que le parc est le dénominateur commun. Avez-vous trouvé d'autres liens entre nos victimes ?

— Non, dit Leo. Et nous avons tout passé en revue : amis, collègues, historique téléphonique. On sait même où elles achetaient leurs couches et leurs chaussettes. C'est pour dire ! Et ce n'était pas au même endroit.

— Mais tue-t-on vraiment une femme parce qu'elle refuse de sortir avec vous ? demande Robban.

— La plupart des gens, non, répond Hanne. Heureusement. Mais certains individus n'acceptent pas de se sentir rejetés. Cela éveille chez eux une haine incontrôlable. Et le crime en lui-même est un cas d'école en matière de haine. Je crois qu'il déteste ces femmes, et peut-être pas seulement celles qu'il assassine. Peut-être qu'il a toutes les femmes en aversion. Il les cloue au sol pour les punir, et profane leur corps après le meurtre en leur enfonçant des objets dans le vagin ou la bouche. Le balai entre les jambes, qu'est-ce que cela nous dit ?

— Qu'il voulait les faire payer parce qu'elles sont des femmes ?

— Peut-être. Et parce que, par le biais de leur féminité, elles exercent sur lui un pouvoir et un attrait qu'il ne supporte pas. Et le fait qu'il leur mette un objet dans la bouche ?

— Il veut leur clouer le bec.

— Pas impossible. Les faire taire et les humilier. Et il choisit toujours des objets traditionnellement associés aux femmes et au foyer : des ustensiles de cuisine, de ménage, etc. Notons aussi qu'il commet les crimes devant les yeux des enfants. Ça ne peut pas non plus être un hasard. Cela a dû faire souffrir les victimes plus encore que les clous.

— Un cas d'école…, dit Robban en caressant sa cicatrice. Qu'est-ce qu'on fait maintenant ?

Hanne pose les mains sur ses genoux.

— Continuez comme d'habitude.

Elle balaie la pièce du regard et poursuit :

— Mais je pense que vous devriez surveiller le parc Berlin.

Robban opine du chef.

— La police d'Östertuna va obtenir des renforts d'uniformes qui patrouilleront dans le centre-ville. Apparemment, c'est la panique là-bas. Vous saviez que des habitants avaient manifesté devant le commissariat hier soir ?

— Ah bon ? s'étonne Leo.

— Oui, ils trouvent qu'on ne consacre pas assez de ressources à la résolution de cette affaire, répond Robban. Et vous avez dû voir les journaux du soir ?

Tout le monde hoche la tête, y compris Hanne.

Les journaux font leurs unes sur les meurtres depuis plusieurs jours. Pas difficile de comprendre pourquoi des gros titres comme *Le retour de l'Assassin des bas-fonds*, *Qui sera la prochaine victime à Östertuna ?* et *C'est ici que Hannelore, 24 ans, a été crucifiée* font souffler un vent de panique dans les environs.

— Et cet homme qui était soupçonné dans les années quarante, Birger von Berghof-Linder. Je trouve que vous devriez enquêter sur lui, juste pour mettre toutes les chances de notre côté. On ne peut pas exclure qu'il soit impliqué dans les meurtres d'Östertuna.

Au moment où Hanne s'apprête à rentrer, Robban s'approche d'elle.

— C'était passionnant, lui dit-il. J'aimerais vraiment en savoir plus sur le profilage. Que dirais-tu d'une bière ?

Hanne regarde son bracelet-montre, un cadeau d'Owe pour son anniversaire. Dix-sept heures cinquante-cinq. Son mari devrait être de retour d'ici une heure et Freud s'en sortira bien d'ici là.

— Volontiers.

Ils s'installent dans un des bars de la rue Hantverkargatan, un local sombre et enfumé en contrebas de la chaussée. Les enceintes diffusent de la musique country à bas volume qui se mêle au brouhaha des conversations. D'épais vêtements d'hiver sont suspendus de toute part et ça sent la cigarette, la laine humide et la bière aigre.

— Qu'est-ce que tu bois ? demande Robban.

— Un verre de vin blanc, merci.

Quelques minutes plus tard, il revient avec une bière et un verre de vin et s'installe auprès d'elle.

— Alors, lance-t-il. Comment se fait-il que tu aies voulu travailler dans le profilage ?

— Pourquoi pas ?

Il pose sur elle un regard interrogateur et écluse sa bière.

— Drôle de choix de carrière, c'est tout.

Il essuie la mousse à la commissure de ses lèvres.

— Par rapport à quoi ?

Elle sourit. Il rit.

— Touché ! Mais reconnais que l'on n'imagine pas qu'une jeune femme décide de consacrer sa vie à ça.

— Je ne sais pas. J'ai toujours été intéressée par la criminalité.

Elle ne précise pas qu'elle a elle-même déduit avec les années que son envie irrépressible de comprendre le morbide, le malsain, le pathologique avait commencé par sa volonté de comprendre sa propre mère. Elle qui pouvait être un jour ange, un jour démon. Elle qui achetait du pain frais et tressait les cheveux de sa fille le matin, mais qui étranglait son lapin le même soir parce qu'il l'avait regardée de travers.

Hanne ne parle pas non plus de ses autres centres d'intérêt, encore plus insolites, des masques suspendus au mur de son appartement, de sa passion pour le Groenland et les Inuits.

— Je vois ce que tu veux dire, répond Robban. J'ai moi-même un intérêt tout particulier pour les tueurs en série.

— Ah bon ?

Il acquiesce et esquisse un sourire si large que sa cicatrice se creuse et que la peau autour de son œil se tend.

— Je me dis souvent qu'ils sont comme des animaux. Des bêtes de proie. Tu ne trouves pas ?

Elle réfléchit. Quelque chose dans les mots et l'expression de Robban lui donne la chair de poule.

— Bien sûr que je m'intéresse aux tueurs en série. Mais pas seulement. Je m'intéresse à tous les types de crimes et de coupables. D'ailleurs, ne sommes-nous pas tous des animaux ?

Robban change de sujet. Il se met à parler de sa carrière. Il est venu d'Uppsala à Stockholm en 1965 pour commencer sa formation de policier, puis a passé plusieurs années comme agent de la sécurité publique, mais il a toujours su qu'il voulait entrer dans la police judiciaire.

— Y avait-il beaucoup de femmes policières, dans les années soixante ? demande Hanne.

— Il y en avait quelques-unes, mais elles n'étaient pas nombreuses. Et pendant deux ou trois ans à la fin des années soixante, elles n'avaient plus le droit de travailler sur le terrain.

— Pourquoi ?

Robban se tortille et observe sa bière vide.

— Je ne m'en souviens plus. Je crois qu'ils ont fait une étude qui a prouvé qu'on avait davantage besoin des femmes dans les bureaux, pour les enquêtes. Mais honnêtement, ça fait tellement longtemps que je n'en suis plus sûr. Écoute, je vais reprendre une bière. Un autre verre de vin ?

Hanne baisse les yeux sur son verre à moitié plein.

— Ça va aller, merci.

Robban s'éloigne vers le bar et revient quelques minutes plus tard.

— Alors, explique-moi comment tu élabores un profil psychologique.

Hanne fait tourner son verre et réfléchit.

— C'est assez compliqué. Je…

— D'ailleurs, l'interrompt-il. Je me rappelle un événement dans les années soixante-dix.

Il continue à raconter sa vie professionnelle – des assassins qu'il a arrêtés, ceux qui ont échappé à la justice, son collègue mort d'alcoolisme et sa cicatrice, vestige d'une course-poursuite avec un voleur de voiture camé. Il a presque les larmes aux yeux lorsqu'il parle de sa nomination comme commissaire.

— Le plus jeune commissaire de l'histoire de la Suède, dit-il d'une voix tremblante.

Hanne hoche la tête et regarde sa montre.

— Merci pour le vin. Mais je ne vais pas tarder à rentrer. Je dois promener le chien.

Au moment où elle prononce ce mensonge, la honte la submerge.

Pourquoi se sent-elle obligée de mentir ? Elle n'a pas besoin de justifier son départ. Elle a le droit de quitter ce bar quand bon lui semble.

— Quoi ? Déjà ? Mais je veux en savoir plus sur le profilage, dit Robban, comme s'ils avaient véritablement parlé de ça, alors que Hanne n'a fait qu'écouter le récit de sa brillante carrière.

Il pose la main sur la cuisse de Hanne et se penche vers elle.

— Et je veux apprendre à te connaître.

La main serre délicatement sa jambe.

C'est insidieux. Le toucher est léger et la main placée exactement au bon endroit, juste au-dessus du genou, pas trop haut sur la cuisse. C'est osé, mais ce n'est pas vraiment une faute. Cela pourrait être un geste amical entre collègues.

Pourtant, elle *sait*, et cette prise de conscience creuse entre eux un abîme qui ne se refermera jamais.

Elle ôte la main importune d'un geste ferme, foudroie Robban du regard et quitte le bar.

32

C'est Noël.

Hanne le fête chez elle, rue Skeppargatan, avec Owe.

Ils vont voir *Le Baiser de la femme araignée* au cinéma et rendent visite au père d'Owe à l'hôpital. Le lendemain de Noël, ils invitent sa mère à boire le café et à manger des brioches au safran. Comme d'habitude, elle fustige l'absence de décorations de Noël et, comme d'habitude, Owe refuse de lui prescrire ces calmants si efficaces qui l'aident vraiment à dormir.

La veille du jour de l'an, Owe part en Afrique du Sud pour participer à un autre congrès médical. Hanne corrige des copies et parle au téléphone avec un doctorant stressé. Après avoir avalé près d'une bouteille de vin, elle passe un de ses rares coups de fil à sa mère, qui fête comme chaque année le nouvel an chez une amie à Marrakech. À peine a-t-elle raccroché qu'elle court aux toilettes pour vomir – et ce n'est pas à cause de l'alcool.

Cinq jours plus tard, Owe rentre, aussi fatigué que la dernière fois et avec un nouveau cadeau pour Hanne : une très ancienne blague à tabac fabriquée par le peuple

Xhosa. Elle la suspend au mur près du masque mexicain aux perles colorées.

Il fait moins dix degrés et Stockholm est couvert d'un épais tapis de neige quand Hanne gagne le commissariat central depuis l'arrêt de bus. Elle a froid malgré son épaisse pelisse en laine de mouton, ses moufles et son bonnet en laine. Les chasse-neige font la navette dans les rues et les bus avancent difficilement sur le verglas.

Linda est déjà installée dans la petite salle de conférences mise à disposition vingt-quatre heures sur vingt-quatre pour le groupe d'enquête. Elle se lève d'un bond en apercevant Hanne et la serre longuement dans ses bras.

— Salut, ma belle ! Comment vas-tu ?
— Bien, et toi ?
— Très bien ! J'étais en congé le 24 décembre, alors je ne me plains pas.
— Tant mieux. Qu'est-ce que vous avez fait ?
— On a passé le réveillon avec ma sœur et ses trois gamins. Trois garçons. L'aîné a six ans, je te laisse imaginer. Pas le temps de souffler. Mais très sympa.
— L'enquête progresse ?

Même si Hanne n'a pas mis les pieds au commissariat depuis deux semaines, elle n'a pas pu passer à côté des articles sur l'Assassin des bas-fonds dans les journaux. L'affaire fait toujours les gros titres et, d'après les tabloïds, les rues d'Östertuna sont désertes une fois la nuit tombée. L'Association des amis d'Östertuna s'est réunie pour exiger des mesures énergiques ou la démission du conseil municipal. Ou les deux. Quant au contenu de ces mesures, l'article est on ne peut plus vague.

Linda soupire.

— Plus ou moins. On a épluché la liste des hommes condamnés pour viol ou agression sexuelle, on a parlé avec les propriétaires des immeubles, localisé les clefs passe-partout. Enfin, tu vois.

Elle se tait. L'instant suivant, son visage s'éclaire, elle fait asseoir Hanne sur une chaise et sort un magazine d'une pochette verte.

— Regarde ça.

Burda, lit Hanne. Sur la couverture, une femme souriante en longue robe de mariée.

— J'aurais besoin d'un conseil.

Sans attendre la réponse de Hanne, Linda feuillette le magazine jusqu'à une double page.

— Je pensais à celle-ci, poursuit-elle en indiquant une robe blanche à bustier en dentelle. Ou bien... peut-être celle-là.

Elle tourne quelques pages et lui montre une robe semblable très échancrée dans le dos.

Hanne sourit de l'enthousiasme de Linda.

— Tu vas la coudre toi-même? demande-t-elle en lisant les informations sur le niveau de difficulté et la quantité de tissu nécessaire.

— *Moi?* Jamais de la vie! J'arrive à peine à faire un ourlet de rideau. Mais ma sœur est douée. Elle m'a promis de me confectionner ma robe.

— Je ne sais pas, dit Hanne. Elles sont toutes les deux magnifiques.

La porte s'ouvre d'un coup, laissant entrer Robban et Leo. Linda range rapidement son magazine dans la pochette.

Quand Robban salue Hanne d'un signe de tête, elle croit voir une distance qu'elle ne reconnaît pas sur son visage, une tension toute nouvelle.

Il évite son regard et garde les yeux rivés sur la table lorsqu'elle s'exprime.

Elle constate qu'il a été plus blessé d'avoir été éconduit qu'elle ne le pensait. Peut-être aurait-elle dû gérer la situation différemment.

Non, se dit-elle, *c'est son comportement à lui qui était déplacé. Pas ma réaction.*

Mais la sensation de malaise lui colle à la peau, comme une pression indéfinissable sur la poitrine, bien qu'elle essaie de s'en débarrasser.

Durant la demi-heure qui suit, ils font un point sur l'enquête ; Hanne comprend vite que les avancées ont été maigres pendant les fêtes. Ils ont tout de même obtenu un petit appartement avec vue sur le parc de Berlin où ils ont posté un agent. Et Linda a passé les jours entre Noël et le jour de l'an à éplucher les affaires de Britt-Marie.

— Le plus intéressant, c'est le carnet de notes, explique-t-elle. Même s'il ne contient aucune grande nouveauté. Il y a beaucoup d'informations sur l'enquête, mais surtout des choses que nous connaissons déjà. En revanche, on voit clairement qu'elle s'intéressait aux habitants autour du parc de Berlin. Elle semble avoir cherché des mères célibataires avec de jeunes enfants qui vivaient au dernier étage.

— Des victimes potentielles, constate Leo, qui cale une poche de *snus* sous sa lèvre.

— Exactement. Et la dernière annotation mentionne l'une d'entre elles. Une certaine Gunilla Nyman qui logeait au 27, rue Långgatan. D'après nos informations, il ne lui est rien arrivé, mais j'ai réussi à la localiser : elle habite ici à Stockholm, boulevard Ringvägen.

— Bien, dit Robban. Va lui parler. Et nous continuons à surveiller le parc Berlin. Mais on ne dispose pas des ressources suffisantes pour y être présents vingt-quatre heures sur vingt-quatre.

— Les femmes travaillaient pendant la journée, dit Hanne. Vous devriez essayer de vous rendre au parc le week-end et en début de soirée.

— C'est prévu, rétorque sèchement Robban, le regard rivé sur la table blanche. Mais le responsable de la filature dit qu'il est difficile pour ses hommes d'y rester longtemps sans attirer l'attention. Donc ils se rabattent sur l'appartement, ce qui est dommage.

— Dans le parc, il n'y a que des mères et des enfants, précise Leo. Nos hommes ne peuvent pas passer la journée assis sur un banc à lire le journal par moins dix degrés. Ou pire, rester debout à fixer les gosses comme des pervers.

Le silence se fait. Leo tire un peu sur sa fine queue-de-cheval et Linda incline la tête.

— Mais moi je pourrais, propose-t-elle, et ses yeux sombres pétillent. Je peux même y aller avec un landau, ça paraîtra naturel.

Robban soupire et se masse les tempes avec le pouce et l'index.

— Voyons, Linda, on ne peut pas impliquer un gosse là-dedans, tu le comprends bien.

— Mais si...

— Non. C'est totalement exclu.

— Le coupable n'a jamais fait de mal à un enfant, dit Linda. Je peux emmener le plus jeune de ma sœur, y aller pour papoter avec les autres mamans. Je pourrai y retourner toute seule aussi, une fois qu'elles auront appris à me connaître.

Elle marque une pause et reprend :

— Ou bien je peux mettre des couvertures dans un landau. Un nouveau-né, ça ne fait que dormir.

Le même après-midi, Hanne et Linda se rendent chez Gunilla Nyman.

En chemin, Linda est intarissable au sujet de sa sœur et de ses enfants qui sont merveilleux, mais sacrément agités.

Hanne sourit et ponctue le discours de sa collègue de petits bruits d'acquiescement, mais elle ne peut s'empêcher de penser au comportement distant de Robban.

— Au fait, dit-elle. Robban. Il s'est passé quelque chose ? Il a l'air un peu fâché.

— *Scarface ?* Nan, il doit être stressé parce qu'on n'a toujours pas de suspect. Il est soumis à une sacrée pression de la part de la hiérarchie et des médias.

Hanne ne mentionne pas qu'elle est allée boire une bière avec lui après le travail, car cet incident la fait se sentir sale.

Gunilla a environ trente-cinq ans et vit dans un petit appartement près de Skanstull. Elle a de longs cheveux décolorés attachés en tresse dans le dos et d'imposants tatouages sur des bras musclés.

— J'ai eu de la chance, explique-t-elle quand Linda fait l'éloge de son appartement. Il n'est pas loin de l'hôpital où je travaille. Et il y a une chambre pour Carina, les semaines où elle habite chez moi. Mais pourquoi voulez-vous me parler d'Östertuna ? Cela fait près de dix ans que j'ai déménagé.

Linda mentionne Britt-Marie et l'Assassin des bas-fonds.

— J'ai vu les gros titres, oui, fait Gunilla. Et je me souviens d'elle, Britt-Marie. Mais je ne savais pas qu'elle avait disparu.

— Personne ne l'a compris à ce moment-là, répond Linda. Pouvez-vous nous raconter comment vous vous êtes rencontrées ?

Gunilla fronce les sourcils.

— Elle m'a téléphoné un soir et m'a demandé si elle pouvait passer chez moi. Elle m'a dit qu'elle enquêtait sur le meurtre. Et puis... Oui, elle voulait savoir si j'avais aperçu quelqu'un de suspect dans les parages. Ou sur le toit. Désolée, mais j'ai trouvé ça un peu alambiqué. Pourquoi j'aurais vu quelqu'un sur le toit ?

— Et alors, vous aviez vu quelqu'un de suspect ?

— Non, mais elle m'a donné son numéro et m'a demandé de l'appeler si je remarquais quelque chose. Et elle m'a encouragée à fermer la porte du balcon. Une semaine est passée, peut-être deux, je ne me rappelle plus très bien. Un jour, j'ai vu un homme dans le parc, il est resté longtemps à regarder ma fenêtre. Alors, je lui ai téléphoné.

— Pouvez-vous le décrire ?

— Ah, je ne m'en souviens pas… Vous ne pensez tout de même pas que c'est lui, l'Assassin des bas-fonds ?

— Vous rappelez-vous la date ? s'enquiert Linda.

Gunilla secoue la tête.

— Malheureusement non. Elle m'a promis de passer si elle avait le temps, mais je n'ai plus entendu parler d'elle. Et je n'ai plus revu l'homme du parc.

33

Le lendemain soir, lorsque Hanne arrive à la planque près du parc Berlin, l'obscurité repose, douce comme du coton, sur Östertuna. Leo l'accueille quand elle sonne à la porte de l'appartement du premier étage ; il hoche la tête et la laisse entrer.

— Tu es passée par l'arrière ?
— Oui, sois tranquille, personne ne m'a vue.

Un collègue du groupe de surveillance sort du salon pour la saluer. Il a l'air très jeune, beaucoup plus qu'elle et Linda. Il lui tend une main moite et esquisse un sourire nerveux.

Hanne observe le salon.

Il y fait sombre et l'ameublement est si spartiate que le logement semble inhabité – c'est d'ailleurs le cas. Un canapé élimé est adossé au mur et un tapis couvre le sol. Devant la fenêtre, un appareil photo est juché sur un trépied, à côté d'une chaise garnie d'un coussin. Par terre, il y a des jumelles et un carnet.

Hanne s'avance vers la fenêtre et lance un coup d'œil prudent à travers les fins rideaux de tulle.

Le parc Berlin est plongé dans le noir, mais le lampadaire solitaire près des jeux d'enfants jette sa lumière sur le tapis neigeux, éclairant les enfants sur leur balançoire et les mères à côté, avec leur poussette. Au milieu du groupe, Linda, en pantalon de ski et épaisse doudoune qui la font ressembler à un bonhomme Michelin, fait rouler son landau d'avant en arrière d'une main experte en riant.

— Encore dix minutes, dit Leo.

— Vous avez remarqué quelque chose d'intéressant ? demande Hanne.

Leo secoue la tête.

— Il y a du monde, bien sûr, mais nous n'avons pas vu d'homme seul s'arrêter dans le parc.

Les minutes passent, les enfants jouent dans la neige et Linda commence à s'éloigner du square. Elle prend congé des autres mères d'un signe de la main et se dirige vers l'immeuble en poussant le landau qui dérape dans la gadoue neigeuse. Elle est obligée de dégager la roue, coincée dans une congère, pour réussir à gravir le trottoir.

— Et là-bas ? dit Hanne en indiquant une silhouette postée un peu plus loin dans la rue.

Un homme seul, grand et maigre, coiffé d'un chapeau, posté près d'un réverbère, semble contempler le parc.

Leo et les autres agents s'approchent de la fenêtre et se penchent pour mieux voir. Hanne ramasse les jumelles et tire délicatement le rideau.

— Mais c'est Fagerberg ! Le policier qui dirigeait l'enquête dans les années soixante-dix.

— Ça alors ! Mais qu'est-ce qu'il fait ici, celui-là ?

Hanne hausse les épaules et pose l'instrument d'optique.

Quelques minutes plus tard, la porte s'ouvre et la lumière inonde l'entrée. Linda pénètre dans l'appartement, les couvertures dans les bras, accompagnée du froufrou de son épais pantalon.

— Ah, salut toi ! s'écrie-t-elle en apercevant Hanne.

Elle lui donne une longue et vigoureuse accolade qui sent la neige.

Puis elle jette les couvertures sur le canapé défraîchi.

— Attention au bébé ! dit Hanne.

Linda s'esclaffe.

— Comment s'appelle-t-il ? demande l'agent chargé de la surveillance en regardant le tas de tissu.

— Il s'appelle Leo, il vient de faire ses premières dents et me mord les tétons quand je l'allaite.

— Très drôle, réplique Leo en rougissant jusqu'aux oreilles tandis que l'agent se tord de rire.

— Et toi, qui es-tu ? demande Hanne en hochant la tête vers Linda. Quand tu te présentes aux mamans du parc.

Linda sourit.

— Linda Svensson. Vingt-sept ans, tout juste divorcée et au chômage. Mais je garde le moral !

— Et que fais-tu si elles veulent t'accompagner chez toi ou passer te rendre visite ?

— En fait, je bosse au noir dans un restaurant en ville, je suis rarement disponible.

— Tu es vraiment incroyable ! fait Leo en secouant la tête. Alors, il s'est passé quelque chose ce soir ?

— Non. On verra ce week-end. Je viendrai avec Theodor, mon neveu. Je n'ose pas utiliser les couvertures quand il y a trop de monde, il y aura toujours un curieux pour demander à voir le gosse de plus près.

— Robban a fini par accepter que tu y ailles avec un enfant ? s'étonne Hanne.

Linda croise le regard de Leo.

— Seulement de temps en temps, répond-il. Et elle ne peut pas l'amener ici. Les dernières fois, nous sommes allés chercher Theodor dans le parking sous Konsum avec deux collègues, et nous l'y avons redéposé.

Il marque une brève pause et continue :

— Cette opération mobilise beaucoup de ressources. Je ne sais pas combien de temps ils nous laisseront la poursuivre.

« Ils », c'est le service des renseignements intérieurs. Surveiller un lieu de cette manière exige beaucoup de moyens, financiers et humains, dont on a besoin ailleurs. Mais l'enquête piétine, comme Linda avec son landau dans la neige, et tout le monde est bien conscient que cette opération peut être leur dernière chance.

Linda se tourne vers Hanne.

— Tu es venue en voiture ?

— Non, Owe m'a déposée.

— Viens avec moi. Je vais en ville.

Linda enroule une épaisse écharpe autour de sa tête pour ne pas être reconnue si elles croisent une des mères du parc. Puis elles prennent congé des collègues, quittent l'appartement et disparaissent par la porte arrière.

Les rues sont vides et sombres autour d'elles. La neige crisse sous leurs pieds quand elles se dirigent vers la voiture.

— Tu sais, elles sont mortes de trouille, dit Linda.

— Qui ?

— Les mamans du parc. Elles osent à peine y descendre avec leurs gamins. L'une des filles, Hanife, se fait accompagner par son chef. Tu vois ? C'est comme si Robban t'escortait quand tu sors.

Pas très crédible, songe Hanne.

— Et une mère, Zaida, qui finit tard trois jours par semaine, a pris un congé maladie parce qu'elle a peur de rentrer du boulot après la tombée de la nuit.

Hanne scrute les alentours.

Il n'y a pas un chat, mais par une fenêtre éclairée elle devine la silhouette d'une femme qui semble les observer. Peut-être y a-t-il d'autres habitants inquiets qui épient l'obscurité depuis leur appartement.

Linda déverrouille la voiture.

— Désolée, dit-elle. C'est un peu le bordel. Deux secondes, je mets un peu d'ordre.

Elle s'assied sur le siège conducteur, ramasse des vêtements, journaux et canettes de soda vides sur le siège passager pour les jeter sur la banquette arrière. Hanne attend patiemment et se laisse tomber à côté de Linda une fois que celle-ci a terminé son rangement.

Linda démarre et se dirige vers le centre-ville, empruntant un détour pour éviter un chasse-neige qui roule au pas, et dépasse la seule boîte de nuit d'Östertuna. Dans la pénombre devant l'établissement jadis si élégant, deux hommes fument. L'enseigne en néon où l'on peut lire « Grand Palais » pend de guingois. L'une des portes en verre est fêlée et réparée avec du gros scotch.

— Où en étais-je ? demande Linda en poussant le chauffage au maximum.

— Tu disais qu'elles étaient mortes de trouille.

— Oui, c'est ça, mortes de trouille. Et en rogne.
— Contre qui ?
Linda la regarde avec étonnement.
— Contre nous, bien sûr. Qui d'autre ? Elles trouvent que la police reste les bras croisés.

Hanne rentre juste après vingt heures.
Owe est sous la couette avec une migraine.
— On se gèle, se plaint-il, et Hanne ne peut pas le contredire, car le froid s'insinue par les fentes des fenêtres, se faufile le long du sol et grimpe dans le lit. Et Owe y est beaucoup plus sensible qu'elle. Le froid, l'humidité, le bruit – il y a beaucoup de choses qu'il ne supporte pas. Il fait de l'eczéma, il tousse. Il a des poussées de fièvre inexpliquées et traverse de longs épisodes d'asthénie.
Hanne, elle, est forte.
Le vacarme d'un marteau-piqueur ne l'empêche pas de dormir et, bien qu'elle n'aime pas particulièrement le froid, elle est capable de travailler même si des cristaux de glace forment une dentelle à l'intérieur de la vitre du salon.
— Comment ça s'est passé chez la psy ?
— Comme d'habitude.
Owe plonge la tête dans l'oreiller. Hanne ne réagit pas, car « comme d'habitude » signifie qu'ils ont parlé du père d'Owe, et elle n'a pas la force d'aborder cette question maintenant. Elle préfère s'asseoir à côté de lui.
— On ne sait toujours pas qui il est, dit-elle. L'Assassin des bas-fonds.
Owe pousse un lourd soupir.

— Tu es obligée de bosser là-dessus ? marmonne-t-il. Vraiment ? Tu fais ça pour me narguer ?

— Tout ne tourne pas autour de toi.

Il ne répond pas. Heureusement qu'il a la migraine, se dit-elle, sinon cela aurait dégénéré.

— Tu veux manger quelque chose ? lui propose-t-elle plutôt.

— Non, j'ai envie de vomir.

Elle lui caresse les cheveux et quitte la pièce pour se préparer à dîner. Une demi-heure plus tard, elle est installée dans le canapé avec une assiette de pâtes et un livre consacré aux légendes inuites.

Avant d'étudier les sciences comportementales, elle faisait de l'anthropologie sociale. Elle dévorait du Franz Boas et du Bronisław Malinowski et rêvait de se rendre au nord du Groenland pour un travail de terrain d'un an. C'était peut-être, entre autres, parce qu'elle avait vu enfant ce vieux film documentaire *Nanouk l'Esquimau*. Mais c'était surtout grâce à son grand-père.

Carl Ivar Lagerlind-Schön était un célèbre aventurier et explorateur polaire. Dans l'ancienne ferme familiale près de Gnesta, il y avait des pièges à ours, des harpons et des photographies d'Inuits. Mais il y avait surtout son grand-père alcoolique qui relatait volontiers ses aventures dans les grandes étendues arctiques et lui dévoilait les légendes inuites.

Son histoire préférée était celle de Sedna engloutie par la mer.

La belle, mais vaniteuse jeune fille inuite Sedna s'enfuit de chez son père avec un oiseau marin pour devenir sa femme. L'oiseau lui avait promis qu'il la conduirait dans un pays merveilleux : elle n'aurait jamais faim, leur tente serait faite des plus beaux cuirs et elle se reposerait sur de douces peaux d'ours. Or, arrivée à destination, la jeune fille vit que la tente était en vieilles peaux de poisson qui laissaient passer le froid et le vent, elle dut dormir sur des peaux de morse rigides et on ne lui donna à manger que des reliefs de poissons.

Le printemps venu, son père alla rendre visite à sa fille et la trouva désespérée et épuisée au pays des oiseaux de mer. Il tua son beau-fils et repartit avec Sedna dans son kayak.

Mais les oiseaux se vengèrent. Ils firent se lever une violente tempête et le père fut obligé de sacrifier sa fille à la mer pour apaiser les volatiles. Il la balança par-dessus bord dans l'eau glaciale et, comme elle refusait de lâcher le bateau, il lui coupa les doigts l'un après l'autre. Les phalanges tombèrent dans la mer et se transformèrent en baleines et en phoques. Enfin, Sedna fut engloutie et elle devint souveraine – la déesse des mers.

Ce qui avait le plus marqué Hanne, c'était la cruauté du récit : que le père de Sedna puisse la jeter dans la mer vers une mort certaine, qu'il coupe les doigts de sa fille, l'un après l'autre, comme des saucissons.

Elle voulait en savoir plus. Elle voulait comprendre comment un père pouvait faire ça à son enfant.

Elle voulait pénétrer dans le cerveau de ce drôle de père et lire dans ses pensées. Les disséquer. Les étaler devant elle comme des entrailles en pleine lumière et trouver l'anomalie, le défaut qui le rendait si malveillant.

Après tout, se dit-elle, *ça n'a peut-être pas commencé avec maman.*

Ça avait peut-être débuté avec Sedna – cette fascination pour le morbide, le malsain –, l'envie de comprendre l'origine du mal.

Peut-être que sa vie professionnelle telle qu'elle est aujourd'hui tire son origine de Sedna.

Hanne se met au lit un peu avant vingt-trois heures.

Allongée dans le noir, elle songe au parc Berlin, aux enfants qui faisaient des bonshommes de neige et aux mères debout à côté, dans l'obscurité, à piétiner pour se réchauffer les pieds.

Elles lui faisaient penser à des chevreuils dans un enclos – innocentes et inconscientes du danger tapi dans le noir, comme si la seule présence de leurs amies suffisait à les protéger.

Hanne finit par s'endormir auprès de son mari, et ne rêve ni de l'Assassin des bas-fonds ni du parc Berlin.

Elle est réveillée par le froid.

Elle est si gelée qu'elle claque des dents, ses doigts sont rigides et engourdis. Quand elle tâtonne du côté d'Owe, elle prend conscience qu'il n'est pas là, mais la vague chaleur émanant du drap témoigne qu'il a quitté le lit il y a peu. Il est trois heures et demie au réveil de la table de chevet.

Elle se lève, cherche à tâtons sa robe de chambre sur la chaise, l'enfile et se dirige vers la cuisine en frissonnant.

La porte est fermée, mais elle entend la voix d'Owe, sans réussir à distinguer les paroles. Il hausse puis baisse le ton, se tait et reprend.

Elle avance jusqu'à la porte et pose une main sur la poignée lorsqu'elle identifie soudain les mots.

— *But I can't. She would kill me, you know.*

Pourquoi s'exprime-t-il en anglais ?

Puis elle comprend.

Owe ne parle cette langue qu'avec une seule personne : Evelyn, sa thérapeute, qui possède un ridicule divan, exactement comme dans les films de Woody Allen, qui a quelques années de moins qu'Owe et qui « n'est pas du tout attirante, mais extrêmement douée ».

Hanne se fige et écoute.

— *I understand that you want to keep the baby. I feel the same way.*

Un froid glacial se diffuse dans sa poitrine et la pièce se met à tournoyer. Elle s'agrippe à la poignée pour ne pas tomber par terre.

Keep the baby.

Combien de fois Hanne et Owe ont-ils parlé d'enfants ? Combien de fois l'a-t-elle entendu égrener les arguments ?

Et elle a accepté ses réticences.

Elle a accepté parce qu'elle l'aime, et là il est en train de dire à cette fichue Evelyn de garder le bébé dont il doit être le géniteur !

Plusieurs souvenirs remontent à la surface : Owe qui explique qu'il va devoir voir Evelyn plusieurs fois par semaine puisque son père va si mal. Qui téléphone pour dire qu'il rentrera tard : ils sont arrivés à un point critique de la thérapie et il doit faire une double séance.

La valise bourrée de vêtements chauds alors qu'il prétendait partir à Miami. Les cadeaux qu'il lui a offerts à son retour et son regard mélancolique quand il lui a marmonné « ma belle Hanne ».

Lentement, la stupeur se mue en indignation. Hanne ouvre grand la porte et pousse un hurlement.

34

Lorsque leur violente dispute est terminée et que Hanne a avalé une demi-bouteille de vin en écoutant les aveux d'Owe, elle reste allongée, éveillée, à côté de son mari endormi. Il fait nuit, elle a froid – c'est à la fois le choc et la température.

Elle ne comprend pas comment ils ont pu se retrouver dans cette situation. N'ont-ils pas une vie parfaite ? Ils s'aiment. Ils font l'amour. Et ils vivent dans cette relation égalitaire, sans enfants, comme ils en ont décidé ensemble.

Bien sûr, ce n'est pas la première infidélité ; pendant une période, ils avaient même une relation libre, mais c'était avant qu'ils se marient et que Hanne se rende compte qu'elle n'avait aucune envie de coucher avec d'autres hommes.

En dépit de sa colère et de son désespoir, elle commence immédiatement à lui trouver des excuses pour expliquer qu'il l'ait trompée sur cette saloperie de divan place Odenplan et mis en cloque une femme pas du tout attirante, mais extrêmement douée.

Peut-être qu'il se sent mal-aimé parce qu'elle travaille trop, alors que son père est si malade. Peut-être qu'il se sent castré par la réussite de son épouse, car, depuis son doctorat, tout tourne autour d'elle. Et elle ne peut pas prendre toute la place dans leur couple.

N'est-il pas aussi un peu effrayé ?

Si, ça doit être ça.

Owe a peur. Pour lui, les jeunes enfants sont dangereux – pour le couple, pour la carrière et pour tout ce à quoi il attribue de la valeur. Il a peur de prendre des décisions, de choisir : Hanne ou Evelyn, un enfant ou pas d'enfant ? Mais il y a des choses que l'on est obligé de faire, même si c'est difficile, songe Hanne. Autrement, on n'est pas un être humain, on n'est qu'une « petite mauviette », comme l'écrivait Astrid Lindgren.

Et à cet instant, Hanne se dit qu'Owe est une mauviette, une grosse mauviette.

Les trois semaines suivantes, il ne se passe rien.

Dans l'appartement de la rue Skeppargatan, l'atmosphère est glaciale, au sens propre comme au figuré. Certes, ils échangent quelques paroles, mais Evelyn et son divan se dressent entre eux, plus hauts et plus infranchissables que le mur de Berlin. Pire, Owe ne sait toujours pas ce qu'il veut – rester avec Hanne ou la quitter et bâtir la famille qu'il n'a jamais désirée.

Je devrais le foutre à la porte, se dit-elle. *Est-il possible que je veuille encore de lui après ce qu'il m'a fait ?*

Mais l'idée de le perdre éveille en elle une telle angoisse qu'elle a l'impression qu'elle va se briser et ne plus jamais redevenir entière.

Parfois, ils tentent de parler de la situation, mais elle finit toujours par hurler et, à une occasion, elle balance un vase en cristal ancien et précieux contre un mur.

Il éclate en mille morceaux et le mur demeure marqué par une horrible brèche et plusieurs fissures profondes. Chaque fois que Hanne entre dans la cuisine, elle aperçoit la balafre et ressent une étrange satisfaction : sa douleur intérieure semble se refléter physiquement dans la pièce. Comme si l'entaille et les lézardes étaient la preuve que la peine et la colère n'existaient pas seulement dans sa tête.

Le soir, elle boit plus de vin que de coutume. Trois, quatre verres, parfois plus. Un jour, elle téléphone à Mia en larmes et, sans crier gare, elle relate toute l'histoire de l'infidélité d'Owe.

Mia est mesurée et compréhensive comme à son habitude. Elle lui conseille d'attendre un peu avant de prendre une décision. Hanne marmonne qu'il aurait mieux valu qu'elle aussi vive avec une femme, que ça devait être plus facile, non ?

Mia rit de bon cœur et dit que Hanne est très mignonne quand elle raconte des âneries. Si seulement elle savait les crises qu'elle et sa compagne traversent. Après cette conversation, Hanne s'allonge sur le canapé, emmitouflée dans son épais plaid en laine, et pleure aussi silencieusement que possible. Car la dernière chose qu'elle veut, c'est qu'Owe essaie de la consoler. Elle attend qu'il se soit endormi pour aller se coucher.

Mais il arrive qu'ils se rapprochent, qu'ils parviennent quasiment à se rejoindre. À de rares occasions, il lui prend la main quand elle passe dans le couloir, et pose sur elle un regard si plein de peine et de tendresse que les larmes brûlent derrière ses paupières.

Il arrive aussi qu'elle garde sa main dans la sienne et croise ce regard.

Malgré son chaos intérieur, la vie continue ; elle donne des cours et encadre des étudiants à l'université. Deux fois par semaine, elle se rend au commissariat central pour participer aux réunions des enquêteurs. Robban est toujours renfrogné. Ou furieux. Ou vexé, elle ne sait pas vraiment. Mais l'atmosphère joviale et un peu taquine qui régnait avant l'incident a en tout cas disparu. Linda est la seule du groupe à rayonner. Elle dit que le rôle de jeune maman lui convient à merveille et qu'elle envisage de déménager à Östertuna avec ses couvertures. Qu'elle a plus d'amies là-bas qu'à Stockholm et qu'avec le temps, qui sait, elle fera peut-être d'autres petits plaids !

Et elle éclate de rire.

Heureusement qu'elle éclaire le groupe de sa bonne humeur, parce que l'enquête piétine. Malgré le porte-à-porte, l'épluchage des listes téléphoniques, les dépositions de l'entourage et l'appel à témoins, il n'y a toujours pas de suspect.

L'Assassin des bas-fonds est, et reste une ombre.

À Östertuna, la panique monte.

Il n'y a plus de femmes seules dans les rues le soir. Elles se promènent en groupes, ou sont escortées par leur mari ou petit ami. Les serruriers font des heures supplémentaires pour installer des serrures de sécurité avec chaînes dans les logements autour du parc Berlin. Les tabloïds se repaissent des détails les plus macabres, la police d'Östertuna a reçu un colis contenant des crottes de chien et l'Association des amis d'Östertuna organise un grand rassemblement sur l'esplanade centrale et exige la démission immédiate de tout le conseil municipal. Les caméras de télévision sont évidemment présentes. On interviewe les femmes paniquées, on filme en panoramique les habitants indignés.

Deux jours plus tard seulement, l'impensable se produit, l'événement qui met toute la Suède à genoux et qui aura des conséquences délétères pour les enquêteurs qui chassent l'Assassin des bas-fonds.

Le soir du 28 février 1986, le Premier ministre suédois Olof Palme et son épouse Lisbeth descendent l'avenue Sveavägen après une séance de cinéma. Ils se promènent librement dans la capitale, sans gardes du corps, comme n'importe quel Stockholmois.

À vingt-trois heures vingt, un homme armé les rattrape au niveau de la rue Tunnelgatan. Olof Palme est touché dans le dos, une autre balle frôle sa femme. Le coupable s'enfuit rapidement.

Olof Palme décède sur le coup.

Hanne apprend la nouvelle à la radio le lendemain matin. L'espace d'un instant, le mur invisible dressé entre elle et Owe se dissipe et disparaît, comme un mauvais rêve chassé par le soleil de l'aube. Ils se prennent les mains et parlent longuement – parce que la mort, celle qui divise et qui attise la haine, peut aussi réunir.

35

Lorsque Hanne entre dans le commissariat un après-midi de la semaine suivante, elle sent immédiatement la nouvelle tension dans l'air. Elle entend les conversations chuchotées dans les couloirs, voit les regards graves, aperçoit des hommes qui montent les escaliers en courant et distingue des canettes de Coca-Cola et des cartons de pizza par terre dans les bureaux, signes que les collègues travaillent nuit et jour.

Tout le monde est présent dans la salle de conférences quand elle arrive, mais, aujourd'hui, même Linda semble morose. Ses lèvres sont sèches et craquelées, la peau fine sous ses yeux a pris une teinte bleutée. Elle ne plaisante plus à propos de son bébé couverture, ne dit plus qu'elle prendrait bien ses cliques et ses claques pour s'installer à Östertuna.

Leo est muré dans le silence, sa boîte de *snus* à la main. Son maigre corps est voûté, son regard rivé au sol et ses longs cheveux fins sales et emmêlés.

Robban se racle la gorge.

— Pour des raisons que vous comprenez sans doute, l'opération de surveillance du parc Berlin a été suspendue, déclare-t-il.

— Je crois que c'est une grave erreur, répond Hanne. Il va frapper à nouveau.

Robban lève une main pour l'arrêter, mais elle poursuit :

— Auriez-vous interrompu l'opération si le tueur avait sévi dans l'un des quartiers huppés de Stockholm et non à Östertuna ? Si l'Assassin des bas-fonds crucifiait des filles de bonne famille et non des mères célibataires sans le sou ?

— Ça n'a rien à voir.

— Ah bon ? Mais d'accord, je comprends. Après tout, quelques femmes clouées au sol dans une banlieue déshéritée pleine d'immigrés ne pèsent pas lourd face au meurtre du Premier ministre, n'est-ce pas ?

— Ça suffit ! J'en ai par-dessus la tête de tes conseils ! Et de ton prétendu profilage ! Ça fait deux mois qu'on planche dessus et je ne peux plus défendre cette opération. Et puis, Hans Holmér et ses gars ont besoin de renforts.

Hans Holmér, le préfet de police de Stockholm, est chargé de l'enquête sur l'assassinat d'Olof Palme depuis une semaine. La raison de sa nomination est floue et les mauvaises langues murmurent que cela l'intéresse davantage de prendre la parole pendant l'une des nombreuses conférences de presse diffusées à la télévision que de diriger l'investigation.

— La discussion est close, ajoute Robban en regardant Hanne dans les yeux pour la première fois depuis très longtemps.

Elle le dévisage et semble déceler une certaine satisfaction sur son visage bronzé. Cela lui rappelle la conversation qu'ils ont eue quelques semaines plus tôt, quand elle a présenté ses conclusions. Lorsqu'elle disait que le tueur avait pu se sentir offensé par ses victimes.

Elle se remémore le scepticisme mal dissimulé dans la voix de Robban lorsqu'il avait répondu : « Mais tue-t-on vraiment une femme parce qu'elle refuse de sortir avec vous ? »

Toi aussi, tu te sens offensé, songe Hanne. *Offensé et humilié parce que je t'ai repoussé.*

— Demain, tu pourras venir chercher tes affaires, poursuit-il. Je crois que nous n'avons plus besoin de ta…

Il marque une pause théâtrale, son regard balaie le plafond.

— … prétendue aide.
— Je comprends.
— Bien.

Le silence se fait dans la pièce. Robban se racle la gorge et se tourne vers Leo.

— Tu as réussi à joindre le fameux von Berghof-Linder ?

— Eh oui. Je lui ai parlé hier. Il travaillait aux services de la Sûreté générale, prédécesseur dans les années quarante de notre service de renseignements. Il se rappelle bien les événements des bas-fonds, mais dit qu'il n'a jamais été soupçonné et qu'il n'a pas été entendu. Il ne se souvient pas d'avoir parlé avec Fagerberg.

— Étrange, répond Robban. Où habite-t-il et quel âge a-t-il ?

— Soixante-seize ans. Il vit dans un petit appartement à Djursholm, près de la place. Mais, et c'est là que ça devient intéressant, il a grandi au domaine d'Östertuna.

— *Au domaine d'Östertuna.*

Robban se penche en avant.

— Oui, un vieux domaine avec un manoir qui a été exproprié quand on a bâti le centre-ville d'Östertuna à la fin des années cinquante. Les von Berghof-Linder possédaient apparemment la terre. Ils en détiennent encore beaucoup, d'ailleurs. Ça fait visiblement des décennies qu'ils sont en guerre contre la municipalité pour arrêter l'exploitation d'Östertuna.

— Ça peut être une coïncidence, dit Linda.

— J'ai horreur des coïncidences, répond Robban. Mais soixante-seize ans, bon Dieu, il ne peut pas avoir perpétré les deux derniers meurtres. Et même s'il était impliqué dans celui du quartier de Klara, il est prescrit depuis longtemps.

Il garde le silence pendant quelques instants, puis reprend :

— Fagerberg m'a appelé hier.

— Que voulait-il ? s'enquiert Leo.

— Il m'a dit qu'il avait réfléchi. Il croit que l'Assassin des bas-fonds se considère comme un défenseur de la morale qui veut punir les femmes aux mœurs dissolues. Il pense que nous devrions chercher du côté des cercles religieux.

Leo esquisse un sourire de dédain.

— Tu lui as demandé ce qu'il faisait près du parc Berlin ?

Robban hoche la tête.

— Il a confirmé qu'il était là. Il a dit que…

Il marque une petite pause, gratte son épaisse chevelure.

— Qu'il ne parvenait pas à lâcher l'affaire de l'Assassin des bas-fonds.

Le regard de Leo est impénétrable. Robban poursuit :

— Et je lui ai demandé pourquoi il n'était pas mentionné dans les rapports que Britt-Marie était la fille de la policière qui a découvert la première victime dans le quartier de Klara.

— Qu'a-t-il répondu ?

— Qu'il ne trouvait pas cela pertinent. Pour lui, les crimes n'étaient pas liés. Mais je pense plutôt qu'il ne voulait pas qu'on lui retire un enquêteur. Car, si ce fait avait été connu, elle n'aurait pas pu bosser sur cette affaire.

— Ben voyons ! Quel vieux schnock ! fait Linda.

— Laissons tomber Fagerberg, dit Robban.

Il pousse un long soupir et saisit une liasse de papiers posée sur la table. Il la feuillette et secoue la tête.

— C'est la liste des coups de fil à la suite des appels à témoins ? suggère Leo.

Robban acquiesce.

— Que des conneries, si vous voulez mon avis. Mais on est obligés de tout vérifier. Linda, une dame dans le centre d'Östertuna, affirme que ses voisins ont un comportement suspect. Apparemment, ils mettent la musique à fond la nuit et portent parfois des sortes de cagoules. Tu peux aller interroger la vieille ?

— Bien sûr, répond Linda en prenant le papier que Robban lui tend. Je m'en occupe demain, j'ai un rendez-vous chez le médecin aujourd'hui.

Robban opine du chef et regarde Leo.

— Un vendeur du marché a appelé et a parlé d'une Volvo Amazon garée près de la place d'Östertuna à plusieurs reprises. Tu peux vérifier ?

Leo saisit la feuille en secouant la tête.

— Sérieusement ? Dans ce cas, ça doit être une épave. Et quelle est la probabilité pour que le coupable conduise la même voiture douze ans plus tard ? On n'est même pas sûrs qu'il ait eu cette voiture dans les années soixante-dix.

Robban pose son crayon sur la table et se masse les tempes des deux mains.

— Allez, file, dit-il d'une voix lasse. Rends-toi utile pour une fois au lieu de rester là à te morfondre.

En sortant de la salle de conférences, Leo saisit Hanne par le bras et l'attire sur le côté. Il jette un coup d'œil par-dessus son épaule à Robban, debout près de la fenêtre, le dos tourné, les mains enfoncées dans les poches.

— Ça va ? demande Leo.
— Oui.

Il la toise et secoue lentement la tête.

— Ne le prends pas personnellement. Il peut se comporter comme un vrai salaud. Ce n'est pas la première fois qu'il fait ça.
— Robban ?

Leo la saisit fermement par les épaules et plonge son regard dans le sien.

— Tu as fait du bon boulot, OK ?
— OK.
— Tu ne mérites pas de te faire virer.

Avant même qu'elle puisse répondre, Linda les rejoint.

— Je te ramène chez toi, déclare-t-elle.
— Ce n'est pas la peine.
— Allons! Je vais chez le médecin à Gärdet, c'est sur mon chemin.

Hanne salue Leo de la main et les deux femmes s'éloignent. Il les suit du regard jusqu'à ce qu'elles disparaissent de son champ de vision.

Dès qu'elles sont arrivées dans l'étroite cage d'escalier, Linda se met à jurer.

— Mais qu'est-ce qu'il fout, bordel? Te virer comme ça? Quelle enflure!

Hanne garde le silence.

Une fois qu'elle a fait démarrer la voiture, Linda lui lance un regard en coin.

— Ça va, Hanne?
— Oui, oui, répond-elle par réflexe en se disant que ce qui vient de se passer au commissariat est le cadet de ses soucis. Et toi? Puisque tu vas chez le médecin, je veux dire.

Linda sourit.

— Parfaitement. Je veux juste vérifier que tout va bien en bas.

Hanne hésite. En réalité, elle ne sait pas pourquoi elle ne lui a rien dit de la trahison d'Owe. Peut-être parce qu'elle a honte qu'il envisage de la quitter.

— Pour tout te dire, je ne vais pas si bien que ça.
— J'aurais dû le gifler!

Linda hoche la tête pour insister sur sa remarque, l'air sombre.

— Non, répond Hanne à mi-voix. Ce n'est pas Robban. C'est Owe.
— Ton mari ?
— Il... Lui et... sa psy. Ils ont une liaison. Elle est enceinte de lui.

Linda donne un coup de frein sec derrière un poids lourd, puis change rapidement de file en faisant valser la voiture.

— Merde alors ! Pourquoi tu ne m'as rien dit ?

Hanne fixe les véhicules qui se faufilent dans la nuit vers le centre des affaires.

— Je...
— Il ne te mérite pas. Rassure-moi, tu l'as mis à la porte ?
— Non, mais...
— Tu te fous de moi ? Pourquoi ?
— Parce que... Il n'a nulle part où...
— Il aurait dû réfléchir à ça avant d'en engrosser une autre !

Linda klaxonne à l'adresse d'un vieux bus Toyota au phare arrière cassé, puis elle inspire profondément, tend le bras et baisse la ventilation.

Sa main douce et chaude atterrit sur celle de Hanne.

À son grand désarroi, Hanne sent les larmes affluer.

— Écoute, dit Linda. Tu peux habiter chez nous, si tu veux. Ce n'est pas grand, trente-six mètres carrés, mais tu peux rester aussi longtemps que nécessaire.

Hanne ne répond pas.

— Réfléchis-y. Tu peux aussi m'appeler quand tu veux. Même au milieu de la nuit. D'accord ?

— D'accord, dit Hanne, tout à coup honteuse face à l'empathie et à la générosité de Linda.

Ferait-elle la même chose pour sa collègue ?

Quand Hanne arrive chez elle, Owe est déjà là. La cheminée crépite et les haut-parleurs diffusent du jazz. Un parfum de romarin et d'ail lui parvient depuis la cuisine et une bouteille de chianti à moitié vide est posée sur le plan de travail à côté du tire-bouchon.

Owe s'avance vers elle, vêtu de son pull-over jaune moutarde bouloché que sa mère lui a offert pour Noël il y a plusieurs années et dont Hanne voudrait se débarrasser depuis longtemps.

— Salut, dit-il en la serrant maladroitement dans ses bras.

— Salut.

Elle est perdue, comme bien souvent ces derniers temps, parce que leur relation change du jour au lendemain.

Aujourd'hui, c'est un jour où ils s'embrassent ?

Avant qu'elle ait ouvert la bouche, il lui prend son manteau et le suspend à un cintre. Puis ils entrent dans la cuisine. Owe s'empare des maniques, sort un gigot d'agneau du four et le dispose sur un plat de service pour le laisser refroidir. Le jus crépite en dégoulinant sur la plaque brûlante.

Freud remue la queue et s'installe devant le four, les yeux rivés sur la viande.

— Peut-être qu'on pourrait parler, dit Owe.

— Ah oui ? répond Hanne en fixant l'entaille dans le mur.

— Du vin ?

— Je veux bien.

Il lui sert un verre et le pose sur la table devant elle, puis il s'assied sur une chaise en face.

— Evelyn ne compte pas garder l'enfant, explique-t-il.

Son visage se tord de douleur, ses yeux deviennent brillants et sa lèvre inférieure tremble.

— Ah bon.

Owe reste silencieux quelques instants, puis reprend :

— Est-ce qu'on peut repartir de zéro, Hanne, ma chérie ?

Il tend la main et elle la saisit à contrecœur. Elle repose, chaude et familière, dans la sienne. La peau rêche et sèche, les articulations dures – tout est si connu qu'elle ne sait pas où il finit et où elle commence.

— C'est terrible...

Et Hanne se dit que ça y est, il va se confondre en excuses, mais au lieu de cela il poursuit, la voix nouée de larmes :

— Je ne comprends pas... Elle disait qu'elle souhaitait le garder. Moi, je n'en voulais pas, mais au bout d'un moment je me suis fait à l'idée...

Hanne sent son cœur se briser.

Il est là en train de se morfondre parce que sa maîtresse ne veut pas pondre son gosse alors qu'il a dit des centaines de fois à sa femme qu'il ne désirait pas de descendance ! Il pleure l'enfant adultérin qui ne naîtra jamais tout en demandant à son épouse de repartir de zéro !

— J'étais au fond du gouffre, poursuit-il dans un sanglot. J'avais le moral dans les chaussettes ! Tu

ne comprends pas à quel point c'était dur pour moi !
D'abord mon père. Puis Evelyn. Bon Dieu ! Mais comment vais-je faire pour tourner la page ?

Mais moi, songe Hanne. *Moi, je dois tourner la page, de préférence avec toi, parce que c'est ce que font les femmes, n'est-ce pas ?*

— Et moi ? Comment crois-tu que je me sente ? rétorque-t-elle en repensant à ce que Linda lui a dit – qu'il ne la méritait pas.

Owe se cache le visage dans les mains et sanglote à nouveau.

— Je sais. Je me suis comporté comme un con. Mais ce n'est pas ma faute, je suis comme ça. J'ai grandi avec un père absent et une mère surprotectrice. J'ai du mal à fixer des limites, tu le sais. Mais je t'aime, Hanne. Je t'ai toujours aimée.

— Alors, pourquoi tu as baisé avec Evelyn ?

Owe sursaute, mais garde le visage enfoui dans ses mains quelques instants, et elle sent le triomphe affluer dans son sang. Elle est cruelle, elle le sait. Mais tout ce qu'elle ressent, c'est la satisfaction exubérante qui se diffuse dans ses veines comme l'ivresse. Et comme l'alcool, elle a envie d'y goûter à nouveau.

Elle quitte Owe des yeux et observe le mur du salon où le masque en perles mexicain jouxte la blague à tabac sud-africaine, comme un souvenir de sa trahison.

Elle sait ce qu'elle devrait faire.

Elle devrait lui dire qu'elle va réfléchir. Elle devrait l'obliger à vivre dans la même incertitude qu'il lui a imposée. À passer des nuits sans sommeil à regarder les flocons de neige tournoyer devant la fenêtre, pétri d'angoisse, ne sachant pas si elle va revenir ou si elle a choisi de dormir ailleurs.

Elle lui a donné tout ce qu'il lui a demandé. S'est allongée sur un plateau d'argent, comme ce satané gigot en train de refroidir derrière elle. Elle a renoncé aux enfants et a accepté de fréquenter ses amis prétentieux. Elle l'a accompagné à des concerts qui ne l'intéressaient pas et l'a écouté déblatérer sur son père.

Elle devrait vraiment lui dire d'aller se faire voir.

Owe redresse la tête et essuie son visage baigné de larmes.

— Ma belle Hanne…

Et à cet instant, elle se dit que son apparence est une malédiction, car elle éveille chez les hommes une concupiscence qu'elle n'a pas demandée et dont elle n'est pas responsable. Que veut Owe en réalité ? Et Robban aussi, d'ailleurs ? Est-ce Hanne en tant que personne ou est-ce seulement son corps qu'ils désirent ?

Elle le dévisage.

Ses joues sont humides, son visage tordu de douleur. Ses cheveux frisent sur les tempes et ses yeux sont aussi implorants que ceux de Freud, assis par terre, dont le regard nerveux se pose alternativement sur eux et sur le gigot.

— S'il te plaît…, gémit-il.

Elle ne peut pas pardonner et repartir de zéro.

Elle ne le veut pas, d'ailleurs.

— Je ne sais pas. Je ne sais pas si j'ai vraiment envie de réessayer. Je vais aller chez Mia, dans le Pays basque. Pendant ce temps-là, je te demande de chercher un autre appartement.

36

Lorsque Hanne se rend pour la dernière fois au commissariat central le lendemain, elle s'est faite à l'idée que sa brève résidence à la Commission nationale des homicides touche à sa fin.

Robban l'a traitée injustement, mais elle n'a d'autre choix que de partir. Elle n'envisage même pas de se tourner vers le supérieur hiérarchique de Robban ou vers le département des ressources humaines, car qui la croirait si elle racontait les avances de son chef en cette froide soirée de décembre ? Et même si on accordait du crédit à ses paroles, pourquoi s'y intéresserait-on ? En tant que femme, on doit pouvoir accepter les compliments d'un collègue un peu éméché.

En tout cas quand on est aussi belle qu'elle.

Et elle ne peut pas vraiment parler de cela avec Owe.

Elle se rappelle ses mots pendant leur dispute.

« Tu crois vraiment qu'ils vont t'écouter ? Toi, une femme universitaire ? »

« Tu crois qu'ils vont prendre en compte tes jolies théories ? »

Hanne pense au corps d'Anna Höög dans l'appartement du parc Berlin. À son visage ensanglanté, aux clous qui sortaient de ses mains. Elle pense à Britt-Marie, et à Erik, son fils, cet adolescent renfrogné qui leur a donné la boîte contenant les effets personnels de sa mère avec une grimace de dégoût sur son visage criblé d'acné.

« Prenez tout… Je n'en veux pas. »

Tout à coup, elle se sent envahie par un chagrin si fort qu'elle peine à respirer, comme si sa poitrine était corsetée. Ses épaules et ses bras la brûlent.

Elle se sent tomber, sombrer vers le fond de la mer, comme Sedna dans l'eau arctique glaciale.

Linda passe devant elle au moment où elle range toutes ses affaires dans un sac bleu et blanc du supermarché Konsum.

— Tu m'accompagnes à Östertuna ?

Elle lève les yeux sur Linda qui affiche un large sourire.

— Pourquoi tu y vas ?

— Nous avons reçu un signalement. Je dois le vérifier. Allez, viens. Comme ça, on aura le temps de discuter avant ton départ.

Hanne observe son sac et réfléchit.

S'il y a bien une personne qui va lui manquer, c'est Linda.

— OK.

— Comment ça se passe chez toi ? s'enquiert Linda une fois qu'elles sont installées dans la voiture.

— Elle, la psy, ne compte pas garder l'enfant. Owe veut qu'on se réconcilie.

Linda renâcle.

— J'espère que tu n'as pas accepté.
— Je lui ai dit de chercher un nouvel appartement.
— Tu as sacrément bien fait !
— Et comment ça va de votre côté ? demande Hanne, qui n'a pas le courage de s'étendre sur Owe. Avec le mariage, l'organisation…
— Ah ! s'exclame Linda.

Et elle se met à parler du voyage de noces qu'ils passeront en Italie – une destination moins chère que la France, mais dont la gastronomie n'a rien à lui envier. Puis elle raconte qu'elle a rendu visite à sa sœur pour essayer la robe.

— Je dois perdre un ou deux kilos, dit-elle en riant et en se tapotant le ventre. La robe va être magnifique ! Tu sais qu'il faut presque dix mètres de tissu !
— Tant que ça !

Hanne regarde les sapins couverts de neige qui défilent devant la vitre, semblables à des pâtisseries poudrées alignées au garde-à-vous à côté de l'autoroute. Le long du bas-côté, un haut remblai de neige sale se faufile vers le nord tel un serpent d'une longueur interminable. Linda, soudain grave, se mord la lèvre.

— Merde, Hanne. Tu vas tellement me manquer !
— Toi aussi.
— On pourra se voir de temps en temps ?
— Mais oui, répond Hanne, consciente que c'est un mensonge.

Lorsqu'elles sortent de l'autoroute vers Östertuna, elle dit :
— Tu peux me déposer au centre ? Je dois aller à la poste.

— Bien sûr. Je passe à l'appartement chercher les couvertures. Pardon… le gosse. Va à la poste, on se retrouve devant le commissariat. La dame qui a appelé habite juste à côté.

Hanne voit le centre-ville d'Östertuna s'approcher dans la brume grise. Elle contemple les bâtiments semblables à des bunkers, les vendeurs du marché qui bravent le froid. Les gens qui entrent et sortent des boutiques et le groupe de jeunes hommes qui traînent dans un coin non loin d'un urinoir. Peut-être que c'est de ces types que parlait Linda, ceux qui vendent de la drogue, ou peut-être qu'elle est pleine de préjugés quand elle part du principe que les garçons de banlieue tout à fait ordinaires sont des dealers.

Quand son regard s'arrête sur la fontaine devant le commissariat, elle ne peut s'empêcher de se demander combien de fois Britt-Marie est passée à cet endroit précis, un été près de douze ans plus tôt, la démarche élastique et les longs cheveux bruns tombant sur ses épaules. Et peut-être que Roger Rybäck se trouvait à la fenêtre du commissariat à l'observer avec des papillons dans le ventre lorsqu'elle traversait la place avec le soleil dans le dos.

« Nous étions amis, c'est tout », a-t-il dit quand ils se sont vus, mais elle se demande si c'est vrai, parce que ses yeux exprimaient tant de douleur…

Linda la dépose devant la poste et poursuit sa route.

Hanne s'emmitoufle dans son manteau, mais le froid mordant de l'hiver se faufile sous l'ourlet et dans les manches. Elle se hâte d'entrer dans la poste et règle la réexpédition du courrier au Pays basque en moins de quinze minutes. Elle en profite pour acheter des timbres et des enveloppes aussi, parce qu'elle doit écrire à des collègues de l'université pour les informer de son voyage.

Quand elle traverse la place vers le commissariat, le soleil commence déjà à se coucher et de gros flocons de neige tombent sans bruit du ciel de velours. Elle se recroqueville sous le porche de l'entrée et attend.

Cela fait à peine une demi-heure que Linda l'a déposée ; elle devrait être de retour d'une minute à l'autre. Aller chercher ces couvertures ne doit pas être bien long.

À l'intérieur du commissariat, la vie bat son plein. À travers les portes en verre, elle aperçoit deux femmes qui patientent, un ticket numéroté à la main, et un vieillard avec une canne et un chapeau en grande conversation avec une policière. Au fond, quelques collègues en uniforme discutent en buvant un café.

Hanne est frigorifiée. Elle tape des pieds et jette un coup d'œil à sa montre.

Quarante-cinq minutes. Qu'est-ce qu'elle fabrique ? Peut-être que Linda lui a donné rendez-vous *dans* le commissariat et non devant ?

Après un instant de réflexion, Hanne entre.

Pas de Linda. Elle interroge la policière installée au guichet qui vient de se libérer.

— Bonjour, je suis Hanne Lagerlind-Schön de la Commission nationale des homicides. Je devais retrouver une collègue ici, Linda Boman. Vous ne l'auriez pas vue ?

— Oh, la Commission des homicides ! s'exclame la femme, les yeux écarquillés. Non, nous n'avons vu personne de chez eux, je crois, mais attendez, je vais consulter mes collègues.

Elle disparaît derrière une porte et revient quelques instants plus tard.

— Hélas, non. Voulez-vous que je lui transmette un message si elle passe ?

— Est-ce que je peux utiliser le téléphone ?

La femme lui indique une pièce derrière le guichet et lui montre l'appareil sur un bureau.

Hanne s'y installe, décroche le combiné et approche l'index du cadran rotatif. Ses mains sont si froides qu'elle parvient difficilement à composer le numéro. À moins que ce soient les soupçons qui grandissent en elle qui empêchent ses doigts d'obéir.

Robban répond au bout de trois tonalités et elle lui explique la situation.

— Et quand deviez-vous vous retrouver ?

Elle regarde sa montre.

— Elle aurait dû être là il y a une heure. J'ai peur qu'il lui soit arrivé quelque chose.

— Arrivé quelque chose ? Mais pourquoi ?

— Elle s'est rendue dans l'appartement près du parc Berlin. Elle devait aller y chercher les couvertures. Je ne sais pas, peut-être que mes inquiétudes sont infondées, mais…

— Merde ! marmonne-t-il quand il comprend ce que Hanne tente de lui dire. Et tu l'as laissée y aller toute seule ?

Elle est surprise de sa réponse et sa colère s'éveille.

— Comment ça, « laissée » ? Ce n'est tout de même pas à moi de dire à Linda ce qu'elle peut et ne peut pas faire.

Robban jure à nouveau.

— Ne bouge pas. On va à l'appartement. J'envoie aussi une patrouille en uniforme.

Mais Hanne ne peut pas rester là. Elle pense aux yeux sombres de Linda et à son rire bouillonnant. À son mariage, son voyage de noces en Italie et sa robe qui est presque finie. Et elle songe à Britt-Marie.

Un instant plus tard, elle se précipite hors du commissariat, abandonnant timbres et enveloppes sur la table.

37

La neige tombe de plus en plus dru. Hanne remonte sa capuche quand elle court vers le parc Berlin, mais le vent s'empresse de la repousser. Elle glisse sur une plaque de verglas, manque de tomber, mais se stabilise à l'aide d'un lampadaire.

Elle passe le magasin d'alcool et accélère, est à deux doigts de percuter un jeune couple avec une poussette et hésite à leur demander s'ils ont vu Linda, parce qu'il est probable que la femme l'ait côtoyée dans le parc. Mais Hanne décide de poursuivre son chemin, incapable de se départir de l'impression que le temps presse. Vraiment.

Ses cheveux sont humides et la neige fondue dégouline sous son pull quand elle aperçoit les arbres du parc Berlin sous un manteau blanc. Ses doigts sont transis de froid, ses pieds engourdis.

Peut-être qu'elle est au square, se dit-elle. *Peut-être qu'elle a croisé une de ses copines et s'est arrêtée pour papoter.*

« Tout à fait ! L'Italie, c'est bien moins cher que la France. Et ce qu'on y mange bien… »

Mais le square est vide, plongé dans le noir.

Devant le toboggan se dresse un bonhomme de neige avec une carotte à la place du nez, et quelque chose qui ressemble à un torchon autour du cou. Les balançoires tanguent doucement dans le vent en grinçant, comme la complainte d'un animal.

Elle continue jusqu'à l'immeuble dans lequel elle s'est rendue quelques semaines plus tôt, pousse la porte, grimpe l'escalier et s'arrête au premier étage.

Il n'y a pas de nom sur la porte, mais elle reconnaît la petite entaille dans le bois près de la poignée.

Elle frappe et attend. Rien. Elle se met à tambouriner.

Les coups résonnent dans la cage d'escalier vide.

Hanne s'agenouille et ouvre délicatement la fente à courrier placée dans la partie inférieure de la porte.

— Linda ! Tu es là ?

Il fait noir dans l'entrée et elle ne voit que le paillasson où sont éparpillés quelques prospectus telles des feuilles d'automne. Elle a l'impression d'entendre un léger grincement, puis un fracas. Une bouffée d'air froid se faufile par l'ouverture lorsqu'elle tente de la refermer le plus silencieusement possible.

Elle se lève, enfonce la poignée et la porte s'ouvre sans résistance comme si elle n'attendait que de la laisser entrer. Hanne pénètre dans l'appartement et se trouve face à un mur d'air glacé, avec la sensation que l'hiver tout entier, tapi dans le petit logement, se précipite sur elle.

Elle tourne le vieil interrupteur en bakélite noire, mais le plafonnier ne s'allume pas. Peut-être ne marchait-il pas la dernière fois non plus, elle n'en a pas souvenir.

En tout cas, il faisait sombre quand ils étaient tous ici à guetter les mamans dans le parc Berlin.

Elle referme délicatement la porte derrière elle et s'immobilise quelques instants, le temps que ses yeux s'accoutument à l'obscurité. Le léger grincement retentit à nouveau. On entend aussi un robinet qui goutte dans la cuisine et le ronronnement monotone d'un réfrigérateur.

Elle esquisse quelques pas dans le couloir. Les prospectus se collent sous ses chaussures avec un froissement. Par les fenêtres du salon, elle voit la neige tomber. Et autre chose.

L'une des fenêtres est entrouverte et des flocons s'y engouffrent.

Elle continue vers le salon – deux, trois, quatre pas –, mais trébuche sur un objet au sol. Elle sent une douleur au tibia et baisse les yeux.

On dirait une sorte d'outil : une tige de métal recourbée qui se termine par une poignée ronde. À côté, il y a un miroir télescopique.

Soudain, Hanne se pétrifie.

Quelqu'un est étendu par terre devant le canapé.

Dans la pénombre, elle distingue les contours d'un corps. La scène est presque paisible, comme si la personne s'était allongée pour se reposer quelques instants. Ses bras sont tendus et sa tête est légèrement renversée sur le côté, mais Hanne sait qu'il n'est pas question ici d'une petite sieste innocente. Elle court jusqu'à l'interrupteur et le tourne.

La pièce s'illumine. L'éclairage est trop fort, il fait tout apparaître : le sang, la mort, les traces d'une lutte perdue.

Elle gît par terre, vêtue d'un pull épais, mais les jambes nues. Ses cheveux sont agglutinés en paquets rouges et son visage est difficile à discerner. Autour d'elle, de larges taches de sang témoignent d'une bagarre violente. Des paumes de ses mains ressortent des têtes de clous noirs que Hanne ne reconnaît que trop bien.

Non, se dit-elle, parce qu'elle ne veut pas y croire. *Ça ne peut pas être vrai. N'importe qui, mais pas Linda.*

N'importe qui, mais pas Linda.

Mais c'est bien Linda. Aucun doute n'est permis.

Hanne se précipite vers elle. Elle se souvient d'avoir lu quelque part qu'il est possible d'avoir l'air complètement mort même si le cœur continue de battre. Elle se laisse tomber auprès du corps lacéré, pose l'oreille contre sa poitrine et les doigts contre son cou. Mais elle ne sent pas de pouls, n'entend ni battements de cœur ni respiration. Sa peau est étonnamment froide et encore plus pâle que d'habitude, on dirait de la porcelaine blanche, au milieu de ce bain rouge et collant.

Le vent pousse la fenêtre qui grince en s'ouvrant. L'hiver s'engouffre à nouveau et quelques flocons s'échouent sur la joue de Linda.

Hanne se relève, reste en position accroupie. Les larmes brûlent derrière ses paupières et dans son pharynx la douleur grandit, forme une boule dure qui l'empêche d'avaler et entrave sa respiration.

Quelque chose dépasse des lèvres de Linda, une petite carte en plastique, semblable à un permis de conduire.

Elle se penche pour mieux voir.

Malgré le sang et les mèches de cheveux écarlates et collants qui couvrent le visage, elle parvient à lire les lettres rouges : *Police*.

On lui a enfoncé son badge dans la gorge.

Robban et Leo arrivent peu après. Ils accompagnent Hanne dans la cage d'escalier et appellent les renforts. D'autres policiers les rejoignent et Hanne prend peu à peu conscience de l'ampleur de ce qui s'est passé, tel un paysage qui apparaît à l'aube. Les couleurs deviennent criardes, les odeurs si puissantes qu'elles en sont écœurantes, les bruits lui percent les oreilles, et ses extrémités palpitent et picotent à mesure que le froid lâche son emprise.

Elle s'affaisse sur le sol en pierre de la cage d'escalier, appuie la tête contre le mur de béton et ferme les yeux.

Elle entend des bribes de conversation.

« Miroir par la fente à courrier... crocheté la serrure de l'intérieur... on sait comment il est entré. »

« ... a dû fuir par la fenêtre. Appelez les renforts et... »

C'est vrai, songe-t-elle.

C'est vraiment vrai.

L'Assassin des bas-fonds a tué Linda.

Elle n'est plus là. Elle a disparu.

Engloutie par l'obscurité, comme la mer a englouti Sedna.

Et le printemps revient à Östertuna.

De frêles feuilles vertes jaillissent des branches bourgeonnantes des arbres. Les habitants de cette petite ville de banlieue remisent leur manteau d'hiver bien trop vite et sortent leur garde-robe printanière dans l'espoir d'accélérer l'arrivée de la chaleur qu'ils appellent de leurs vœux.

La vie continue, mais pas pour Linda.

Elle aussi est devenue une ombre et a rejoint la liste des victimes de l'Assassin des bas-fonds.

Pour ses obsèques, son fiancé a choisi une pierre tombale en granit rouge poli rehaussée d'un texte en or. Au-dessus de son nom est gravé un petit oiseau, d'une part parce qu'elle portait ces animaux dans son cœur et d'autre part parce que Conny aime à penser qu'elle s'est réincarnée en passereau – peut-être en ce moineau qui se pose le matin sur le rebord de sa fenêtre.

La sœur de Linda se demande longtemps ce qu'elle va faire de la robe de mariée quasi achevée qui habille le mannequin dans sa chambre à coucher. Elle ne peut se résoudre à la vendre ou à la donner, mais elle n'a pas non plus envie de la jeter. Elle finit par la suspendre au fond de la remise, à côté des combinaisons de ski et des patins à glace de ses fils.

Elle reste là.

Au bout de quelques mois, le meurtre disparaît des tabloïds. Les reporters de télévision qui voulaient absolument faire une émission spéciale sur l'Assassin des bas-fonds décident plutôt de consacrer deux épisodes d'une heure au meurtre d'Olof Palme qui demeure lui aussi un mystère.

Au commissariat central de Kungsholmen, Robban et ses collègues continuent leur travail. L'équipe d'enquêteurs a été consolidée, car, même si la police recherche toujours activement celui qui a tiré sur le Premier ministre, tous s'accordent à dire qu'on ne doit pas échapper à la justice après avoir tué un membre des forces de l'ordre.

Ils font du porte-à-porte dans le quartier, constatent rapidement que personne n'a vu l'homme qui a fui par la fenêtre. Ils examinent l'outil utilisé par le tueur pour pénétrer dans l'appartement, mais ne trouvent ni empreintes digitales ni autres traces. Ils creusent les dépositions des témoins qui n'appellent plus en masse comme avant, mais qui téléphonent de façon plus sporadique, telles les cartes postales d'un ami parti en voyage depuis longtemps. Ils testent de nouvelles hypothèses et revoient les anciennes, interrogent de nouveaux témoins, mais sans en tirer des informations de poids.

Hanne devient obsédée par l'affaire, elle tente de s'insinuer dans la tête du meurtrier. Elle lit tout ce qu'elle trouve sur des dossiers similaires et contacte Robban à plusieurs occasions.

Mais il n'est pas intéressé par son aide.

Björn, qui a perdu un pied dans un accident, reste couché sur son canapé en cuir noir devant la télévision et s'imbibe d'alcool pour oublier son angoisse et son passé. Les jours se suivent et se ressemblent : sa pension doit lui suffire pour manger et boire, mais pas nécessairement dans cet ordre. Parfois, Sudden passe le voir avec une bouteille de vodka. Il sort de trois mois derrière les barreaux pour un cambriolage, mais pour Björn cela n'a aucune espèce d'importance.

En août, Fagerberg déplace la photographie de son épouse décédée de la table à la bibliothèque, avec les autres clichés, et remise les bougies. Il s'autorise de plus en plus souvent un whisky, mais tente de limiter la cigarette parce qu'il a depuis quelque temps une mauvaise toux grasse qui lui rappelle les quintes de Pekka Krook en cet été étouffant de 1974. Il a beaucoup de temps pour réfléchir, car les visites de ses enfants se raréfient et il n'aime pas beaucoup la télévision. Et quand, installé dans son fauteuil, il se prend à philosopher, il pense de plus en plus souvent à Britt-Marie.

Elle aurait dû faire dactylographe, songe-t-il à nouveau. Elle avait un physique si avenant et tapait si bien à la machine.

Et quand Fagerberg pense à Britt-Marie, il pense à Olof Palme. Il a été ébranlé, mais guère étonné par cet assassinat, car il sent depuis belle lurette que la société part à vau-l'eau. Il y a tant de choses qu'il ne comprend plus, tant de choses qui tournent au vinaigre, mais là, c'est différent.

Il s'agit d'un meurtre, et ça, il connaît.

Ils vont bientôt l'arrêter, se dit-il, ce n'est qu'une question de temps. C'est un fou isolé ; l'affaire est prioritaire.

Mais Fagerberg se trompe.

L'investigation sur l'assassinat d'Olof Palme deviendra l'enquête criminelle la plus longue et la plus coûteuse de l'histoire suédoise. Elle durera des décennies, occupera des centaines de personnes et exigera l'examen de milliers de documents.

Pour l'Assassin des bas-fonds, cet événement représente un répit bienvenu, car même les détectives les plus chevronnés ne peuvent se trouver à plus d'un endroit à la fois.

Après le printemps vient l'été, puis l'automne. Un automne long et pluvieux.

L'hiver lui marche sur les talons, tel un chiot qui vous colle aux basques.

Les années se succèdent, car le temps n'attend rien ni personne.

Le garçon qui renferme les ténèbres grandit dans le pavillon de sa grand-mère, devient un jeune homme. Un jour, son professeur téléphone à Maj pour lui dire qu'Erik a des facilités. Il est très clairement doué, il devrait faire des études universitaires, il serait dommage de gaspiller un tel talent. Mais ne pourrait-elle pas parler avec lui de ses amis ? Ou plutôt, de l'absence d'amis ? Serait-il déprimé ? Ce n'est pas rare à son âge.

Maj frotte ses mains osseuses et se demande comment aborder ce sujet sensible avec son petit-fils. Elle a beau chercher, elle ne trouve pas de réponse et décide de laisser tomber l'affaire.

Maj veut tout le bonheur du monde pour Erik ; à bien des égards, son petit-fils lui permet de s'amender pour toutes les fois où elle a été trop dure avec son propre fils. Toutes les fois où elle a enfermé Björn dans le placard pendant des heures parce qu'il n'avait pas fait sa vaisselle après manger ou qu'elle l'a envoyé au lit sans dîner parce qu'il avait oublié de se laver les mains. Aujourd'hui, elle regrette sa sévérité, mais c'était une autre époque. La période d'après-guerre était une période difficile, Maj était seule et Björn tellement désordonné et négligent !

À l'intérieur d'Erik, les ténèbres prennent de plus en plus de place, deviennent comme un joug de pierre.

Il hait ses camarades de classe, il hait sa famille, il se hait lui-même. Mais il hait plus que tout sa mère qui l'a abandonné, peut-être pour s'installer sur une île au milieu de l'Atlantique, du nom de Madère – car Erik est persuadé que Britt-Marie est le joug qu'il porte sur ses épaules.

Il supporte sa grand-mère. Il peut même, parfois, ressentir de la tendresse pour cette femme maigrichonne qui tourbillonne dans la maison, l'aspirateur et le plumeau à la main. Elle qui préfère cuisiner plutôt que discuter et qui n'exige pas de lui des confidences. Quant à Björn, il le voit rarement, mais il arrive qu'il passe prendre un café avec Erik et Maj. Il n'est jamais ivre à ces occasions, et il aide souvent sa mère à porter des objets lourds, par exemple à déplacer la cuisinière pour qu'elle puisse nettoyer derrière, et à soulever de grosses pierres dans le jardin à l'aide d'un levier. Bien que Björn ait perdu un pied, il a gardé sa force.

Erik n'a en revanche aucun contact avec sa belle-mère et sa demi-sœur, et elles ne lui manquent nullement.

À l'aube de ses vingt ans, il devient évident qu'il n'a peut-être pas toute sa tête. Malgré ses bonnes notes au lycée, il n'a aucune envie d'étudier et choisit de travailler dans un jardin maraîcher à proximité. Il n'a pas d'amis et passe le plus clair de son temps libre dans la pièce sans fenêtres que Maj a débarrassée pour lui au sous-sol, une pièce aux murs nus et blancs, avec un lit, une armoire et un lecteur de CD. Il lit à maintes reprises le texte que Britt-Marie a écrit sur Elsie – le récit qui est resté après que Linda et Hanne sont venues chercher les affaires de sa mère –, car il est obsédé par l'Assassin des bas-fonds.

Il n'a pas de petite amie – il sait qu'il est beau, il n'est pas rare que des filles se montrent intéressées, mais il refuse de fréquenter des femmes.

Pas après ce que sa mère lui a fait.

Il fête ses trente ans, sans avoir jamais embrassé personne ; pire encore, le même automne, Maj développe un cancer de l'œsophage et perd toute son autonomie. Erik fait tout son possible pour lui prêter main-forte. Grâce à lui et à l'aide à domicile, elle peut vivre chez elle plus longtemps qu'on ne l'aurait cru. Quand le printemps arrive, elle est nourrie par une sonde dans le nez et passe de plus en plus de temps étendue sur le canapé du salon, ses maigres jambes reposant sur un coussin. Erik prend l'habitude d'avaler ses repas caché derrière les groseilliers dans le jardin.

Il le fait pour Maj ; il ne supporte pas de manger devant elle en sachant qu'elle est incapable d'ingurgiter la moindre bouchée.

Quand vient l'automne, elle est si faible qu'elle ne parvient pas à sortir de son lit sans aide. Erik reste auprès d'elle le soir, après le travail. Il apporte un enregistreur et lui demande de relater sa vie. De lui parler d'Elsie et de Britt-Marie. Malgré sa surprise, Maj s'exécute. Après tout, il est en droit de savoir.

Et puis, c'est agréable d'avoir de la compagnie.

Ils discutent pendant des heures. Erik remonte de vieux albums photo du sous-sol, Maj indique de ses doigts maigres les clichés décolorés et raconte. Là, c'est Britt-Marie, Björn et lui. Voici le modeste appartement où ils vivaient et le square du parc Berlin avec la statue de la mère avec son bébé au sein – les arbres sont si petits qu'Erik se dit qu'ils viennent d'être plantés, mais les immeubles n'ont pas changé. Et voilà la seule image qu'il reste d'Elsie, prise par un inconnu le jour de son arrivée en bateau à Stockholm, l'été 1933.

Oui, Maj fait son possible pour donner à Erik l'histoire qui lui manque. Mais ses forces s'amenuisent, elle finit par ne plus pouvoir parler et, quelques semaines plus tard, elle s'éteint chez elle, sur son canapé. Au décès de Maj, Erik hérite de sa maison. Björn et la demi-sœur d'Erik se partagent ses économies.

C'est ce qu'elle voulait.

En cinq mois exactement, Björn a dilapidé l'argent – il en a perdu la majeure partie dans des paris sportifs, mais il en a aussi bu beaucoup sur son sofa en cuir noir. Erik laisse la maison de sa grand-mère intacte et continue à dormir dans la petite pièce sans fenêtres du sous-sol. Il écoute de la musique, lit des livres et parfois monte dans le salon pour regarder la télévision.

Il arrive qu'il entre dans la chambre de Maj, déverse dans la paume de sa main tous les comprimés de morphine se trouvant dans une boîte sur sa table de chevet, et hésite à les avaler.

A-t-il vraiment une raison de vivre ?

Le matin, il se rend à pied à son travail où il porte des sacs de terre, arrose des plantes, tient la caisse et conduit des déchets au compost. L'hiver, il vend des sapins de Noël, des amaryllis et des roses de Noël et déblaie la neige sur le petit parking jusqu'à ce que ses bras lui brûlent.

La vie continue, c'est tout ce qu'elle peut faire.

À l'été 2019, soixante-quinze ans ont passé depuis le meurtre de Märta Karlsson dans le quartier de Klara.

Le monde n'a pas changé.

La guerre fait rage en Syrie, les enfants meurent de faim au Yémen. Aux États-Unis, le président Donald Trump lance une guerre commerciale contre la Chine et veut ériger un mur à la frontière mexicaine. Plus personne ne parle de la couche d'ozone, mais tout le monde – hormis Trump – parle du climat. Le mouvement #MeToo se propage comme une traînée de poudre et à présent beaucoup de femmes osent se rebeller quand elles se retrouvent dans la situation de Hanne trente ans plus tôt.

L'Assassin des bas-fonds reste tapi dans la pénombre ; les femmes et les hommes qui le chassent ne sont pas plus avancés que leurs prédécesseurs. Les victimes sont tombées dans l'oubli. Ne restent que les souvenirs de leurs parents et amis, la douleur qu'ils ont apprivoisée jusqu'à ce que seul demeure un vide lancinant.

Les enquêteurs qui travaillaient sur ces crimes ont eu des enfants et des petits-enfants. Certains sont à la retraite et beaucoup se sont adjoints à la longue liste d'ombres du passé.

Au sein de la police, le vent du changement continue à souffler – plus de quarante pour cent des candidats à l'école de police sont des femmes et les nouvelles analyses ADN ont révolutionné les techniques de la police scientifique.

Au commissariat central de Kungsholmen, la plupart des policiers ont oublié l'Assassin des bas-fonds et les journaux ont cessé de mentionner l'affaire, devenue « plus froide qu'un glaçon de Sibérie », pour citer l'un des agents justement chargé des cold cases *et qui doit donc savoir de quoi il parle. Les cartons contenant les documents de l'enquête préliminaire prennent la poussière dans un local d'archives souterrain et Robban est à la retraite depuis longtemps.*

Östertuna a subi un vrai lifting – le quartier est maintenant en vogue. Les loyers ont grimpé en flèche et les familles modestes ont été chassées vers d'autres banlieues plus éloignées de Stockholm. Les femmes que Linda a rencontrées au parc Berlin – Hanife, Zaida et les autres – ont toutes dû déménager.

Les cafés et restaurants proposant des plats bio et de la bière artisanale ont poussé comme des champignons autour de la petite place, une crèche en plein air a vu le jour il y a quelques années près du parc Berlin, et un centre de yoga a ouvert dans le sous-sol du grand magasin Åhléns.

Et bientôt, un mystère sera résolu.

MALIN

Stockholm, 2019

38

Malin Brundin attache ses longs cheveux bruns en queue-de-cheval, sort son ordinateur portable et le pose sur son bureau au commissariat central de Kungsholmen. Derrière son écran, on devine une photo d'Andreas en uniforme de police et Otto en grenouillère dans les bras de son père.

Des pas approchent dans le couloir et Malin lève la tête.

Manfred Olsson apparaît dans l'entrebâillement de la porte, nimbé de puissants effluves d'after-shave. Ses cheveux blond vénitien sont humides, comme s'il sortait de la douche ou avait transpiré en venant au travail. Son grand corps est engoncé dans un complet chic en fine laine bleu marine dont la poche de poitrine est agrémentée d'un mouchoir en soie rose vif, et ses chaussures sont parfaitement cirées.

— Salut, dit Malin. Comment s'est passé ton week-end?

— Bien. Nadja fait des progrès.

Nadja est la fille de Manfred. Elle va bientôt fêter son troisième anniversaire. Il y a près d'un an, elle a subi un grave accident : elle est tombée de la fenêtre du troisième étage de l'appartement de Manfred et Afsaneh. Pendant longtemps, ses jours ont été en danger.

Mais elle a survécu.

Chaque mois qui passe la rapproche de la petite fille qu'elle était. Avec l'aide de kinésithérapeutes, d'orthophonistes et de thérapies par le jeu, elle a réappris à marcher et à parler ; les seules choses qui lui font encore défaut sont la motricité fine et l'ouïe légèrement moins performante d'un côté.

Mais qu'importe, lorsqu'on a retrouvé son enfant ? songe Malin. Elle frissonne. L'idée qu'il arrive quelque chose de ce genre à Otto lui donne la chair de poule. Son fils ne marche pas encore, mais il explore l'appartement à quatre pattes à toute allure, renversant les objets posés sur les tables et les étagères. Un véritable danger public.

Malin et Andreas ont équipé la cuisinière et les coins de la table basse de protections enfant, et ils suivent leur fils de près dans ses pérégrinations. Ce qui ne l'a pas empêché de faire basculer la télévision la semaine dernière. Il s'en est heureusement tiré avec une bosse au front, mais le grand écran onéreux acheté à crédit n'a pas survécu.

— On va à Östertuna, annonce Manfred en tirant son mouchoir pour essuyer la sueur qui perle sur ses tempes.

— Östertuna ?

— Des ouvriers ont trouvé un corps dans un chantier de démolition.

Manfred quitte l'autoroute. La bretelle qui mène à Östertuna est bordée d'une végétation touffue. Le long du bas-côté, du cerfeuil sauvage et des lauriers de Saint-Antoine poussent dans l'herbe haute et sèche.

— Je crois que je ne suis jamais venue par ici, constate Malin en détournant le souffle de la climatisation de son tee-shirt trop léger.

— Moi, une fois, répond Manfred. La fille de mon cousin étudie le graphisme dans le coin et les étudiants ont exposé leurs travaux ici au printemps. Apparemment, c'est un quartier à la mode. Un repaire de hipsters et d'autres paumés !

Ils bifurquent vers le centre, pareil à n'importe quel centre de ville de banlieue – un magasin Åhléns, un supermarché Hemköpsbutik, un commissariat et tout un tas de petites boutiques et de cafés qui encadrent une place où se côtoient terrasses et primeurs. Au milieu de l'esplanade trône une petite fontaine. Les bambins pataugent dans quelques centimètres d'eau tandis que leurs parents prennent le soleil sur les bancs alentour.

Manfred s'engage dans une rue adjacente. Au bout de quelques centaines de mètres, il se gare près d'un parc qui comporte une partie arborée et un petit square pour enfants. À côté des balançoires se dresse une statue de femme portant un bébé. Des immeubles de trois étages à la façade crépie bordent la petite oasis. À une extrémité de l'espace vert, Malin aperçoit de hautes barrières qui doivent sans doute isoler les travaux.

Au sortir de la voiture, l'air chaud et humide les percute comme un mur.

Manfred indique le parc d'un signe de tête.

— Le parc Berlin.

Il montre les clôtures.

— Et voilà le chantier de démolition. Un vieux parking.

Ils se dirigent vers les barrières. Des policiers en uniforme sont postés dans la rue, devant l'entrée, non loin du minibus blanc des techniciens. L'agent de permanence les salue.

— La démolition est presque terminée, explique-t-elle en chassant la sueur de son front du dos de la main. Il ne reste que quelques parties du soubassement. C'est là qu'ils ont trouvé le corps.

— Dans le soubassement? répète Manfred en sortant son mouchoir pour s'essuyer aussi.

— Oui, juste sous les fondations en béton, dans la couche de macadam et de gravier.

Elle les invite à la suivre lorsqu'elle passe la grille. Une profonde tranchée s'ouvre devant eux. Des barres d'armature tordues dépassent du béton fracturé. Dans un coin, les techniciens de la police scientifique ont monté une petite tente bleue au-dessus de l'endroit où a été trouvé le corps. Deux hommes en combinaison blanche et masque de protection se tiennent au-dehors.

Manfred et Malin descendent un escalier provisoire, zigzaguent entre les blocs de béton et atteignent enfin l'abri. Ils saluent les techniciens.

— On peut jeter un coup d'œil? s'enquiert Manfred.

— Bien sûr, répond l'un des hommes. On a terminé. Le corps va bientôt être emmené.

— Vous avez encore besoin de moi? intervient l'agente. Je dois passer un coup de fil.

— Non, non. Ça va aller.

Manfred et Malin pénètrent dans la tente, accompagnés de l'un des techniciens. Ils s'accroupissent.

L'air y est étouffant; la faible brise extérieure n'est d'aucune aide dans cet espace confiné.

Par terre gît un squelette. Quelques restes de vêtements et de tissus humains s'accrochent encore aux os comme des bandelettes grises semblables à du cuir. Une mèche de cheveux pend du crâne.

Malin observe la dépouille, s'arrête sur les pieds.

— On dirait des chaussures de femme.

— En effet, confirme le technicien. Nous pensons qu'il s'agit d'une femme.

Un marteau-piqueur vrombit et Manfred plaque une main contre son oreille.

— Tu veux bien les prier de faire une pause? lance-t-il au technicien qui opine du chef avant de sortir de la tente.

Quelques minutes plus tard, le silence se fait.

— Qu'est-ce que c'est? demande Malin en pointant du doigt un petit objet circulaire posé à côté du crâne.

Manfred sort un stylo de sa poche, se penche en avant et attrape l'objet avec la pointe.

— Une bague. Enfilée sur une chaîne. Elle devait la porter autour du cou.

Le technicien revient dans la tente et Malin se tourne vers lui.

— En quelle année le parking a-t-il été construit?

— 1974. Et comme le corps se trouvait dans les matériaux de remplissage, sous les fondations…

— Il a dû se retrouver là à cette date.

— Exact.

Manfred enfile des gants en caoutchouc blanc et examine minutieusement la bague. Il frotte délicatement l'intérieur de l'index et plisse les yeux.

— Si elle a été jetée là en 1974, il y a prescription, dit Malin. Même s'il s'agissait d'un meurtre.

— Nous verrons bien ce qu'en pense le médecin légiste, marmonne le technicien. Désolé, j'étouffe là-dedans. Je sors un instant.

Il quitte la tente.

Manfred garde les yeux rivés sur l'anneau. Il le repose délicatement près du squelette, se relève en haletant à cause de l'effort.

— C'est écrit Axel, dit-il en ôtant ses gants. Axel, 1er mai 1939.

39

Une semaine plus tard, Malin est assise à côté de Manfred au restaurant du personnel du commissariat, Plommonträdet, un smoothie à la main.

— Une policière ? dit-elle en sirotant sa boisson.

Manfred hoche la tête.

— Britt-Marie Odin. Identifiée grâce à ses dents. Elle a disparu en 1974, en lien avec le meurtre et la tentative de meurtre à Östertuna. Tu sais, celui qui…

— Clouait les femmes au parquet. Oui, ce n'est pas une affaire qu'on oublie si facilement. Il a aussi tué une policière, non ?

— Oui, Linda Boman. Ça, c'était en 1986. *Si* on a affaire au même coupable. Mais beaucoup d'indices pointent dans cette direction. Le *modus operandi* était le même et l'une des victimes de 1986 a été tuée dans le même appartement que la femme morte en 1974.

— Mais 1974…, dit Malin en enfilant son gilet en coton sur son tee-shirt, car la climatisation a considérablement rafraîchi la pièce. C'était il y a quarante-cinq ans.

— Je sais, répond Manfred. Il y a prescription, comme tu l'as bien souligné. Mais pour les meurtres des années quatre-vingt, non. Donc, si on peut encore enquêter sur cette affaire et que Britt-Marie Odin est une pièce importante du puzzle, eh bien…

— On peut se pencher de plus près sur sa mort aussi !

Manfred lève les yeux de sa tasse de café et dévisage sa collègue.

— Tu peux arrêter de terminer les phrases des gens ? Laisse-moi finir !

Malin sourit et fixe le mouchoir en soie qui dépasse de la poche de Manfred comme une tulipe fanée.

— Désolée, chef.

Manfred répond à son sourire.

Beaucoup de collègues trouvent le commissaire effrayant avec sa haute stature et son tour de taille imposant. Pas elle. Ils ont partagé trop de choses pour qu'elle puisse en avoir peur. Bourru, oui. Effrayant non.

Elle l'a vu pleurer d'inquiétude pour sa fille, le visage baigné de morve et de larmes, elle a pansé ses plaies la fois où il a tenté de se hisser par-dessus une grille et a fini coincé, de façon assez humiliante, tel un cachalot échoué, et ils ont passé des centaines d'heures ensemble au cours d'enquêtes difficiles.

Manfred se racle la gorge et baisse les yeux sur son café.

— J'ai parlé avec Bodil Gren.

Bodil Gren est la supérieure de Manfred. Malin ne la connaît pas très bien, mais elle a la réputation d'être compétente. Et plutôt effrayante. *Vraiment*.

— Nous allons aider l'unité des *cold cases* pour cette enquête.

— Nous deux ?

Manfred acquiesce et Malin s'esclaffe.

— Comment tu as réussi ton coup ?

Manfred sourit, sans répondre.

— Et comment se fait-il que nous ayons été dépêchés sur le lieu où a été trouvé le corps ? La police d'Östertuna aurait dû s'en charger.

— Disons-le comme ça : j'ai un... intérêt tout particulier pour cette affaire. En plus, devine qui tient les rênes de l'enquête aux *cold cases* ?

Malin secoue la tête.

— Gunnar Wijk.

— Led' ? Tu veux rire ?

Manfred se contente de sourire.

— Malin, ça me fait plaisir de te voir !

Led' donne à sa jeune collègue une accolade qui crépite d'électricité statique.

Sa barbe grise hirsute lui chatouille la joue et elle sent une légère mais évidente odeur de sueur qui doit émaner de la chemise en tissu synthétique qu'il porte sur un marcel.

Ses cheveux poivre et sel sont gras et ses lourdes paupières tombent sur ses petits yeux sombres derrière ses lunettes. Sa panse déborde de la ceinture de son pantalon trop court qui dévoile des chevilles poilues. Ses pieds sont saucissonnés dans une paire de sandales brunes élimées.

Il n'a pas changé.

Malin a travaillé avec Led' il y a près d'un an, pendant l'enquête sur les meurtres de Stuvskär. Elle est animée de sentiments contradictoires vis-à-vis de lui. S'il est indéniablement un excellent enquêteur, il n'en demeure pas moins un vieux macho homophobe qui devrait prendre une douche et s'asperger de déodorant.

Malin et Manfred s'installent en face de lui ; la chaise de Manfred craque et ploie dangereusement sous son poids.

Led' tapote les dossiers posés devant lui sur la table.

— Quelle histoire ! s'exclame-t-il. Elle remonte aux années quarante !

— Mais s'il s'agit du même coupable..., déclare Malin en attachant ses cheveux.

— Oui, oui, dans ce cas, il est mort et enterré depuis longtemps. Mais selon les enquêteurs qui ont bossé sur le meurtre dans les années quatre-vingt, il s'agirait de personnes différentes. C'est aussi ce que pensait Hanne.

— *Hanne ?* répète Malin. Tu veux dire que Hanne Lagerlind-Schön...

— Oui, elle était consultante chez les flics pendant une courte période. Avant que l'enquête sur l'assassinat de Palme ne débute vraiment. Elle a dressé un profil psychologique du tueur. Selon elle, une seule et même personne a commis les meurtres d'Östertuna, en s'inspirant probablement du crime perpétré dans les années quarante.

— On a déjà vu des choses plus bizarres, commente Manfred en lissant sa veste.

Malin pose sur lui un regard éloquent.

— Tu savais que Hanne avait bossé sur cette affaire ?

Manfred acquiesce sans se tourner vers elle.

Ils ont tous travaillé avec Hanne par le passé. Elle a collaboré à l'enquête sur les meurtres dans le village natal de Malin, Ormberg, quelques années plus tôt.

Ils étaient également en contact avec elle au sujet des assassinats de Stuvskär l'été dernier, mais sa démence l'a poussée à une retraite anticipée. D'après les informations de Malin, elle vit toujours à Ormberg.

Led' observe les dossiers.

— L'enquête sur les meurtres d'Östertuna était prioritaire en 1986. Vous imaginez bien. Une policière tuée par un sadique, etc. C'était un bordel pas croyable. Mais il a fallu consacrer un tas de ressources au cas Palme et l'enquête a fini par s'embourber. À vrai dire, les pauvres diables n'avaient pas beaucoup d'indices. Aucun témoin, pas de lien entre les victimes, mis à part qu'elles vivaient toutes près du parc Berlin et fréquentaient le même square avec leur marmaille. Et ils manquaient d'éléments techniques, ce qui ne leur a pas facilité la tâche. L'enquête a fini plus froide qu'une bonne femme frigide. Et elle est restée ici à prendre la poussière pendant des décennies.

Malin jette un coup d'œil à Manfred qui ne semble pas choqué par le vocabulaire toujours aussi inapproprié de Led'.

— Ils n'avaient pas retrouvé du sperme dans les années soixante-dix ? s'enquiert Manfred.

Led' esquisse un rictus à mi-chemin entre la grimace et le sourire, dévoilant une rangée de dents jaunes acérées.

— Le meurtre et la tentative de meurtre de 1974 sont prescrits et les preuves techniques ont disparu.

— *Disparu ?* répète Malin.

— Ouais, ça fait chier ! peste Led'. Il y a des cons sur terre et certains cons sont flics. Une place spéciale en enfer leur est réservée.

— Ces échantillons ne sont-ils pas régulièrement détruits une fois la durée de prescription passée ? demande Manfred.

— Je crois que si, marmonne Led'. Les techniciens y mettent même un point d'honneur. Mais il y avait aussi des objets conservés ici, au commissariat d'Östertuna, des vêtements que portaient les victimes, et tout ça s'est...

Il fait un ample geste du bras.

— Volatilisé, termine Malin.

— Tu sais ce qui advient des éléments techniques conservés par les autorités policières locales ? Tout à coup, il y a un déménagement. Ou un grand ménage dans leurs archives. Une caisse ou deux, ça disparaît facilement.

Malin acquiesce et Led' poursuit :

— Mais nous avons quelques preuves matérielles prélevées dans les années quatre-vingt. On va réexaminer ça. En intégrant le cas Britt-Marie. S'il s'avère qu'elle a aussi été victime de cet Assassin des bas-fonds, ce serait ahurissant ! Deux policières tuées par le même assassin à plus de dix ans d'intervalle.

— Et plusieurs autres femmes, souligne Malin.

— Oui, bien sûr. Sans oublier une autre circonstance étrange que vous ignorez peut-être.

Il poursuit sans attendre leur réponse :

— Tenez-vous bien : c'est la mère biologique de Britt-Marie Odin qui a découvert la victime du meurtre dans le quartier de Klara. Elle était auxiliaire de police.

— C'est dingue ! laisse échapper Malin.

— Et puis, nous avons cela.

Il sort deux petits sachets en plastique, l'un contenant une bague en or et l'autre une bague en or et une fine chaîne.

— L'une est l'alliance de Britt-Marie Odin. Nous l'avons trouvée à sa main gauche. L'autre est un anneau qu'elle portait autour du cou, suspendu à une chaîne.

— Axel, le 1er mai 1939, marmonne Manfred.

— Effectivement, c'est ce qui est inscrit. Aucune idée d'à qui il appartient. Mais les objets doivent être remis aux proches, peut-être qu'on pourrait en profiter pour leur poser quelques questions.

40

Lorsque Malin monte dans le métro pour rentrer chez elle juste après dix-huit heures, elle pense à l'alliance, à son poids dans sa paume et à l'éclat mat de l'or dans le petit sachet. Quand elle descend à la station Kungsträdgården pour changer de ligne, elle passe juste sous l'endroit de la rue Norra Smedjegatan où la première victime de l'Assassin des bas-fonds a péri, soixante-quinze ans plus tôt.

À mesure que sa rame approche du terminus, l'épuisement qu'elle éprouve est compensé par l'exaltation. La journée a été passionnante. Le rendez-vous avec Led', l'enquête qui révèle tant de cruauté et tant de lacunes ; tant de questions sans réponses, tant d'étranges coïncidences.

Nous allons le trouver, songe-t-elle. *Nous devons cela à Britt-Marie Odin et à Linda Boman. Et aux autres femmes.*

Elle descend à la station Västertorp et marche quelques minutes jusqu'à son appartement dans un immeuble en brique rouge des années cinquante. Une chaleur humide qui semble monter du sol charrie une odeur d'asphalte et de terre. Des gens passent – un promeneur et son chien, quelques adolescentes qui gloussent, les yeux rivés sur leur mobile, deux ouvriers de retour d'un chantier –, mais elle ne les voit pas, car l'image du squelette d'Östertuna, de la femme que fut jadis Britt-Marie, lui colle à la rétine.

Lorsqu'elle ouvre la porte du petit deux-pièces, Andreas est déjà dans l'entrée, en tenue de sport. Ses longs cheveux bruns ondulés qu'il a laissés pousser pendant son congé paternité sont noués en catogan. Depuis le salon, elle entend les vidéos de chansons pour enfants diffusées par la tablette qu'ils utilisent en attendant d'avoir les moyens d'acheter une nouvelle télévision.

— Salut, dit-il.

Il plante un baiser sur les lèvres de Malin.

— Il faut que je file, je suis en retard au tennis.

— OK. Otto a mangé ?

Andreas enfile ses baskets et attrape son sac de sport et sa raquette posés au sol à ses pieds.

— Pas eu le temps, désolé. Ma mère a appelé. Tu sais comment elle est. Impossible de l'arrêter une fois qu'elle est lancée.

Malin sourit et suspend son gilet à un crochet.

Oui, elle connaît sa belle-mère. Ce petit bout de femme prend énormément de place. Constamment en mouvement, elle semble intarissable – à propos du voisin qui ne tond jamais la pelouse et collectionne de vieux pneus de voiture dans son jardin, de ses plants de tomates qui ne donnent rien et des jeunes d'aujourd'hui qui sont pourris gâtés, mais peut-être aussi négligés par le monde des adultes obsédé par la consommation et la réalisation de soi.

En même temps, Malin est un peu jalouse de la relation qu'Andreas entretient avec sa mère. Elle-même a l'impression d'être tombée dans un gouffre depuis les meurtres d'Ormberg.

L'enquête, à laquelle elle a participé, a pris une tournure qui a changé sa vie à jamais. Elle a appris qu'une de ses parentes a emprisonné une femme dans sa cave pendant des années et des années, et que cette femme s'est avérée être sa mère biologique. En d'autres termes, la personne qui l'a élevée, celle qu'elle a toute son enfance appelée « maman », n'est pas sa *vraie* mère[1].

Comment peut-on à nouveau faire confiance si les êtres qui vous sont le plus proches vous ont menti pendant des décennies ?

Comment tourner la page après cela ?

Mais il lui arrive tout de même de téléphoner à sa mère – elle pense encore à elle en ces termes. Ne l'at-elle pas chérie toutes ces années ? Elles continuent à se voir pour les anniversaires et pour Noël. Mais les moments passés ensemble spontanément, les conversations quotidiennes sur tout et rien – sur les voisins casse-pieds, les plants de tomates et la jeunesse d'aujourd'hui – lui manquent tellement que ça lui fait mal. Et elle sait que sa mère partage son sentiment.

Ormberg lui manque aussi – ses forêts profondes, ses lacs insondables et la rivière qui zigzague entre les arbres tel un serpent lisse et interminable. Le parfum de mousse humide, les grands sapins coniques aux aiguilles denses. Le calme du matin quand la brume

---

1. Voir *Le Journal de ma disparition*, Calmann-Lévy, 2018.

flotte sur les champs et sur la retenue sans affectation des habitants.

— Amuse-toi bien, dit-elle quand Andreas disparaît par la porte, le sac à l'épaule.

Elle rejoint Otto qui, étendu sur une couverture, mordille un jouet bleu en plastique, le regard rivé sur la tablette.

— Coucou mon petit amour, dit-elle en s'accroupissant.

Elle dépose un baiser sur la joue de son fils et hume l'odeur de bébé et de salive séchée sur son pyjama.

Otto gazouille joyeusement.

— Ma. *Ma ma mamama.*

Il se hisse en position assise et suit à quatre pattes sa mère qui se dirige vers la cuisine pour lui préparer sa bouillie.

Sur le plan de travail, un pain est sorti. Elle le glisse dans son sachet plastique et l'enferme dans la boîte à pain. Puis elle range le beurre dans le réfrigérateur, le couteau dans le lave-vaisselle et essuie une tache graisseuse sur l'inox.

Lorsqu'elle incorpore la poudre de céréales au lait dans la casserole et sent les petits doigts d'Otto s'agripper à ses jambes, elle prend conscience de la chance qu'elle a. Andreas est merveilleux, même s'il laisse toujours la cuisine sens dessus dessous. Elle aime Otto plus que tout au monde et elle espère qu'elle le verra grandir.

Elle pense à nouveau aux victimes de l'Assassin des bas-fonds qui ne vécurent jamais cela.

Oui, je suis bien lotie, songe-t-elle.

Le matin suivant, Malin et Manfred se rendent à Östertuna pour s'entretenir avec Björn Odin – l'homme qui jadis fut marié à Britt-Marie. Il habite au dixième étage d'un immeuble défraîchi en béton gris en dehors du centre, dans un quartier pas encore rattrapé par la gentrification. L'ascenseur, criblé de noms et de mots salaces, empeste l'urine. Juste sous le bouton d'appel d'urgence, il est écrit : *Oksana suce pour un hot dog*, accompagné d'un numéro de téléphone.

— Entrez ! crie une voix quand ils frappent à la porte verte rehaussée d'une pancarte *Pas de pub* scotchée près de l'entrée à courrier.

Ils ouvrent et pénètrent dans un couloir étroit où s'entassent des sacs-poubelle, des piles de lettres encore cachetées et des bouteilles vides. Dans le petit salon désordonné, ils aperçoivent un homme assis dans un fauteuil roulant.

Ils retirent leurs chaussures et s'avancent pour le saluer.

Björn Odin doit avoir près de quatre-vingts ans. Il est grassouillet et ses fins cheveux gris pendouillent sur ses épaules. Il se lève et leur tend une main tremblante.

— Je peux encore marcher, explique-t-il, et Malin sent l'odeur caractéristique de l'alcool. Mais je descends généralement faire mes courses en fauteuil. C'est pratique pour suspendre les sacs de provisions.

Des piles de cartons s'élèvent contre les murs et des bouteilles d'alcool vides sont alignées au pied du canapé.

— Merci de nous accorder un peu de votre temps, dit Manfred.

Il se laisse tomber sur le sofa noir d'où émane de vagues effluves de fumée de cigarette et d'huile de friture rance. À plusieurs endroits, la couleur du faux cuir s'est écaillée, dévoilant de larges taches où le tissu forme une trame lâche.

Björn Odin hausse les épaules.

— Vous savez, je ne fais pas grand-chose de mes journées. J'ai arrêté de bosser il y a longtemps, quand j'ai perdu un pied dans un accident avec un camion-poubelle. Je perçois une pension d'invalidité.

Baissant les yeux, Malin aperçoit la prothèse qui dépasse d'une des jambes de pantalon.

— Je comprends, dit Manfred. Nous aimerions vous parler de Britt-Marie.

Björn roule vers eux, pose les mains sur ses genoux, se penche en arrière et ferme les yeux.

— Vous l'avez retrouvée ?

Manfred acquiesce.

— La semaine dernière, un corps a été découvert sous un chantier de démolition près du parc Berlin. Elle a été identifiée à l'aide de vieilles radios dentaires.

Un voile de profonde tristesse passe sur le visage de Björn.

— Alors, c'est pour ça que la police m'a appelé pour savoir qui était son dentiste ? J'ai toujours cru que...

Il éclate en sanglots.

— Pardon... Ça fait si longtemps. Mais j'ai toujours pensé qu'elle était partie. Et puis, il y a eu cette carte de Madère. Je ne me souviens plus quand je l'ai reçue, mais je l'ai donnée à vos collègues dans les années quatre-vingt. Il n'y avait rien marqué dessus, mais elle parlait toujours d'aller là-bas, alors j'ai cru...

— Qu'elle l'avait envoyée ? le coupe Malin.

Manfred la foudroie du regard.

— Exactement.

— Mais si ce n'est pas elle qui a expédié la carte postale, qui ça peut bien être ? s'enquiert Manfred.

Björn secoue la tête.

— Aucune idée. C'était peut-être une mauvaise blague.

— Qui savait que Britt-Marie avait envie de visiter Madère ? demande Malin.

— Tous ceux qui voulaient bien l'écouter, répond Björn avec un sourire peiné. Elle en parlait tout le temps.

Son visage ridé se crispe.

— Mais que faisait-elle *sous* le parking ? Est-ce qu'elle serait tombée dans le trou ? C'était extrêmement dangereux, je le disais déjà à l'époque où ils construisaient. Vous imaginez si un gamin avait eu l'idée d'escalader les barrières et avait chuté de l'autre côté ?

— À notre avis, ce n'était pas un accident, répond Manfred. Notre hypothèse est qu'elle a été tuée et ensevelie à cet endroit. Mais on verra ce qu'en dit le médecin légiste. Si tant est qu'elle puisse dire quoi que ce soit. De nombreuses années sont passées, il n'est pas sûr que les causes de sa mort puissent être établies.

— Désolé, dit Björn, mais c'est un choc pour moi. Je crois que j'ai besoin d'un petit remontant.

Il se hisse hors de son fauteuil et se dirige en claudiquant vers la cuisine. On entend le réfrigérateur s'ouvrir, puis le cliquetis des verres.

— J'imagine que vous êtes en service ? lance-t-il.

Malin lève les yeux au ciel.

— Oui, répond-elle. Merci, nous allons passer notre tour.

Björn revient cahin-caha, un verre empli de liquide transparent à la main, et se laisse retomber dans son fauteuil roulant.

— Merde alors ! lâche-t-il en se grattant la tête.

Le silence s'abat sur la pièce. Björn regarde vers la fenêtre où une plante en pot depuis longtemps fanée prend la poussière près d'une canette de bière vide.

— Savez-vous si quelqu'un voulait du mal à Britt-Marie ? l'interroge Malin avec délicatesse.

Björn secoue lentement la tête.

— Britt-Marie était… Elle… Tout le monde l'aimait bien. Sauf peut-être son chef. Son nom m'échappe.

— Fagerberg ? demande Manfred.

Björn acquiesce et approche son verre de ses lèvres d'une main tremblante.

Un peu d'alcool lui éclabousse les doigts et, au lieu d'essuyer ceux-ci, il avance avidement la bouche pour aspirer le liquide.

— Oui, c'est ça. Elle l'appelait Visage de pierre. C'était un vrai salaud, d'après elle.

— Saviez-vous qu'elle enquêtait sur le meurtre et l'agression d'Östertuna au milieu des années soixante-dix ? s'enquiert Manfred.

— Bien sûr. Elle m'en avait parlé. C'était la première fois qu'elle faisait autre chose que de trier des papelards.

Manfred se penche en avant.

— Savez-vous si elle avait découvert quelque chose avant de disparaître ?

— Quoi, par exemple ?

— Avait-elle des soupçons sur l'identité du coupable ?

Björn vide son verre, s'ébroue, et le pose sur la table basse avec un claquement.

— Malheureusement non, je n'en sais rien. On avait pas mal de problèmes, Britt-Marie et moi, juste avant qu'elle ne parte. Des problèmes de couple. Je crois que j'étais plus préoccupé par ça.

Manfred fouille dans la poche de sa veste et en sort les deux petits sachets.

— Nous avons trouvé son alliance.

Björn hoche la tête, cligne plusieurs fois des paupières, ses yeux deviennent brillants et il observe son verre vide comme s'il se demandait s'il n'en avait pas besoin d'un deuxième pour se revigorer.

— Nous avons aussi découvert un autre anneau qu'elle portait autour du cou, poursuit Manfred. Y figure l'inscription *Axel, 1ᵉʳ mai 1939*.

— C'est la bague de fiançailles de sa mère biologique. Elsie Svenns. Oui, Britt-Marie était adoptée. Elle portait toujours cette bague à une chaîne autour du cou.

Manfred hoche la tête.

— Elsie Svenns, celle qui a trouvé une femme assassinée en 1944 ?

— Exact. Et elle est morte juste après. Le type l'aurait poussée dans l'escalier ou quelque chose dans le genre. Britt-Marie a été très marquée par cette histoire.

Il se gratte la barbe et reprend :

— Elle a écrit sur sa mère.

— Vous avez gardé le texte ?

Björn secoue la tête.

— Non, je n'ai conservé aucune des affaires de Britt-Marie. Anette me serait tombée dessus. Mais il est possible qu'Erik, mon fils, ait encore quelque chose.

— À propos des affaires de Britt-Marie, dit Malin. Nous avons apporté un carton avec quelques documents qui lui appartenaient.

Björn secoue encore la tête.

— Qu'est-ce que j'en ferais ? Non, passez tout ça à Erik.

— Vous ne voulez pas le lui donner vous-même ?

Björn esquisse une moue de ses lèvres gercées, semble hésiter, puis se racle la gorge.

— Ça fait plusieurs années que je ne l'ai pas vu. Il vaut mieux que vous lui apportiez les affaires.

41

— Pauvre diable ! s'exclame Manfred dans la voiture, en route vers le centre de Stockholm.

Malin ne répond pas. Elle a vu beaucoup de malheurs, comme tous les flics. La vie de Björn est certes tragique, mais pas plus que celle de bien d'autres personnes qu'elle a croisées dans son travail. Au moins, il a un toit, et une famille, même s'il a choisi de s'en éloigner.

Elle repense à sa mère et sent un élancement dans la poitrine. Elle prend conscience que Britt-Marie partage son histoire : elle n'a pas non plus grandi avec ses parents biologiques.

Manfred s'engage sur l'autoroute et presse l'accélérateur à fond.

Malin se retrouve plaquée contre le dossier en cuir frais.

— Je n'étais pas tout à fait sincère quand j'ai dit qu'il serait peut-être impossible de déterminer la cause du décès, dit-il.

Elle le regarde.

— Ah bon ?

Manfred hoche la tête et déboîte pour dépasser un poids lourd.

— Je me suis entretenu avec le médecin légiste hier. Le rapport n'est pas encore prêt, mais elle a trouvé des fractures au niveau du crâne qui correspondent à des coups violents. Elle pense que le coupable a frappé plusieurs fois la tête de Britt-Marie contre une surface dure...

— Et c'est exactement le traitement que l'Assassin des bas-fonds réservait à ses autres victimes !

— Tu vas arrêter de finir mes phrases, bon sang ?

— Désolée. Mais tu parles si lentement !

Manfred pousse un soupir théâtral.

— Bon. En plus, on a une fracture de l'os hyoïde.

— Je ne comprends pas le grec.

— L'os lingual, autrement dit. Ce qui indique...

— Que..., lance Malin, mais elle se ravise à temps.

— Que Britt-Marie a été étranglée, oui. Apparemment, cet os est très fragile. Il peut aussi se briser tout seul. Donc en soi cela ne démontre rien. Mais même sans l'os hyoïde, on a des preuves qu'elle est morte des suites d'une violente agression. Ce n'est pas qu'elle est tombée dans le trou, qu'elle s'est cogné la tête et qu'elle y est restée. Non. Quelqu'un l'a tuée. Et enterrée dans le macadam et le gravier versés avant de couler les fondations.

Malin observe les champs qui s'étendent vers l'horizon dans le soleil du matin. Le paysage vert ondoyant lui rappelle à nouveau Ormberg et elle sent poindre une douloureuse mélancolie.

— Et écoute ça, c'est là que ça devient intéressant, poursuit Manfred. Apparemment, les dernières notes de

Britt-Marie dans son carnet concernent une femme qui lui a passé un coup de fil après avoir aperçu un homme suspect dans le parc Berlin. La femme a par la suite indiqué que Britt-Marie lui avait dit qu'elle lui rendrait visite ce soir-là, si elle avait le temps. Nous ne pouvons pas en être sûrs, car nous ne trouvons pas d'historique téléphonique, mais il est possible qu'elle ait été tuée à ce moment-là.

— Elle l'a trouvé, dit Malin en hochant lentement la tête. Elle devait être obsédée par cette affaire et elle a fini par mettre la main sur le coupable. Et l'a payé de sa vie. Il vaut peut-être mieux que j'appelle son fils pour l'informer. Je crois qu'on devrait aussi le rencontrer.

Led' est assis à son bureau, penché en avant, un coupe-ongles à la main, quand Manfred et Malin reviennent d'Östertuna. Il faut quelques instants à Malin pour saisir qu'il est en train de se couper les ongles des orteils. Une vague de nausée monte dans sa poitrine.

— Salut, marmonne-t-il en glissant son instrument dans un tiroir.

— Bonjour, répond Malin, incapable de quitter des yeux les rognures en forme de demi-lune éparpillées au sol.

Elle envisage un moment de lui demander si elle peut changer de tampon dans son bureau, tant sa conception de l'hygiène personnelle semble tordue.

Ça la rend dingue !

Cet homme est parfaitement répugnant, mais il peut se montrer charmant quand il veut. À une époque, c'était un vrai Casanova, et Malin l'a déjà vu subjuguer des témoins femmes au point de leur faire quasiment perdre la parole. La rumeur dit même qu'il a entretenu une brève liaison avec une femme qu'il a rencontrée pendant l'enquête sur les meurtres de jeunes hommes à Stuvskär l'été dernier.

Mais cela pourrait bien être des ragots infondés, comme beaucoup de ce qu'on entend au commissariat.

Malin fixe de nouveau les rognures d'ongles et décide que ce sont des balivernes.

L'instant suivant, Manfred fait irruption derrière elle.

— On y va ? demande-t-il.

— Bien sûr, répond Led'.

Il jette un coup d'œil à ses orteils qui dépassent de ses sandales. Puis il s'empare du gobelet posé sur la table et sort dans le couloir.

Bodil Gren les reçoit dans son bureau qui donne sur le parc. Le soleil du soir filtre par la fenêtre et dessine de larges bandes dorées sur le mur face à la table.

Bodil a la cinquantaine et les cheveux noirs brillants coupés en carré court. Elle n'est pas maquillée, son regard est doux et son visage presque enfantin, mais Malin sait que les apparences sont trompeuses.

— Asseyez-vous, dit-elle avec un signe du menton vers les chaises placées de l'autre côté de son bureau.

Ils s'exécutent.

— J'ai lu le dossier, continue-t-elle en chaussant ses lunettes.

Elle attrape une liasse de documents et son carnet de notes.

— C'est une histoire abracadabrante, explique Led'. L'hiver 1944, une femme a été retrouvée violée et assassinée rue Norra Smedjegatan dans le quartier de Klara. Le coupable avait…

— Je vous dis que j'ai lu le dossier, répète Bodil en tapant impétueusement du crayon contre la table.

Elle baisse la tête et les fixe par-dessus ses verres.

— Parlez-moi plutôt du corps découvert à Östertuna.

Led' acquiesce et croise les jambes.

— Il s'agit de Britt-Marie Odin. La fille biologique de l'auxiliaire de police qui a trouvé la première victime dans le quartier de Klara. Le médecin légiste a constaté qu'elle avait subi des coups violents à la tête et peut-être été étranglée avant d'être enterrée dans le chantier de construction.

— Et vous pensez que tout est lié ?

— Oui, répond Manfred. Mais nous ne savons pas comment.

— J'imagine ! Sinon, on ne serait pas ici, fait sèchement remarquer Bodil. A-t-on des indices matériels ?

Manfred se racle la gorge.

— Rien des années quarante. Et les éléments prélevés dans les années soixante-dix ont disparu, ce qui est dommage, car il y avait apparemment et du sang et du sperme. À l'époque, ils avaient analysé le sang du coupable et déterminé qu'il appartenait au groupe B+.

— Et dans les années quatre-vingt ?

— On a prélevé des fibres. Rien de transcendant. Surtout de la laine, si je ne m'abuse. Mais c'était au cœur de l'hiver, tout le monde devait porter un pull tricoté. Malheureusement, on n'a trouvé aucune trace sur le miroir télescopique abandonné dans l'appartement après le dernier meurtre.

Malin pense à cet instrument souvent utilisé par les serruriers pour ouvrir une porte en passant par la fente prévue pour le courrier, mais qui a hélas aussi d'autres usages.

— Pourquoi a-t-il laissé l'outil dans le logement ? demande Bodil en fronçant les sourcils.

— Hanne Lagerlind-Schön est arrivée sur place, a tambouriné à la porte, et l'homme a fui par une fenêtre. Il n'a probablement pas eu le temps de l'emporter.

— Ah oui, c'est juste. Autre chose ?

— Des traces de sang ont été découvertes sous les ongles de Linda Boman en 1986.

Bodil lève un sourcil.

— Alors, nous possédons bel et bien un échantillon sanguin ?

— Oui, mais à l'époque on ne pouvait pas faire d'analyse ADN, on a simplement constaté que le coupable était B+, exactement comme en 1974. Il y a dix ans, le matériel a été à nouveau analysé à la demande de l'unité des *cold cases*, mais il n'a pas été possible d'en extraire un profil ADN.

— La technique s'est bien développée depuis, indique Bodil.

— Oui, c'est vrai, répond Manfred en hochant la tête. Nous allons demander aux techniciens d'effectuer une nouvelle analyse pour voir s'ils trouvent quelque chose.

— Bien, dit Bodil. D'autres informations ?

Le portable de Malin retentit. Elle coupe rapidement le son.

— Nous allons rencontrer les enquêteurs qui travaillaient sur l'affaire dans les années quatre-vingt, explique Manfred.

— Oui, concentrez-vous sur ces meurtres-là. Je refuse que vous perdiez du temps sur des crimes pour lesquels il y a prescription, même si le coupable est le même.

— Bien sûr. Nous en avons déjà parlé avec le procureur.

Le portable de Malin vibre sur ses genoux. Elle regarde l'écran. Andreas. Tout à coup, elle craint qu'il ne soit arrivé quelque chose à Otto. Elle pense à la télévision qui a basculé et à la bosse qui déforme encore son petit front doux de bébé.

— Désolée.

— Réponds, dit Bodil en s'emparant d'un verre d'eau.

Malin n'a aucune envie de discuter avec Andreas devant Bodil, mais ne veut pas non plus ignorer l'exhortation de sa cheffe. Elle *n'ose pas* l'ignorer. Elle plaque son portable contre l'oreille et détourne la tête.

— Ne te dérange surtout pas pour nous, commente Bodil d'un ton sec au moment où Malin décroche et prend conscience qu'elle a commis un impair.

— *Oui ?* murmure-t-elle.

— Otto est malade, dit Andreas.

— Malade ?

— Il a trente-neuf de fièvre. Qu'est-ce que je dois faire ?

— Tu as essayé de lui donner du paracétamol ?

— Non. OK. Je fais ça. Autre chose : n'oublie pas que j'ai match ce soir.

— Euh, désolée, mais je suis en réunion avec…

— Le match est à Uppsala, donc tu dois être rentrée au plus tard à…

— Je dois y aller. Je te rappelle.

— Mais…

Malin raccroche et se tourne vers Bodil. Son visage est fermé, dénué d'émotion, mais elle tambourine impatiemment sur la table du bout de son stylo.

— Je croyais que ton mari était en congé paternité.

— Je suis désolée, mais visiblement mon fils est tombé malade et…

Sa voix s'éteint.

Bodil ôte lentement ses lunettes et les pose près de son verre. Elle croise les mains, se penche en avant et dévisage Malin. Son expression enfantine s'est évaporée et ses lèvres se sont légèrement ouvertes d'un côté, comme si sa frustration évidente suintait par là.

— Malin Brundin, c'est bien ça?

Malin hoche la tête.

— Que ce soit bien clair, Malin. Si tu as envie de bosser ici, dans mon service, tu vas devoir revoir tes priorités. Il y a beaucoup d'autres postes pour des enquêteurs compétents qui te conviendraient mieux si tu ne parviens pas à concilier vie familiale et vie professionnelle.

Malin a des milliers de réponses sur le bout de la langue, les mots sont là, prêts à être brandis. Il lui suffirait de prendre une grande inspiration et de leur donner vie. Mais elle demeure muette, car le regard de Bodil brûle comme un incendie au milieu de son visage.

— Vous pouvez disposer, conclut Bodil avec un geste de la main pour marquer la fin de la réunion.

42

Andreas se tient dans l'entrée, le sac dans une main et la crosse de floorball dans l'autre quand elle arrive.
— Faut que je file.
— Comment va Otto ?
— Il dort.
Andreas balance son sac sur l'épaule et ouvre la porte.
— Tu lui as donné un médicament ?
— Pas eu le temps.
Malin est trop décontenancée par sa conversation avec Bodil pour lui demander comment quarante minutes peuvent être insuffisantes pour administrer un suppositoire à un enfant.
— Bodil s'est mise en rogne contre moi parce que tu m'as appelée en pleine réunion.
— Bodil est une peau de vache. Laisse tomber.
Il se penche vers Malin pour l'embrasser, mais elle détourne la tête.
— Mais enfin, Malin…
Andreas soupire bruyamment.
— C'est vrai ! C'est une peau de vache, et tout le monde le sait. Écoute, on en parlera à mon retour. Je t'aime, ma petite peau de…

— *Peau de vache ?*

Il rit.

— Tu es ma petite peau de vache adorée !

Elle ne peut s'empêcher de sourire.

— Allez, bonne chance ! Et mets-leur une bonne raclée.

Il lui souffle un baiser et disparaît dans le soir d'été. La porte principale se referme et elle entend la voiture démarrer.

Puis le silence.

Elle donne un suppositoire à son fils, puis nettoie après son mari en congé paternité. Elle range le fromage dans le réfrigérateur, essuie les taches sur le plan de travail, met en route le lave-linge plein de caleçons sales et de vêtements de sport empestant la sueur. Puis elle ouvre le balcon pour aérer, s'allonge dans son lit et réfléchit à ce qu'elle a bien pu faire pour s'attirer les foudres de Bodil.

Je dois me ressaisir, se dit-elle. *Je ne peux pas me mettre dans tous mes états dès qu'Otto a le moindre rhume, et surtout je ne dois pas laisser ma vie privée empiéter sur mon boulot. Je dois travailler plus dur, être plus professionnelle.*

Le lendemain matin, Malin et Manfred se rendent à Östertuna pour s'entretenir avec Sven Fagerberg et Robert Holm, les deux commissaires aujourd'hui à la retraite qui étaient chargés de l'enquête dans les années soixante-dix et quatre-vingt respectivement.

Il aurait été plus logique de les rencontrer au commissariat, mais Fagerberg, qui a plus de quatre-vingt-dix ans, leur a suggéré de venir chez lui.

Malin sonne. L'homme qui ouvre la porte semble avoir autour de soixante-quinze ans. Il a les cheveux gris coupés en brosse, le visage rubicond et un ventre bedonnant sous sa chemise en tartan à manches courtes. Une longue cicatrice lui barre une joue, du coin de l'œil jusqu'à la commissure des lèvres.

— Robban, se présente-t-il avec un grand sourire.

Il leur tend la main.

— Sven peine à marcher, alors je joue le comité d'accueil.

Malin et Manfred lui emboîtent le pas dans un petit salon plongé dans la pénombre, qui sent la poussière et la fumée de cigarette. Toutes les lampes sont éteintes et Malin devine plus qu'elle ne voit une maigre silhouette dans le canapé à fleurs.

— Bonjour, dit-elle. Voulez-vous que j'allume ?

— Surtout pas ! répond l'homme dans le canapé. Savez-vous ce que coûte l'électricité de nos jours, mademoiselle ?

Elle s'approche et lui tend la main.

— Malin Brundin, inspectrice de la brigade criminelle.

Il la salue de la tête, mais ne prend pas sa main.

Une fois que ses yeux se sont habitués à l'obscurité, elle distingue Fagerberg plus clairement.

Il porte une chemise blanche et un costume gris, comme pour un dîner chic, mais, affublé d'une veste bien trop large, il fait penser à un squelette qu'on aurait recouvert d'une fine couche de peau. Derrière ses grandes oreilles, on devine un appareil auditif et sous la peau parcheminée de ses mains se faufilent, telles des anguilles, d'épaisses veines bleues. La peau de son cou forme des plis pesants, et de longs poils recourbés vers le haut jaillissent de ses narines. Malin pense aux herbes folles qui s'étirent vers la lumière du soleil dans les plates-bandes devant son immeuble. Mais le regard de Fagerberg est affûté, il la fixe lorsqu'elle traverse la pièce et prend place dans l'un des fauteuils. Elle pose les yeux sur les coussins et la bibliothèque remplie de photographies en noir et blanc.

— C'est agréable chez vous, dit-elle.
— On fait ce qu'on peut.

Robban s'assied sur le canapé à côté de Fagerberg, et Manfred s'installe à grand-peine dans un fauteuil.

Fagerberg et Robban ont chacun un verre de liquide ambré devant eux et une bouteille de whisky à moitié vide trône au milieu de la table, près d'une pile de livres surmontée de l'ouvrage d'Otto Wendel, policier et spécialiste de criminalistique, *Les morts doivent parler*.

— Nous nous remémorions le bon vieux temps, déclare Robban avec un signe de tête vers la bouteille et les livres. Nous avons beaucoup échangé dans les années quatre-vingt à propos des meurtres. Par ailleurs, nous étions dans la même équipe de chasse dans les années quatre-vingt-dix.

— Le monde est petit, constate Manfred.

— Voulez-vous boire quelque chose? s'enquiert Fagerberg en posant l'une sur l'autre ses mains osseuses. Un café, peut-être?

— Non merci, répond Manfred. Mais buvez votre whisky, vous l'avez mérité.

— Alors, vous avez trouvé l'assistante Odin, marmonne Fagerberg.

— Oui, dit Malin en songeant à la photographie de la jeune policière dans le dossier sur son bureau. À ses cheveux bruns ondulés dans le vent, à son grand sourire et à son regard brillant de confiance en l'avenir.

Fagerberg sort de sa poche un paquet de cigarettes et un briquet.

— Vous permettez que je fume ?

— Absolument, répond Manfred en lorgnant le paquet avec envie.

— Je dois dire que je suis sous le choc, dit Fagerberg d'une voix éraillée.

Il allume une cigarette, tire dessus et l'extrémité incandescente clignote dans le noir. Il laisse échapper une toux rauque. Sa voix ne porte pas vraiment, mais il est difficile de savoir si c'est à cause de l'histoire de Britt-Marie, de la fumée ou seulement de son âge avancé.

— Je n'ai jamais cessé de m'étonner de ce que les gens sont capables de faire à leur prochain, dit Robban. Quand on a perdu Linda…

Il vide son verre de whisky, marque une pause puis continue :

— Eh bien, j'ai songé à démissionner. C'était la première fois que je perdais un de mes gars. Enfin, *quelqu'un de mon équipe*, corrige-t-il en croisant le regard de Malin avec un sourire. Je sentais que c'était ma faute. Ma carrière était toute tracée. Je n'avais même pas trente ans quand j'ai commencé à bosser à la Commission nationale des homicides. Je suis devenu le plus jeune commissaire de l'histoire de Suède. Enfin, vous voyez. Tout allait à merveille pour moi. Et tout à coup, ça. Mais j'étais sûr qu'on allait le pincer. Personne ne peut s'en tirer après avoir tué un flic, n'est-ce pas? Mais ensuite l'affaire Palme a englouti toutes les ressources et notre enquête est devenue un *cold case*.

— Le cas de Britt-Marie était différent, intervient Fagerberg. Personne ne pensait sérieusement qu'elle avait été victime d'une agression. Elle avait écrit à son mari et à moi pour expliquer qu'elle partait en voyage. Et à vrai dire, cela ne m'a pas étonné : elle n'était pas faite pour travailler dans la police.

Il fait tomber la cendre dans une tasse à café vide.

— Qu'est-ce que vous entendez par là? s'enquiert Malin.

Fagerberg se tortille et pince les lèvres, qui dessinent un trait fin au milieu de son visage émacié. Il inspire une profonde bouffée de cigarette et semble réfléchir.

— C'était il y a bien longtemps, dit-il. Notre corps de métier n'était pas prêt.

— Pas prêt à quoi? demande Malin qui peine à lâcher le sujet.

Fagerberg hésite, mais décide de livrer le fond de sa pensée.

— À intégrer tant de femmes. Nous n'étions pas prêts, la société non plus. Les temps ont changé. De nos jours, c'est presque un atout d'être une femme, un pédé ou un immigré si on veut être flic!

Manfred lève une main discrète vers Malin qui ravale sa remarque acerbe.

— Comme je vous l'ai dit au téléphone, nous croyons que Britt-Marie menait l'enquête de son côté, indique Manfred.

— Oui, elle avait du mal à tirer un trait sur la théorie selon laquelle le coupable était entré par le toit, maugrée Fagerberg. Je suis sûr qu'elle faisait fausse route. Mais pensez-vous vraiment qu'elle ait été tuée par l'Assassin des bas-fonds ?

— Oui, répond Malin. Le médecin légiste a constaté des fractures à l'arrière du crâne qui montrent que sa tête a subi des coups violents. Peut-être qu'elle a été frappée plusieurs fois contre le sol. Comme les autres victimes.

Fagerberg ne semble pas entendre et continue à fixer Manfred.

— Pensez-vous vraiment qu'elle a été tuée par l'Assassin des bas-fonds ? répète-t-il.

Manfred et Malin échangent un regard.

— C'est aussi mon avis, affirme Manfred.

— Étrange, commente Fagerberg en écrasant sa cigarette dans sa tasse à café. Alors, nous aurions affaire à un tueur en série ? Comme aux États-Unis ? De nos jours, tous les malheurs viennent de là-bas.

Manfred se racle la gorge.

— Le fait que la mère biologique de Britt-Marie ait trouvé la première victime…

— Est très probablement un pur hasard. Aucun lien avec notre enquête. Mais ça revêtait une grande importance pour Britt-Marie. C'est pour ça qu'elle était obnubilée par cette affaire.

— Peut-être, dit Manfred.

Il marque une pause et reprend :

— Vous avez dû beaucoup y réfléchir au fil du temps. Y a-t-il quelque chose que vous voulez nous transmettre ? Des détails qui ne figureraient pas dans les dossiers ?

Le silence se fait. Devant la fenêtre, le soleil éclaire un petit arbre fruitier près d'une haute haie. La belle journée d'été au-dehors renforce l'impression qu'a Malin de se trouver dans une cave à charbon.

— Je l'ai déjà dit, mais je le répète, annonce Fagerberg de sa voix rauque. Je crois que le meurtrier cherchait à punir les femmes dissolues. Elles aimaient sortir dans les bars et se divertir, ces dames-là. Il arrivait visiblement qu'elles ramènent des hommes chez elles aussi. Peut-être que le coupable fréquentait les mêmes lieux ? Ou qu'il était religieux. Vous avez fouillé du côté des congrégations d'Östertuna ?

— Merci, fait Malin. On va y réfléchir. Au fait, qu'en est-il des vêtements ? Apparemment, il y avait du sperme sur certains des habits des victimes retrouvés sur la scène du crime en 1974. Mais ils ont disparu.

Fagerberg esquisse une grimace.

— Si mademoiselle l'inspectrice savait tout le bordel dont on se débarrasse chaque année.

— Alors, c'est vous qui les avez jetés ?

— *Moi ?* Jamais de la vie. Mais, à un moment donné, un maniaque a dû faire un peu de tri dans les archives et a balancé tout ça.

Robban passe la main dans son épaisse tignasse grise.

— Il y a quelque chose dans la temporalité des crimes qui me chiffonne. Pourquoi au milieu des années quarante, soixante-dix et quatre-vingt ? Qu'a fait le tueur entre-temps ? Des années, voire des décennies se sont écoulées entre les meurtres.

— Oui, si on part du principe qu'il s'agit du ou de la même coupable, intervient Malin. Mais nous pensons plutôt que le meurtre des années quarante a été perpétré par une autre personne.

— Vous dites « le ou la coupable », « une autre personne », soupire Fagerberg.

Sa bouche se tord dans un sourire en biais.

— On ne peut pas s'accorder pour dire que c'est un homme ? Si je ne m'abuse, les femmes ne peuvent pas éjaculer et laisser du sperme sur la scène du crime.

Il croise les bras sur sa poitrine.

— Mais enfin, les chercheurs auront bientôt résolu ce petit problème, ajoute-t-il. De nos jours, on peut décider soi-même de son sexe.

Ignorant la remarque de Fagerberg, Manfred se contente de répondre à la question de Robban.

— Il a pu habiter ailleurs, ou faire un séjour en prison. Ou peut-être en hôpital psychiatrique. Nous allons bien sûr examiner ça.

— Et que faites-vous d'autre ? demande sèchement Fagerberg.

— Nous remontons toutes les pistes, répond Manfred. Cet après-midi, nous allons notamment rencontrer Hanne Lagerlind-Schön, la profileuse qui travaillait sur l'affaire dans les années quatre-vingt.

Robban opine du chef.

— Ah, Hanne ! Que lui est-il arrivé, en fait ? J'ai entendu dire qu'elle était atteinte de la maladie d'Alzheimer.

— Elle souffre de démence. Sa mémoire à court terme a presque disparu, mais elle se souvient sans problème de ce qui s'est passé dans les années quatre-vingt.

Robban hoche la tête et son regard s'éclaire.

— Une belle plante, cette Hanne. Splendide, mais teigneuse. De longs cheveux roux. Et des…

Il place ses mains en coupe devant sa poitrine.

Fagerberg ricane.

— Une vraie pin-up ?

— Noir sur blanc, mon cher ! Magnifique à regarder. Mais elle était mariée. Elle l'est toujours, d'ailleurs ?

Malin voit que Manfred a du mal à se contrôler. Il pose ses grandes mains sur ses genoux et fixe le sol quelques instants avant de répondre.

— Non, ils se sont séparés il y a quelques années et elle a rencontré un autre homme. Un policier. Mais hélas il est mort quelques années plus tard. Maintenant, elle habite dans un village en Sudermanie. Mais demain elle doit avoir un examen médical à l'hôpital Sophiahemmet ; nous allons en profiter pour la rencontrer juste avant.

— Ne lui passez pas le bonjour de ma part, dit Robban avec un clin d'œil. Je crois qu'elle avait du mal à accepter que je connaisse mieux le travail de la police qu'elle et que c'est moi qui prenais les décisions.

43

Hanne est installée à la petite terrasse du parc Humlegården.

Elle n'a pas oublié.

Bien qu'elle ne se rappelle pas quel jour on est, il lui suffit de fermer les paupières pour voir le visage en forme de cœur de Linda et ses yeux sombres semblables à du charbon poli. Mais Hanne s'efforce de ne pas trop penser à elle, car, dès qu'elle le fait, cette autre image apparaît, celle de sa collègue, les mains clouées au sol, défigurée par les coups, dans l'appartement d'Östertuna.

Malin aperçoit Hanne et Berit de loin. Berit porte une vieille robe que Malin reconnaît et sa frange grise est retenue par une barrette enfantine en métal jaune. Berit les salue de la main, se lève et boitille jusqu'à eux.

Hanne affiche un air hésitant, mais la suit.

Berit, une femme d'un certain âge, vit à Ormberg depuis une éternité. Après avoir longtemps travaillé pour la municipalité puis pour les services sociaux, elle s'occupe à présent de Hanne. Elle est à la fois amie, aide-soignante et coordinatrice, d'après les dires de la mère de Malin.

— Bonjour ma chérie ! s'exclame Berit en serrant Malin dans ses bras.

Malin inspire un mélange d'effluves de cuisine et d'odeur d'enfance.

— Félicitations ! Et dire que tu es devenue adulte et que tu as eu un bébé ! Qui l'eût cru quand tu te promenais en tresses et que tu chipais des pommes ! Quand venez-vous nous rendre visite à Ormberg ?

— J'ai beaucoup de travail en ce moment, mais bientôt, j'espère.

— Ta mère m'a montré des photos. Il est à croquer ! Otto, c'est bien ça ?

Malin acquiesce.

Revoir Berit lui procure un étrange sentiment de bonheur. Pendant longtemps, elle n'a rêvé que de quitter Ormberg, de partir aussi loin que possible, pour ne jamais revenir. Mais dès lors qu'elle eut déménagé, le village de son enfance lui a manqué. Et maintenant qu'elle voit Berit sourire, le visage éclairé par les rayons brûlants du soleil, elle sent la mélancolie s'éveiller, comme un doux murmure en provenance des profondes forêts et des lacs limpides de sa région natale.

Manfred et Hanne se donnent une chaleureuse accolade.

— Quel plaisir de te voir, Manfred !

Ses longs cheveux sont presque entièrement gris et elle paraît plus chétive que dans les souvenirs de Malin. Elle porte un chemisier blanc sans manches qui laisse voir ses bras émaillés de taches de rousseur, et des sandales assorties qui semblent presque neuves.

— Comment va Nadja ? s'enquiert-elle.

— Bien, elle est presque complètement rétablie.

Hanne sourit et étreint les mains de Manfred. Puis elle se tourne vers Malin et lui tend la main.

Malin la serre en souriant, bien consciente que Hanne ne la reconnaît pas, bien qu'elles aient collaboré l'été dernier.

— Bonjour, Hanne. Je suis Malin Brundin. Nous avons déjà travaillé ensemble.

Le visage de Hanne exprime l'étonnement et l'embarras ; ses joues s'empourprent.

— Oh, mille excuses, bredouille-t-elle en plaquant une main contre ses lèvres comme si elle voulait y enfermer les mots.

— Nous en avons parlé dans la voiture, siffle Berit en lui donnant un léger coup de coude.

— Aucun problème, dit Malin. On s'installe ?

Ils s'asseyent autour d'une table et passent commande. Cafés pour tout le monde et gâteau aux pommes accompagné de crème anglaise pour Manfred. Malin en conclut qu'il a de nouveau renoncé à son régime.

— Est-ce que tout cela est lié au monsieur qui nous a rendu visite hier ? interroge Berit en jetant un coup d'œil à Hanne.

— *Qui* vous a rendu visite hier ? s'enquiert Manfred en chassant une mouche venue se poser sur son dessert.

Hanne et Berit se dévisagent.

— Comment s'appelait-il, déjà ? demande Hanne.

— Erik Odin, répond Berit. Il voulait savoir tout ce qui s'était passé à Östertuna dans les années quatre-vingt. Apparemment, sa mère enquêtait sur le meurtre dans les années soixante-dix, puis elle a disparu. Mais son corps a été découvert sous…

— Mais, l'interrompt Malin, comment vous a-t-il retrouvées ?

Hanne secoue la tête, le regard dans le vague.

— Hanne Lagerlind-Schön n'est pas un nom courant, explique Berit. Ça n'a pas dû être difficile de nous localiser.

— Et qu'est-ce que tu lui as dit ?

Malin fixe Hanne qui laisser errer son regard.

— Euh, je…

Elle rougit et pose les mains sur ses joues.

— Tu as raconté des tas de choses sur l'enquête, indique Berit. Et sur Owe et toi. Tu étais intarissable. Vous êtes restés des heures à bavarder. Mais il me semble qu'il avait besoin de savoir. Ça doit être terrible de perdre sa mère ainsi.

Le silence s'installe et Manfred jette à Malin un regard éloquent.

— Bon, dit-il en posant les yeux sur Hanne. Revenons à nos moutons. Tu connais bien l'affaire et je comprends que ça a dû être très dur quand Linda a été assassinée.

Hanne contemple sa tasse de café. Ses doigts pâles palpent le bord irrégulier de la table.

— As-tu pensé à des choses qui ne figurent pas dans le dossier de l'enquête, mais qui pourraient nous être utiles ?

— Je… Elle… Il…

Hanne rougit à nouveau.

— Tu as apporté ton vieux calepin, murmure Berit avec un petit coup de coude.

— Ah oui, c'est vrai !

Le visage de Hanne s'éclaire, pour se rembrunir l'instant suivant. Elle se tait.

— Dans ton sac, lui rappelle Berit.

— Ah oui, bien sûr, quelle idiote je fais !

Hanne attrape son sac à main et en sort un petit carnet rouge. Elle l'ouvre à la première page et enfile ses lunettes de lecture.

À faire, lit Malin, assise en face. S'ensuit une liste d'activités.

Tout en haut, on peut déchiffrer : *Rendre visite à Björn Odin*, accompagné de son adresse et de la note *Demander si Britt-Marie avait une théorie sur le coupable*.

Puis : *Appeler médecin légiste*.

Enquêter sur F.

Comparer avec les meurtres au Texas en 1983 et les assassinats par étranglement à Lyon en 1978.

— Page suivante, lui souffle Berit avec une certaine impatience dans la voix.

Hanne tourne la page.

Le titre « Hypothèses » est suivi de notes serrées. À côté du texte rédigé en noir figurent de petites remarques en rouge.

— Ah oui, fait Hanne. J'ai passé en revue mes vieilles annotations et j'ai eu de nouvelles idées. Je peux les relire d'abord ?

— Bien sûr, répond Manfred.

Il coince sa serviette dans son col pour protéger son élégante veste et entame sa pâtisserie.

Berit observe Malin qui semble deviner une impuissance sereine dans le regard de la vieille dame.

— Oui, marmonne Hanne. *Exactement*.

Manfred avale une seconde bouchée et observe le parc où des Stockholmois assoiffés de soleil, étendus en short ou en bikini sur des couvertures, lisent un livre ou pique-niquent avec leurs enfants.

Hanne lève les yeux et se racle la gorge.

— Voilà, il y avait la question du choix des victimes. Nous sommes partis du principe qu'il jetait son dévolu sur des femmes jeunes, d'un abord facile, des femmes qu'il essayait peut-être d'accoster, mais qui le repoussaient. Puis il les agressait parce qu'il s'était senti insulté.

— Oui ? l'encourage Manfred.

Il se penche vers elle et sa serviette frôle dangereusement la crème anglaise.

Hanne secoue la tête et sourit tristement.

— Nous pensions que le fait qu'elles aient toutes de jeunes enfants était un hasard, la conséquence logique du fait qu'il trouvait ses proies dans ce square. Mais ne serait-ce pas l'inverse ?

— *L'inverse ?*

Manfred s'incline davantage et Malin pose une main sur son épaule.

— Attention à ta serviette.

Manfred se redresse.

— Je me demande s'il n'a pas sélectionné ces femmes justement *parce qu'elles* avaient des enfants. Il tuait des *mères*, pas seulement des femmes, si vous voyez ce que je veux dire.

Le silence se fait. Manfred pose sa cuillère sur son assiette.

— Ces crimes sont un cas d'école en matière de haine, poursuit Hanne. Je l'ai déjà dit dans les années quatre-vingt, et je n'ai pas changé d'avis. Peut-être que le coupable ne haïssait pas les femmes en général, mais plus particulièrement les femmes célibataires avec de jeunes enfants.

— Tu peux développer ? l'exhorte Malin.

Hanne hoche lentement la tête, ôte ses lunettes et la regarde. Ses yeux pétillent. Sa voix est exaltée.

— Les crimes de ce genre sont liés au pouvoir, au premier chef, et non au sexe. Et depuis les années quarante, les femmes ont vu se renforcer leur place dans notre société, à la différence d'autres cultures. Prenez par exemple les policières. Dans les années quarante, lorsque le premier meurtre a été perpétré, les femmes ne pouvaient même pas devenir policières à part entière ; elles n'étaient qu'« auxiliaires ». Ce n'est qu'à la fin des années cinquante que les femmes ont pu accéder à cette profession, malgré les obstacles dressés par leurs collègues masculins et même par le syndicat. À la fin des années soixante, les policières ne pouvaient pas travailler sur le terrain, ce qui a changé en 1971, je crois. Ajoutons l'évolution de la société dans son ensemble. Les femmes sont sorties du foyer et entrées sur le marché de l'emploi, elles ont pu avorter librement, mettre leurs enfants en crèche, etc. Ça modifiait beaucoup de choses sur le plan de la répartition des pouvoirs et tous les hommes ne regardaient pas cela d'un très bon œil. Adoptons le point de vue du coupable : il observe ces jeunes femmes qui choisissaient de vivre sans homme, seules avec leur enfant, et de travailler. Peut-être voulait-il les punir pour cela ?

Hanne marque une pause et croise les mains sur ses genoux. Malgré la chaleur, la peau fine de ses bras se hérisse de chair de poule. Malin frissonne aussi.

— Moui, réagit Manfred. Mais ça semble un peu…
— Tiré par les cheveux ? suggère Malin.

Manfred lui jette un regard agacé. Hanne sourit.

— Tiré par les cheveux, d'un point de vue extérieur, oui, mais ses agissements sont tout à fait logiques pour lui.

— Tu veux dire que le coupable est rationnel ?
— Je crois qu'il en a l'air, en tout cas. Sinon on l'aurait arrêté depuis longtemps. Dans mon premier profil, je le décrivais comme un ermite. Socialement isolé, etc. Je n'en suis plus si sûre. Il s'agit d'un individu émotionnellement dérangé, mais ce n'est pas nécessairement visible de l'extérieur. Je commence à pencher pour un autre profil : il s'agirait d'une personne socialement intégrée qui vit peut-être une vie de famille ordinaire.

— Pourquoi ?
— Parce qu'il n'a pas été retrouvé. S'il avait été trop étrange, quelqu'un l'aurait sans doute remarqué.

— Comment penses-tu qu'il soit entré chez les femmes dans les années soixante-dix ? s'enquiert Malin.

Hanne réfléchit et consulte son carnet.

— Je crois… qu'il est entré par le toit. Il a probablement changé de méthode dans les années quatre-vingt. Il devait être trop vieux pour s'amuser à faire de l'escalade. Mais l'outil qu'il a utilisé pour forcer la porte, c'est intéressant. Qui a accès à ce genre d'instrument ?

Hanne poursuit sans attendre la réponse.

— Par ailleurs, les indices matériels des années soixante-dix ont disparu, n'est-ce pas ? J'ai noté ici que tu l'avais mentionné au téléphone.

Manfred acquiesce.

— J'ai eu une idée, lance Hanne.

— Oui ? dit Manfred d'une voix si basse qu'elle s'entend à peine à travers le bruit de la circulation et les cris des enfants jouant un peu plus loin sur la grande pelouse.

— Je ne crois toujours pas que nous ayons un seul et même coupable. Je pense que le meurtre des années quarante a été commis par une personne et ceux des années soixante-dix et quatre-vingt par une autre. Quelqu'un qui connaissait bien la première affaire et savait comment dissimuler ses traces. Quelqu'un qui avait peut-être un bagage spécifique, en criminalistique, qui savait utiliser cet outil de serrurier et qui pour une obscure raison avait toujours un temps d'avance. Quelqu'un qui pouvait faire disparaître les preuves. Alors, je me dis : est-ce que ça aurait pu être un flic ?

44

Quand Malin rentre chez elle ce soir-là, Otto est guéri.

Les bébés sont un vrai mystère, songe-t-elle en embrassant sa bouche souriante et édentée. *Fiévreux un jour, comme un charme le lendemain.*

— Vous avez passé une bonne journée ? demande-t-elle à Andreas qui est étendu sur le canapé, le regard rivé sur son portable.

— Oui, super ! On est allés au lac avec Peder et Lova.

Peder est ami d'Andreas qui est aussi en congé paternité. Lova, sans doute le bébé le plus grassouillet de l'histoire de l'humanité, a le même âge qu'Otto.

Malin soulève son fils du tapis et s'installe à côté d'Andreas. Il pose son téléphone mobile sur la table basse et caresse le crâne duveteux de son fils.

— Ce serait bien de mettre une couverture sur le tapis quand Otto joue dessus. Au cas où il régurgite. Ce tapis nous a coûté une petite fortune.

— Moui, répond Andreas. Comment ça s'est passé de votre côté ?

— Bien.

Elle tapote la joue rebondie d'Otto. Sa peau est rugueuse à cause d'éruptions cutanées mystérieusement apparues autour de sa bouche. Elle ignore ce que c'est et a prévu de l'emmener chez le pédiatre cette semaine pour le faire examiner.

— Nous avions rendez-vous avec Hanne, ajoute-t-elle.

Otto attrape une mèche de cheveux et tire de toutes ses forces. Malin ouvre délicatement les petits doigts et s'attache les cheveux sur la nuque avec l'élastique qu'elle portait au poignet.

— Hanne ?

— Oui, visiblement, elle a bossé sur cette affaire dans les années quatre-vingt.

— Et comment allait-elle ?

Malin hésite.

— Très sincèrement, elle faisait peine à voir. Elle était complètement déboussolée. Berit, qui l'accompagnait, devait tout lui rappeler.

Andreas, qui a aussi travaillé avec Hanne, a rencontré Berit plusieurs fois. Il caresse le dos de sa compagne.

— C'était…, murmure-t-elle.

Et soudain, les larmes se mettent à couler, sans prévenir. La douleur déferle comme une vague brûlante, un fleuve de pensées et de souvenirs remonte à la surface.

— Mais ma chérie, dit Andreas en se redressant et en l'entourant de son bras.

— Pardon, gémit-elle. C'est juste trop. D'abord Bodil qui pète les plombs, puis tous ces horribles meurtres et ces policières mortes. Et Hanne et Berit.

En plus… Cette femme, Britt-Marie, elle était adoptée. Ça m'a fait penser à maman et à Ormberg et…

— Mais ma chérie, répète-t-il. Écoute. Allonge-toi un peu ici. Otto et moi, on va s'occuper de toi.

Il lui prend Otto des bras et se lève.

Malin obéit, s'étend de tout son long sur le canapé et sanglote.

— Ma mère me manque !
— Je sais.
— Ormberg me manque aussi.
— Ne bouge pas. On prépare à manger.

Et Malin demeure immobile.

Elle n'a pas le choix, car son corps est vidé de ses forces et ses larmes intarissables. Elle songe à ces mères célibataires qui ont peut-être suscité la haine du tueur uniquement parce qu'elles élevaient leur enfant seules. Elle songe au squelette de Britt-Marie, à la bague qu'elle portait autour du cou, et elle songe à Linda Boman, la policière qui avait presque exactement son âge quand l'Assassin des bas-fonds l'a clouée au parquet de l'appartement d'Östertuna.

Mais qu'est-ce qui leur prend, aux gens ? pense Malin. Est-ce réellement une question de pouvoir, comme l'a suggéré Hanne ? De pouvoir, et de haine implacable contre les femmes qui profitent des libertés nouvellement acquises ? Est-il vraiment possible qu'un policier soit impliqué ?

Andreas tient parole.

Il prépare des spaghettis bolognaises et ils partagent une bouteille de vin à la lueur des bougies avec la fenêtre grande ouverte sur le soir d'été. Otto se comporte de manière exemplaire et s'endort au moment où le bleu fragile se change en obscurité douce comme du velours.

Ils regardent un film et parlent d'autre chose.

De Lova qui a déjà des dents, de Peder qui veut acheter une maison de campagne dans l'archipel de Stockholm. De la mère d'Andreas qui a appelé deux fois pour se plaindre du voisin, du voyage aux Canaries qu'ils projettent de faire cet hiver s'ils ont le temps et les moyens. Puis ils font l'amour dans le lit qui sent l'odeur aigre des régurgitations d'Otto.

Nous sommes bien lotis, se dit Malin. *J'ai de la chance.*

Et elle se love dans ce sentiment jusqu'à ce que son portable sonne vers vingt-deux heures.

— Hanne a disparu, dit Manfred, essoufflé, quand elle répond.

— Disparu ? Mais... comment... ?

Elle se lève du lit, emporte son téléphone dans le salon pour ne pas déranger Andreas qui comme d'habitude a sombré dans un profond sommeil après leurs ébats.

— Berit est tombée dans un escalier à l'hôpital Sophiahemmet et a dû être soignée. Et tout à coup, Hanne avait disparu. Ils ont fouillé les environs, mais impossible de la retrouver.

— Mais...

Malin sent que l'effet du vin ne s'est pas dissipé, car ses pensées tournent en rond, vides de sens, et une migraine sourde point derrière sa tempe.

— Nous avons lancé un avis de recherche.

Elle s'affale dans le canapé et enroule son corps nu dans la couverture d'Otto.

— Elle n'a pas pu se volatiliser. Elle est complètement paumée, quelqu'un devrait l'avoir trouvée, avoir remarqué son état et contacté la police.

— Oui, répond Manfred sans conviction. Ils mènent une battue avec des chiens dans la forêt derrière l'hôpital. Elle a pu se perdre là-bas. Peut-être qu'elle a fait une chute et qu'elle s'est blessée.

— On peut faire quelque chose ? Où est Berit ?

— Elle dort chez un parent en ville cette nuit. On ne peut rien faire maintenant. Les recherches sont en cours. On ne peut qu'attendre. Et espérer.

45

— Des nouvelles de Hanne ? s'enquiert Malin quand Manfred passe la chercher le lendemain matin de retour du garage où il a récupéré sa voiture après la révision annuelle.

Il sort de la place de parking et appuie sur l'accélérateur.

— Non. Toujours disparue.
— Mais c'est incroyable ! On ne peut pas se volatiliser comme ça !
— Apparemment si.
— Est-ce qu'elle aurait pu suivre quelqu'un ?
— Qui, par exemple ?

Malin hausse les épaules et pose son sac en boule à ses pieds.

— Où habitait-elle avant de déménager à Ormberg ?
— Quand elle était mariée à Owe, elle vivait rue Skeppargatan. Et Peter et elle avaient un petit appartement dans le quartier Vasastan. Les collègues se sont rendus aux deux adresses et ont interrogé les voisins. Personne ne l'a vue.
— Et si l'Assassin des bas-fonds l'avait trouvée ?

— Ce n'est pas très crédible, dit Manfred en s'engageant sur l'autoroute. Mais elle peut s'être blessée ou être tombée subitement malade. Elle est…

Il marque une pause avant de prononcer le dernier mot et Malin doit se contrôler pour ne pas finir sa phrase.

— Fragile, conclut-il.

Le silence se fait. Malin regarde la file de voitures qui serpente devant eux sur le pont vers Lilla Essingen. Une fine brume matinale flotte sur l'eau et un bateau à moteur s'éloigne en direction du pont Västerbron, laissant dans son sillage une langue d'écume.

— Je ne crois pas à l'hypothèse de Hanne selon laquelle le coupable est policier, déclare-t-il au bout d'un moment. Je n'y crois tout simplement pas.

Malin réfléchit.

— Linda Boman… N'a-t-elle pas été retrouvée avec sa carte professionnelle enfoncée dans la gorge ?

— Si, il n'empêche que je n'y crois pas. Le coupable était probablement bien préparé, il avait accès à des outils de serrurier et savait effacer ses traces. Et le fait que les indices techniques aient disparu du commissariat d'Östertuna, ça peut être une pure coïncidence.

— Tu as sans doute raison.

Manfred ajuste ses lunettes de soleil et consulte sa montre suisse hors de prix.

— Huit heures dix. On sera chez Erik Odin avant neuf heures. Il nous expliquera pourquoi il est allé jusqu'à Ormberg pour rencontrer Hanne.

Erik Odin les reçoit dans la cuisine de son petit pavillon près du lac Tuna. Il porte un tee-shirt barré du nom *Au hangar des plantes* et un épais pantalon de travail avec de grandes poches sur les cuisses et des boucles sur une hanche pour y suspendre des outils. Il a les bras musclés et bronzés, et les cheveux poivre et sel humides, comme s'il sortait de la douche.

Son regard, qui oscille entre Malin et Manfred quand ils s'installent autour de la vieille table, témoigne de son anxiété.

Malin observe la table en bois sombre et le vieux sucrier en verre pressé posé sur un napperon en dentelle.

— Ce sont les meubles de ma grand-mère, se justifie-t-il à voix basse. Tout était à elle. J'ai hérité de la maison à son décès. L'aménagement intérieur, ce n'est pas mon truc, alors j'ai tout laissé tel quel.

— Je comprends, répond Malin.

Elle inspire profondément et continue :

— Nous sommes vraiment navrés de ce qui est arrivé à votre mère.

Erik hoche la tête, les yeux rivés au sol.

— Merci. Mais j'étais tellement jeune quand elle a disparu que je ne m'en souviens pas. On ne peut pas vraiment dire que je suis en deuil. Bien sûr, ma vie aurait été très différente si elle avait vécu.

Une vague de douleur déferle sur son visage et il croise ses bras bronzés sur sa poitrine.

— Et celle de mon père, marmonne-t-il en détournant le regard.

Malin songe à Björn Odin, cet homme voûté dans son fauteuil roulant au milieu de son appartement plein d'immondices ; à la goutte d'alcool au dos de sa main qu'il a léchée sans aucune gêne, et aux feuilles desséchées de la plante en pot devant la fenêtre.

Oui, son existence aurait probablement été différente si Britt-Marie avait vécu.

— Il aurait peut-être eu la force de faire quelque chose de sa vie, poursuit Erik. Parce qu'aujourd'hui... Enfin, pour être tout à fait sincère... Il ne fait rien à part picoler, chez lui ou dans la maison de son pote attenante au jardin ouvrier.

Il se lève et fait les cent pas dans la cuisine vétuste mais proprette. Il s'arrête, se passe les mains dans les cheveux et se fige ainsi pendant quelques secondes. Puis il recommence à cheminer.

— Désolé, mais... J'éprouvais une telle colère contre ma mère. Pendant toutes ces années.

Il revient à la table et se laisse tomber sur la chaise en face d'eux.

— Je pensais qu'elle s'était tirée, qu'elle ne voulait pas de moi. C'est ce que tout le monde pensait. Et mon père parlait souvent de cette carte postale en disant qu'elle avait dû s'installer à Madère, mais je ne sais pas s'il y croyait lui-même. Il racontait peut-être ça pour me protéger. Ou *se* protéger. Se faire quitter comme ça, du jour au lendemain, ça a dû être terrible pour lui. Et à présent, on retrouve son corps... Je n'arrive pas à le comprendre ! Est-ce qu'elle a vraiment été assassinée ?

— Nous le pensons, répond Manfred. Savez-vous si quelqu'un avait une raison d'attenter à sa vie ?

Erik éclate d'un rire sans joie.

— J'avais trois ans, je n'en ai pas la moindre idée. Mais j'aimerais bien le savoir. J'ai *besoin* de le savoir.

Parce que, depuis qu'ils l'ont trouvée, je suis perdu. Toutes mes certitudes se sont écroulées, tout n'était qu'un mensonge. J'ai du mal à savoir qui je suis maintenant que je ne peux plus…

— La haïr ? le coupe Malin, qui le regrette aussitôt.

— Oui, c'est ça. J'ai aussi tellement honte de toutes les choses affreuses que j'ai pensées d'elle pendant toutes ces années.

— Ces pensées ne l'ont jamais fait souffrir, le rassure Manfred.

Erik ne répond pas, mais il fronce les sourcils et esquisse une grimace.

— Au fait, que faisiez-vous à Ormberg avant-hier ? demande Manfred, presque nonchalamment.

Erik affiche un air étonné.

— J'ai rendu visite à une policière, qui enquêtait sur l'affaire dans les années quatre-vingt. Enfin, elle n'est peut-être pas flic. Plutôt psy, ou un truc dans le genre. Mais qu'importe. Elle s'appelle Hanne…

— Lagerlind-Schön, dit Malin qui ne parvient pas à se retenir.

Manfred lui jette un bref regard avant de poursuivre :

— Pourquoi vouliez-vous la voir ?

Erik baisse les yeux sur ses mains.

— Parce que j'essaie… Je ne sais pas. De comprendre. Ce qui est arrivé à ma mère.

— Hanne est atteinte de démence et ne travaille plus pour la police depuis des années.

— Oui, on me l'a dit.

— Comment avez-vous réussi à la contacter ?

Erik tend le bras vers une liasse de papiers jaunis devant la fenêtre, la feuillette et en extrait une carte de visite qu'il pose sur la table.

Hanne Lagerlind-Schön, docteur en sciences humaines, lit Malin.

— Elle est venue me trouver avec une collègue un jour. Ça doit faire au moins trente ans. Mais peu importe. À l'époque, elle m'a laissé sa carte. Je l'ai retrouvée au sous-sol.

— Est-ce que vous avez vu ou parlé avec Hanne après lui avoir rendu visite à Ormberg ? reprend Manfred.

Erik secoue la tête.

— Non, pourquoi ?

Manfred ne répond pas.

— Mais je dois rencontrer d'autres personnes aussi. C'est Hanne qui m'a donné leurs noms. Fagerberg et Rybäck.

Manfred pose un long regard sur Malin avant de se tourner vers Erik.

— Vous avez bien sûr le droit de discuter avec qui bon vous semble, mais nous apprécierions que vous vous adressiez à nous si vous avez des questions.

Erik acquiesce, muet.

— Et si vous avez des nouvelles de Hanne, appelez-nous sur-le-champ. Elle a disparu.

Erik se fige et croise les yeux de Manfred.

— Disparu ?

— Oui.

Il tire de sa poche deux petits sachets en plastique.

— Nous avons des objets à vous remettre. Voici l'alliance de Britt-Marie et la bague de fiançailles de sa mère qu'elle portait autour du cou quand elle a été retrouvée. La chaîne est là aussi.

Erik avance la main et Manfred lui tend les sachets.

— La bague d'Elsie ? chuchote-t-il en fixant les bijoux au creux de sa paume.

Puis il serre le poing si fort que ses articulations deviennent blanches.

— Ma grand-mère paternelle m'a beaucoup parlé d'elle.

Il essuie une larme sur sa joue.

— Et puis nous avons cela, dit Manfred.

Il se penche et sort d'un grand sac un carton qu'il pose sur la table.

— C'est… ?

Erik se tait et effleure délicatement la boîte.

— Ce sont les affaires de Britt-Marie. Elles se trouvent dans nos archives depuis les années quatre-vingt. Nous avons passé en revue les documents, mais il n'y a rien qui semble pertinent pour notre enquête. En outre, il y a prescription pour le meurtre de votre mère, donc nous vous laissons tout ça. Et voici nos numéros de téléphone. N'hésitez pas à nous appeler si besoin.

— Merci.

Erik cligne des yeux et les regarde. Son visage a pâli sous son bronzage.

Après le départ de Malin et Manfred, il reste un long moment assis à la table de la cuisine, les yeux rivés sur les sachets renfermant les anneaux. Puis il sort les bijoux et les examine. Il observe les inscriptions qui serpentent à l'intérieur de la bague toujours fixée à une mince chaîne en or.

Axel, 1ᵉʳ mai 1939, lit-il.

Il se penche en avant pour s'emparer du carton et se remémore sa réaction la dernière fois que les policiers sont venus le trouver, quand il avait quatorze ans. Les mots qu'il avait crachés comme s'il avait croqué dans quelque chose d'amer.

« Prenez tout. Je n'en veux pas. »

Il ôte le couvercle pour en extraire le contenu. Un insigne de chapeau doré scintille et il distingue une carte de police au milieu des documents.

Son estomac se noue.

Il apporte les anneaux et la pile de documents au sous-sol, dans sa chambre sans fenêtres, et les pose sur son bureau devant l'ordinateur. Il compulse les papiers, tombe sur des lettres, une carte de membre d'un club de tir, des tickets de caisse et un vieil agenda qu'il feuillette délicatement. Les annotations soignées et très lisibles témoignent d'un passé révolu. C'est plus qu'un simple agenda, car sa mère a écrit quelques lignes chaque jour, presque comme dans un journal.

14 mars : rendez-vous chez le médecin. J'ai acheté un nouveau pantalon pour Erik, mais je n'avais pas assez d'argent pour des chaussures.

20 avril : Björn avait promis d'emmener Erik au parc, mais s'est endormi sur le canapé. Hélas, je ne suis pas étonnée.

10 juin : Maj s'est engagée à garder Erik pendant la journée quand je reprends le travail. Ce n'est pas une bonne solution, mais nous n'avons pas le choix.

Puis les notes sont de plus en plus serrées, révélant un désespoir croissant.

À la fin du mois d'août 1974, Britt-Marie mentionne son travail. Le fait que son chef Sven Fagerberg l'oblige à s'occuper de paperasse toute la journée et l'exclut des enquêtes, alors que son collègue Roger Rybäck est « gentil et compréhensif ». Elle décrit en une phrase l'agression d'Yvonne Billing le 22 août. Elle parle de Björn aussi, bien sûr : il a volé leur argent, parié sur les courses, perdu son emploi, et fréquente un certain Sudden qu'elle semble haïr.

Et le 5 septembre :

Nous avons trouvé une femme assassinée près du parc Berlin aujourd'hui. Clouée au sol, exactement comme Yvonne ! C'est terrible. Je ne peux m'empêcher de me demander si c'est le même homme qu'en 1944, bien que Fagerberg affirme que c'est impossible.

Après cela, les annotations sont de plus en plus brèves et espacées. Mais un samedi de septembre, elle a dessiné un grand cœur rouge dans la marge et écrit une note au stylo rouge :

Journée fantastique. Björn m'a servi le petit déjeuner au lit, puis nous sommes sortis dans le parc souffler des bulles de savon avec Erik.

Une photographie est coincée dans la reliure.

Erik saisit le cliché Polaroid décoloré et l'observe à la lumière. Il représente un petit garçon devant un bac à sable. Il tient à la main un bâtonnet en plastique surmonté d'un anneau auquel pend une grosse bulle de savon. Erik reconnaît le visage poupin qui fut jadis le sien. À l'arrière-plan, on devine Britt-Marie accroupie, tournée vers le photographe, un sourire radieux aux lèvres et la main tendue vers son fils, figée dans le temps.

Erik ferme les yeux, serre les poings à maintes reprises, ramasse les bagues d'Elsie et de Britt-Marie, les enfile à la chaîne en or et l'attache autour de son cou.

Il sait ce qu'il a à faire, parce que le poids des ténèbres sur ses épaules menace de l'écraser.

46

— Quand arrive-t-elle ? Je n'ai pas toute la journée.
Bodil tambourine sur la table avec son stylo et considère Malin et Manfred par-dessus ses lunettes de lecture.

— Je l'appelle, répond Manfred en sortant son téléphone portable de sa poche, mais au même instant on entend des pas rapides s'approcher dans le couloir.

Une femme élancée aux courts cheveux bruns, en tailleur et escarpins, apparaît à la porte.

— Bonjour, Maria Nilsson, du laboratoire de la police scientifique, spécialiste de l'ADN. Je suis au bon endroit ?

Bodil lui fait signe d'entrer et ils se présentent.

Malin la salue et vérifie que son téléphone est bien éteint. Elle a fait tout ce qu'elle a pu pour éviter de s'attirer à nouveau les foudres de Bodil : elle connaît l'affaire sur le bout des doigts, elle a mémorisé les prochaines étapes et s'est promis d'agir de manière aussi professionnelle et coopérative que possible.

— Je vous en prie, dit Bodil avec un geste de la main en se penchant en arrière sur sa chaise.

— Merci, répond Maria en sortant son ordinateur portable. Nous avons donc réalisé des tests ADN sur le matériel biologique prélevé sur le lieu du crime dans les années quatre-vingt. Nous avons surtout examiné le sang retrouvé sous les ongles de Linda Boman. Une analyse avait déjà été effectuée il y a dix ans, mais on avait alors constaté que l'échantillon ne contenait pas suffisamment d'ADN pour en extraire un profil utilisable. Mais les recherches ont bien avancé depuis. Déjà…

— Nous sommes au courant de tout ça, la coupe Bodil, en frappant de son stylo sur la table. Venez-en aux conclusions, je vous prie.

Maria paraît surprise, mais se reprend vite.

— Comme vous voulez. On ne peut pas déterminer l'ADN de manière suffisamment précise pour l'associer à *un* individu.

Le silence se fait.

— Retour à la case départ, en d'autres termes.

— Non, pas vraiment. Si vous pouvez envisager de m'écouter quelques minutes, je vais vous expliquer pourquoi, dit Maria.

Impossible de passer à côté de son ton mordant et Malin ne peut s'empêcher de ressentir une certaine satisfaction à voir Maria remettre Bodil à sa place.

La spécialiste de l'ADN poursuit sans attendre de réponse :

— Quand nous avons analysé le sang trouvé sous les ongles de Linda Boman, nous avons extrait un profil mixte. L'échantillon contient un profil ADN qui correspond à la victime, mais il y a aussi des traces de celui d'un autre individu. Nous avons analysé les marqueurs Y. Ils se trouvent sur le chromosome Y, que ne possèdent que les hommes, donc ils appartiennent probablement au coupable. En tout cas, ils ne peuvent pas venir de Linda Boman puisque c'est une femme.

— Ce qui signifie que vous avez bel et bien identifié l'ADN d'un homme dans le sang sous les ongles de Linda ? intervient Manfred.

— Tout à fait. L'être humain a vingt-trois chromosomes. La vingt-troisième paire définit le sexe. Une femme a normalement deux chromosomes X, donc XX, et un homme un X et un Y, donc XY. Nous avons examiné les marqueurs du chromosome Y dans le matériel génétique, et nous avons pu en extraire un profil.

— Que nous pouvons confronter à notre base de données ? demande Manfred, enthousiaste.

Il se penche en avant et pose les coudes sur la table.

— Malheureusement non, répond Maria, nous ne disposons pas d'une base de données des chromosomes Y. Ça existe dans certains pays, mais pas en Suède. Ce que nous pouvons faire, c'est soumettre des individus à des tests ADN et comparer le résultat avec ce profil, ou bien analyser d'anciens d'échantillons que nous soupçonnons provenir du même coupable. Mais il y a un os.

— Pourquoi ne suis-je pas étonnée ?

La déception se lit sur le visage de Bodil.

— Le profil du chromosome Y vient du côté paternel. Un homme a donc le même profil que son père, son fils et son petit-fils, etc.

— Tu peux développer ? demande Manfred.

— Tout à fait. Imaginons que nous ayons un suspect dont le profil du chromosome Y correspond à notre coupable. Le père, le frère et le fils de ce suspect auront très probablement le même profil du chromosome Y. Une analyse des marqueurs de ce chromosome ne déterminera pas lequel de ces hommes est le coupable, mais souvent on peut exclure certains individus parce qu'ils sont par exemple trop âgés, trop jeunes ou peut-être parce qu'ils se trouvaient à un autre endroit lorsque le crime a été commis.

— Je vois. Mais quelle est l'utilité de ces résultats si nous ne pouvons pas les comparer avec nos bases de données ? Nous n'avons pas de suspect à tester.

— Avez-vous songé à effectuer des tests ADN sur un grand groupe d'individus ? Ça s'est déjà fait.

— Il y a plus de dix mille habitants dans le centre d'Östertuna…, répond Bodil.

Elle ôte ses lunettes et les essuie sur la manche de son chemisier.

— Désolée, reprend Maria, mais j'ai pris la liberté d'étudier un peu le cas. Si vous sortez une liste d'hommes d'une tranche d'âge qui vous semble crédible et qui vivaient à Östertuna au moment des faits, vous devriez arriver à un nombre plus gérable. Vous avez peut-être des hypothèses concernant l'endroit où il habite, son statut socio-économique, etc. Je ne peux pas vous dire exactement comment procéder, mais simplement attirer votre attention sur le fait que c'est une démarche possible.

— Mais on ne peut exiger un prélèvement que pour une personne sur laquelle pèsent de lourds soupçons de culpabilité et pour une infraction passible de prison, fait remarquer Bodil.

— C'est vrai, si l'objectif est de faire une analyse ADN de l'échantillon et d'enregistrer le profil dans une des bases de données administrées, en vertu de la loi sur la gestion des données policières.

Malin observe Maria avec un intérêt renouvelé. Elle lui plaît. Non seulement elle remet Bodil à sa place, mais elle est aussi très compétente.

— Nous pourrions mener une campagne de prélèvement volontaire, suggère Malin. D'abord, nous identifions des coupables potentiels en combinant différentes bases de données, puis nous écrivons aux hommes qui correspondent au profil en leur indiquant qu'ils ne sont pas suspects, mais que nous aimerions tout de même les interroger à titre informatif et obtenir un échantillon d'ADN. C'est ce qu'ont fait les collègues qui enquêtaient sur le double meurtre de Linköping.

— Mais n'y a-t-il pas eu une plainte déposée contre eux auprès du médiateur parlementaire ?

— Si je me souviens bien, effectivement. Mais je ne me mêle pas du pan juridique. Je ne suis là que pour vous expliquer comment le profil ADN extrait peut être utilisé. Je suis désolée, mais je dois filer. J'ai une autre réunion dans le même bâtiment.

Elle se met debout, range son ordinateur portable dans sa serviette et se dirige vers la porte. Le dos droit, elle fixe Bodil sans ciller quand elle lève une main pour prendre congé.

— Vous savez où me trouver, dit-elle en sortant.

— Je dois y aller aussi, dit Bodil en lissant ses cheveux noirs et brillants sur son oreille. Pourrions-nous nous retrouver demain pour un point vers...

Elle fait glisser son doigt sur son portable et fronce les sourcils.

— J'ai un emploi du temps très serré. On peut dire vers midi ?

Malin sent son estomac se nouer.

Elle doit emmener Otto chez le médecin demain midi pour faire examiner les drôles de plaques qu'il a autour de la bouche. Andreas ne peut pas s'en charger, il doit rencontrer son nouveau chef. Et même si théoriquement elle pourrait lui demander de décaler sa réunion, elle n'est pas en mesure de le faire ici et maintenant.

— J'ai un rendez-vous.

— Reporte-le, répond Bodil sans lever les yeux de son mobile.

Le désespoir grandit dans la poitrine de Malin. Ils attendent ce rendez-vous chez le médecin depuis longtemps et elle sait que Manfred peut très bien se charger seul de cette réunion avec Bodil. Mais comment gérer la situation, la relation avec sa supérieure ?

Malin finit par jouer cartes sur table. Peut-être est-elle inspirée par la rectitude de Maria et son refus d'accepter la rudesse de Bodil.

— Je dois emmener mon fils chez le médecin.

— On peut se voir en tête à tête, Bodil, lance rapidement Manfred. Je te donnerai les infos ensuite, Malin.

— Entendu, répond Bodil à voix basse en griffonnant quelque chose dans son carnet.

— Et qu'est-ce que tu penses de l'idée du prélèvement de salive ? lui demande Manfred.

— Je ne vois aucune raison de ne pas essayer, dit Bodil. Tu peux peut-être t'en charger, Malin ?

Celle-ci hoche la tête et pense que c'est toujours mieux que de se retrouver à la section objets trouvés.

Lorsqu'ils se lèvent pour quitter le bureau, Bodil l'arrête.

— Pas toi, Malin. J'ai deux mots à te dire.

Manfred sort dans le couloir en fermant la porte derrière lui tandis que Malin reste plantée au milieu de la pièce comme une prisonnière qui attend son jugement.

— Je crois que nous avons déjà parlé de la séparation entre la vie professionnelle et la vie privée, déclare Bodil d'une voix traînante en étudiant son stylo-bille.

— Je n'ai aucun mal à concilier les deux. Et je ne considère pas un rendez-vous médical sur la pause déjeuner comme un manque de professionnalisme.

Bodil pose son stylo et plonge son regard dans le sien.

— J'ai moi-même deux enfants. Et je les élève seule depuis plus de dix ans. Pas une seule fois je n'ai raté une réunion importante ou ne suis restée à la maison pour m'occuper de gamins morveux. C'est une question d'attitude. Tâche de changer la tienne, autrement nous ne pourrons pas bosser ensemble.

Malin sent ses joues rougir de rage et d'humiliation.

Mais d'où lui vient cette honte ? A-t-elle honte de ce qu'elle est ? Une femme, mère d'un bambin qui est parfois malade et doit aller chez le médecin ?

La porte s'ouvre et Manfred passe la tête par l'embrasure.

— J'ai des nouvelles de Hanne. Je viens de recevoir un e-mail : il est possible qu'elle ait été localisée. Tu me rejoins, Malin ?

47

Manfred et Malin fixent l'écran d'ordinateur dans le bureau exigu de Manfred.

— On peut la repasser ? fait Malin.

Ils visionnent à nouveau la brève séquence vidéo. Le film muet en noir et blanc de la caméra de surveillance montre l'intérieur d'un petit magasin de proximité, vu depuis la caisse.

Une femme fait les cent pas devant les boissons comme si elle cherchait quelque chose. Elle s'arrête, lisse son chemisier et se gratte les cheveux. Puis elle balaie les rayons du regard et semble hésiter. Quelques instants plus tard, elle saisit une bouteille d'eau et se dirige lentement vers la porte.

Manfred appuie sur une touche pour stopper la vidéo.

— C'est là que la caissière remarque qu'elle s'apprête à sortir sans payer.

Il clique à nouveau sur *Play*.

La vendeuse quitte sa place derrière la caisse et rattrape la femme. Elles échangent quelques mots, retournent près de la caisse, la femme fouille dans son sac à main et en sort des billets pour payer. Puis elle marche vers la porte et s'en va.

— C'est elle, murmure Malin. C'est bien Hanne.

Manfred acquiesce.

— La caissière a-t-elle dit où elle se dirigeait ?

— Non. D'après elle, Hanne semblait perdue quand elle l'a arrêtée. Elle ne lui a pas dit où elle allait, et la caissière ne lui a pas posé de questions. Mais quand elle a entendu parler de la disparition à la radio, elle a contacté la police.

Ils restent assis quelques instants en silence.

— On dirait qu'elle est seule, reprend Manfred.

— Oui, mais on ne peut pas exclure que quelqu'un l'attende devant le magasin. Où est-il situé exactement ?

— Sur la place. Juste à côté du commissariat et de l'arrêt de bus d'Östertuna.

Malin pointe du doigt le timecode au bas de l'écran : 18:23.

— Près de deux heures après le moment de sa disparition. On est sûrs que l'indication est correcte ?

— Oui, les collègues ont vérifié. La police d'Östertuna est en train de réunir des vidéos de caméras de surveillance d'autres commerçants autour de la place ; ils interrogent aussi les vendeurs qui possèdent des stands à cet endroit ainsi que le personnel des boutiques et des restaurants. Ils vont également parler avec les conducteurs de bus. Et avec les compagnies de taxis.

— Des résultats pour le moment ?

— Pas encore. Mais elle a bien dû se rendre à Östertuna d'une manière ou d'une autre. À moins que…

— Que quelqu'un l'y ait conduite.

Malin pose les yeux sur la silhouette floue debout à la porte du magasin, figée dans le temps.

— Que faisais-tu à Östertuna, Hanne ?
— Oui… Que diable faisais-tu à Östertuna ?

Malin regarde les étoiles. Sa mère disait souvent qu'elles sont de minuscules orifices à travers lesquels on aperçoit l'éclat du paradis.

Leur scintillement, la couronne des arbres agitée d'un doux mouvement de balancier et qui se découpe clairement sur le ciel bleu marine – tous les contours sont si évidents à ce moment-là, alors qu'elle fume une cigarette en cachette devant l'immeuble en brique à Västertorp.

Andreas s'en rendra compte, bien sûr. Mais qu'importe !

Elle a passé une journée de merde – Bodil la déteste et Hanne est toujours portée disparue. Le fait qu'elle ait été immortalisée par une caméra de vidéosurveillance à Östertuna n'améliore pas les choses. Au contraire.

Oui, elle a bien mérité une clope.

Elle pense à Erik Odin qui a rencontré Hanne la veille de sa disparition.

Est-ce une coïncidence ?

Elle n'y croit pas ; d'une manière ou d'une autre, tout est lié. Elle s'imagine Erik, seul, avec les bagues en or qui sont restées ensevelies si longtemps sous le parking d'Östertuna tandis que la vie continuait, indifférente, au-dessus ; elle le voit en train de contempler les bijoux posés au creux de sa main calleuse et de les ranger dans la poche de son épais pantalon de travail, comme des friandises qu'il voudrait garder pour le lendemain.

Il y avait quelque chose d'étrange chez lui, mais elle est incapable de mettre le doigt dessus. Une sorte de peine – pas un chagrin ordinaire, mais un désespoir lancinant, sous-jacent, qui se cache sous ses bras bronzés et son regard fuyant. Une douleur enfouie, une douleur sans nom.

Et la maison…

Y entrer, c'était reculer de trente ans dans le passé : le sucrier en verre pressé, le napperon en dentelle, les meubles anciens et les rideaux fleuris à volants.

Pourquoi reste-t-il là ? se demande-t-elle en écrasant la cigarette contre le lampadaire. *Pourquoi ne vend-il pas le pavillon pour s'installer dans un appartement ?*

Hanne fait à nouveau irruption sur sa rétine.

Debout au soleil dans le parc Humlegården, le vent dans les cheveux, un large sourire sur le visage, les yeux qui brillent et le chemisier repassé.

Nous te trouverons, songe Malin. *Et nous arrêterons l'Assassin des bas-fonds.*

Andreas la serre contre lui quand elle entre.

— Tu as fumé, lui dit-il, le front barré d'une ride profonde.

— J'ai passé une journée de merde.

Et elle lui raconte les derniers événements.

Andreas s'occupe d'elle du mieux qu'il peut. Il prépare un thé, lui assure qu'il a nourri et changé Otto avant de le mettre au lit. Il l'écoute sans l'interrompre et pose des questions prudentes quand elle se tait. Il ouvre la fenêtre pour laisser entrer les effluves de la soirée d'été. Il lui dit même qu'elle peut fumer une autre cigarette si elle veut.

Il fait tout comme il faut, mais la pression dans la poitrine de Malin ne se relâche pas. Elle la serre dans un étau si fort que même les larmes ne peuvent s'en échapper.

— Laisse tomber Bodil, murmure-t-il. Elle aura oublié tout ça demain.

— Tu crois ?

Andreas ne répond pas. Il fronce les sourcils et regarde par la fenêtre ouverte.

— Que faisait Hanne à Östertuna ? s'enquiert-il.

— C'est la question à dix mille couronnes. Peut-être qu'elle a pris toute seule l'initiative de s'y rendre, peut-être a-t-elle rencontré quelqu'un qui l'y a emmenée.

— Qui ça pourrait être ? Qui savait qu'elle serait à Stockholm hier ?

— Personne… Ou plutôt, si : Berit, bien sûr. Et peut-être Erik Odin. Il lui a rendu visite la veille.

— On ne peut pas localiser son portable ?

— Elle n'en a pas.

Le silence se fait. Dehors, on entend des pas approcher puis s'éloigner dans la nuit. Au loin, on distingue le vrombissement des voitures sur l'autoroute et l'aboiement d'un chien.

— Il faut essayer de reconstituer le puzzle. Vous pourriez peut-être publier sa photo dans les médias et lancer un appel à témoins ?

— Je croyais que tu étais en congé, soupire Malin.

Andreas rit doucement.

— Flic un jour, flic toujours. Viens, on va se coucher.

Ils parcourent les quelques mètres qui les séparent de la chambre. Malin zigzague entre les jouets et les coussins jetés au sol, mais réussit quand même à décocher un coup de pied dans un biberon vide qui se cache à l'entrée de la pièce. Quand elle arrive près du lit, Andreas la déshabille avec délicatesse et repousse la couverture.

— Allonge-toi, murmure-t-il, et elle lui obéit sans protester.

48

— Tu as déjà rencontré Nahid ? demande Manfred.

Malin secoue la tête et salue la jeune femme mince assise devant l'ordinateur à côté de Manfred.

— Nahid Svensson, se présente-t-elle en dégageant une longue mèche de cheveux noirs de son visage.

— Nahid est une pro de la base de données, déclare Manfred. Notre meilleure.

La jeune femme esquisse un sourire humble.

— Comme tu y vas ! Mais c'est vrai que j'aime bien ça.

— Quelle chance pour nous, répond Malin en tirant une chaise jusqu'au bureau pour s'y installer.

— Voici ce que nous voulons faire, explique Manfred. Nous commençons par chercher les hommes qui habitaient à Östertuna au milieu des années soixante-dix et quatre-vingt.

Malin hoche la tête.

— Et pour voir large, poursuit-il, on va fixer la limite d'âge à seize ans en 1974. Ils seraient donc nés en 1958 ou avant.

— Et si on avait affaire au même tueur que dans les années quarante ? dit Malin.

— Il serait inclus dans l'échantillon puisqu'on s'intéresse aux hommes nés au plus tard en 1958 qui ont vécu à Östertuna au moment des meurtres dans les années soixante-dix et quatre-vingt. Mais si c'est le même coupable que dans les années quarante, il est fort probable qu'il soit décédé depuis belle lurette.

Malin acquiesce de nouveau.

— À combien de personnes arrive-t-on ?

— On verra, répond Nahid. J'ai besoin d'un jour ou deux. Si le nombre est trop important, on devra peut-être restreindre les critères de recherche. Mais au moins vous aurez une liste brute sur laquelle vous appuyer ; et si ça ne donne rien, on pourra toujours élargir les critères par la suite.

Elle se lève et prend son ordinateur portable sous le bras.

— Alors, je m'y mets.

— Super. Bonne chance, lance Manfred.

Malin la salue d'un signe de tête lorsqu'elle sort dans le couloir d'un pas dansant.

Manfred se penche en arrière sur sa chaise pivotante, croise les mains sur sa proéminente bedaine et la regarde.

— Comment ça va, Malin ?

— Bien, ment-elle.

— Hum. Bon, maintenant on tire cette affaire au clair, merde.

— Des nouvelles de Hanne ?

— Non.

Manfred soupire.

— Aucune autre caméra de surveillance ne l'a filmée. Et aucun des conducteurs de bus ou chauffeurs de taxi que les collègues ont interrogés ne se souvient d'elle.

Il secoue lentement la tête.

— Tu as parlé avec Berit ?

— Je l'ai vue tôt ce matin. Elle est désespérée. Elle se sent coupable, bien sûr.

— La pauvre ! s'exclame Malin en pensant à la vieille dame aux cheveux gris qu'elle connaît depuis toujours. Comment ça s'est passé, exactement ?

— Apparemment, Berit a demandé à Hanne de l'attendre sur un banc dans un parc lorsqu'elle est entrée dans l'hôpital Sophiahemmet pour se faire soigner. Mais quand elle est ressortie peu de temps après, Hanne avait disparu.

Malin ferme les yeux et tente d'imaginer la scène : Hanne assise sur un banc au soleil à attendre. Ses paupières plissées dans la lumière aveuglante, ses joues qui se réchauffent. Ses doigts fins qui s'agrippent à son sac sur ses genoux.

Mais après ?

— J'ai parlé avec le procureur, et aussi avec Bodil, poursuit Manfred. Nous allons diffuser la photo de Hanne et ouvrir une ligne téléphonique pour recueillir des signalements.

Malin esquisse un petit sourire en songeant à ce qu'a dit Andreas la veille.

— Qu'est-ce qu'il y a ?

— Rien. C'est juste qu'Andreas a suggéré exactement la même chose hier.

— Pas besoin d'être Einstein pour y penser.

Malin acquiesce. Manfred a raison, pas besoin d'être un génie. C'est du bon vieux travail d'enquêteur.

— Mais si quelqu'un était venu la chercher... et l'avait emmenée dans sa voiture et...

Elle laisse la phrase en suspens.

— Peut-être... mais je ne crois pas à cette hypothèse. Il n'y a que Berit, Hanne et nous qui savions qu'elle venait à Stockholm.

— Et Erik Odin ? Il avait l'air intéressé par Hanne.

— Berit affirme qu'elles n'ont pas mentionné la visite à l'hôpital. Ils ont seulement parlé de ce qui s'est passé dans les années quatre-vingt. En outre, pourquoi quelqu'un voudrait-il enlever Hanne ? Elle ne représentait pas une menace. Je sais que tu penses à l'Assassin des bas-fonds, mais honnêtement, Malin, Hanne ne possédait aucune information sensationnelle. Tu as toi-même entendu ce qu'elle a dit. Si son profil psychologique avait été aussi juste, ils l'auraient arrêté dans les années quatre-vingt.

Malin garde le silence quelques instants avant de répondre :

— Et si Hanne avait raison : si un policier était impliqué ?

Après le rendez-vous chez le pédiatre avec Otto où on lui a prescrit une crème contre l'impétigo, Malin laisse le bambin à Andreas et retourne au commissariat central. Le soleil de l'après-midi darde encore ses rayons, les feuilles des arbres sont vertes et luxuriantes, mais la fraîcheur que l'on sent dans le fond de l'air et les longues ombres qui s'étirent dans les rues poussiéreuses témoignent que l'automne approche.

Manfred a réussi à décaler la réunion d'une heure et Malin a tout juste le temps d'aller chercher un café et de ramasser une banane mouchetée dans la corbeille à fruits sur la table avant de gagner le bureau de sa cheffe.

— Je ne vais pas y aller par quatre chemins, commence Bodil dès qu'ils se sont tous assis. Pensez-vous que la disparition de Hanne Lagerlind-Schön soit liée à notre enquête ?

— Non, répond Manfred. Enfin, ça dépend de ce que tu veux dire. Je crois que Hanne s'est rendue à Östertuna toute seule, d'une manière ou d'une autre. Elle était sans doute déboussolée, elle s'est souvenue que nous avions discuté de l'affaire… Nous allons diffuser sa photo dans les médias, en espérant que quelqu'un l'ait vue ou lui ait parlé.

— Bien, fait sèchement Bodil. Laissons cette question de côté pour le moment. Comment ça se passe avec les listes que vous deviez produire ?

— Nahid bosse dessus. Je viens d'échanger avec elle. Elle pense que nous arriverons à quelque sept cents personnes.

— Bon sang, soupire Bodil en fixant le plafond.

— Led' a parlé avec les collègues d'Östertuna. Ils peuvent s'occuper des prélèvements.

— Bon sang, répète Bodil. Dans quoi nous sommes-nous lancés ?

— Nous allons contacter les hommes par courrier, continue Manfred, faisant fi de la frustration de Bodil.

— Attention à la formulation. Rédigez ça avec le procureur et les juristes d'ici. Nous ne devons *absolument* pas menacer ces hommes de mesure coercitive. Il doit être clairement indiqué que c'est un prélèvement volontaire. Je ne veux pas avoir le médiateur parlementaire sur le dos. Compris ?

Manfred hoche la tête.

— Led' planche dessus.

— Autre chose ?

Manfred se penche un peu en avant, comme s'il prenait son élan.

— Nous avons réexaminé les indices matériels datant des années quatre-vingt. Malheureusement, rien de nouveau sous le soleil, à part le profil ADN. Et nous avons parlé avec ceux qui dirigeaient les enquêtes dans les années soixante-dix et quatre-vingt et entendu certains proches.

— Hum. Vous avez vérifié les anciens suspects ?

Manfred soupire.

— C'est l'un des détails qui rendent cette enquête aussi bizarre. En principe, il n'y a pas de suspect, si l'on exclut les signalements que la police a reçus au fil des années. Mais, visiblement, il y avait bien un homme soupçonné d'avoir commis le meurtre dans les années quarante. En plus de celui qui a été condamné pour ce crime, je veux dire. Un certain Birger von Berghof-Linder qui a été aperçu avec la victime près de chez elle le même soir. Ce qui est intéressant, c'est que la famille von Berghof-Linder possède beaucoup de terres à Östertuna. Mais il n'a jamais pu être associé au meurtre. Et il est mort depuis longtemps.

— Quel âge avait-il au moment des assassinats dans les années quatre-vingt ?

Bodil tambourine sur la table avec son stylo.

Manfred se caresse le menton et son regard erre vers le plafond.

— Soixante-seize ans, je crois.

Bodil répond au bout de quelques instants :

— Alors, les prélèvements sont notre meilleure chance.

— Oui.

— Très bien, conclut-elle en agitant impatiemment la main dans leur direction.

Ils sortent de la pièce et Malin est frappée par le fait que Bodil ne lui a pas décoché un seul regard pendant toute la réunion, encore moins adressé la parole.

Elle a déjà compris que Bodil la déteste, mais pourquoi ? Qu'est-ce qu'elle lui a fait ? À part être là et être celle qu'elle est.

49

Les jours s'écoulent, une semaine, puis deux, sans que Hanne soit retrouvée.

Malin passe presque une semaine entière à éplucher de vieux signalements et à comparer la liste de personnes apparues pendant l'enquête et le fichier des individus condamnés. En dépit des heures passées à fixer son écran, elle revient bredouille.

Au milieu du mois de septembre commencent les prélèvements d'ADN.

Les bouleaux et les tilleuls dans les bois autour d'Östertuna ont pris une teinte dorée et la place autour de la fontaine est sombre et luisante après l'orage. Malin et Led' quittent le commissariat après avoir reçu les premiers hommes venus s'enregistrer et se soumettre au test ADN.

— Ce n'est pas comme ça qu'on va le coincer ! maugrée Led' en pressant l'accélérateur pour se diriger vers Stockholm.

— Pourquoi ? demande Malin en chaussant ses lunettes noires pour se protéger du soleil automnal accroché comme une grosse orange entre les nuages et l'horizon.

— Le coupable ne viendra jamais de son plein gré faire tester son ADN.

— Dans ce cas, on cherchera ceux qui ne se sont pas présentés.

— Pff. On verra bien.

— On n'a pas vraiment d'autres pistes.

— Je trouve qu'on devrait s'intéresser de plus près aux flics impliqués dans les enquêtes, dit Led'. Ce n'est pas ce qu'a dit Hanne aussi ?

— Si, répond Malin en pensant à leur rencontre dans le parc Humlegården.

Mais ce ne sont pas les mots de Hanne qui sont restés gravés dans sa mémoire. C'est son sourire, ses longs cheveux gris et ses yeux qui brillaient de cet éclat si particulier lorsqu'elle parlait de l'Assassin des bas-fonds.

Tous les prélèvements du monde ne nous aideront pas à la retrouver, se dit-elle en fermant les yeux derrière ses lunettes pour refouler le soleil-agrume.

La publication dans les journaux des images de Hanne n'a pas donné de nouvelles pistes. Bien sûr, la police a reçu des appels, mais la majorité étaient comme toujours vagues ou bizarres – un homme d'affaires de passage à Stockholm a remarqué une femme d'un certain âge, visiblement folle, qui fouillait dans une poubelle près de la place Stureplan ; une famille en route vers l'aéroport d'Arlanda a cru apercevoir Hanne en robe d'été avec un sac Ikea déchiré contenant des serviettes de toilette ; et un jeune toxicomane notoire a affirmé qu'il l'a croisée en compagnie d'un homme inconnu dans les bois non loin d'Östertuna, et qu'ils se sont rapidement éloignés entre les arbres quand il s'est approché.

— Ce Robert Holm…, grogne Led'.

Malin revoit l'homme gras à la joue barrée d'une vilaine cicatrice qui buvait du whisky dans le salon sombre de Fagerberg en se vantant de ses succès comme enquêteur de la police judiciaire, comme s'il s'agissait de médailles qu'il avait gagnées dans différentes compétitions sportives.

— C'était une vraie enflure, poursuit Led'. Tu savais qu'il avait été mis à pied pendant un certain temps dans les années quatre-vingt-dix ? Plusieurs femmes l'ont accusé de harcèlement sexuel sur le lieu de travail.

— Ça ne fait pas de lui un tueur.

— Non, mais ça signifie qu'il ne respecte pas les femmes, et c'est un point commun avec notre assassin.

Malin se dit que s'ils enquêtaient sur tous les hommes qui méprisent les femmes, ils auraient du boulot jusqu'à la fin des temps. Et que Manfred a probablement raison quand il dit que c'est aller chercher bien loin que de penser que le meurtrier est un policier. Non qu'un flic ne puisse pas donner la mort à des femmes – pas du tout –, mais parce qu'aucun élément concret ne pointe dans cette direction. Hormis peut-être le fait que le coupable ait toujours eu une longueur d'avance et n'ait pas laissé de traces.

Mais pas besoin d'être policier pour y parvenir. Il suffit d'être méticuleux, d'avoir une intelligence normale et une bonne dose de chance.

La semaine suivante, l'Association des amis d'Östertuna organise une réunion d'information dans la salle paroissiale attenante à l'église d'Östertuna. À l'ordre du jour, le réaménagement du parc Berlin, l'octroi de licences pour la vente d'alcool et les horaires d'ouverture des restaurants autour de la place. Mais la police est également invitée pour parler de la disparition de Hanne.

Il fait un temps magnifique ; dans le ciel sans nuages passe un vol d'oiseaux migrateurs en formation de V en route vers le sud. Les cimes des arbres resplendissent en or et ocre dans la lumière douce du soleil et la brise charrie l'odeur des feuilles mortes.

Malin et Manfred arrivent en avance devant la salle de réunion.

Debout sur le perron, Malin offre son visage au soleil, resserre son manteau et inspire les effluves automnaux.

Les participants se présentent au compte-gouttes, les saluent d'un signe de la tête et entrent dans le bâtiment en bois bas de plafond. Au bout de quelques minutes, un taxi s'arrête dans la cour en gravier devant la salle.

Malin aperçoit une figure spectrale derrière la vitre de la banquette arrière.

— *Fagerberg ?* s'étonne Manfred.

Il écrase sa cigarette et range le mégot dans le paquet.

— Qu'est-ce qu'il fait là ?

— Il habite ici, répond Malin. Il doit être intéressé par ce qui se passe dans sa ville.

Le chauffeur aide Fagerberg à descendre, puis sort un déambulateur du coffre.

Le vieil homme parcourt très lentement la brève distance qui sépare la voiture de la salle paroissiale. Il esquisse de petits pas hésitants, le visage résolu. De temps en temps, il s'immobilise comme pour contempler le paysage. Il porte un chapeau et un costume gris qui semble identique à celui qu'il arborait quand ils lui ont rendu visite.

Malin lève une main pour le saluer ; Manfred fait de même.

Fagerberg ébauche un signe de tête sec et fait quelques pas de plus vers la rampe au bout du perron.

— Attendez, dit Malin en se précipitant vers lui pour l'aider.

— Prenez ce foutu machin ! crache Fagerberg en indiquant du menton le déambulateur.

Il le pousse sur le côté, attrape la rambarde et se hisse vers le haut à pas de tortue. Malin saisit l'appareil et lui emboîte le pas.

— Alors, vous êtes membre de l'association ? demande-t-elle à Fagerberg.

Il s'arrête. Malin voit ses épaules monter et descendre au rythme de sa respiration. Puis il se retourne et la regarde avec une expression impénétrable. Sa peau parcheminée est jaunâtre et un filet de salive pend au coin de sa bouche, semblable à un lombric transparent.

— J'essaie de me tenir informé de ce qui se passe autour de chez moi.

Malin acquiesce.

— Merci pour la dernière fois, d'ailleurs. C'est drôle que vous et Robban vous connaissiez.

Fagerberg détourne la tête, mais elle l'entend marmonner quelque chose.

— Pardon, pouvez-vous répéter ?

— Robban ! crache-t-il. Il a une bonne descente. C'est un excellent chasseur aussi, oui. Des tas de qualités. Mais peut-être pas la personne qu'on appelle quand on a un pépin, si madame l'inspectrice voit ce que je veux dire.

Malin se tourne vers Manfred qui la suit de près. Il hoche la tête pour montrer qu'il a entendu.

Ils entrent dans le bâtiment où les gens ont commencé à s'asseoir sur les chaises pliantes soigneusement alignées devant une estrade provisoire. Au deuxième rang se trouve un septuagénaire barbu aux cheveux gris que Malin ne reconnaît pas. Mais lorsqu'il se retourne, Manfred le salue de la tête.

Ils se présentent aux organisateurs – un homme et une femme d'une soixantaine d'années – qui leur suggèrent de se placer devant, en bout de rangée, en attendant qu'ils aient abordé les autres points à l'ordre du jour.

Malin et Manfred s'installent à côté d'une femme d'un certain âge en épais manteau et d'une jeune fille affublée de dreadlocks qui lui arrivent presque jusqu'à la taille.

Quelques minutes plus tard, la réunion commence.

Les questions des participants sont étonnamment nombreuses et le ton se durcit de façon évidente quand un représentant de la municipalité explique que plusieurs des anciens arbres doivent être abattus et remplacés par de nouveaux.

Manfred regarde Malin en levant discrètement un sourcil. Elle prend quelques photographies du public, au cas où un suspect aurait décidé de venir écouter ce que l'on dit de la disparition de Hanne.

Vingt minutes plus tard, on leur donne la parole.

Ils montent sur l'estrade, Manfred allume le projecteur, parle de la disparition et montre des clichés de Hanne.

Quand Malin voit à l'écran le visage souriant de la profileuse, sa poitrine se serre.

Une dame âgée se lève et interrompt Manfred au beau milieu d'une phrase.

— J'ai vécu ici toute ma vie, déclare-t-elle d'une voix enrouée. Et ce n'est pas la première fois qu'il arrive malheur à des femmes à Östertuna. Est-ce qu'il y a un lien avec l'Assassin des bas-fonds ?

Manfred hésite avant de répondre. Il se balance d'une jambe sur l'autre et passe la main sur le revers de sa veste.

— D'après ce que nous savons, non. Hanne Lagerlind-Schön souffre de démence et nous sommes au premier chef inquiets qu'elle ait eu un accident.

— Un accident ? Mon œil !

— Il n'y a aucune raison de se tourmenter pour…

— C'est ce que vous disiez dans les années quatre-vingt aussi ! crie un homme d'une soixantaine d'années en veste de chasse matelassée assis au dernier rang. Si Östertuna n'avait pas été surexploité, sans aucun égard pour la population, on n'aurait pas ce type de problèmes aujourd'hui.

— C'est un sujet à aborder avec la municipalité, réplique l'un des organisateurs.

— Comme s'ils allaient m'écouter !

Manfred l'ignore et conclut la présentation en donnant le numéro de téléphone pour les signalements.

Un brouhaha s'élève dans la salle et Malin voit que plusieurs participants prennent des notes sur leur téléphone portable ou dans leur agenda.

À la fin de la rencontre, les deux enquêteurs s'attardent au soleil dans la cour de la salle paroissiale. L'une des organisatrices les rejoint, leur serre la main et les remercie de leur présence.

— Qui est l'homme qui a parlé de la surexploitation d'Östertuna ? interroge Manfred.

La femme lâche la main de Manfred et esquisse un sourire hésitant.

— Peder von Berghof-Linder. Il vient à toutes les réunions. Et il a toujours le même discours.

— C'est le fils de Birger von Berghof-Linder ?

— Je crois. Son seul enfant, si je ne m'abuse.

Manfred hoche brièvement la tête et la femme disparaît vers le parking.

Quelques instants plus tard, l'homme barbu du deuxième rang s'approche et serre la main de Manfred.

— Ça fait un bail, dit-il

— Oui, répond Manfred.

Il se tourne vers Malin.

—As-tu déjà rencontré Owe, l'ex-époux de Hanne ?

Malin secoue la tête et tend la main à l'homme.

Bien que la poignée de main soit superficielle, elle sent la moiteur de sa paume. Elle le regarde avec une attention renouvelée – ses cheveux gris frisent aux tempes et la sueur perle à son front.

Owe toise Malin d'une manière qui lui fait penser à la façon dont un potentiel acheteur examine une voiture ou une bicyclette.

— Tu habites dans le coin ? demande Manfred.

— À *Östertuna* ?

Owe plisse le nez en prononçant le nom de la banlieue.

— Eh non, mon vieux. Mais je veux que l'on retrouve Hanne, alors quand j'ai lu sur Internet qu'il y avait une réunion j'ai décidé d'y assister.

Il se tourne vers Malin.

— Vous aussi, vous connaissez Hanne ?

Elle acquiesce.

— Nous avons travaillé ensemble pendant une brève période. Sa maladie venait de se déclarer et… Enfin. Elle ne se souvenait pas de moi la dernière fois que nous nous sommes vues.

— C'est une pathologie terrible, déplore Owe. Je le sais, car j'ai moi-même exercé en psychiatrie. Ce n'est sans doute pas le bon moment pour en parler, mais, si nous avons divorcé, c'est à cause de sa démence.

— Ah, répond Malin en hochant la tête.

— Mais que ça prenne de telles proportions…

Il esquisse un geste circulaire du bras et sa voix s'éteint.

— Étiez-vous marié quand elle participait à l'enquête sur les meurtres d'Östertuna ?

— Oui. Mais après l'assassinat de cette policière, Hanne a vécu un temps au Pays basque. Elle était anéantie, la pauvre !

— Tu ne saurais pas pourquoi elle est venue à Östertuna le soir de sa disparition ? demande Manfred.

Owe secoue la tête.

— Pas la moindre idée. Nous n'avons pas été beaucoup en contact ces dernières années. Malheureusement, nous n'avons pas eu d'enfants, alors quand nous nous sommes séparés rien ne nous a empêchés de nous éloigner.

Le regard d'Owe devient vide et s'élève vers les frondaisons jaunies des arbres.

— Mais c'est peut-être lié à l'Assassin des bas-fonds, poursuit-il. Elle était obsédée par cette affaire. Elle lisait et relisait le compte-rendu d'enquête préliminaire et a harcelé ce Robban pendant plusieurs années.

Il se tait et observe le parking.

— Comme si elle pensait qu'elle allait pouvoir résoudre cette affaire toute seule !

Les brefs constats d'Owe semblent teintés d'un mépris qui met immédiatement Malin mal à l'aise. Car Hanne est sans doute la personne la plus compétente qu'elle ait jamais rencontrée, bien qu'elle soit en train de perdre son combat contre la démence.

Le portable d'Owe sonne.

— Veuillez m'excuser un instant.

Il répond, s'écarte et se poste sous un arbre pour parler.

— Quelle pourriture ! siffle Manfred entre ses dents. Ce n'est pas du tout à cause de la maladie de Hanne qu'ils ont divorcé. Ce con était infidèle. Elle aurait dû le quitter beaucoup plus tôt.

Owe revient, glisse son mobile dans sa poche et se tourne vers Manfred, sourire aux lèvres.

— De quoi parlions-nous ?

— Je me posais une question, dit Manfred. Hanne avait-elle une théorie sur l'Assassin des bas-fonds ?

Owe enfile le pull couleur moutarde qu'il porte sous le bras depuis qu'ils sont sortis de la salle paroissiale. Puis il lisse ses cheveux d'une main et paraît réfléchir.

— Théorie… Je ne sais pas si on peut appeler ça une théorie. C'était surtout un tas de folles suppositions. Je sais qu'elle croyait que le coupable connaissait le travail de la police ou avait certaines compétences en criminalistique.

C'est à cet instant que Malin se souvient.

Pourquoi n'y a-t-elle pas pensé plus tôt ? Des frissons lui parcourent l'échine et le vent qui caresse son cou nu semble glacial.

50

— Sven Fagerberg et Robert Holm savaient tous les deux que Hanne se rendrait à l'hôpital Sophiahemmet, dit Malin quand Manfred sort du parking derrière l'église.

Ce dernier lui jette un bref coup d'œil.

— Nous leur avons parlé le matin du jour où nous avons vu Hanne, poursuit-elle. Et nous leur avons raconté que nous allions la voir avant sa visite médicale l'après-midi même.

Manfred conduit jusqu'au bout de l'allée et s'engage sur la route déserte dans le pâle soleil du matin.

— Tu ne crois quand même pas que l'un d'entre eux est impliqué ? Fagerberg a près de cent ans et Robban...

Il laisse sa phrase en suspens.

— Je ne crois rien. Je dis simplement qu'ils étaient au courant que nous allions voir Hanne ce jour-là.

Manfred garde le silence un long moment.

Malin réfléchit.

— Il n'empêche, je ne crois toujours pas que l'un d'entre eux soit impliqué. Et même si c'était le cas, il n'y a aucune raison d'enlever ou de blesser Hanne. Allons, Malin, elle ne représente pas une menace. Elle ne possède pas d'informations importantes. Tu sais toi-même ce qu'elle a dit quand nous l'avons rencontrée. Ce n'étaient que des théories et des idées isolées. Rien qui permette de démasquer un coupable.

Manfred emprunte la bretelle d'accès à l'autoroute et accélère.

— Sauf si nous avons manqué quelque chose.

— Quoi, par exemple ?

Malin contemple les champs uniformes qui s'étendent le long de la voie rapide. Au loin, on devine des chevaux qui paissent dans un enclos en bordure de lac. De hauts sapins se reflètent dans l'eau sombre et lisse.

— Je crois tout de même qu'on devrait s'intéresser à eux de plus près.

Manfred hausse les épaules.

— Occupe-toi de ça si tu veux. Mais n'y consacre pas trop de temps : ça ne mènera nulle part.

Ce soir-là, Malin rentre chez elle plus tard que de coutume. Elle a passé l'après-midi devant son ordinateur à dresser un panorama de la vie de Sven Fagerberg et de Robert Holm, du moins de leur carrière. Ce qui s'est avéré plus ardu qu'elle ne le pensait. Elle a dû contacter le procureur et le département des ressources humaines pour obtenir les informations dont elle avait besoin. Mais les moulins de la bureaucratie tournent lentement et elle attend toujours les dernières pièces du puzzle.

Andreas se tient dans le hall quand elle arrive, en vêtements de sport, la crosse de floorball à la main

— Tu y retournes *encore* ? demande-t-elle, consciente de son ton agacé.

— Nous avons décidé ça il y a quelques heures. Ça ne te dérange pas ?

— Bien sûr que non. Mais ce serait sympa de te voir un peu de temps en temps.

Il ouvre la porte et se penche pour l'embrasser, mais elle détourne le visage.

Ce n'est pas qu'elle l'envie de faire du sport, c'est juste qu'elle est tellement épuisée.

— Écoute, je peux rester à la maison si tu veux.

— Non, vas-y. Otto a mangé ?

Andreas hoche la tête.

— Il a mangé et je l'ai changé, annonce-t-il avec une fierté mal dissimulée. Maintenant, il dort.

— Merci, dit-elle en forçant un sourire. Mais est-ce que tu es vraiment obligé de le coucher si tôt ? Il va se réveiller au milieu de la nuit.

— Il était fatigué.

Andreas lui souffle un baiser, disparaît dans l'escalier et claque la porte derrière lui.

Le silence s'installe dans le petit appartement et Malin entre dans le salon. Elle rassemble les jouets éparpillés et les jette dans le panier près de la télévision hors de prix et à présent hors d'usage. Sur le nouveau tapis, un biberon se déverse lentement au milieu d'une grosse tache collante.

Elle étouffe un juron, ramasse le biberon et le range dans la cuisine. Une saucisse de Falun est posée sur une planche en bois, un couteau planté dedans comme si Andreas avait eu l'intention d'en découper un morceau, mais s'était ravisé en plein mouvement.

Elle glisse la saucisse dans son sachet et la met au réfrigérateur. Puis elle s'empare de l'éponge dans l'évier pour essuyer le tapis, mais remarque immédiatement qu'elle est grasse de beurre et maculée d'une pâte non identifiable et suspecte dont l'odeur se rapproche des couches souillées d'Otto.

Au même instant, un hurlement monte depuis la chambre.

— *Ouinnnnnn !*

— Et merde, marmonne-t-elle en s'affalant sur une chaise, sans lâcher l'éponge.

Puis elle la laisse tomber sur le sol.

Je veux dormir, se dit-elle. *Dormir et ne jamais me réveiller.*

51

Bodil se tient devant la fenêtre, de dos, lorsque Malin et Manfred entrent dans son bureau. Elle porte un tailleur noir avec une veste ajustée. Ses cheveux de jais brillent dans la douce lumière du matin.

— Installez-vous, dit-elle sans se retourner.

Ils s'exécutent. Elle reste immobile et Malin lance à Manfred un regard interrogateur. Il se contente de hausser les épaules.

Au bout d'un long moment, Bodil soupire et se dirige à pas comptés vers son bureau. Elle s'arrête près de la chaise, se sert un verre d'eau et s'assied.

— Je veux être tout à fait honnête avec vous. Cette enquête demande bien trop de temps et je manque de personnel. S'il n'y a pas de percée bientôt, je serai dans l'obligation de revoir la distribution des ressources.

Pensive, elle passe le doigt sur son collier de perles et reprend :

— Du nouveau ?

Manfred se racle la gorge.

— La police d'Östertuna a effectué des prélèvements de salive sur environ deux cents hommes et les analyses ADN ont été réalisées sur une centaine d'entre eux.

— Pas de résultat positif?

— Non, reconnaît Manfred.

Bodil hoche la tête et avale une gorgée d'eau.

— Qu'en est-il des hommes qui ne se sont pas présentés?

— Nous avons commencé à examiner ceux qui ont reçu la lettre il y a plus de deux semaines et qui ne sont toujours pas venus. Et nous avons cherché les noms dans le registre des personnes condamnées. Nous avons trouvé quelques individus intéressants, connus des services de police d'Östertuna. Un certain Hans Dahlberg qui a été condamné pour harcèlement sexuel et un Sune Uddgren, également appelé Sudden, condamné pour cambriolage. Nous allons creuser ces pistes.

Bodil secoue lentement la tête.

— Vous croyez sérieusement que vous allez résoudre cette affaire?

Manfred se tortille sur sa chaise.

— Impossible à dire, bien sûr, mais il n'y a aucune raison d'interrompre les prélèvements maintenant que la machine est lancée. C'est différent d'enquêter sur des *cold cases*, tu le sais. Ça prend du temps.

Bodil met ses lunettes et examine quelques documents posés devant elle sur le bureau bien ordonné.

— Je me demande...

Elle marque une pause théâtrale, baisse le menton et les contemple par-dessus ses lunettes.

— Je me demande si vous avez vraiment encore besoin d'être trois.

— Led' et moi travaillons sur d'autres enquêtes en même temps, précise Manfred.

— Oui… mais j'aurais besoin de vous emprunter Malin.

— Pardon ? s'étonne l'intéressée.

Bodil la fixe d'un regard dénué d'émotion.

— Il me faut une personne pour représenter ce service dans le nouveau projet sur les valeurs de la police.

— Quoi ? Tu plaisantes ?

Bodil ôte lentement ses lunettes, les place au sommet de la pile de documents et dévisage Malin.

— Tu trouves que la réflexion sur les valeurs, c'est une plaisanterie, Malin ?

— Non, ou plutôt si. Je le pense. En tout cas quand on est sur la piste d'un tueur en série.

Malin sent la main de Manfred frôler son avant-bras. Elle comprend le message. Mais cette fois, elle ne compte pas se taire. Bodil ne veut qu'une chose : l'attaquer de toutes les manières possibles et elle ne peut pas l'accepter. C'est du harcèlement, c'est de l'abus de pouvoir dans sa forme la plus raffinée. Elle préfère se faire virer plutôt que de passer des heures et des heures dans une salle de conférences à rabâcher des choses sur l'égalité hommes-femmes, le professionnalisme et d'autres paroles vides de sens avec un « consultant en valeurs » grassement rémunéré.

— En réalité, ce n'est pas à toi d'en décider, dit Bodil. Et nous avons besoin d'une *novice* dans le groupe.

— Mais je… je refuse, bredouille Malin, bien consciente de se comporter comme une gamine rebelle.

Bodil baisse les yeux sur son carnet de notes et griffonne quelques mots sur une feuille.

— Il ne s'agit pas de ce que tu veux ou de ce que tu ne veux pas. Le projet commence bientôt, tu recevras une convocation séparée. Ça ne te prendra évidemment pas tout ton temps, mais tu dois te préparer à travailler ici, dans un bureau, au cours des prochains mois.

— *Mais*...

Malin demeure sans voix. Elle savait que Bodil pouvait lui causer du tort, mais elle n'imaginait pas que ça irait si loin.

— Essaie de voir les choses du bon côté. Par exemple, il te sera plus facile de concilier vie familiale et vie professionnelle. C'est plutôt positif, non ?

Elle se tourne vers Manfred sans attendre la réponse de Malin.

— Vous avez d'autres informations à me donner à propos de l'enquête ?

Manfred secoue la tête.

— Nous nous sommes penchés sur quelques-uns des policiers qui travaillaient sur l'affaire dans les années soixante-dix et quatre-vingt, dit Malin.

— Comment ça ? s'offusque Bodil. Pourquoi n'avez-vous rien dit plus tôt ?

— Ce n'est pas exactement ça, intervient Manfred. Nous examinons toutes les personnes qui étaient en relation avec les victimes et, étant donné que deux d'entre elles étaient des policières, nous enquêtons aussi sur leurs collègues et amis.

— Hanne a émis l'hypothèse qu'un policier pouvait être impliqué, insiste Malin.

— Hanne Lagerlind-Schön? fait Bodil en levant un sourcil. Notre profileuse disparue?

— Rien ne porte à croire que cette hypothèse soit juste, se hâte de répliquer Manfred.

— Je l'espère vraiment! Car si c'était le cas, je voudrais être la première informée!

Elle agite la main pour montrer que la conversation est terminée et baisse les yeux sur sa pile de papiers.

— Mais qu'est-ce que tu fous, *bordel*? siffle Manfred en attirant Malin dans son bureau pour claquer la porte derrière eux. Tu ne te rends pas compte que tu creuses ta propre tombe?

— Mais je refuse de travailler sur ce projet de merde!

— Tout le monde se fout de ce projet sur les valeurs, Bodil la première. Tu vas juste y aller et faire tes heures, compris?

— Oui, mais...

— Pas de « mais ». Et pourquoi diable as-tu parlé de Fagerberg et Holm?

— Tu as dit que je pouvais faire des recherches sur leur passé.

— Assieds-toi, bon sang, crache Manfred en indiquant la chaise plantée au milieu de la pièce. Ce n'est pas parce qu'on aborde un sujet de manière informelle que tu dois en parler à Bodil!

Il se met à arpenter la pièce, le visage écarlate, et soudain elle craint qu'il ne soit foudroyé par une crise cardiaque.

— Mais...

— Non, rugit-il en se bouchant les oreilles des deux mains. Je ne veux plus rien entendre.

Muette, Malin écoute ses respirations haletantes. Il semble finalement se calmer. Il s'approche de son fauteuil de bureau et s'y laisse tomber. Le silence envahit la pièce.

— Désolé, finit par dire Manfred.

— Elle me déteste. Qu'est-ce que je lui ai fait, à la fin ?

Il secoue la tête.

— C'est ça. Je ne lui ai absolument rien fait. Pourtant, tout est bon pour me pourrir la vie.

— Peut-être qu'elle te voit comme une menace ?

Malin ferme les yeux et éclate d'un rire sec, mais il s'éteint lorsqu'elle sent des larmes brûler derrière ses paupières.

Pourquoi Bodil la considérerait-elle comme une menace ?

Elle, une *novice*, comme Bodil l'a exprimé.

Malin repense à ce que disait Hanne. Tout n'est qu'une question de pouvoir, de répartition du pouvoir. Elle se rappelle les paroles de Bodil.

J'ai moi-même deux enfants. Et je les élève seule depuis plus de dix ans. Pas une seule fois je n'ai raté une réunion importante ou ne suis restée à la maison pour m'occuper de gamins morveux...

Alors, c'est ça ? Bodil veut être la seule *femme* puissante du service ? Elle s'est tellement battue pour asseoir sa position qu'elle est prête à tout pour la conserver ?

— Où est passée la solidarité féminine ? murmure Malin.

Manfred ne répond pas non plus à cette question.

— Bon, raconte-moi ce que tu as déterré sur Fagerberg et Holm.

Malin cligne des yeux pour en chasser les larmes et prend une longue inspiration.

— Robert Holm était en poste à Stockholm au milieu des années soixante-dix *et* quatre-vingt.

Manfred se renverse contre le dossier de sa chaise pivotante qui émet un couinement. Il fixe le plafond.

— Ce n'est pas vraiment un élément à charge.

— Et apparemment il a été suspendu avec salaire pendant plusieurs mois en 1992 après une plainte pour attouchements déposée par deux collègues féminines. Mais finalement, c'était « parole contre parole » et il a pu garder son affectation.

— Ce qui ne prouve pas non plus grand-chose.

— Et Fagerberg, poursuit-elle. Là, c'est très intéressant. Il travaillait pour la police d'Östertuna pendant les années soixante-dix et quatre-vingt.

Manfred soupire bruyamment et déboutonne sa veste très serrée au niveau du ventre.

— Malin, je t'en prie…

— Mais écoute ça : il travaillait dans le centre de Stockholm au moment où le premier meurtre a été commis dans les années quarante.

Il faut quelques instants à Manfred pour répondre.

— Dans le quartier de Klara ?

— Non, dans la septième zone d'intervention. À Östermalm. Mais il a obligatoirement entendu parler du meurtre de cette Märta Karlsson. Pourtant, il a fallu du temps pour que Fagerberg et son unité établissent des parallèles avec cette affaire, cela ressort des rapports.

— Je vois ce que tu veux dire.
— Ce qui signifie ?
— Que rien n'indique que lui ou Robban pourraient être impliqués. As-tu trouvé un autre lien entre eux et les victimes ?

Elle repense à la silhouette famélique de Fagerberg et à ses pas minuscules, agrippé à son déambulateur, devant la salle paroissiale.

— Non. À part le fait que Fagerberg connaissait évidemment Britt-Marie. Selon nos informations, il ne l'avait pas à la bonne.
— Mais pourquoi ? soupire Manfred en croisant les jambes. Pourquoi l'un d'entre eux irait commettre ces meurtres sadiques ?
— Nous n'avons pas affaire à un tueur rationnel, Hanne affirmait la même chose. Il y a sans doute un mobile, mais il n'est pas sûr que nous le comprenions. Pas encore, du moins.
— Ce qui veut dire que nous devons nous fier à nos bonnes vieilles méthodes, rétorque Manfred d'un ton assez sec. Éléments techniques, témoignages, etc.

Il a raison, elle le sait. Mais elle veut tellement croire que Hanne savait quelque chose qu'elle n'a pas dit, que la pièce manquante se trouve quelque part dans ce petit calepin rouge écorné, sans qu'ils s'en rendent compte. Et que ces terribles crimes irrésolus depuis des décennies peuvent encore l'être sous réserve qu'ils retrouvent cette pièce du puzzle.

— Bien sûr, dit-elle, mais je pense qu'on devrait reparler à l'ancien époux de Britt-Marie.
— Björn Odin. Mais pourquoi ?

— Pour en savoir plus sur la relation de Britt-Marie avec Fagerberg. Et pour lui demander si elle connaissait Robert Holm.

Manfred soupire.

— C'est inutile. Cela ne mènera à rien. Je suis absolument certain que ni Fagerberg ni Holm ne sont impliqués. Et si j'ai tort, je suis prêt à avaler mon vieux bonnet de laine. OK ?

52

Malin n'obéit pas à Manfred. Elle ne parvient pas à se départir de la sensation qu'elle est passée à côté d'une piste importante.

Le lendemain de la réunion avec Bodil, elle téléphone à Björn Odin.

Il répond au bout de trois sonneries d'une voix rauque et traînante. Peut-être qu'il est ivre.

— Ah, bonjour! dit-il une fois qu'elle s'est présentée.

Elle entend des cliquetis en fond sonore, comme s'il faisait la vaisselle.

— Je me demandais si je pouvais vous poser quelques questions supplémentaires. Je voudrais vérifier certaines choses.

— Bien sûr, allez-y.

Malin baisse les yeux sur ses notes.

— Si j'ai bien compris, Britt-Marie n'avait pas de très bons rapports avec son chef, Sven Fagerberg.

Silence.

— Non, répond Björn au bout d'un moment. Elle le détestait.

— D'accord, fait Malin en traçant une croix dans la marge de son carnet. Savez-vous ce qu'il en était de ses autres collègues ? Connaissait-elle par exemple un policier du nom de Robert Holm ?
— Robert Holm ?

Björn tousse et se racle bruyamment la gorge.

— Il avait la trentaine quand Britt-Marie a disparu, explique Malin.
— Est-ce qu'il bossait ici, à Östertuna ?
— Non, il travaillait à la Commission nationale des homicides.

Nouveau silence. Malin entend de lourdes respirations.

— Désolée, ce nom ne me dit rien. Mais Britt-Marie devait rencontrer des tas de flics dont elle ne me parlait pas. En revanche, la Commission nationale des homicides, je m'en souviens.
— Ah, pour quelle raison ?
— Parce que son chef, ce...
— Fagerberg.
— Oui. Il refusait de les impliquer dans l'enquête. Sans doute qu'il voulait résoudre l'affaire tout seul.

L'avancée majeure dans l'enquête a lieu un beau jour d'automne, deux semaines plus tard. Malin patiente au téléphone, attendant que le centre de santé prenne son appel – Otto souffre encore d'une otite, la quatrième d'affilée –, quand Manfred ouvre la porte et passe son visage rubicond par l'embrasure.

— Nous le tenons ! s'écrie-t-il d'une voix tremblante, les joues luisantes d'excitation.

Malin s'empresse de raccrocher, se lève d'un bond et lui emboîte le pas dans le couloir. Elle doit se hâter pour ne pas être semée par son imposant collègue.

— Raconte !

— Les prélèvements de salive ! Nous avons eu un résultat positif : un certain Lars Sandell, né en 1957.

— Jamais entendu ce nom. Il apparaît dans l'enquête ?

— Pas que je sache, mais les documents des années soixante-dix ne sont pas numérisés, donc il va falloir vérifier manuellement.

Ils rejoignent Led' penché sur son écran d'ordinateur, les lunettes perchées sur le bout de son nez. Il porte un pull en laine vert et ses sandales ont été remplacées par de bonnes grosses chaussures à lacets marron.

— Qu'est-ce que tu as trouvé ? halète Manfred en se laissant tomber sur une chaise.

Malin s'assied à côté.

— Alors… Lars Sandell. Soixante-deux ans. Selon nos informations, sans emploi. Avant, il travaillait à la poste. Domicilié chez sa mère Ulla Sandell, née von Berghof-Linder, au 18 allée Berlinsvägen à Östertuna.

— Von Berghof-Linder…, répète Malin. À l'époque, ils soupçonnaient un certain Birger von Berghof-Linder, n'est-ce pas ?

— Oui, cette dame est apparemment sa jeune demi-sœur.

— Et le fils, Lars, dit Manfred. Qu'avons-nous sur lui ?

Led' se racle la gorge.

— Il a été condamné pour coups et blessures il y a quelques années. Pas de crimes sexuels. Le seul hic, c'est qu'il vivait en Dalécarlie quand le deuxième meurtre a été perpétré dans les années quatre-vingt. Si c'est vrai, bien sûr.

— Quel âge a-t-il, tu disais ?

— Soixante-deux ans.

— Il vit chez sa maman, à soixante-deux ans ? s'étonne Manfred.

— Oui. Il semblerait qu'il ait habité chez elle à diverses périodes de sa vie. Mais il a eu son propre appartement à Östertuna dans les années quatre-vingt-dix.

Manfred secoue la tête.

— Soixante-deux ans. Il avait donc...

— Dix-sept ans au moment du premier meurtre à Östertuna en 1974, complète Malin.

Manfred lui jette un regard agacé.

— Très jeune pour commettre ce type de crime. Presque un peu trop.

Malin se rappelle ce qu'a expliqué Maria, la spécialiste de l'ADN, lors de sa venue, cette femme géniale qui a remis Bodil à sa place comme une écolière indisciplinée.

— Ce type de profil ADN vient du côté paternel, n'est-ce pas ? demande-t-elle.

— Exact, répond Led'. Mais son père est décédé en 1982, donc ça ne peut pas être lui : le profil ADN vient du sang qui a été retrouvé sous les ongles de Linda Boman en 1986. Et il n'a ni frères ni enfants, notre cher Lars.

Le silence s'abat sur la pièce tandis qu'ils digèrent la nouvelle : ils l'ont trouvé. Après des décennies de travail, ils ont enfin un suspect.

Et pas seulement un suspect, mais un homme dont le sang a été découvert sur l'une des victimes.

Beaucoup de gens ont été condamnés avec des preuves bien moins convaincantes que cela.

— Ça alors ! Incroyable ! s'exclame Malin dans une grande inspiration.

— La technique ADN fait vraiment des merveilles, marmonne Led' en se grattant la barbe. Nous avons organisé une filature. Et nous avons rendez-vous avec Bodil et le procureur dans vingt minutes.

Il marque une pause et se retourne.

— Pas toi, Malin. Il paraît que tu dois participer à une réunion pour un projet sur les valeurs. Va savoir ce que ça veut dire !

— Non ! s'exclame Malin en quittant le bureau de Led'. C'est hors de question !

— Je te fais un résumé tout à l'heure, répond Manfred d'une voix lasse.

— Tu délires ? Tu crois que je vais m'amuser à parler éthique et morale policière quand on a trouvé le tueur qu'on cherche depuis si longtemps ? Tu trouves ça normal ?

— Ce que je pense n'a aucune espèce d'importance. Vas-y, on en parle plus tard. De toute façon, on ne va pas l'arrêter tout de suite.

Un poids si lourd que sa respiration devient difficile lui oppresse la poitrine.

Manfred s'arrête et se tourne vers elle, pose ses grandes mains sur les épaules de sa collègue et la dévisage.

— Obéis. Cette bataille est perdue d'avance.

Sa voix est lasse, mais son visage porte toujours les traces de l'excitation qu'elle ressent elle aussi.

Elle se résigne – a-t-elle vraiment le choix ? Bien qu'elle répugne à l'admettre, c'est Bodil qui commande. Et cette vieille bique au carré noir et au collier de perles a décidé de l'envoyer dans cette ridicule réunion.

— Bon, d'accord, fait-elle à contrecœur.

Manfred hoche brièvement la tête et s'éloigne dans le couloir.

La réunion est aussi inutile que le craignait Malin. Un jeune homme en costume sombre – un *consultant*, évidemment – fait défiler une présentation PowerPoint et explique comment ils vont *développer* et *affiner* le socle de valeurs existant au sein de la police, puis comment ils vont l'*implémenter* dans l'organisation pour atteindre une *vision commune et constructive*.

Malin reste muette, bras croisés, mâchoire contractée. Elle s'imagine en train de verser lentement le café latte de l'intervenant sur son costume onéreux avant de partir en claquant la porte. Mais elle reste sagement assise sur sa chaise à l'écouter débiter ses inepties.

Ce n'est pas pour cela que je suis devenue flic, songe-t-elle. *Et ce n'est pas pour entendre ces discours ridicules que le contribuable nous finance.*

— Mais que signifie l'égalité, exactement ? demande le consultant, affichant une expression pensive.

— L'égalité des chances ? suggère une femme élancée en tailleur qui travaille, Malin le sait, au service juridique.

— Oui, mais pour *qui* ?
— Pour tout le monde, bien sûr.
— Pouvez-vous développer ?

Le consultant avale une gorgée de sa boisson.

— Eh bien, explique la femme en tirant légèrement sur sa veste. Que l'on soit un homme, une femme, issu de l'immigration, etc.

L'homme sourit.

— Intéressant. Vous parlez d'abord des hommes et des femmes. Et ce n'est pas un hasard : la plupart des gens pensent à l'égalité entre les sexes quand on leur pose la question. En réalité, nous avons déjà bien avancé dans ce domaine. C'est pourquoi il importe de réfléchir à d'autres caractéristiques qui peuvent donner lieu à des discriminations, comme la religion, le handicap, l'identité sexuelle et…

— Je ne suis pas d'accord, nous n'avons pas bien avancé, le coupe Malin.

Courte pause. Le consultant la dévisage.

— Ah, passionnant ! Dites-nous le fond de votre pensée !

— Le fond de ma pensée ? Les femmes continuent à faire l'objet de discriminations au sein de la police.

Il opine du chef, enthousiaste.

— C'est pour ça que ce travail revêt une importance particulière, insiste-t-il en posant sa tasse de sorte que quelques gouttes jaillissent par-dessus bord.

— Ah bon ? fait Malin, le visage dénué d'expression.

Le consultant semble passer à côté de son désespoir.

— Oui ! Ce n'est qu'en prenant conscience de ces questions que l'on peut changer les choses. Si un homme discrimine une femme seulement parce qu'elle est une femme, c'est quelque chose qui...

— Qui dit qu'il faut être un homme pour discriminer les femmes ?

Silence.

— Les choses ne vont pas changer parce qu'on est là à déblatérer des âneries, poursuit-elle.

— C'est bien. Laissez-vous aller, partagez votre frustration !

— Je ne crois pas que ce soit une bonne idée.

— Mais si, ces idées doivent être mises sur la table.

Il s'assied et regarde Malin d'un air prévenant. Son visage est tellement lisse, tellement jeune, tellement enthousiaste qu'elle a honte de son comportement.

— D'accord... Mais alors que fait-on si on est injustement traitée par sa cheffe parce qu'on est une femme ?

— Comment ça, que fait-on ?

Il a l'air déboussolé ; ses yeux oscillent entre Malin et les autres participants.

— À qui puis-je me plaindre ? Et quelles sont les sanctions si on discrimine quelqu'un ?

— *Des sanctions ?*

Le consultant écarquille les yeux.

— Il ne s'agit pas ici d'instituer un tribunal interne. Il s'agit d'encourager la discussion et la conscientisation.

— Dans ce cas, ce ne sont que des mots vides. S'il n'y a pas un système pour garantir que les gens qui se comportent comme des ordures seront sanctionnés, cela n'a aucun intérêt. Et je n'ai plus envie de participer à cette mascarade !

Elle se lève sur des jambes si tremblantes qu'elle est obligée de s'agripper à la table. Mais le poids désagréable sur sa poitrine a disparu. Tout à coup, il est plus facile de respirer, et une étrange sensation de calme l'envahit.

— Si ce ne sont que des paroles en l'air, je ne suis pas intéressée ! martèle-t-elle en bombant le torse.

Puis elle quitte la pièce, la tête haute.

Manfred est seul dans son bureau quand elle y entre. Il est penché sur son ordinateur et tripote un paquet de cigarettes.

— Comment ça s'est passé ? s'enquiert-il sans se retourner.

— Super.

— Ah ben, tu vois ! Nous allons cueillir Lars Sandell demain. Apparemment, il a un côté ermite. Socialement isolé. Aucune relation proche à part sa mère ; peu d'amis. Il a été en congé maladie pendant de longues périodes.

— Tu te souviens du premier profil de Hanne ? demande-t-elle.

Manfred pivote lentement sur sa chaise et la regarde.

— Bien sûr. Je crois que nous tenons notre coupable.

53

Bodil rattrape Malin dans le couloir au moment où elle s'apprête à rentrer.

— Malin, j'ai deux mots à te dire, tu peux venir?

Malin hausse les épaules et la suit dans son bureau.

— Tu peux fermer, s'il te plaît?

Elle se dirige vers sa table; ses escarpins claquent contre le sol et la brise de la fenêtre entrouverte s'engouffre dans ses cheveux sombres et brillants. Un vague parfum flotte dans la pièce.

Bodil est tellement parfaite, tellement dure, sans aspérité. On ne voit pas une seule fissure sur cette façade impeccable. Mais il n'y a ni sentiments, ni chaleur, ni empathie.

Elle est dure comme de la pierre, songe Malin. *Comment est-elle devenue comme ça?*

Elle ferme la porte, déplace la chaise réservée aux visiteurs jusqu'au bureau pour s'asseoir à environ un mètre de Bodil.

Cette dernière la regarde avec étonnement, ôte sa veste et l'accroche au dossier de sa chaise. Elle tripote le nœud de sa blouse à lavallière en soie crème et fronce les sourcils.

— Marit des ressources humaines m'a passé un coup de fil, dit-elle en baissant les yeux sur son carnet de notes. Tu aurais quitté le groupe de travail avant la fin de la session ?

— Je ne fais plus partie de ce groupe.

— *Pardon ?*

Bodil la fixe, les yeux écarquillés.

— Je ne fais plus partie de ce groupe.

Un petit muscle au coin de l'œil de Bodil se contracte ; elle pince les lèvres.

— Ce n'est pas à toi d'en décider.

— Si.

La bouche de Bodil s'ouvre, mais aucun mot n'en sort. Puis elle se referme. Malin se lève lentement.

— Je ne suis pas entrée dans la police pour rester plantée dans une salle de conférences à parler d'égalité des chances alors même que ma cheffe me discrimine *justement* parce que je suis une femme.

Les yeux de Bodil deviennent vitreux, ses doigts minces et pâles s'agitent dans l'air comme si elle tripotait un objet invisible.

— Trouve un autre représentant pour ce groupe, poursuit Malin. Et si tu essaies encore de m'écraser, je rapporterai ton comportement inapproprié à Nymark. Et au syndicat.

Nymark est le supérieur hiérarchique de Bodil et, qui plus est, responsable de toute la section opérationnelle nationale.

— Et aux médias. Est-ce que nous nous sommes bien comprises ?

Bodil ne répond pas.

— Parfait, reprend Malin. Alors, nous avons une *vision constructive et commune* de la chose !

— Tu as fait *quoi* ? s'exclame Andreas en fermant la porte de la chambre pour ne pas réveiller Otto.

Malin retire ses chaussures, suspend son manteau à une patère et le serre dans ses bras.

— Ah, comme ça m'a fait du bien, chuchote-t-elle.

Andreas éclate d'un petit rire et lui caresse le dos. Puis sa main glisse vers le bas et finit sur une de ses fesses.

— Tu es folle.
— À vrai dire, je ne le crois pas. J'ai comme l'impression qu'elle va me ficher la paix, maintenant.
— J'espère que tu as raison.
— Viens, fait-elle en le prenant par la main. Je veux fêter ça.

Ils entrent dans la cuisine où le pain et le beurre sont sortis, comme toujours.

Mais Malin s'en moque. Même les jouets éparpillés sur le sol et le biberon vide oublié par terre ne la dérangent pas.

— C'est la meilleure journée de toute ma carrière, dit-elle. D'abord, nous avons trouvé l'Assassin des bas-fonds et ensuite, j'ai fermé son clapet à cette connasse.

Andreas ne dit rien, mais la contemple avec une expression amusée.

— Des spaghettis bolognaises, ça te va ?
— Tu sais cuisiner autre chose ?
— Non.
— Alors, c'est parfait !

— Du vin rouge avec ça ?
— Tu lis dans mes pensées.

La soirée est aussi magique que Malin l'espérait. Ils mangent et boivent du vin à la petite table en bois de la cuisine avec la fenêtre entrouverte sur la nuit automnale, sans qu'Otto se réveille une seule fois. Puis ils font l'amour dans un lit plein de miettes de craque-pain, ce qui en temps normal l'aurait rendue folle de rage. Mais aujourd'hui, rien ne peut entamer la chaude sensation de bonheur dans sa poitrine.

Une fois qu'Andreas s'est endormi, elle demeure sans bouger sous la couverture, le regard fixant l'obscurité. Elle pense avec satisfaction aux lèvres fines de Bodil qui se sont écartées puis refermées sans qu'aucun mot en sorte. À ses doigts pâles qui s'agitaient dans l'air. Puis elle pense à l'Assassin des bas-fonds, à toutes les victimes, à tout ce qu'il a détruit – à Britt-Marie qui n'a jamais connu sa mère biologique, comme Malin. À Linda et aux autres femmes. Mais elle pense surtout à Hanne, à son large sourire, à ses bras criblés de taches de rousseur et à son intelligence rare.

— Demain, nous l'arrêtons, murmure-t-elle.

Au moment où Malin sombre dans un profond sommeil sans rêves près d'Andreas, Yvonne Billing – la femme qui a survécu à l'agression de l'Assassin des bas-fonds quarante-cinq ans plus tôt à Östertuna – s'éteint.

Elle pousse son dernier soupir à l'hôpital du Sud, à Stockholm, des suites de sa deuxième tentative de suicide. Son fils Daniel, qui a fêté ses quarante-sept ans, lui tient la main quand son cœur s'arrête et il constate que l'Assassin des bas-fonds a encore fait une victime. Daniel n'a aucun souvenir de la nuit où sa mère a été agressée, mais il lui arrive de rêver d'un homme sans visage, tout de noir vêtu. Au bout de quelques minutes, il lâche à contrecœur la main de sa mère et la dépose sur la couverture jaune de l'hôpital.

Les épaisses cicatrices laissées par les clous sont toujours visibles sur la peau pâle.

Dans une maison près du lac Tuna, Erik Odin est assis dans sa chambre sans fenêtre au sous-sol. Les anneaux en or de Britt-Marie reposent, chauds et lisses, au creux de son cou dont la peau a gardé son bronzage.

Les murs sont couverts de papiers – documents, articles de journaux et terrifiantes photographies des victimes qu'il a trouvées sur Internet, bien qu'elles ne devraient pas y figurer.

Il regarde le cliché représentant Elsie. Elle a l'air si heureuse, debout au soleil devant le quai, avenue Strandvägen, souriante, en chapeau, une valise à la main et un journal roulé sous le bras.

Il a examiné cette photographie à la loupe. Il est même parvenu à discerner quelques mots d'un titre du périodique.

... *sœur Papin*...

Il sent que les pièces du puzzle sont en train de s'assembler. Chaque jour, les contours des ombres deviennent plus nets. Pourtant, les ténèbres refusent de le lâcher.

Il entre dans la remise où les vieux papiers de Maj sont conservés dans des cartons de déménagement. Les heures s'écoulent tandis qu'il passe méthodiquement en revue les documents, les lettres, des espèces de statistiques de courses hippiques et d'anciens tickets de caisse.

Tout au fond d'un des cartons, il trouve une lettre qu'il lit à deux reprises. Dans un autre, un vieux passeport qu'il feuillette, époussette et lève vers la lumière.

Le tampon est si flou qu'il est difficile à décrypter.

Il va chercher sa loupe et s'installe à son bureau. Il observe longuement le texte rouge, tourne le passeport pour que la lumière éclaire le cachet de plusieurs côtés.

Les mains tremblantes, il repose le passeport et fixe la photographie du corps lacéré de Hannelore Björnsson.

54

Malin est tirée du sommeil par la pluie qui tambourine contre la fenêtre. La matinée est grise comme une vieille lavette et un souffle froid se faufile sous la couverture. Un mince rai de lumière filtre le long du store et tombe sur les jouets multicolores éparpillés par terre.

Il est six heures trente, mais elle est déjà bien réveillée.

Une impatience fébrile se propage, tels des picotements, depuis sa poitrine vers ses jambes et ses bras, comme si elle avait du soda dans les veines.

Aujourd'hui, nous l'arrêtons.

Elle se lève, essuie quelques miettes de craque-pain collées à son dos, enfile sa robe de chambre et pénètre dans la cuisine pour prendre son petit déjeuner. Le pain a durci au bout de toutes ces heures passées sur le plan de travail et le beurre est rance, mais elle n'en a cure. Et l'eau froide de la douche ne l'empêche pas de fredonner, parce que ses pensées sont déjà au commissariat.

Avant de partir, elle dépose un baiser sur le front de son fils endormi. Ses fins cheveux luisants de sueur sont plaqués contre ses tempes et sa bouche est ouverte.

Un frisson de bonheur la traverse lorsque ses lèvres effleurent sa peau de bébé toute douce.

Puis elle quitte l'appartement aussi silencieusement que possible, ferme délicatement la porte et tourne la clef.

— Nous ne savons pas où il est, dit Manfred d'un air grave en déboutonnant son costume gris foncé.

Il porte le nœud papillon à pois qu'il ne sort que pour les grandes occasions. De sa poche dépasse un mouchoir en soie assorti.

— Qu'est-ce que tu veux dire par là ? s'enquiert Malin.

— Les collègues de la filature ne l'ont pas vu, en tout cas. Mais bien sûr, il pourrait quand même se trouver chez sa mère.

— Je ne leur fais pas confiance, à ces fainéants, maugrée Led'. Ils ont pu le rater à cause de leur pause pipi réglementaire, une de leurs réunions syndicales ou je ne sais quoi. Ah ! De mon temps, c'était autre chose. On restait patiemment assis sur son cul en attendant d'avoir fini ses heures.

— Qu'est-ce qu'on fait ?

— On s'en tient au plan, répond Manfred. Le procureur a rendu une décision concernant l'arrestation et la perquisition. On y va après le déjeuner. S'il est là, on le cueille et on envoie les techniciens.

— Et s'il n'est *pas* là ? dit Led'. On discute avec sa vieille ?

Manfred hoche la tête.

— On n'a pas d'autre choix.

On frappe à la porte.

— Oui ? fait Manfred.

Un des enquêteurs les plus jeunes passe la tête.

— Désolé de vous déranger, mais Erik Odin a appelé. Il demande si vous pouvez aller le voir. Il a quelque chose à vous montrer. Quelque chose d'important.

— Entendu.

La porte se ferme pour se rouvrir un instant plus tard.

— Une dernière chose : un type a téléphoné pour déposer un signalement hier soir. Il a aperçu une femme qui ressemble à Hanne dans le quartier des jardins ouvriers à Östertuna il y a quelques semaines.

— Il y a *quelques semaines* ? Pourquoi ne s'est-il pas manifesté plus tôt ?

— C'est un voisin qui lui a parlé de la disparition : il avait participé à la réunion organisée par l'Association…

— Des amis d'Östertuna, termine Malin. On s'en occupe sur le chemin du retour si on a le temps.

Après le déjeuner, ils se dirigent vers Östertuna. Malin monte en voiture avec Manfred, et Led' les suit. La pluie tombe toujours aussi fort et un épais brouillard pèse comme une couverture sur les champs détrempés en bordure d'autoroute.

Ils roulent en silence. On n'entend que le ronronnement du moteur et le grincement rythmique des essuie-glaces.

Lorsqu'ils bifurquent vers Östertuna, Malin devine le gigantesque pied en béton du château d'eau à travers la vitre sillonnée de gouttelettes. Le sommet de la construction est occulté par la purée de pois.

— Quel temps de merde, peste Manfred en ralentissant. Maintenant, tu peux lâcher la piste des flics.

Malin songe à Sven Fagerberg et à Robert Holm.

— Tu es surtout heureux de ne pas avoir à manger ton bonnet.

— Non, je suis heureux qu'aucun collègue ne soit impliqué dans cette affaire.

Ils dépassent le centre d'Östertuna. Un marchand courageux déballe des légumes sous le toit de son stand et un homme abrité sous un parapluie se hâte vers l'arrêt de bus. La façade du commissariat se dessine à travers les voiles de pluie et elle pense à Britt-Marie qui va enfin obtenir réparation.

Manfred tourne vers le parc Berlin.

Les gigantesques arbres ont perdu la plupart de leurs feuilles, mais l'herbe est toujours verte et luxuriante. À l'endroit où se dressait le parking s'étale à présent un grand carré de terre noire. Quelques enfants de la crèche en vêtements imperméables et gilets réfléchissants se suspendent à la structure de jeu à côté de la statue de la femme et de son bébé. Une puéricultrice bien en chair affublée d'un gilet assorti à celui des enfants fume, protégée par le petit toit à côté des jeux.

Manfred s'engage dans une ruelle adjacente.

— La rue Berlingatan, dit-il. C'est ici.

Il se gare le long du trottoir et laisse le moteur tourner. Quelques instants plus tard, Led' stationne sa voiture derrière eux.

Ulla Sandell ouvre la porte presque au moment où Malin appuie sur la sonnette, comme si elle les attendait dans l'entrée, l'œil collé au judas. Elle porte une blouse informe d'où dépassent deux jambes maigres glissées dans des bas couleur chair qui plissent aux chevilles. Ses fins cheveux roux ont des racines grises et ses yeux bleu pâle semblent apeurés.

— Oui ? dit-elle, prête à presser le bouton de son bracelet alarme.

— Ulla Sandell ? demande Malin.

La femme opine du chef.

— Nous sommes de la police.

Ils présentent leurs cartes professionnelles. Ulla les observe longuement.

— Oui ? répète-t-elle.

— Nous cherchons votre fils, Lars Sandell, explique Malin.

— Il n'est pas là. C'est à quel sujet ?

— Pouvons-nous entrer ? insiste Manfred sans mentionner qu'ils possèdent une autorisation de perquisition.

Ulla regarde à nouveau les cartes, lisse sa blouse d'une main tremblante et soupire.

— J'imagine que ça ne pose pas de problème.

L'appartement rappelle ceux des victimes près du parc Berlin – l'aménagement fonctionnel, dépouillé, le salon tout en longueur avec ses vastes fenêtres et la cuisine exiguë mais fonctionnelle que l'on devine à côté.

Des meubles trop massifs se pressent dans le séjour. Au sol s'étend un tapis persan élimé et aux murs sont suspendues d'anciennes photographies de famille en noir et blanc, une peinture à l'huile représentant un manoir et quelques portraits d'hommes sérieux assis derrière d'imposants bureaux.

— Ces messieurs-dame souhaitent-ils un café ? propose Ulla en les consultant d'un air incertain.

— Non merci, c'est gentil, répond Manfred. Pouvons-nous nous asseoir ?

Ulla indique le canapé d'un mouvement du menton et s'installe dans l'un des fauteuils à fleurs.

— Lars, commence Manfred une fois installé. Savez-vous où il est ?

Ulla secoue la tête.

— Non, mais il a soixante-deux ans. C'est un grand garçon.

— Nous en avons bien conscience. Mais nous devons lui parler. De toute urgence.

— De toute urgence ?

Ulla écarquille ses yeux clairs.

— Il n'a pas encore fait une bêtise, tout de même ?

— Il a l'habitude d'en faire ?

— C'est un bon garçon. Un peu naïf parfois. Il l'a toujours été.

— C'est votre seul enfant ? s'enquiert Led' en jetant un coup d'œil à une photographie de mariage surmontant une commode près du mur. On y aperçoit une jeune Ulla Sandell et un homme souriant en costume. Ulla tient par la main un petit garçon, lui aussi en habits du dimanche.

— Oui… Mais pourquoi voulez-vous lui parler ?

— Lars apparaît dans une de nos enquêtes et nous aurions besoin de lui poser quelques questions, déclare Manfred, évasif.

— Ah, je comprends, répond Ulla, semblant se satisfaire de l'explication.

— Avez-vous une idée d'où il pourrait être ? demande Malin.

Ulla hésite. Ses doigts osseux retirent des miettes invisibles de sa blouse.

— Il arrive qu'il rende visite à un ami à Täby. Lennart, je crois. Lennart Oskarsson. Mais je ne suis pas sûre. Et le portable de Lars est en panne, je n'arrive pas à le joindre non plus. Ou peut-être qu'il l'a perdu, je ne me rappelle plus. Non, il est cassé, parce qu'il devait le donner à réparer il y a quelques jours. Ce n'est pas la première fois. Le mois dernier, il l'a fait tomber dans la baignoire. Je lui ai dit de ne pas parler au téléphone dans le bain, mais il ne m'écoute pas.

Manfred décoche à Malin un coup d'œil empreint de frustration.

— Autre chose, dit cette dernière. Si j'ai bien compris, un homme de votre famille, Birger von Berghof-Linder, travaillait pour les services de la Sûreté générale pendant la guerre.

— Birger ? fait Ulla, le regard vacillant. Oui, il paraît qu'il était agent, ou quelque chose de la sorte, pendant sa jeunesse. Puis il est devenu ambassadeur à Vienne. Mais il avait le sang chaud, Birger. Je ne crois pas qu'il ait pu garder son poste là non plus. Il paraît qu'il s'est battu avec…

Elle se tait et dévisage Manfred. La pointe de sa langue glisse sur ses lèvres.

— Mais quel est le rapport avec Lars ? Il me semble qu'ils ne se sont jamais rencontrés.

— Avez-vous entendu parler du meurtre dans le quartier de Klara en 1944 ? s'enquiert Malin. Une prostituée a été assassinée et clouée au sol.

— Exactement comme à Östertuna ? demande Ulla en faisant les yeux ronds. Non, je ne crois pas en avoir eu vent.

Malin regarde Manfred qui a déjà commencé à rassembler ses affaires.

— Dans ce cas, nous n'allons pas vous déranger plus longtemps. Savez-vous quand Lars sera de retour ?

Ulla esquisse un vague sourire.

— Ah, il part souvent pour plus d'une semaine, voire deux.

— Bordel de merde ! marmonne Led' quand ils sortent dans la rue. Qu'est-ce qu'on fait ? On repousse la perquisition ?

Manfred acquiesce et se rapproche de la façade pour se protéger de la pluie.

— Il ne faut pas lui faire peur, sinon il ne reviendra pas. On continue la filature et on le chope dès qu'il réapparaît.

Malin jette un coup d'œil vers l'immeuble et devine un visage pâle à la fenêtre. Puis le rideau retombe et le visage disparaît.

— Vous pensez qu'elle va le prévenir ? demande-t-elle.

— La vieille ? Ça ne m'étonnerait pas. Retournons au commissariat voir si nous trouvons ce Lennart Oskarsson.

Manfred se tourne vers Malin.

— Tu peux passer chez Erik Odin pour savoir ce qu'il voulait ? Tu n'as qu'à prendre ma voiture.

55

Le soleil décline déjà quand Malin se gare devant la maison, non loin du lac Tuna. La boue dans l'allée a durci à cause du froid et une brise glaciale charrie des feuilles depuis la pelouse vers la haie en thuya bien entretenue. Quelques gouttes de pluie s'écrasent sur la joue de Malin lorsqu'elle sonne à la porte.

Le son fort et strident lui fait penser à la sonnette que sa mère a installée quand elle a commencé à avoir des problèmes d'audition.

Pas de réponse.

Elle presse à nouveau le bouton, mais tout demeure calme et tranquille. Elle fouille dans sa poche, en sort son portable et téléphone à Erik Odin.

Elle tombe sur la messagerie vocale.

Elle explique brièvement le motif de son appel, puis raccroche. Elle appuie doucement sur la poignée de la porte qui s'ouvre sans opposer de résistance. Elle avance de quelques pas dans l'entrée et ferme derrière elle.

— Erik ? crie-t-elle. C'est Malin Brundin de la police !

Depuis la cuisine, on entend le tic-tac de la pendule murale et le murmure sourd du réfrigérateur.

— Ho hé ! Erik ?

Elle pénètre dans la cuisine.

La pièce à demi plongée dans la pénombre est exactement comme dans ses souvenirs : les chaises rembourrées et la lourde table en bois sombre ; la nappe en dentelle et le sucrier en verre pressé. Le plan de travail est d'une propreté éclatante et elle devine une vague odeur de café.

Elle continue dans le salon qui est lui aussi propre, rangé et meublé à l'ancienne. Sur les canapés s'entassent des coussins brodés et quelques plaids et la bibliothèque est pleine de livres et d'albums photo.

— Erik !

Elle continue dans une petite pièce adjacente.

Le lit surélevé est tapissé d'un couvre-lit à fleurs et de coussins assortis. Sur la table de chevet se trouvent des boîtes de médicaments. Un déambulateur plié est appuyé contre le mur.

Cela doit être la vieille chambre de Maj, se dit Malin. Elle en a la chair de poule : ça fait des années que la grand-mère d'Erik est décédée.

Pourquoi ne s'est-il pas débarrassé de ses affaires ? Et où dort-il ?

Puis elle se souvient de la porte dans le couloir d'entrée, peut-être conduit-elle à sa chambre ?

Elle fait demi-tour et pousse la porte. Elle donne sur un escalier qui mène au sous-sol.

— Erik ? Vous êtes là ?

Pas à pas, elle descend dans le noir, tâtonne à la recherche de l'interrupteur et allume.

La cave est aménagée – le sol est en vinyle et les murs sont peints en bleu. Quelques tableaux représentant l'archipel de Stockholm sont suspendus à un mur. De l'autre côté du petit couloir, une porte mène à une remise. Des piles de papiers jonchent le sol et des cartons de déménagement pliés sont entassés contre le mur.

Elle fait volte-face, s'arrête devant une porte et frappe.

— Il y a quelqu'un ?

Personne ne répond ; elle ouvre.

La pièce est plongée dans l'obscurité. Elle allume.

Un lit, une armoire et un bureau surmonté d'un ordinateur. Dessous, des montagnes de documents. Son regard se pose sur le mur au-dessus du bureau. Elle s'approche.

— *Ça alors !* murmure-t-elle.

Manfred s'engage sur l'autoroute et accélère ; il allume les essuie-glaces et attrape sa bouteille d'eau.

— Il y a un truc qui cloche dans tout ça, déclare Led'. Selon nos informations, notre Lars se trouvait en Dalécarlie quand le deuxième meurtre a été commis dans les années quatre-vingt.

— L'ADN ne ment pas, répond Manfred.

— Et il n'avait que dix-sept ans quand la première femme a été agressée à Östertuna en 1974, poursuit Led' d'une voix inhabituellement basse. Comment diable a-t-il pu planifier et perpétrer ces crimes ?

— Son sang a été retrouvé sous les ongles de Linda Boman.

— Bah ! Ça peut être un autre homme de sa famille. Ce n'est pas ce qu'a dit la spécialiste de l'ADN ?

Manfred observe la chaussée luisante de pluie où les voitures serpentent vers le centre de Stockholm. La nuit est tombée et un épais brouillard flotte au-dessus des champs qui bordent l'autoroute.

— Ça ne peut être que lui. Son père est décédé et il n'a ni frères ni fils.

— Il n'empêche. J'ai l'impression qu'on a raté quelque chose, dit Led'.

Il sort son portable pour regarder d'heure et reprend :

— En quelle année est mort son père, déjà ?

— En 1982. Pourquoi ?

Manfred avale une gorgée d'eau.

— Hum, marmonne Led'.

Il sort un cure-dent de sa poche et se met à se nettoyer méticuleusement la bouche.

— Et on est sûrs que c'est vraiment son père ?

— Comment ça ?

— J'ai vu une photo de mariage chez la vieille. Je crois que c'était la sienne. Elle tenait un petit garçon par la main.

Silence.

— Bon sang ! Tu ne crois tout de même pas que...

— Je pense que nous devrions lui reparler.

Manfred consulte sa montre.

— Maintenant ?

— Oui, vite fait bien fait.

Manfred pousse un profond soupir.

— OK, dit-il en cherchant du regard la prochaine sortie.

Ulla Sandell ouvre la porte à l'instant où Manfred presse la sonnette, exactement comme elle l'a fait quand ils lui ont rendu visite à peine une heure plus tôt. Elle a troqué sa blouse contre une robe à fleurs sur laquelle elle porte un gilet marron qui semble gigantesque. Il doit appartenir à son fils, songe Manfred.

— Oui ?

— Navré de vous déranger à nouveau, madame Sandell, dit Led' avec un large sourire. Pouvons-nous nous permettre quelques questions supplémentaires ?

Elle affiche un air hésitant, mais esquisse un pas de côté et les invite à entrer dans le couloir sombre.

— Lars est un bon garçon, affirme-t-elle. Je ne comprends toujours pas ce que vous lui voulez.

Puis elle avance cahin-caha vers le salon, le gilet pendant sur ses épaules comme un sac.

Manfred se sent abattu. Quoi que le fils ait fait, ce n'est guère la faute d'Ulla.

Celle-ci se recroqueville dans le même fauteuil que précédemment et laisse reposer un doigt osseux sur le bouton rouge de son bracelet alarme quand Led' prend la parole.

— Madame Sandell. En quelle année vous êtes-vous mariée ?

Elle écarquille les yeux et son regard vacillant erre entre les clichés en noir et blanc qui tapissent les murs.

— En quelle année ?

Elle marque une pause puis reprend :

— L'été 1960.

— Lars avait trois ans, alors ?

Elle hoche la tête, perplexe.

— Je suis désolé, mais je suis obligé de vous demander…, explique Led' avec un tact qui ne lui ressemble pas. Qui est le père de Lars ?

Ulla ferme les paupières et secoue violemment la tête.

— Kurt est le seul père qu'il ait jamais eu. Il l'a adopté quand nous nous sommes mariés.

— Je comprends, répond Led'.

Il se penche en avant, pose une main sur le bras d'Ulla et caresse délicatement du pouce sa peau ridée.

— Nous ne voulons pas remuer le couteau dans la plaie, mais nous avons besoin de savoir, poursuit-il.

Des larmes apparaissent au coin des yeux d'Ulla et coulent le long de ses joues parcheminées. Elle renifle. En même temps, elle rougit légèrement et regarde la main de Led' qui repose toujours sur son bras.

— Ces messieurs comprendront que les temps ont bien changé depuis. C'était un vrai scandale. Je venais d'une bonne famille et je n'avais que dix-sept ans quand je me suis retrouvée dans une « position délicate ». Nous… Ou plutôt nos familles ont décidé qu'il valait mieux que mes parents m'aident à élever Lars. Ensuite, j'ai rencontré Kurt et tout s'est arrangé.

Elle essuie les larmes du revers de sa main tremblante.

— Je ne comprends pas pourquoi ça a de l'importance aujourd'hui, murmure-t-elle.

— Qui est le père biologique de Lars ? demande à nouveau Led'.

Ulla soupire.

— Nous ne sommes plus en contact. Il a payé une pension alimentaire, du moins au début. Puis les versements se sont espacés. Mais Kurt était là, alors je n'avais pas le courage d'insister.

Elle marque une pause et poursuit :

— Lars a toujours pensé que Kurt était son père, c'est ce que nous voulions.

— Qui?

Led' se penche plus près de la femme. Elle secoue lentement la tête.

— J'imagine que ça ne va nuire à personne si je le dis maintenant, après toutes ces années. Mais nous nous étions mis d'accord pour garder le secret. Même Lars n'est pas au courant.

56

À peine Malin s'est-elle installée dans la voiture qu'elle enfonce la pédale de l'accélérateur et s'éloigne de quelques centaines de mètres de la maison d'Erik. Puis elle pile, sort son portable d'une main tremblante et téléphone à Manfred.

Elle tombe sur le répondeur au bout de cinq sonneries.

Elle appelle à nouveau, mais il ne décroche toujours pas. Elle décide de laisser un message.

— Salut, c'est Malin. Je suis allée chez Erik Odin. Il était absent, mais j'ai trouvé quelque chose de dingue. Dans le sous-sol. Tout son mur est tapissé d'informations sur l'Assassin des bas-fonds. Photos, interviews, articles. Très étrange ! Comme un psychopathe ! Rappelle-moi dès que tu as ce message. Je rentre au commissariat.

Quelques grosses gouttes de pluie s'écrasent sur le pare-brise. Elle fixe l'obscurité et pense à Erik qui faisait les cent pas dans la cuisine en marmonnant qu'il ne savait plus qui haïr, maintenant qu'il avait appris la vérité sur sa mère.

Puis elle se rappelle le profil psychologique de Hanne : un individu profondément dérangé qui ne déteste pas seulement les femmes, mais les mères en particulier.

Il correspond parfaitement à la description, se dit-elle. *Il a abhorré sa mère pendant toutes ces années, croyant qu'elle l'avait abandonné.*

Mais Erik ne peut pas avoir quelque chose à voir avec le meurtre et l'agression dans les années soixante-dix, car il avait à peine deux ans. Et au milieu des années quatre-vingt, il avait quatorze ans... Un adolescent de cet âge ne peut pas être un tueur en série.

Si ?

Elle fixe l'obscurité.

À sa gauche, le lac ; un peu plus loin sur sa droite, la zone des jardins ouvriers avec leurs maisonnettes.

Hanne, songe-t-elle en repensant au signalement reçu par téléphone. Un homme avait vu une femme ressemblant à Hanne dans ce quartier.

La pluie a cessé quand elle gare la voiture à la fin de la route qui mène aux jardins ouvriers, mais le brouillard ne s'est pas levé. Il flotte au-dessus de l'eau luisante comme de l'huile, s'enroule autour des saules qui poussent sur la rive et monte à tâtons le long de la colline.

Malin balaie du regard la trentaine de petites maisons, à peine plus grandes que des cabanons, qui se bousculent sur un talus entre le rivage et les immeubles de trois étages qui marquent le début du centre-ville d'Östertuna. Elles sont entourées de petits jardins ; beaucoup de potagers et différents types de plantations. La plupart des cahutes semblent barricadées pour l'automne – volets fermés, portes verrouillées et meubles de jardin adossés aux murs.

On ne voit pas âme qui vive.

Malin se dirige vers la lumière qui semble émaner d'une des maisonnettes au milieu du lotissement. Elle quitte le chemin, enjambe quelques barrières et pénètre dans le jardin.

En dépit de l'obscurité, elle voit que la bâtisse est en piteux état. La peinture s'écaille et il manque plusieurs tuiles au toit. Une gouttière qui s'est détachée d'une de ses fixations pend jusqu'au sol. D'énormes buissons broussailleux semblent envahir tout le jardin.

Elle se dirige à pas lents vers la maison à travers l'herbe haute et humide.

Elle zigzague entre les arbustes et enjambe quelques tuiles brisées. À quelques mètres du bâtiment, elle distingue un vieux tonneau rouillé plein de morceaux de bois carbonisés et, un peu plus loin, un trou profond dans le sol.

Une pelle est plantée dans un tas de terre juste à côté.

Elle grimpe les deux marches qui conduisent à la porte d'entrée et frappe. Pas de réponse. Elle pousse la petite porte de guingois et entre.

Il fait encore chaud à l'intérieur. Un petit poêle à bois crépite dans un coin, comme si on venait de faire un feu. Sur la table de cuisine trône une lampe avec un abat-jour en velours vert. Une chaise à barreaux est retournée sur le sol à côté de quelques outils, comme si on était en train de la réparer, et d'un paquet de muffins au chocolat ouvert.

— Hanne ? crie Malin en continuant dans la maison.

À gauche du poêle se trouve une porte. Elle l'entrebâille pour découvrir une minuscule chambre à coucher.

Les murs sont tapissés de papier peint au motif de guirlandes de fleurs vertes et jaunes. Çà et là, les laizes décollées volettent dans le courant d'air de la fenêtre. Un matelas souillé est posé à même le sol.

Elle se retourne, avec l'impression soudaine d'être observée.

Mais la pièce derrière elle est vide. Pas d'Erik ; pas d'homme inconnu, couteau à la main ; pas de monstre sans visage empli d'une haine incommensurable.

Elle pivote vers la porte d'entrée, l'ouvre et sort sur le perron.

Un air froid et humide s'insinue sous son pull et elle frissonne. Ses yeux s'habituent à l'obscurité et les contours deviennent de plus en plus distincts.

À côté de la maison, elle aperçoit quelque chose qui ressemble à une remise de jardin. Elle allume sa lampe de poche et s'achemine vers la petite construction branlante, en faisant bien attention à l'endroit où elle pose les pieds. Ce qui ne l'empêche pas d'écraser une tuile. Le craquement brise le silence de cette soirée automnale.

Elle éteint immédiatement sa lampe, se fige en plein mouvement et tend l'oreille.

Rien.

Hormis les branches des buissons qui frottent légèrement contre les carreaux et le goutte-à-goutte têtu des conduits endommagés.

Avant de se remettre à marcher, elle coupe le son de son téléphone portable, puis elle s'approche à pas de loup du cabanon. Il possède deux portes – sur l'une on aperçoit une pancarte fendue avec un cœur et l'autre est traversée par une barre de sécurité et fermée par un solide cadenas.

Elle avance jusqu'à la porte à la barre de fer, étudie les alentours tout en passant la main au-dessus de la porte.

Des feuilles et des aiguilles lui tombent dans les cheveux.

Penchant la tête pour retirer les branchages, elle découvre un pot de fleurs ébréché contenant un géranium fané près de la façade. Elle se baisse, plonge la main dans le pot et palpe la terre humide ; puis elle s'accroupit et tâtonne autour du pied.

Là, sous un gros tesson, se trouve la clef.

57

Seul dans son salon, un verre de whisky à la main, Fagerberg réfléchit à sa longue vie.

— Deux choses que je souhaite avant de mourir, dit-il en hochant gravement la tête vers la photographie de sa femme. Qu'ils arrêtent l'Assassin des bas-fonds et qu'ils débusquent l'homme qui a tué Olof Palme. Dans cet ordre, si je puis choisir.

Il pense à Erik Odin qui lui a rendu visite l'autre jour ; à son regard fiévreux et à sa prise de notes frénétique.

Bon sang, il est vraiment temps qu'ils résolvent cette affaire !

Il pose son verre sur la table et s'empare du livre d'Otto Wendel, *Les morts doivent parler*. Il veut lire à nouveau le récit du « meurtre au gramophone », celui qu'il préfère dans ce vieux bouquin.

Mais au moment où il soulève le livre, il est surpris par une douleur aiguë au niveau du sternum. On dirait qu'un poids immense s'est abattu sur lui, ou qu'un cordon invisible lui enserre la poitrine, l'empêchant de respirer.

Pas déjà, songe-t-il.
Pas maintenant.

Puis il tend le bras vers le téléphone pour appeler les secours.

À seulement quelques centaines de mètres de là se trouve Erik Odin.

Devant lui s'étend le lac, noir et lisse.

Il contemple l'eau, observe les arbres le long de la rive et les roseaux qui bruissent dans la brise.

Soudain, on dirait que le paysage frissonne et il sent une faible rafale de vent. Quelques secondes plus tard, ça recommence.

Östertuna respire, se dit-il. *Comment se fait-il que je ne l'aie pas remarqué plus tôt ?*

Il tente de comprendre.

Il comprend peut-être, mais refuse d'accepter la vérité.

Il regarde son portable dans sa main, songe au message de cette policière qui lui avait rendu visite pour lui remettre les bagues.

À quoi bon l'appeler maintenant ?

C'est déjà trop tard.

L'angoisse lui tord la poitrine lorsqu'il quitte le bâtiment et se dirige vers les jardins ouvriers.

Il ne reste qu'une seule chose à faire.

La porte s'ouvre en grinçant et Malin entre. Elle inspire l'odeur du bois mêlée à d'autres effluves, quelque chose de moisi qu'elle ne parvient pas à identifier.

Elle referme derrière elle, allume sa lampe de poche et regarde autour d'elle.

Elle se trouve dans un espace long et fin au sol tapissé de sciure. Face à elle, des piles de bûches sont appuyées contre le mur de part et d'autre d'une mince fenêtre. Devant les rondins, une bâche aux bords élimés semble couvrir un amas d'objets. Un épais sac plastique transparent et quelques planches en dépassent.

Au fond à gauche, elle aperçoit un sac en nylon vert. Elle s'en approche, l'ouvre, distingue des draps roulés en boule et un petit calepin rouge.

Il lui est étrangement familier. Quand elle comprend ce que c'est, elle se pétrifie.

Elle s'accroupit, saisit le carnet, sent la couverture froide contre ses mains et, les doigts tremblants, tourne la première page.

L'écriture soignée lui est douloureusement connue.

Tu es venue ici, Hanne, songe-t-elle, et son ventre se contracte dans une crampe. Elle pose la lampe torche sur un vieux billot pour examiner le sac en nylon. Le halo de lumière éclaire le plastique transparent qui dépasse sous la bâche. Elle se fige.

Elle aperçoit quelque chose sous les couches de plastique.

Elle s'approche, tente de voir ce que c'est.

D'abord, son cerveau refuse de comprendre – elle ne distingue qu'une masse pâle et informe. Puis elle percute.

C'est un visage.

La bouche est ouverte, les traits déformés, la peau décolorée.

Pourtant, impossible de ne pas la reconnaître. On entrevoit une mèche de cheveux roux tirant sur le gris et le col du chemisier blanc.

Hanne.

Malin inspire violemment et bondit en arrière. Elle percute quelque chose de mou et discerne une odeur de sueur au moment où elle se retourne.

Un homme à capuche noire la toise.

Ses vêtements sont mouillés et ses cheveux humides pendent autour du visage que l'on devine derrière le tissu. Dans son poing, il serre un grand marteau qui reflète faiblement la lumière de la lampe de poche.

Elle recule de quelques pas, heurte le plastique et le cadavre enveloppé dedans, lève une main pour se protéger.

L'homme demeure immobile, mais sa cage thoracique se lève et s'abaisse à chaque respiration.

Le choc se diffuse dans le corps de Malin ; son cœur bat la chamade, sa bouche devient sèche et elle comprend comment les choses ont dû se dérouler.

— Qu'est-ce que vous faites là, bordel ? siffle-t-il.
— Je...

Il brandit le marteau.

— Non ! hurle-t-elle en esquivant le coup, mais pas assez vite.

Le marteau s'écrase contre sa tempe et elle s'affale au sol. *Non*, songe-t-elle. *Pas moi. Pas maintenant. Pas comme ça.*

Et le sourire édenté d'Otto apparaît sur sa rétine.

58

Manfred et Led' sont déjà de retour à Stockholm quand Manfred écoute le message de Malin.

— Arrête-toi, dit-il.

Led' le fixe, incrédule.

— *Ici ?*

— Oui, *ici*.

Led' freine et se range au bord du trottoir. Un automobiliste derrière eux leur adresse de longs coups de klaxon agacés, et un cycliste frappe du plat de la main le toit de leur voiture en les dépassant.

Manfred pianote sur son portable et le plaque à nouveau contre l'oreille.

— Pourquoi... ? demande Led' en grattant sa barbe hirsute.

Manfred lève une main pour lui enjoindre de se taire.

— Chut, je dois parler à Malin.

Un autre véhicule joue de l'avertisseur sonore.

— On ne peut pas rester ici, marmonne Led'.

Manfred l'ignore. Quelques instants plus tard, il se tourne vers son collègue.

— Elle a laissé un message, il y a une heure. Les murs de la cave d'Erik Odin sont tapissés de documents sur les meurtres. Elle dit qu'on dirait l'antre d'un psychopathe.

— Mais…

Led' se tait.

— Et là, je n'arrive pas à la joindre.

— Erik était bien trop jeune, non ? Il n'avait que quatorze ou quinze ans quand Linda Boman a été assassinée.

Il marque une petite pause et poursuit :

— Mais… on a déjà vu des choses plus bizarres. Je me souviens quand…

— Écoute, je me fous de qui est coupable, je veux juste contacter Malin.

— Elle a mentionné où elle allait ?

— Au commissariat central. Dans ce cas, elle devrait répondre, non ?

— J'appelle pour demander si des collègues l'ont vue.

Led' sort son portable de son coupe-vent élimé.

Manfred tambourine des doigts contre le pare-brise et réfléchit, tandis que Led' parle avec un des enquêteurs.

— Non, dit Led' après avoir raccroché. Elle n'est pas revenue. Mais ça ne fait pas si longtemps. Elle s'est peut-être arrêtée pour manger un burger ou…

— Ça ne me plaît pas du tout.

— Elle en a peut-être profité pour vérifier le signalement sur le chemin du retour.

— Le signalement ?

— Tu sais, une personne a téléphoné pour dire qu'elle avait vu une femme qui ressemblait à Hanne dans la zone des jardins ouvriers, explique Led'. Ce n'est pas très loin de chez Erik, n'est-ce pas ?

Manfred fouille dans sa mémoire et repense à la journée où ils ont rendu visite à Erik chez lui. Ce dernier faisait les cent pas dans la cuisine, la tête enfouie dans les mains.

Que disait-il, déjà, à propos de son père ?

Il ne fait rien à part picoler chez lui ou dans la maison de son pote attenante au jardin ouvrier.

— Fais demi-tour, ordonne Manfred. On doit retourner à Östertuna. Le plus vite possible.

Erik se faufile entre deux énormes argousiers et traverse la pelouse humide. Des branches épineuses lui griffent la joue, mais il ne le remarque pas.

Le long de la maison, il distingue des lupins fanés, d'immenses pieds-de-lion broussailleux et des géraniums qui auraient dû être coupés depuis belle lurette. Quelques instants plus tard, il oublie toutes ses réflexions horticoles quand il manque de dégringoler dans un trou.

Il ouvre la porte et entre dans le cabanon de jardin.

L'odeur de pourriture et de sciure de bois lui pique le nez.

Un homme à capuche est assis par terre, dos à lui. La lampe de poche posée sur un billot à côté de lui éclaire la scène macabre : le marteau écarlate que l'homme tient à la main et la femme gisant sur le dos à côté de lui, la tête un bain de sang frais.

Son visage est tuméfié et, à chaque respiration qu'elle prend, on entend un râle et du sang suinte à la commissure de ses lèvres.

C'est elle, la policière qui est venue lui rendre visite, celle qui lui a laissé un message.

L'homme se tourne, ôte sa capuche et le regarde dans les yeux.

Il ne faut qu'une seconde pour qu'Erik comprenne que ses pires craintes se sont réalisées, mais cette seconde semble interminable. Le temps s'étire, s'allonge, jusqu'à atteindre son point de rupture, comme un élastique, tandis qu'il enregistre ce qu'il voit. Mais bien que la vérité soit là, devant lui, aussi cruelle qu'incontestable, il refuse de l'accepter.

Les secondes passent.

— Je le savais, dit-il enfin.

Presque toute sa vie, il a vécu avec l'idée que sa maman les avait abandonnés. Et après qu'on l'eut retrouvée sous le parking, il s'est persuadé que le monstre inconnu que l'on appelait l'Assassin des bas-fonds était coupable de toute sa souffrance.

Alors, il s'est mis en quête de la vérité.

Il a réussi à se convaincre qu'il lui suffisait de résoudre ce mystère pour être libéré des ténèbres.

— Je le savais, répète-t-il.

— Ça… ça… ça, bégaie son père. Je n'ai rien à voir avec ça. C'est la maison de Sudden. Je l'ai trouvée ici et…

— Tu mens ! Tu mens comme tu respires.

— Non. Je suis venu ici et elle…

— Ta gueule ! hurle Erik, les joues baignées de larmes. Tu ne peux pas la fermer ? Je *sais* ce que tu as fait ! Je *sais* que c'était toi chaque fois ! Tout ce que tu m'as raconté, ce n'étaient que des conneries !

— Non, je…

Björn baisse les yeux et masse son moignon de sa main libre. De longues mèches grises dissimulent son visage ridé.

Erik sait qu'il devrait s'enfuir. Que son père représente un réel danger. Mais il en est incapable tant son désespoir le paralyse. Et il n'a pas peur, car il n'accorde aucune valeur à sa propre vie.

Il repense à toutes les fois où il a hésité à mettre fin à toute cette souffrance, les médicaments de Maj à la main. Même dans ces moments, la frayeur lui était étrangère, il ne ressentait qu'une vague angoisse liée au fait qu'il y avait quelque chose d'inachevé, quelque chose qu'il devait faire.

Non, il n'a pas peur de la mort.

Il a peur de la vie, ça n'a rien à voir.

— Je n'ai pas…, reprend Björn.

— Ta gueule ! Tu ne peux pas juste fermer ta gueule ? s'égosille Erik. Tu les as tuées !

La main de Björn s'immobilise en plein mouvement et elle serre sa jambe si fort que la prothèse se retrouve de travers.

Erik la regarde.

— Et ton pied ! Ce prétendu accident ! J'ai passé en revue chaque heure, chaque minute de cet hiver-là, dans les années quatre-vingt. Ils t'ont amputé très exactement deux semaines après le meurtre de Linda Boman. Tu ne t'es pas fait écraser le pied par un foutu camion-poubelle, tu t'es blessé en sautant de la fenêtre de cet appartement, près du parc Berlin. Et l'outil pour crocheter la porte, tu te l'es procuré par le biais de Sudden, non ?

— Non, ça ne s'est pas passé comme ça, répond Björn dans un murmure.

— Tu ne t'es pas fait soigner à l'hôpital parce que tu avais peur qu'on te soupçonne, n'est-ce pas ? Et quand tu as fini par t'y rendre, c'était déjà trop tard pour sauver ton pied. Et heureusement ! Au moins, tu ne pouvais plus t'amuser à trucider des gens.

Le silence se fait.

— Tout n'était que mensonge ! J'ai aussi trouvé une lettre de ton ancien employeur. Pas assez de travail ? N'est-ce pas ce que tu as dit à grand-mère ? Espèce de mythomane ! Tu as menacé ta cheffe de mort parce qu'elle ne te supportait pas. Parce qu'elle était une femme. C'est pour ça que tu t'es fait virer.

Erik se tait ; les ténèbres sont si profondes, si étouffantes qu'elles engloutissent les mots. L'obscurité est une mer ; les mots sombrent, font naufrage.

— Tu m'as volé ma vie, gémit-il. Et tu n'es même pas capable de l'admettre.

Björn garde le silence, la tête baissée, la main serrée autour de son moignon.

Erik contemple la femme qui gît, inconsciente, dans la sciure de bois.

Sa respiration est de plus en plus superficielle, sa peau de plus en plus pâle et le sang ne coule plus de ses lèvres.

Il sait qu'il doit poser la question, bien qu'il connaisse déjà la réponse.

— Tu as tué maman, aussi ?

Björn reste coi.

— J'ai trouvé ton ancien passeport, poursuit Erik. Il y a un tampon de Madère. Datant de mai 1977. Tu as toi-même envoyé la carte postale pour écarter les soupçons, c'est ça ?

Toujours pas de réponse.

Dans le corps d'Erik, les ténèbres s'épaississent, le provoquent, menacent de se déverser. Cette douleur qu'il porte en lui depuis si longtemps qu'elle a fini par faire partie de lui-même risque de le réduire en morceaux.

Et enfin, il comprend comment la faire taire. Il esquisse un pas vers son père et lui arrache des mains le marteau ensanglanté.

L'homme qui renferme les ténèbres lève le marteau pour tuer son père.

Je lève le marteau pour tuer mon père.

LE CHASSEUR D'OMBRES

59

Je m'appelle Erik Odin et j'ai écrit ce livre.

Mon père est un assassin.

Il a tué ma mère et il a tué d'autres femmes. Mon père est unique : il est l'exemple type du tueur le plus ordinaire, et du plus extraordinaire.

Ordinaire, parce qu'il a tué sa femme.

Extraordinaire, parce qu'il est un tueur en série – ces phénomènes si rares qu'ils n'existent presque pas. Seulement « presque », parce que mon père existe bel et bien et, en plusieurs décennies, il a perpétré six féminicides.

J'imagine que sa haine n'a pas de limites, et puisque je connais tout de la haine, je crois que je peux me prononcer sur cette question. La haine qu'il porte est dirigée contre les femmes – la misogynie portée à son paroxysme.

Des femmes comme ma mère, qui avaient une vie professionnelle alors que mon père a été écarté au profit d'une « gonzesse » qui « ne savait pas démonter une voiture et la remonter les yeux fermés », pour utiliser ses mots.

Des femmes comme Maj, sa mère, qui l'a élevé seule – à la dure, mais avec le sens du devoir, même si elle lui a causé un immense préjudice sans le savoir quand elle l'a confié à sa tante alcoolique et à son sadique de mari en ce « terrible été ».

Je me dis parfois que mon père a tué sa propre mère, encore et encore. Que ma grand-mère était la figure honnie et que toutes les autres femmes n'étaient que des doubles d'elle sans visage.

Ma grand-mère parlait souvent de ce « terrible été ». Elle pensait que toutes les difficultés de mon père en découlaient, mais je n'en suis pas si sûr.

Peut-être avait-il un problème sous-jacent, quelque chose d'indescriptible.

Peut-être n'y a-t-il pas de réponse.

Les psychologues affirment que ses crimes sont une façon d'exercer un pouvoir. Que la violence sexuelle n'est qu'une manière de reprendre le pouvoir sur les femmes, ce pouvoir qui, l'espace d'un instant, chassait son impuissance. Ils disent que ce sentiment d'impuissance peut trouver son origine dans son enfance dénuée d'amour, associé au traumatisme vécu à l'âge de cinq ans.

Et, comme l'avait suggéré Hanne, nul ne peut comprendre le crime de mon père sans appréhender également les changements sociétaux. Les femmes qui sont entrées sur le marché du travail, qui ont pu laisser leurs enfants aux soins d'autrui pour faire carrière, comme le font les hommes depuis la nuit des temps.

Pour la plupart des hommes, cela ne posait pas de problème, bien sûr. Et si cela en posait, ils géraient cela d'autres manières qu'en assassinant.

Mais pas mon père.

La haine qui l'avait déjà pris en tenaille était dirigée contre les femmes qui, pour diverses raisons, habitaient seules avec leur enfant – parce qu'elles le voulaient ou parce qu'elles n'avaient pas le choix.

Comme ma grand-mère.

Que dire du *modus operandi*? Le fait de les clouer au plancher. Je crois qu'il faut comprendre cela de manière symbolique. Les femmes doivent rester à leur place. Au foyer.

Quoi de plus logique que de les y river?

Par ailleurs, il avait entendu parler du premier Assassin des bas-fonds et lu le récit de ma mère sur Elsie. Ce texte a dû éveiller quelque chose en lui, créer une résonance au plus profond de son être. Un timbre pur et clair au milieu de cette réalité devenue chaotique et troublée.

Et pour pallier ses problèmes, il a imaginé cet expédient macabre.

Il repérait ses futures victimes au square du parc Berlin. Il est probable que j'aie été avec lui et que je les aie vues depuis ma poussette. Peut-être m'ont-elles offert un jus de fruits, un gâteau; peut-être ai-je joué avec leurs enfants. Peut-être me caressaient-elles la tête pour me réconforter quand je tombais de la balançoire. Peut-être trouvaient-elles mon père beau, mystérieux, charmant… C'est ce que les gens disaient souvent.

Ma mère a sans doute été une victime collatérale – car elle l'a surpris dans le parc. Si elle ne l'avait pas fait, la vie aurait peut-être continué comme d'habitude pour elle, tandis que l'été inexorablement se changeait en automne et que l'obscurité de l'hiver enveloppait peu à peu Östertuna.

Je me demande si ma mère aurait eu une liaison avec cet homme aux taches de rousseur originaire de Dalécarlie ; si Fagerberg aurait fini par l'accepter comme son égal, bien que chaque cellule de son corps fût erronée, équipée d'un matériel génétique déficient.

Nous ne le saurons jamais.

Après la disparition de ma mère, nous avons emménagé chez ma grand-mère. J'ai peu de souvenirs de cette époque, mais avec le recul j'ai compris que Maj se sentait investie d'une mission. Elle s'occupait du foyer et dirigeait papa d'une main de fer. Même s'il avait voulu tuer à nouveau, je pense qu'il en aurait été incapable à ce moment-là, car ma grand-mère avait constamment l'œil sur lui.

J'ignorais l'existence de mon demi-frère. Le fait que mon père ait eu un enfant pendant son adolescence était un secret de famille bien gardé. Mon père n'en avait même pas parlé à ma mère et ma grand-mère avait emporté le secret dans sa tombe. Mais cela explique pourquoi il volait parfois de l'argent à ma mère – il fallait bien payer la pension alimentaire.

Puis il y a eu Anette et la naissance de ma petite sœur.

Les années sont passées et peut-être que mon père a fini par croire que tout était normal, qu'*il* était normal. Mais il a de nouveau perdu son emploi et Anette, lasse de le voir boire du matin au soir, l'a quitté au milieu des années quatre-vingt.

À nouveau, il s'est trouvé en chute libre. Et les meurtres ont repris.

À cette époque-là, je vivais chez ma grand-mère. Peut-être avait-elle instinctivement compris que je n'allais pas bien chez mon père et Anette et qu'il y avait quelque chose qui ne tournait pas rond chez son fils. Peut-être étais-je sa manière de se racheter pour ce « terrible été ».

Après avoir été amputé du pied, mon père a sombré plus profondément encore dans son addiction. Il passait ses journées devant la télévision, la bouteille à la main, englouti par ses ténèbres intérieures.

Et ses ténèbres sont devenues les miennes.

Si Elsie était la graine et Britt-Marie l'arbre – le moyeu autour duquel s'articule cette étrange histoire –, je suis une maigre petite pousse qui se démène dans l'ombre, là où rien ne peut prospérer.

C'est l'héritage que j'ai reçu de mon père.

On a beau courir, on ne peut échapper à son héritage.

Il peut toutefois être utile de mettre des mots sur les événements. Écrire peut avoir un pouvoir libérateur.

Une fois adulte, ma haine s'est muée en un désir de comprendre. J'ai demandé à ma grand-mère de me parler de mes parents. J'ai lu le récit dactylographié traitant d'Elsie et de l'Assassin des bas-fonds d'origine, celui que ma mère avait rédigé dans les années soixante-dix. Ma grand-mère m'avait encouragé à le conserver lorsque les policiers sont venus chercher les effets personnels de ma mère, au milieu des années quatre-vingt.

Il constitue le premier chapitre de ce livre, même si j'ai apporté au texte de menues corrections.

Le reste, je l'ai moi-même écrit.

J'ai reconstitué la suite des événements du mieux que j'ai pu à partir d'entretiens avec les gens impliqués. J'ai épluché des comptes-rendus, des articles de journaux et des documents officiels. J'ai compulsé les rapports d'enquête préliminaires et les blogs ; j'ai passé des heures dans les bibliothèques et les archives.

Mais les pièces les plus importantes du puzzle proviennent des annotations et des photographies de ma mère et de la conversation avec Hanne à Ormberg quand elle a si généreusement partagé l'histoire de sa vie. J'ai également discuté avec d'autres personnes. Fagerberg et Rybäck étaient étonnamment coopératifs et ne répugnaient pas à exposer ce qu'ils savaient.

J'ai même retrouvé la piste d'August Boberg, l'un des agents qui travaillaient avec Elsie dans les années quarante. L'homme de près de cent ans, pensionnaire d'une maison de retraite à Mariefred, a relaté la mort d'Elsie et l'opposition à l'entrée des femmes dans la police à la fin des années cinquante. Il a raconté que Cederborg, son chef de l'époque, avait promis d'avaler son vieux casque à pointe plutôt que d'autoriser les femmes à franchir le seuil de son commissariat.

Mais il a surtout parlé d'Elsie.

— Elle me plaisait beaucoup, Elsie…

Ses yeux sont devenus brillants.

— Beaucoup plus qu'une collègue ne devrait plaire à un homme marié, si vous voyez ce que je veux dire.

Une chose était sûre depuis le début : cette histoire n'allait pas tourner autour de mon père. Il ne le méritait pas. Ce récit n'allait pas venir allonger la liste de ces textes qui me donnent la nausée, de ces bouquins qui élèvent des monstres au rang de rock stars : *Dans la tête d'un tueur en série, Conversation avec un tueur en série, À la recherche de...*, etc.

Non.

Ce récit allait traiter de ceux qui ont essayé de l'arrêter ; des femmes devenues ombres qui n'ont jamais pu vivre leur vie. Des femmes dont les espoirs se sont dissous en un archipel de larmes. Celles qui se sont éteintes comme des bouts de chandelles dans le faible courant d'air d'une fenêtre ouverte – Britt-Marie, Hanne, Linda et les autres.

Je me suis plongé dans l'histoire, je l'ai traquée, jusqu'à ce qu'elle me traque. Je suis devenu un chasseur d'ombres.

De toutes les manières possibles, j'ai tenté de comprendre, car je savais instinctivement que c'était l'unique chose qui me sauverait. Je reconnais volontiers que j'ai parfois brodé, mais seulement pour rendre l'incompréhensible compréhensible, pour mettre des mots sur l'inexplicable.

D'ailleurs, puis-je vraiment écrire une telle histoire ? me suis-je demandé. En ai-je le droit ?

Son sang coule dans mes veines. Sans compter que je suis un homme, tout comme lui.

J'y ai longtemps réfléchi. J'ai retourné le problème dans ma tête, je l'ai examiné sous tous les angles et j'ai fini par conclure que cela n'avait aucune importance

– nous, les humains, nous sommes comme n'importe quel animal. Nous exerçons notre pouvoir sur tous ceux qui représentent une menace, parce que nous le pouvons, et nous le voulons. Que nous soyons homme ou femme – comme l'a fait la supérieure de Malin.

Il y a néanmoins une scène que je ne suis pas parvenu à écrire – celle où mon père tue ma mère.

C'était impossible. La douleur était trop forte. Comment s'en étonner ? Mon propre père a assassiné ma mère et l'a enterrée sous un parking.

Je l'écris à nouveau :

Mon propre père a assassiné ma mère et l'a enterrée sous un parking.

J'ai essayé, à maintes reprises même, mais je n'ai pas réussi. Je n'ai pas osé, je ne voulais pas raconter ce qui était advenu en cette soirée pluvieuse quand ma mère est sortie pour vérifier l'information de Gunilla Nyman selon laquelle un homme fixait sa fenêtre, posté dans le parc Berlin.

Mon unique consolation est de me dire qu'en se rendant au parc, ma mère a probablement sauvé Gunilla ; que sa mort a épargné une vie.

Si seulement elle avait pu le savoir !

Vous vous demandez sans doute ce qui s'est passé au jardin ouvrier à Östertuna. Si Malin s'en est tirée. Si j'ai cédé à l'appel des ténèbres ou si les mots que j'avais commencé à tisser ensemble ont formé un radeau qui m'a permis de fuir.

Vous vous demandez si j'ai tué mon père, n'est-ce pas ?

Si je suis devenu comme lui.
Si ce récit que vous lisez a été écrit par un tueur ou par une victime.

60

L'outil était d'une lourdeur indescriptible dans ma main. Comme une massue. Du sang gouttait de la tête du marteau sur le sol.

Mon père était un tueur. Il était assis devant moi, le visage ensanglanté.

La femme gisait par terre, immobile. Si elle respirait encore, cela ne se voyait pas. Ses joues étaient pâles, ses yeux clos.

— Pourquoi ? murmurai-je.

Je baissai le marteau, le saisis à deux mains et le serrai contre mon cœur comme un enfant.

Mon père ne répondait pas et ma colère s'éveilla à nouveau. Je levai l'outil, bien décidé à lui ôter la vie de la même manière qu'il avait assassiné les femmes – sans égard et sans hésitation.

Puis il y eut une succession rapide d'événements.

Au moment où je brandissais le marteau, ma chaîne se coinça dans la panne fendue de l'outil. Elle se brisa, et les deux bagues que je portais autour du cou tombèrent dans la sciure de bois. Je me penchai pour les ramasser, mais me figeai en apercevant mon reflet dans la fenêtre.

Je voyais mon père. Mon visage était si semblable au sien, la haine si visiblement dessinée sur ses traits. Les ténèbres suintaient de mes yeux, de la commissure de mes lèvres tordues dans une grimace railleuse.

Je baissai les yeux sur les anneaux par terre et songeai à ma mère, à Elsie. À leur vie qui s'était éteinte sans raison aucune aux mains d'hommes qui ne pouvaient ni ne voulaient refréner leur haine. Et une pensée germa en moi.

Tout tourne en rond, me dis-je. *L'histoire se répète. C'est simplement que nous ne le voyons pas.*

Mais les années savent ce qu'ignorent les jours.

Et après avoir couru pendant si longtemps après la vérité sur les femmes mortes d'Östertuna, je compris, moi aussi.

Je peux mettre fin à cette spirale de violence et de haine. Je peux choisir de ne pas propager les ténèbres. À cet instant précis, j'en ai le pouvoir. Cette occasion est unique.

Soudain, j'entendis des sirènes, de plus en plus proches; leur hurlement fendait l'air et me rappela la vie qui continuait au-dehors.

Je baissai la main et lâchai le marteau. Il s'échoua par terre et je fermai les yeux.

61

Les jours suivants, je passai des heures avec Manfred et ses collègues. Je relatai à maintes reprises l'étrange histoire qui avait commencé dans le quartier de Klara dans les années quarante et s'était terminée soixante-quinze ans plus tard, dans une maisonnette de jardin ouvrier à Östertuna.

Nous assemblâmes les morceaux le mieux possible. La seule chose dont nous ne pourrons jamais être sûrs est l'identité de l'homme qui tua Elsie en cette froide matinée de février 1944. Je demeure quant à moi convaincu qu'il s'agit de Birger von Berghof-Linder.

Hanne était morte depuis au moins deux semaines quand on découvrit son corps et le médecin légiste décela sur son crâne des blessures correspondant très probablement à des coups de marteau. Dans le tonneau devant la maison, on retrouva les vestiges carbonisés de ses chaussures et de son sac à main. Le trou creusé dans le jardin était sans doute destiné à devenir son tombeau.

Le temps des questions, des mystères, était révolu. Ne demeurait que cette terrible vérité.

Mais mon père restait muet comme une carpe.

Il refusa de prononcer un seul mot sur ses crimes. Pas un soupçon d'aveu n'effleura ses lèvres.

Quatre jours plus tard, je rendis visite à Malin à l'hôpital. Elle était allongée dans son lit, la tête bandée. Andreas se trouvait à son chevet et Otto explorait la chambre à quatre pattes.

— Excusez-moi, dis-je en frappant à la porte déjà ouverte.

— Entrez, répondit Malin avec un sourire.

Andreas s'avança vers moi et me tendit la main.

— Vous êtes… ?

— Erik, dis-je en lui serrant la main.

— Merci.

Ses yeux s'emplirent de larmes.

— Je ne sais pas comment vous remercier.

Je souris.

— Est-ce que nous pourrions échanger quelques mots, Malin ?

— Bien sûr, asseyez-vous.

Andreas lâcha ma main.

— Je vais prendre un café avec Otto, annonça-t-il en se tournant vers Malin. Je te rapporte quelque chose ?

— Non merci, ça va aller.

Il se pencha pour soulever son fils, s'avança vers le lit et déposa un petit baiser sur le front de Malin.

— Je t'aime, lui dit-il.

Puis il sortit.

Après avoir refermé la porte, je m'installai sur la chaise placée près du lit. Nous discutâmes quelques minutes des événements inexplicables qui s'étaient produits.

— Il y a une chose que je ne comprends pas, dis-je. Comment Hanne s'est-elle retrouvée dans le jardin ouvrier ?

Malin cligna des yeux et sourit tristement.

— Hanne souffrait de démence.

Je hochai la tête – je le savais déjà. Malin continua :

— Elle écrivait tout ce qu'elle avait à faire. Pour ne pas oublier, et pour structurer son existence en dépit de sa maladie. Le jour de sa disparition, elle avait dans son sac à main son vieux carnet de notes, celui qu'elle utilisait quand elle travaillait sur l'enquête dans les années quatre-vingt et…

Elle marqua une pause. Une larme glissa sur sa joue, dessinant un trait brillant sur sa peau bronzée.

— Vous savez quelle était la première annotation du carnet ?

— Non.

— Rendre visite à Björn Odin, 12, rue Storgatan, quatrième étage.

— Vous voulez dire qu'elle…

Malin ferma les yeux et acquiesça.

Je regardai par la fenêtre et me représentai Hanne en cette chaude journée d'été. Je la voyais presque devant moi, assise sur ce banc au soleil, en face de l'hôpital Sophiahemmet, qui sortait d'une main tremblante son calepin, ouvrait la première page et lisait l'instruction qu'elle avait elle-même rédigée.

Et après ?

Avait-elle réussi à prendre toute seule le bon bus ? Avait-elle rencontré de gentils passants qui lui avaient indiqué le chemin de chez Björn ?

Et une fois là-bas ?

— Je crois qu'elle s'est rendue chez votre père et lui a posé des questions embarrassantes, expliqua Malin, comme si elle lisait dans mes pensées. Pas seulement embarrassantes, d'ailleurs. Hanne a sans doute visé en plein dans le mille, la connaissant.

— Vous pensez qu'elle s'est approchée de trop près de la vérité ?

— Tout à fait. Et il n'a probablement pas été difficile de l'attirer dans la maisonnette du jardin ouvrier. Il a dû la garder en vie un moment. Peut-être qu'il ne savait pas quoi faire d'elle. Elle n'était pas précisément le genre de victime à laquelle il avait l'habitude de s'attaquer.

Malin renifla ; je lui tendis un mouchoir.

— Je voudrais vous demander quelque chose, dis-je en sortant un papier et un crayon.

Puis je lui exposai ma demande.

Dans un autre service de l'hôpital se trouvait Sven Fagerberg, entouré de machines qui contrôlaient son pouls, sa respiration et l'oxygénation de son sang, en émettant des bips et des bruissements.

Manfred était assis à son chevet, les jambes croisées. L'environnement hospitalier lui était plus familier qu'à d'autres, car sa propre fille avait passé des mois en soins intensifs après un accident grave l'an dernier.

Malgré cela, ou peut-être à cause de cela, la vision du corps décharné de Fagerberg, au milieu d'engins électroniques qui le maintenaient en vie, lui procurait une violente sensation de malaise.

— Je me suis dit que vous voudriez savoir comment nous l'avons pincé, expliqua Manfred après avoir conclu le récit de l'arrestation de Björn Odin.

Fagerberg ouvrit une paupière. Son visage était gris comme de la cendre et le peu d'énergie qui lui restait lui suffisait à peine à parler. Son œil injecté de sang contemplait Manfred.

— Elle aurait dû devenir sténographe…

Sa paupière se referma.

— Pardon ?

Manfred se pencha vers le mourant pour mieux l'entendre.

— Qui ?

Mais Fagerberg avait déjà sombré dans un profond sommeil et, cette fois, il ne se réveilla pas.

Je rendis visite à Malin encore deux fois les jours suivants et nous discutâmes plusieurs heures. Elle m'aida à assembler toutes les pièces du puzzle.

Le reste de l'histoire s'écrivit tout seul.

J'avais la sensation que mes doigts se déplaçaient tout seuls sur le clavier, comme si mon corps savait. Les mots naquirent devant mes yeux, trouvèrent leur place sur la page, formèrent des phrases et des paragraphes qui lentement devinrent ce radeau.

Il n'était pas beau, mais il faisait son boulot. Et chaque mot composé permettait aux ténèbres de lâcher un peu plus leur emprise.

J'achève mon récit ici, devant l'ordinateur du sous-sol.

Cela fait trois mois que mon père a été arrêté.

Je me suis installé dans la chambre de ma grand-mère, j'ai jeté tous les vieux meubles, j'en ai acheté d'autres et je vais téléphoner à ma sœur. Peut-être qu'il est encore temps de construire une sorte de relation. Mais je tenterai de modérer mes attentes, de les maintenir à un niveau réaliste. Cela fait des années que nous ne nous sommes pas vus et je ne me rappelle pas la dernière fois que je lui ai adressé une parole aimable.

L'ai-je jamais fait?

J'accuse les ténèbres, j'accuse mon père, mais j'ai bien sûr ma part de responsabilité dans le cours qu'ont pris les événements. J'aurais pu choisir de tourner la page il y a plusieurs années, mais je ne l'ai pas fait. J'imagine qu'au cours de ce processus je vais devoir apprendre à *me* pardonner.

Je songe également à contacter mon demi-frère; mais je n'ai pas encore décidé – il croit toujours que Kurt Sandell est son père et je me dis parfois qu'il vaut mieux le laisser vivre dans cette illusion. Il n'a jamais demandé à être impliqué dans tout cela.

Mon histoire est presque finie.

Je ferme les yeux et je pense à Elsie Svenns, la mère de ma mère, la femme par qui tout a commencé. La graine magique qui avec le temps a germé et poussé pour devenir cet étrange récit, bien qu'elle-même ait pâli pour devenir une ombre.

Et puisque l'histoire se répète, elle conclura aussi ce livre.

Je regarde le seul cliché qu'il reste d'Elsie – debout au soleil, avenue Strandvägen, elle sourit au photographe inconnu – et mes mains s'approchent du clavier.

En une chaude journée de printemps 1933, Elsie foule pour la première fois le sol suédois. Les ténèbres se sont abattues sur l'Europe. En Allemagne, le président Hindenburg s'est vu contraint de nommer Adolf Hitler comme chancelier du Reich. La Gestapo a été instituée, les boutiques juives sont boycottées et Dachau, le premier camp de concentration, a ouvert.

Au moment où Elsie descend du bateau en provenance de la Finlande, l'autodafé crépite à Berlin. Le feu grésille et étincelle, dévorant les livres interdits. En Norvège, Vidkun Quisling vient de former le parti nazi norvégien avec Johan Bernhard Hjort.

Mais Elsie n'a d'yeux que pour Stockholm.

Elle s'arrête sur la place Nybroplan, fascinée par le spectacle. Le long du quai se massent des péniches chargées de bois et de glace et des embarcations de dimensions inférieures qui voguent paisiblement sur l'eau calme. Des taxis et des tramways fendent la foule. Jamais elle n'a vu tant de monde – des gens de toutes sortes qui peuplent Stockholm : coursiers, bonnes et mères au foyer ; dactylos, passementiers, copistes ; des hommes chics, des femmes de petite vertu, des enfants espiègles qui se pourchassent à côté des rails du tramway. Il y a des familles qui se promènent en troupe compacte vers l'avenue Strandvägen en direction de l'île Djurgården et des journaliers qui se pressent le long des péniches sur le quai.

Elle est là, au milieu de la foule, insouciante, sans savoir que la guerre va éclater, qu'elle va rencontrer un homme, qu'elle aura un enfant et qu'elle croisera la route d'un tueur qui lui ôtera la vie dans le quartier de Klara au cours d'un hiver froid, une dizaine d'années plus tard.

Elle semble un peu seule dans son plus beau manteau, avec sa valise élimée à la main. Elle ne possède rien d'autre que les vêtements qu'elle porte sur le dos – eux aussi usés jusqu'à la corde – et le vieux sac de voyage en cuir brun.

Sous son bras, elle a roulé le journal qu'elle vient de lire. Il renferme un long reportage sur les sœurs françaises Christine et Léa Papin qui tuèrent de sang-froid leur patronne et sa fille avant de leur arracher les yeux.

Mais Elsie est déjà en train d'oublier le récit des sœurs meurtrières. Elle offre son visage au soleil, ferme les yeux et inspire l'odeur de bois et d'Aqua Vera d'un homme qui la dépasse d'un pas vif.

Elle sent que tout va bien se passer. Et pourquoi se dirait-elle autre chose ? Elle vit à une époque où tout est possible, même pour une simple fille de la campagne comme elle. Elle a le droit de voter, d'occuper un emploi, elle a un début de formation d'infirmière dans ses bagages et une chambre qui l'attend chez une famille dans le quartier de Södermalm. Et la semaine prochaine, elle commencera à travailler au « Château des fous » – nom donné à l'asile de Konradsberg sur l'île de Kungsholmen.

Alors, Elsie sourit.

Elle reste longtemps au soleil et constate que la vie est belle.

REMERCIEMENTS

Je veux dire un grand merci à tous ceux qui m'ont aidée dans mon travail avec *L'Archipel des larmes*, en particulier ma relectrice Katarina et mon éditrice Sara chez Wahlström & Widstrand, ainsi que mon agente Christine et ses collègues d'Ahlander Agency. Je souhaite aussi remercier les policier·e·s que j'ai eu la chance de pouvoir interroger : Siv Castemark, Stig Graméus, Eva von Vogelsang et Åsa Torlöf. Je veux aussi remercier Martina Nilsson du Département de médecine légale de la région de Stockholm qui a partagé ses connaissances sur les analyses ADN, ainsi que le médecin légiste Martin Csatlos qui m'a donné de nombreuses informations sur des questions liées à la médecine légale. Enfin, merci à ma famille et à mes amis pour leur bienveillance et leurs encouragements pendant mon travail. Sans votre amour et votre patience, ce roman n'aurait jamais pu voir le jour !

L'Archipel des larmes est un roman qui m'a demandé beaucoup de recherche, mais je voudrais ici souligner que j'ai décidé, pour des raisons dramaturgiques, de prendre quelques libertés avec la vérité. Pour les mêmes raisons, j'ai laissé de côté de nombreuses informations concernant l'organisation de la police et ses méthodes de travail. Aucun de mes personnages n'est fondé sur les policières que j'ai interrogées et l'histoire de l'Assassin des bas-fonds a été créée de toutes pièces, tout comme la banlieue d'Östertuna qui n'existe pas dans la réalité. En revanche, il y eut vraiment un meurtrier surnommé l'Assassin des bas-fonds. À l'automne 1966, Hans Marmbo tua trois personnes, dont deux dans un quartier connu comme les bas-fonds. Mais c'est, comme on dit, une autre histoire.

Camilla GREBE

DE LA MÊME AUTEURE :

Un cri sous la glace, Calmann-Lévy, 2017 ;
Le Livre de Poche, 2018
Le Journal de ma disparition, Calmann-Lévy, 2018 ;
Le Livre de Poche, 2019
L'Ombre de la baleine, Calmann-Lévy, 2019 ;
Le Livre de Poche, 2020

Composition réalisée par Belle Page

Achevé d'imprimer en janvier 2021, en France sur Presse Offset par
Maury Imprimeur – 45330 Malesherbes
N° d'imprimeur : 251004
Dépôt légal 1re publication : février 2021
LIBRAIRIE GÉNÉRALE FRANÇAISE – 21, rue du Montparnasse – 75298 Paris Cedex 06

58/0722/8